Leur inoubliable baiser

*

Le médecin du pôle Sud

*

Un fiancé inattendu

TINA BECKETT

Leur inoubliable baiser

Traduction française de
ADELINE MAGNE

BLANCHE

HARLEQUIN

Collection : Blanche

Titre original :
STARTING OVER WITH THE SINGLE DAD

HARPERCOLLINS FRANCE
83-85, boulevard Vincent-Auriol, 75646 PARIS CEDEX 13
Service Lectrices — Tél. : 01 45 82 47 47 - www.harlequin.fr
ISBN 978-2-2804-6625-7 — ISSN 0223-5056

Composé et édité par HarperCollins France.
Imprimé en janvier 2022 par CPI Black Print (Barcelone)
en utilisant 100% d'électricité renouvelable.
Dépôt légal : février 2022.

FSC www.fsc.org
MIXTE
Papier issu de sources responsables
FSC® C159065

Pour limiter l'empreinte environnementale de ses livres, HarperCollins France s'engage à n'utiliser que du papier fabriqué à partir de bois provenant de forêts gérées durablement et de manière responsable.

Prologue

Le baiser était arrivé de nulle part, sans crier gare. Et quel baiser ! Incroyablement enivrant, étourdissant, même. La tête légère, Mysti pressait ses lèvres sur celles de Jesse avec une urgence désespérée et son cœur cognait comme un fou dans sa poitrine. Elle aurait voulu que cet instant ne s'arrête jamais. Comment aurait-elle pu imaginer que ses adieux provoqueraient une telle réaction chez son vieux copain d'enfance ? Mais entre eux les choses avaient changé récemment, et elle ne pouvait plus revenir sur sa décision.

La pluie tambourinait sans relâche sur la voiture et le tonnerre grondait tout autour, mais à l'abri de l'habitacle rien ne pouvait les atteindre ni stopper ce qui était en train d'arriver. Sans réfléchir, Mysti glissa les bras autour du cou de Jesse et, avant qu'elle puisse le retenir, un gémissement étranglé s'échappa de sa gorge. La réaction de Jesse fut immédiate. Il la serra davantage contre lui et avança la langue à la rencontre de la sienne. Pendant quelques secondes, Mysti eut l'impression que son cœur s'arrêtait de battre et que tout, autour d'elle, prenait des couleurs inédites et chatoyantes.

Dire que, pendant toute son enfance, Jesse n'avait été qu'un garçon parmi tant d'autres… À l'adolescence, par contre, il s'était métamorphosé en un grand gars baraqué dont toutes les filles étaient folles, à commencer par Kandid. Et Kandid était tout ce que Mysti n'était pas : belle, posée, sûre d'elle et de son pouvoir de séduction. Comme par hasard, elle avait jeté son dévolu sur Jesse juste après que Mysti lui avait avoué qu'elle avait un faible pour lui, et, bien entendu, c'était Kandid qui avait raflé la mise. Jesse sortait avec Kandid depuis quelques mois maintenant, et celle-ci ne perdait jamais une occasion de parler de leurs projets de couple. Leur projet d'enfants, notamment.

Donc, non, Mysti n'aurait jamais songé une seconde qu'elle aurait la moindre chance avec Jesse. Du moins, jusqu'à cet instant. Ils avaient été surpris par une pluie torrentielle et Jesse avait été contraint de se garer sur le bas-côté, juste avant le pont qui permettait de rejoindre Forgotten Point. Les bulletins météo ne s'étaient pas trompés en prévoyant des orages violents avec un risque d'inondations. Devant eux, la rivière menaçait de sortir de son lit et Jesse ne voulait pas se hasarder plus loin, préférant jouer la sécurité. Cela ne l'avait pas empêché de commettre une imprudence d'un autre genre en l'embrassant. Et, ce faisant, il avait ravivé le brasier des espoirs de Mysti.

Tout avait pourtant commencé dans la plus stricte innocence. Au terme du dernier match de fin d'année, Jesse lui avait proposé de la ramener du lycée pour éviter à la mère de Mysti de faire le déplacement sous la pluie. Lorsqu'elle avait déposé sa clarinette dans le coffre, Mysti avait résolu de profiter de l'occasion pour lui faire ses adieux en privé, sans la foule qui gravitait d'ordinaire autour de lui. Elle avait déjà pris contact avec un agent de recrutement militaire. Là-bas, lui semblait-il, elle serait accueillie à bras ouverts. Elle pourrait enfin quitter le banc de touche où elle était reléguée à cause des admiratrices de Jesse. Surtout, elle aurait la possibilité de savoir ce que la vie lui réservait en dehors de cette ville. Loin de Jesse.

Lorsqu'il s'était garé, elle s'était donc tournée vers lui, les mains serrées sur ses genoux, et elle avait rassemblé son courage pour lui faire sa grande annonce. En revanche, elle ne s'était pas attendue à ce qu'il la dévisage de cette façon en apprenant la nouvelle.

— Tu t'en vas ?

— Oui. Je ne vois pas d'avenir pour moi ici.

Elle n'avait aucune envie de rester, surtout si c'était pour le voir épouser Kandid et porter à son doigt une alliance qui lui rappellerait sans cesse qu'il appartenait à une autre. Pourtant, partir loin de lui… Elle connaissait Jesse depuis toujours, ils avaient passé leur enfance ensemble. Alors, l'imaginer avec une autre la faisait souffrir plus que tout.

Non, jamais elle n'aurait rêvé qu'il puisse la regarder ainsi, fixement, après qu'elle lui avait annoncé sa décision. Mais lorsqu'il lui prit soudain la main, Mysti réagit au quart de tour. Tous les sentiments qu'elle avait réprimés pendant des années s'épanouirent dans un grand élan. Après tout, il était encore temps d'appeler ce recruteur pour lui dire qu'elle n'était plus intéressée… Elle frémit lorsqu'il posa la main sur le haut de sa chemise blanche, mais ses doigts jouèrent avec le bouton sans le défaire. Mysti devina plus qu'elle ne sentit son hésitation. On aurait dit qu'il se demandait jusqu'où ce geste risquait de les emmener.

S'il te plaît, Jesse, fais-le ! Choisis-moi.

Au même instant, une lumière vive traversa ses paupières et elle ouvrit brusquement les yeux. Une voiture surmontée d'un gyrophare bleu s'était garée à côté d'eux. Jesse recula précipitamment sur son siège avec une expression choquée, horrifiée. La portière de l'autre véhicule s'ouvrit et un policier mit pied à terre, muni d'une lampe torche avec laquelle il tapota la vitre du côté de Jesse. Malgré la pluie qui dégoulinait sur le plastique qui protégeait la casquette et tombait en grosses gouttes sur le ciré, Mysti reconnut Andy McGee. Aussi se prépara-t-elle à la leçon de morale qui allait à coup sûr arriver, mais à présent elle ne désirait qu'une seule chose : sortir de cette voiture et se réfugier chez elle, dans sa chambre. Et dire qu'un instant plus tôt, elle avait espéré que Jesse avait compris que sa place était avec elle plutôt qu'avec Kandid…

— Vous n'avez pas l'intention de passer le pont par ce temps, j'espère ?

— Non, monsieur. J'attendais qu'il pleuve moins fort.

Andy se pencha pour jeter un coup d'œil dans l'habitacle et Mysti passa les bras autour d'elle, se sentant transie de froid alors qu'il faisait plus de vingt-cinq degrés à l'extérieur. Elle croisa le regard d'Andy avant de se détourner.

— Tes parents savent où tu es, Mysti ?

— Oui, monsieur. Jesse me ramenait à la maison, mais la pluie s'est mise à tomber et…

— C'est bon, j'ai compris. Vous ne pouvez pas rester ici, c'est dangereux. La pluie commence à peine à se calmer. Suivez-moi, je vais vous ramener à la maison par un itinéraire plus sûr.

À la maison… Tout à coup, Mysti se rendit compte qu'elle n'était plus chez elle ici. Plus maintenant. Jesse attendit qu'Andy se remette au volant, puis il démarra et le suivit. Il jeta vers Mysti un bref coup d'œil consterné qui lui donna envie de rentrer sous terre.

— Bon sang, Mysti, je suis désolé, vraiment. Ton amitié compte plus que tout pour moi. Mon père… Enfin, j'espère que tu ne me crois pas capable de faire un truc pareil, même en pensée…

— C'est bon. N'en parlons plus, veux-tu ?

Comment un moment aussi merveilleux avait-il pris si vite une tournure aussi gênante ? Le père de Jesse était un coureur invétéré qui avait trompé sa mère avec tout ce qui portait jupon avant d'abandonner femme et enfants. Jesse avait fait de son mieux pour recoller les morceaux de ce qui restait de sa famille. Et voilà qu'il se comparait à cet homme horrible… Mysti ferma les yeux et tenta de se calmer.

— Tu n'as absolument rien à voir avec ton père, Jesse. Faisons comme si rien ne s'était passé, OK ?

Facile à dire… Mysti pressentait que le souvenir de ce baiser allait la poursuivre longtemps. Il avait été tellement bon, exactement comme dans ses rêves. Mais dans ses rêves, il n'y avait pas ce sentiment de honte qu'elle éprouvait à présent. Qu'y pouvait-elle si elle aimait Jesse ? Tout le monde l'adorait.

Raison de plus pour partir. Elle n'allait pas se faner dans cette petite ville et se vautrer dans sa tristesse. Si elle pouvait accomplir un peu de bien dans ce monde, elle allait saisir l'occasion, et pour l'heure, l'armée semblait le meilleur endroit pour le faire. Le ventre noué, elle se prépara à quitter Jesse pour de bon, cette fois-ci.

Celui-ci ne dit plus rien jusqu'à ce qu'il se gare devant chez elle. Pour ne pas l'entendre à nouveau tenter de s'excuser, elle tira brutalement la poignée dont le claquement sec la fit sursauter. Avant d'ouvrir la portière, elle prit une grande inspiration et pria pour avoir le courage de lui dire adieu. Lorsqu'elle se tourna vers lui, il la dévisageait d'un air éperdu qui la bouleversa.

— Salut, Jesse.

Elle avait mis dans ces deux mots une irrévocabilité à laquelle elle ne voulait pas penser. Une ligne jaune la séparait de lui. Jesse appartenait à une autre. Il n'était pas à elle, et ne le serait jamais.

1.

Quinze ans plus tard

Mysti jeta un dernier regard au bâtiment gris avant de balancer son sac de voyage sur la plage arrière du taxi dans lequel elle s'engouffra. Après six mois de thérapie pour soigner un stress post-traumatique, elle avait été jugée apte à réintégrer la vie normale. Après quinze ans d'armée, c'était donc pour elle retour à la case départ : Forgotten Point, en l'occurrence. Une ville où elle avait toujours juré qu'elle ne mettrait plus jamais les pieds.

Mais en quinze ans, de l'eau avait coulé sous les ponts, et après tout ce qu'elle avait vu et vécu à Joronha, son béguin de jeunesse pour Jesse et ce premier baiser semblaient tout droit sortis d'une comédie romantique un peu mièvre. Enfin, une comédie pas drôle et sans happy end. Du coup, pourquoi retournait-elle à Forgotten Point ? Eh bien, parce qu'elle en avait besoin, du moins pour l'instant. Elle aspirait à une stabilité qu'elle était sûre de trouver dans le patelin de son enfance. Et dire qu'à une certaine époque elle avait cordialement méprisé cette existence routinière et sans surprise. Elle ne songeait qu'à faire les quatre cents coups et à connaître le vaste monde au-delà des frontières étriquées de sa petite ville. À présent, de tels a priori la faisaient sourire. En tout cas, ses désirs avaient été amplement exaucés. Le premier s'était réalisé dans la voiture de Jesse Grove, lors d'un violent orage. Quant au second, elle l'avait accompli sur une série de champs de bataille à l'étranger. Dans un cas comme dans l'autre, rien ne s'était passé comme elle s'y était attendue.

Quoi qu'il en soit, elle était ravie de revenir dans cette bonne vieille ville de Forgotten Point, dans le Kentucky. Là-bas, au moins, elle serait en sécurité. Au calme. Loin des explosions d'hélicoptères, des amis disparus et autres traumatismes. Elle avait accepté de remplacer une chirurgienne en congé maternité à l'hôpital local, et cette offre n'aurait pu mieux tomber. Autre atout non négligeable, il s'agissait d'un contrat temporaire qui lui laissait le temps de tâter le terrain avant de décider si elle allait rester pour de bon.

Le chauffeur du taxi lui jeta un coup d'œil dans le rétroviseur.

— Je vous dépose où ?

— À l'aéroport, s'il vous plaît.

Comme le taxi démarrait, Mysti se retourna pour regarder une dernière fois le bâtiment militaire. Après tant d'années à suivre des ordres, elle se sentait démunie, maintenant qu'elle était libre d'aller où bon lui semblait.

Et Jesse ? Allait-elle le revoir ? Il y avait fort à parier que oui, s'il n'avait pas quitté Forgotten Point, ainsi qu'elle le supposait. Pendant toutes ces années, sa mère ne lui avait pas une seule fois parlé de lui, comme si elle avait deviné que Mysti avait eu un chagrin d'amour à cause de lui.

Secouant la tête, elle se cala dans le siège en fermant les yeux. C'était vieux, tout cela. Aux dernières nouvelles, Jesse avait épousé Kandid. Elle l'avait appris en recevant un faire-part très élégant écrit à la main par Kandid, et auquel elle n'avait d'ailleurs pas répondu. Depuis, Mysti les avait perdus de vue, mais en toute justice elle n'avait gardé contact avec aucun de ses anciens copains d'enfance. À quoi bon ? Ils lui rappelaient tout ce qui aurait pu être et n'avait pas été. Elle était prête à parier que Jesse et Kandid filaient le parfait amour et menaient une petite vie bien tranquille, avec des enfants, une grande maison et un chien. Auquel cas, tant mieux pour eux.

En tout cas, il était temps pour elle de commencer enfin à vivre sa vie à elle. Sa mère était folle de joie à la perspective de son retour. Pourvu qu'elle n'ait pas trop ébruité la nouvelle, car Mysti avait besoin de quelques jours de tranquillité pour retrouver ses marques et se dégotter un logement temporaire. Elle n'avait pas du tout envie de voir les voisins débarquer les uns après les autres pour lui souhaiter la bienvenue.

N'empêche, elle devait d'ores et déjà s'attendre à tomber un jour ou l'autre sur Jesse ou sur sa femme. Dommage qu'elle n'ait pas réussi à tourner complètement la page de ce béguin d'enfance. Peut-être que Jesse ne la reconnaîtra même pas. Elle avait pas mal maigri à l'armée, et le traumatisme vécu l'année précédente n'avait rien arrangé. À coup sûr, sa mère allait en faire une montagne. Sans raison, d'ailleurs : Mysti était quasiment sûre de retrouver bientôt son ancien poids. Pour l'heure, elle allait appliquer la recommandation de son psychologue : un pas après l'autre. Ne pas aller trop loin, trop vite. À chaque jour suffisait sa peine.

Oui, elle allait procéder ainsi, jusqu'à ce que le souvenir de cette dernière année s'enfonce dans une brume lointaine et indiscernable.

Jesse aida sa patiente à se redresser sur le divan d'examen et ne manqua pas d'observer sa grimace de douleur. Mme Evans n'était pas venue le consulter aujourd'hui pour cet ancien tassement vertébral de L2, mais il voyait bien que le problème continuait de la faire souffrir.

— Comment va votre dos, madame Evans ?

— La douleur est encore là, mais du moment que je ne reste pas penchée trop longtemps, ça va.

Gertrude Evans avait été l'une de ses professeurs au lycée. Elle se plaignait parfois d'arthrose, mais à part cela, elle avait une santé remarquable pour une personne de son âge. Elle s'était fracturé une vertèbre en tombant d'une échelle, mais, insistait-elle, cela aurait pu arriver à n'importe qui. En quoi elle n'avait pas tort.

— D'accord, tenez-moi au courant en cas d'aggravation. Nous réfléchirons à d'autres options de traitement.

— Merci beaucoup, Jesse, mais je saurai me débrouiller toute seule. À part ça, tu ne vois pas d'autre problème ?

— Non, vos résultats d'analyses sont satisfaisants.

Gertie se laissa glisser à bas du divan d'examen avec une facilité que lui auraient envié pas mal de jeunots d'une quarantaine d'années.

— Comment va ta princesse ? Ça fait quelque temps que je ne l'ai pas vue.

Jesse se crispa avant de se rendre compte qu'elle parlait de sa fille.

— Elle va très bien. Elle entre en CE2 l'année prochaine.

— Déjà ? Mon Dieu, ils poussent trop vite.

— Je ne vous le fais pas dire.

Il sourit en la voyant glisser les pieds dans des mules en plastique perforé. De l'avis général, ces chaussures étaient les plus confortables qui soient, mais sur une vieille dame comme Gertie elles avaient quelque chose d'incongru.

— Je vais quand même surveiller votre dos pour m'assurer que le tassement ne s'aggrave pas. Je vous fixe un rendez-vous pour dans six mois, mais n'hésitez pas à nous appeler si vous remarquez quoi que ce soit d'ici là.

Il raccompagna sa patiente jusqu'à la réception et prit congé d'elle. Les cabinets médicaux se situaient dans une annexe du Centre hospitalier de Serenity, ce qui était pratique, surtout par temps de pluie, lorsqu'il devait rendre visite à des patients ou lorsqu'il voulait faire un crochet par la cafétéria, comme à présent. Les doubles portes qui reliaient l'annexe à l'hôpital s'ouvrirent dans un murmure. Tout en marchant, Jesse énumérait mentalement tout ce qu'il lui restait à faire avant de récupérer Sally à l'école.

Dans le hall, il aperçut Tom, le directeur, en pleine discussion avec une personne qui lui tournait le dos. Jesse le salua d'un geste bref, mais Tom lui fit signe d'approcher. Alors qu'il les rejoignait, l'interlocuteur de Tom se retourna et le sourire de Jesse se figea sur ses lèvres. Il s'arrêta, comme cloué sur place. Ce n'était pas possible… *Elle ?* Pourtant, le doute n'était pas permis. La femme qu'il avait devant lui était bel et bien Mysti North : une revenante de son passé. Un passé lointain, songea-t-il en reprenant sa marche. Qu'est-ce qui l'amenait ici, à l'improviste, après des années d'absence ? Si sa mémoire était bonne, elle avait juré qu'elle ne remettrait plus jamais les pieds à Forgotten Point. Aux dernières nouvelles, elle était devenue médecin militaire quelque part au Moyen-Orient. En tout cas, elle avait l'air aussi stupéfaite que lui.

— On se connaît…, dit-elle à Tom qui effectuait les présentations.

Jesse la considéra fixement. Sa voix n'avait pas changé. Elle était grave, avec un timbre légèrement voilé qui lui noua le ventre. En revanche, elle parlait sur un ton sec et froid qu'il ne lui connaissait pas.

— En effet, nous étions au lycée ensemble, mais ça remonte à… Quoi ? Une quinzaine d'années ?

— À peu près, oui.

Elle regarda alternativement Tom et Jesse avec un sourire dénué d'aménité. Tout comme le ton de sa voix, son visage exprimait une indifférence glaciale en total décalage avec le souvenir qu'il avait gardé d'elle. La fille rigolote et sympa qu'il avait connue semblait bel et bien disparue.

— Formidable ! commenta Tom. Tu es pressé, Jesse ?

— Non. J'allais justement chercher de quoi grignoter pendant ma pause.

— Ça t'embête de faire visiter l'hôpital au Dr North ? La cafétéria est un bon point de départ.

Le Dr North… Autrement dit, elle allait travailler ici ? Bon sang ! Sa journée avait trop bien commencé, il aurait dû se méfier. En attendant, il était coincé. Que pouvait-il répondre ? Non, merci, il n'avait pas envie de lui faire faire un tour des lieux ? Il ne voulait pas d'elle comme collègue ? Les deux phrases étaient vraies, mais s'il s'aventurait à les prononcer, il lui faudrait répondre à des questions gênantes la prochaine fois qu'il rencontrerait Tom.

— Bien sûr. Tu as déjà mangé, Mysti ?

— Non, mais je ne veux pas te retenir.

— Mais pas du tout, voyons ! se récria Tom. Jesse ne vous aurait pas proposé de vous joindre à lui s'il n'en avait pas envie. Pas vrai, Jesse ?

C'est mal me connaître, Tom, songea Jesse avec ironie.

— Non, bien sûr, répondit-il pourtant avec un sourire contraint.

Mysti semblait aussi peu empressée que lui à renouer connaissance. Cette visite des lieux s'annonçait pénible.

— Bon, je vous laisse, j'ai une réunion dans une vingtaine de minutes. Merci, Jesse.

— Pas de problème.

Et pourtant, si, c'était un problème, même s'il ne saisissait pas trop bien pourquoi. Ce qui s'était passé entre lui et Mysti remontait à loin. Depuis, ils avaient tous les deux avancé dans leur vie, lui en épousant Kandid, elle en rejoignant l'armée. Ils n'étaient plus deux adolescents en proie à des hormones déchaînées. Et puis, il n'avait rien à se reprocher, si ce n'était ce baiser, et encore… À l'époque, il ne sortait avec Kandid que depuis deux mois et ils n'étaient pas engagés l'un envers l'autre. Cet écart avait été le seul. En douze ans de mariage, il était toujours resté fidèle. Cela ne voulait pas dire qu'il n'avait pas été insuffisant à d'autres égards : sa femme lui avait toujours clairement fait savoir qu'il n'était pas à la hauteur de ses besoins émotionnels.

— La cafétéria est par là.

Mysti lui emboîta le pas. Elle n'avait aucun mal à le suivre alors qu'il marchait vite, mais elle avait de grandes jambes, plus grandes que celles de Kandid. Sa femme avait été beaucoup plus petite que lui, alors que Mysti avait de longs membres déliés, et…

Arrête de les comparer, bon sang.

— Moi non plus, je ne savais pas que tu travaillais ici, Jesse.

— Plus ou moins. En fait, je ne fais pas partie du centre médical. J'ai un cabinet dans l'annexe de l'hôpital, mais je dispose des mêmes accès que le reste du personnel. Et, bien sûr, je suis tenu de leur filer un coup de main le cas échéant.

Il lui jeta un coup d'œil alors qu'il s'engageait dans le couloir de la cafétéria.

— Tu vas travailler ici, donc ?

— Pourquoi pas ? J'ai été chirurgienne militaire. Moi aussi, je suis médecin.

— Je n'ai pas sous-entendu le contraire. Simplement, j'ignorais que tu avais quitté l'armée.

— Et pourtant, si, comme tu le vois.

Sa voix avait des inflexions étranges et désagréables. Elle s'exprimait d'un ton neutre et glacé, un peu à la manière d'un robot. Sans aucun doute, elle avait changé, à maints égards. Mais c'était peut-être tant mieux. Elle ne manifestait aucune trace de cette vieille attirance qui les avait poussés l'un vers l'autre, ce soir-là, dans sa voiture.

Et pour lui, qu'en était-il ? À en juger par les coups sourds de son cœur lorsqu'il l'avait reconnue, il était moins insensible qu'il l'aurait souhaité. Mais il était passé maître dans l'art de contrôler ses émotions, à l'instar de tous les autres aspects de sa vie. Avec le recul, sans doute aurait-il dû rejoindre l'armée, lui aussi. La discipline l'aidait à garder les pieds sur terre et à se sentir à son aise. En tout cas, il était quasiment sûr que l'impulsivité de sa jeunesse n'était plus qu'un lointain souvenir. L'ennui, c'était qu'il était devenu aussi strict en privé qu'il l'était au travail. Il n'avait jamais su comment mettre en veilleuse ce trait de caractère et, souvent, Kandid lui en avait fait le reproche. Ce problème avait été à l'origine de disputes terribles entre eux.

— Nous y sommes, dit-il en entrant dans la petite cafétéria. Ce n'est pas un quatre-étoiles, mais on y mange quand même très bien.

Pour la première fois, l'ombre d'un sourire sincère se dessina sur le visage de Mysti.

— Ça tombe bien, je n'ai pas l'habitude des quatre-étoiles.

Oui, bien sûr. Elle avait été dans l'armée, après tout. Elle avait eu le temps de s'habituer à un style de vie spartiate.

Ils prirent l'un et l'autre une assiette puis Jesse se servit un sandwich roboratif avec des frites tandis que Mysti choisissait un yaourt et un fruit. Alors qu'ils cherchaient une table, il lui lança un regard à la dérobée. Elle était restée très belle. Ses cheveux blond vénitien, plus longs qu'à l'époque du lycée, étaient rassemblés en une queue-de-cheval qui dansait sur ses épaules chaque fois qu'elle bougeait. Ses yeux étaient soulignés d'ombres légères qui n'existaient pas quinze ans plus tôt. En revanche, ses joues et son nez étaient encore parsemés de taches de rousseur, mais elle n'essayait plus de les dissimuler avec du maquillage comme avant. Avant… C'était si vieux, tout cela.

Ils s'attablèrent et Mysti décapsula aussitôt son yaourt. Elle en prit une cuillerée et ferma brièvement les yeux pour mieux savourer le goût. Jesse eut du mal à arracher son regard de son visage. Elle semblait prendre un tel plaisir à ce qu'elle mangeait… Il prit une grande inspiration, résolu à aborder le sujet qu'il avait évité jusqu'à présent.

— Donc, te voilà de retour ? Qu'est-ce qui te ramène à Forgotten Point ?

La cuillère de Mysti s'arrêta en l'air, puis elle termina son geste avant d'avaler une nouvelle cuillerée et laissa le silence s'installer. Il commençait à penser qu'elle ne répondrait pas à sa question lorsqu'elle esquissa un haussement d'épaules.

— Oui. Au moins pour les trois mois à venir. Je remplace Sara Severs le temps de son congé maternité, et… Bref, après mon départ de l'armée, Forgotten Point était un point de chute logique pour moi.

Il se sentit soudain stupide d'avoir posé la question. Mais la réponse de Mysti avait toutefois l'avantage de lui confirmer qu'elle n'était pas revenue pour de bon, ce dont il s'était douté, du reste. Après tout, elle n'avait jamais manifesté un attachement viscéral pour cette ville, c'était le moins que l'on puisse dire. À la fin de ses années de lycée, elle était partie à la première occasion. Mais sa mère vivait encore ici, et Forgotten Point demeurait pour elle un point d'ancrage naturel, en effet.

— Et toi, Jesse, tu n'es jamais parti ?

— Non, jamais.

Elle baissa les yeux vers la main gauche de Jesse.

— Comment va Kandid ? Elle est devenue professeure ? Si je ne m'abuse, c'était le métier qu'elle voulait exercer, au lycée.

Jesse faillit s'étouffer avec son sandwich. Il était parti du principe qu'elle était au courant, que sa mère lui avait déjà tout dit. Manifestement, il avait eu tort. Mais après tout, Kandid non plus ne lui avait pas souvent parlé de Mysti pendant toutes leurs années de mariage. Souvent, il s'était demandé si Kandid s'était doutée de ce qui s'était passé entre lui et son amie. Il n'avait pourtant jamais rien avoué, et il était quasiment sûr et certain que Mysti n'avait rien dit à personne elle non plus. Plus probablement, elles s'étaient éloignées l'une de l'autre, comme lui avec ses anciens copains du club de football. D'ailleurs, Mysti n'était pas venue aux dix ans de leur promotion de lycée, mais à l'époque, sans doute avait-elle été stationnée à l'étranger. Quoi qu'il en soit, une fois de plus, il se sentait complètement idiot.

— Je croyais que tu savais.

Elle fronça les sourcils, surprise.

— Quoi donc ?

— Kandid est morte il y a trois ans d'un cancer du sein.

Mysti garda le silence quelques instants.

— Oh ! Jesse, je suis navrée… Non, je ne savais pas.

Le visage adouci, elle couvrit sa main de la sienne. Un frisson de crainte le traversa. Comment cette femme pouvait-elle exercer un tel effet sur lui après tant d'années ?

— Merci.

Pourtant, il avait aimé Kandid… Du moins, leur mariage avait bien commencé, mais après la naissance de Sally les disputes avaient éclaté sans discontinuer. Elles avaient cessé seulement lorsqu'elle avait appris qu'elle était atteinte d'un cancer de stade quatre. Ils avaient passé leur dernière année de vie commune à lutter contre la maladie ainsi qu'à dissimuler à leur fille les effets de la chimiothérapie que Kandid avait choisi d'essayer. Sally n'avait que quatre ans à la mort de sa mère et les souvenirs qu'elle en avait gardé s'effaçaient à une vitesse folle. C'était d'ailleurs pour cela que Jesse avait disposé des portraits de Kandid un peu partout dans la maison : pour maintenir sa mémoire vivante. Pour Sally, mais pour lui aussi, même si cette pensée pouvait paraître assez hypocrite à présent qu'il était assis face à la femme qui avait bien failli tuer son mariage dans l'œuf. Il aurait suffi que Mysti passe un coup de fil à Kandid, comme elle aurait été en droit de le faire. Mais elle avait tenu parole et n'avait rien dit. Du moins, il le supposait, car Kandid ne lui avait jamais donné la moindre indication qu'elle savait quoi que ce soit.

Certes, il avait été amoureux d'elle lorsqu'il l'avait demandée en mariage. Enfin, c'était ce qu'il croyait. À présent, toutefois, il était presque certain que la mauvaise conscience avait joué un rôle non négligeable dans son empressement à l'épouser. Après avoir embrassé Mysti, il avait voulu se prouver qu'il ne tenait pas de son père. Malheureusement, cette décision n'avait été bonne ni pour lui ni pour Kandid. Pourtant, leur union n'avait pas été un échec sur toute la ligne puisqu'elle lui avait donné un cadeau magnifique en la personne de Sally, sa petite princesse… Son trésor.

Mysti se redressa, ses mains se replaçant sur ses genoux.

— Je pensais que ta mère t'en aurait parlé, dit-il.

— Maman s'efforce toujours de me protéger de tout ce qui pourrait me faire de la peine. Malheureusement, on ne peut pas protéger ceux qu'on aime contre tout, n'est-ce pas ?

Jesse n'allait pas lui donner tort. Il aurait tout fait pour que Kandid ne souffre pas des terribles effets secondaires de la chimio, ou pour préserver Sally du chagrin d'avoir perdu sa mère. Mais la vie en avait décidé autrement et il avait fait de son mieux dans des conditions difficiles.

— Tu as raison, c'est impossible.

La poitrine de Mysti se souleva tandis qu'elle prenait une profonde inspiration.

— Tu as ton propre bureau au sein de l'hôpital, donc ? Tu t'es spécialisé dans quelle discipline ?

Il la considéra, surpris par cette question posée de but en blanc.

— La gériatrie, si tu veux tout savoir.

— Ah bon ? Et tu as suffisamment de patients pour remplir ton emploi du temps ?

Sa remarque l'énerva sans qu'il comprenne exactement pourquoi.

— Je suis aussi diplômé en médecine interne. Mes patients ne se limitent pas aux personnes âgées, mais j'ai choisi ce métier essentiellement pour venir en aide à un public trop souvent ignoré et tenu pour quantité négligeable.

— Désolée, je ne voulais pas te blesser. Ça m'a étonnée, voilà tout. Je n'avais encore jamais rencontré de gériatre. Il est vrai qu'à l'armée la plupart des soldats ne se déplacent pas en déambulateur, ajouta-t-elle en souriant.

Il soupira.

— Je sais bien que tu ne pensais pas à mal. Simplement, ce n'est pas la première fois qu'on me pose cette question. Après tout, nous ne sommes pas nombreux à exercer ce métier dans le coin. Ce n'est pas le genre de boulot qu'on fait pour l'argent, mais pour ceux qui souhaitent porter secours à un pan de plus en plus vulnérable de notre société, cette spécialité est incroyablement gratifiante.

— Oui, je comprends. À mon avis, je suis devenue chirurgienne pour la même raison. J'avais l'impression d'aider des soldats dans les pires situations de faiblesse. Le plus dur, c'est de ne pas savoir qui va s'en tirer.

— Oui, c'est tout à fait ça…

Ils se regardèrent un long moment en silence, puis Mysti empila ses déchets sur son plateau avant de se lever.

— Bon, je ne te retarde pas plus longtemps. Tu dois avoir des patients cet après-midi.

— Tu commences ton travail quand ?

— Demain.

Demain ? Même s'il disposait de son propre bureau dans l'annexe, Jesse était régulièrement amené à se rendre dans l'hôpital pour s'occuper de patients ou régler des tâches administratives. Autrement dit, ils risquaient de se croiser souvent. Jamais il n'avait envisagé un tel scénario, même dans ses pires cauchemars. Comme si sa vie n'était pas déjà suffisamment compliquée. À moins que… Il regarda la main gauche de Mysti dans l'espoir d'y voir briller une alliance, mais non : l'annulaire était nu. Encore que ce genre de détail ne voulait plus dire grand-chose. Quoi qu'il en soit, cela ne le regardait pas.

— Tu ne veux vraiment pas que je te fasse visiter ?

— Merci, mais j'ai déjà vu tout ce que j'avais à voir.

Une pointe de soulagement le traversa à la perspective de pouvoir abréger ces retrouvailles. Dorénavant, il allait s'arranger pour prendre ses repas ailleurs qu'à la cafétéria, au moins pour les trois prochains mois. Ainsi, il parviendrait sans doute à limiter les contacts avec elle et les problèmes qui risquaient d'en découler. Du moins, l'espérait-il, mais il avait appris à ses dépens que la vie prend parfois des tournures inattendues.

2.

À son arrivée au travail, le lendemain, un emploi du temps chargé attendait Mysti. Et parmi tous ses patients, il y en avait un dont le médecin référent n'était autre que Jesse. Ce détail lui fit froncer le nez. Elle se serait volontiers passée de le revoir aujourd'hui, ou n'importe quel autre jour, à vrai dire. Leurs retrouvailles l'avaient laissée interloquée. Bien sûr, en revenant à Forgotten Point, elle avait conscience qu'elle risquait de tomber sur lui un jour ou l'autre, mais quelle importance ? Elle avait pensé trouver le calme nécessaire pour se réparer. En lieu et place, elle allait sans doute rouvrir de vieilles blessures et rallumer un sentiment de culpabilité dont elle n'avait jamais pu se défaire totalement.

Elle se pencha pour ramasser un papier qu'elle avait laissé tomber de sa poche, et les cicatrices lui tiraillèrent la peau du dos. Elle jeta un coup d'œil à la feuille : c'était la liste de courses de sa mère. Jusqu'à hier, elle s'était plus ou moins attendue à repérer Jesse ou Kandid au rayon des surgelés de la petite supérette de Forgotten Point et à les éviter jusqu'à ce qu'elle trouve la meilleure façon de les aborder. Elle avait même vaguement espéré qu'après quinze ans, elle ne les reconnaîtrait pas, et vice versa. Mais la réalité l'avait prise au dépourvu : Kandid n'était plus de ce monde et Jesse travaillait à l'hôpital.

Elle l'avait reconnu tout de suite. Bon sang, c'était comme si ces quinze années n'avaient pas existé ! Lorsqu'elle l'avait vu, elle avait été assaillie par un flot d'émotions surgies d'une époque où elle s'était sentie entourée, en sécurité. Enfin, en sécurité… À l'exception d'un moment bien précis où elle avait joué avec le feu et où elle s'était laissé dominer par les sentiments. Dieu merci, ils s'étaient arrêtés à temps. Qu'elle le veuille ou non, Jesse avait été le fiancé d'une autre, et pour rien au monde elle n'aurait souhaité qu'il rompe avec Kandid à cause d'elle. Sa décision de quitter Forgotten Point avait été la bonne. Ce baiser ne voulait rien dire. C'était arrivé parce qu'elle avait eu le béguin pour lui… Cette conversation à cœur ouvert, l'orage, tout cela avait créé une ambiance romantique propice à une certaine perte de contrôle. Tous les deux, ils étaient à l'abri, bien au chaud dans leur petit cocon, et la voix de Jesse l'avait plongée dans un univers de conte de fées.

Mais les contes de fées, ce n'était pas pour elle, et elle avait fait des choix aux conséquences désastreuses. Si elle n'avait pas embrassé Jesse ce soir-là, elle serait sans doute revenue sur sa décision de rejoindre l'armée. Auquel cas, elle n'aurait jamais connu Laura, ne l'aurait pas accompagnée lors de ce déplacement fatal, et ne se serait pas retrouvée au mauvais endroit, au mauvais moment… Elle n'aurait jamais été témoin de la mort de Laura dans un accident dont elle-même avait été victime.

Laura avait emporté son secret dans la tombe, et Mysti aurait donné n'importe quoi pour revenir en arrière. Elle aurait dû raconter la vérité au lieu de se taire à la demande de son amie. Si elle avait eu ce courage, Laura aurait peut-être été rapatriée vivante, et non dans un cercueil.

Jour après jour, son dos labouré de cicatrices était là pour lui rappeler ce qui s'était passé et sa part de responsabilité dans ce malheur. De toute façon, même si elle l'avait voulu, elle n'aurait pas pu effacer ces souvenirs de sa mémoire. Quoi qu'en dise le psychiatre militaire qui l'avait suivie, il y avait bien une certaine justice dans le fait qu'elle ne soit pas sortie physiquement indemne de l'accident.

Secouant la tête pour chasser ces pensées, elle se dirigea vers la salle où son premier patient l'attendait, un homme de soixante-douze ans, Larry Rogers. L'IRM avait mis en évidence une adhérence cicatricielle liée à l'intestin au point de provoquer une occlusion. La chirurgie n'aurait rien de bien sorcier.

Mysti entra dans la salle et son cœur se serra quand elle se rappela que Jesse s'était spécialisé en gériatrie. Bien sûr… Larry Rogers devait l'avoir désigné comme médecin référent, songea-t-elle, agacée d'avoir oublié ce détail. Décidément, elle commençait bien mal, aujourd'hui.

Jesse leva la tête et il la regarda tout en continuant sa conversation avec le vieil homme. Ils parlaient de pêche, apparemment. À cet instant, Mysti se rendit compte qu'elle était restée plantée sur le seuil de la pièce. Elle se força à avancer avec un semblant de sourire contraint, le regard fixé sur le patient.

— Bonjour, monsieur Rogers. Je suis Mysti North et c'est moi qui vais vous opérer ce matin.

L'homme fronça les sourcils.

— Qu'avez-vous fait de l'autre femme ? Vous lui avez fait peur ?

Le sourire de Mysti se fana un peu.

— Quelle autre femme ? Oh ! le Dr Severs, vous voulez dire ? Je la remplace le temps de son congé maternité.

Une bouffée de soulagement la submergea. À qui d'autre aurait-il songé ? Kandid ? Son regard se posa sur Jesse. Il avait froncé les sourcils, comme s'il avait pensé à la même chose qu'elle. Mais non, elle se faisait sûrement des idées.

— Larry s'inquiète de ne pas pouvoir participer à un tournoi de pêche. Il craint de ne pas être rétabli à temps.

En effet, le visage de l'homme exprimait une tristesse qu'elle avait déjà vue chez certains soldats qu'elle avait soignés et dont le pronostic était incertain.

— Il est prévu pour quand, ce tournoi ?

— Quatre semaines.

Mysti effectua un rapide calcul dans sa tête. Pour une chirurgie de ce type, la convalescence pouvait durer jusqu'à trois mois, mais dans son cas, l'occlusion n'était pas complète et elle pourrait être opérée par cœlioscopie. Bien sûr, il fallait s'attendre à toute éventualité. Peut-être découvrirait-elle des complications que l'IRM n'avait pas révélées.

— Nous allons voir ce que nous pouvons faire, dit-elle en posant une main sur le bras de Larry. C'est un tournoi en solitaire ?

— Non, nous serons deux. En plus de trente ans de tournoi, j'ai toujours fait équipe avec mon fils.

Mysti éprouva un pincement au cœur quand elle se rappela les parties de pêche avec son père. C'était l'une des choses qui lui avaient manqué lorsqu'elle était à Joronha. Mais s'il n'était plus question de pêcher avec son père qui n'était plus de ce monde, elle était bien placée pour comprendre à quel point ce tournoi pouvait compter pour Larry et pour son fils. Si ses souvenirs étaient bons, les tournois à Forgotten Point interdisaient la pêche à la mouche, une activité contre-indiquée dans le cas de Larry parce qu'elle mobilisait les bras et les abdominaux au risque de fragiliser la cicatrisation.

— Si c'est votre fils qui porte les objets lourds, je ne vois pas ce qui vous empêcherait de participer. Je pourrais m'inscrire, moi aussi, ainsi, je garderais un œil sur vous, ajouta-t-elle.

Jesse tourna brusquement la tête vers elle, mais il ne dit rien.

— Vous feriez équipe avec qui ? demanda Larry avec curiosité.

— Je trouverai bien quelqu'un. Avant, j'accompagnais mon père, mais…

Sa phrase demeura en suspens, coincée dans sa gorge.

— Voilà pourquoi je tiens absolument à venir avec mon fils. Nul ne connaît le temps qui lui est imparti sur cette terre.

Bon sang, où les emmenait cette conversation ? Il était temps de changer de sujet.

— Je suis sûre que vous allez rester sur cette terre encore un bon bout de temps. Sur ce, au travail… Vos intestins ne vont pas se débloquer tout seuls.

Pour la première fois depuis qu'elle était entrée dans la pièce, le vieil homme sourit.

— Allons-y, dans ce cas.

Larry avait déjà signé les formulaires de consentement pour l'opération, et Mysti espérait que tout se passerait bien. Mais qu'est-ce qui lui avait pris de lui dire qu'elle s'inscrirait peut-être au tournoi ? Larry l'avait émue, bien sûr, mais, obscurément, elle avait aussi le sentiment de devoir expier une faute. Comme quoi, tous ces mois de thérapie n'avaient servi à rien : en un clin d'œil, elle était revenue à la case départ. Elle se força à nouveau à regarder Jesse.

— Veux-tu que je te tienne au courant des suites de l'opération ?

— C'est inutile, puisque j'y assisterai.

Elle se figea, stupéfaite. Il avait l'intention de venir au bloc avec elle ? Alors là, c'était hors de question. Elle allait se récrier, mais Jesse prit les devants comme s'il avait anticipé sa réaction.

— Je serai en salle d'observation.

Ce serait encore pire que de l'avoir à côté d'elle, dans la même pièce. Mysti commençait tout juste à prendre ses repères et à s'habituer à un rythme de travail complètement différent. À l'armée, elle enchaînait les cas de chirurgie traumatique et devait opérer le plus vite possible parce qu'il en allait de la vie de ses patients. Ici, par contraste, l'intervalle entre deux interventions lui semblait énorme, et tout était réglé comme du papier à musique.

— Tu n'as pas d'autres patients ? demanda-t-elle en désespoir de cause.

— Non, pas avant cet après-midi.

Il voulait la surveiller ? N'avait-il pas confiance en ses compétences ? Mais pourquoi lui aurait-il fait confiance ? Ils ne se connaissaient plus, après tout. D'ailleurs, à vrai dire, ils n'avaient jamais vraiment été très proches, même s'ils étaient voisins. Ou du moins, ils l'avaient été autant que peuvent l'être des gamins. Une remarque acerbe lui brûlait les lèvres, mais elle ne voulait pas que M. Rogers s'interroge sur ce qui se passait entre eux. D'autant plus que rien ne se passait, justement.

— Très bien. Dans ce cas, je te retrouve après l'opération.

— Et moi, je compte bien vous voir sur un bateau dans quatre semaines, dit M. Rogers en souriant. Pour votre gouverne, mon fils et moi avons remporté ce tournoi ces deux dernières années.

— Raison de plus pour que je m'inscrive, histoire de vous donner du fil à retordre.

Puis elle leur lança un dernier sourire et tourna les talons. Avec un peu de chance, la salle d'observation serait équipée d'un miroir sans tain qui l'empêcherait de voir Jesse, mais elle en doutait. L'hôpital régional de Serenity était une toute petite structure dont elle se souvenait depuis son enfance et son adolescence. Mais à l'époque, elle n'avait jamais imaginé se retrouver un jour sur l'autre versant de la relation patients-soignants. Kandid était-elle décédée ici ? Voilà une question qu'elle n'était pas près de poser à quiconque.

Allez, au travail... Plus vite elle aurait terminé cette opération, plus vite elle serait débarrassée du médecin de M. Rogers, du moins pour aujourd'hui. Tout à coup, elle se sentit écrasée par la perspective de devoir travailler pendant trois mois dans le même hôpital que Jesse. Mais comme l'avait dit son thérapeute, la meilleure tactique constituait à avancer un pas après l'autre. Et de prier pour qu'un jour elle arrive au bout de son calvaire.

Les beaux cheveux de Mysti étaient invisibles, cachés sous la charlotte chirurgicale, mais Jesse la reconnut immédiatement parmi ses coéquipiers. Ses pommettes hautes, l'arc élégant de ses sourcils demeuraient comme gravés dans sa mémoire. Il tenta immédiatement de convoquer le souvenir de Kandid, mais après trois ans, ses traits s'étaient estompés. Étrange... Il était resté bien plus que trois ans sans voir Mysti. Son ventre se noua sous l'effet d'une mauvaise conscience qui, elle, ne s'était pas atténuée avec le temps. Non sans humeur, il la repoussa à l'arrière-plan de son esprit. C'était ridicule, à la fin. Qu'avait-il à se reprocher à part ce baiser ? Kandid et lui sortaient ensemble depuis peu à cette époque. Ce n'était pas comme s'il avait passé toutes ces années à se languir de Mysti. Bien au contraire, il était parti du principe qu'elle était définitivement sortie de sa vie. Et pourtant, elle était de retour. Pour trois mois, du moins.

Sauf complication, l'opération serait effectuée par cœlioscopie. Mysti venait de pratiquer deux petites incisions dans l'abdomen du patient afin d'y introduire un endoscope. Comme par magie, un écran s'alluma et les organes internes apparurent en agrandissement. Jesse n'était pas chirurgien, mais il anticipait sans trop de difficulté les différentes étapes de l'intervention. Du moment que l'état de M. Rogers demeurait stable et que Mysti ne coupait rien d'autre que du tissu cicatriciel, elle avait raison : cette chirurgie serait relativement simple.

Une fois passé la paroi musculaire, la structure lisse et pâle des intestins s'afficha sur l'écran. Mysti avait déjà repéré la zone d'adhérence qui, par bonheur, était facile à atteindre. L'endoscope progressa encore un peu et, bientôt, le site opératoire apparut. En effet, une section de l'intestin grêle était rouge et enflammée, coincée par une bride d'apparence fibreuse. Dieu merci, il n'y avait pas de signe de perforation.

— J'arrive au niveau de l'adhérence, dit-elle. Je vais la sectionner de chaque côté et retirer le tissu cicatriciel pour empêcher que les brides se reforment.

Elle actionna avec adresse d'autres instruments, dont l'un servait à pincer et à couper, puis jeta un coup d'œil vers la glace sans tain derrière laquelle se trouvait la salle d'observation. Heureusement, elle ne pouvait pas le voir, mais Jesse éprouva une sensation étrange à l'idée que leurs regards se croisent en pareilles circonstances. Et que dire du fait qu'elle était prête à s'inscrire à un tournoi de pêche pour garder un œil sur un patient, au cas où ? C'était typiquement le genre de démarche que Jesse appréciait. Lorsqu'il se souciait de quelqu'un, il avait tendance à en donner la preuve par des signes tangibles, ce que Kandid avait eu du mal à comprendre. C'était d'ailleurs l'une des raisons pour lesquelles ils s'étaient éloignés l'un de l'autre. Paradoxalement, ce n'était pas lui, mais Kandid qui s'était rendue coupable d'infidélité. Mais, à quoi bon remuer ces vieilles histoires ?

À propos du tournoi, avec qui Mysti allait-elle faire équipe ? Avait-elle un bateau à disposition, d'ailleurs ? Une pensée traversa son esprit, mais il la repoussa avant de la convoquer à nouveau. Que risquait-il à lui demander ce qu'elle comptait faire ? Si elle avait proposé de s'inscrire sans vraiment en avoir l'intention, Larry serait horriblement déçu. Et, en ce qui le concernait, il n'était pas sorti pêcher depuis des années, mais rien ne l'empêchait de participer à ce tournoi, exactement pour les mêmes raisons que Mysti. Et puis, ce serait l'occasion d'une petite balade avec Sally. Du vivant de Kandid, ils avaient fait l'acquisition d'un *bowrider* pour des petites escapades en famille, mais le diagnostic de cancer était tombé peu après, et depuis le bateau n'avait pas bougé du hangar. Il était temps de le sortir, histoire de vérifier s'il était encore en état de flotter. Jesse n'avait certes pas été le meilleur des maris, mais il était bien résolu à être un bon père. Ce genre de père qu'il aurait voulu avoir étant petit.

Comme Mysti venait de terminer l'opération et se tournait vers l'anesthésiste pour lui dire un mot hors de portée du micro, Jesse se leva et se rendit en salle de réveil. Le brancard qui transportait Larry Rogers arriva peu après, bientôt suivi de Mysti. Elle avait ôté son masque, mais conservé sa blouse, ses surchaussures et sa charlotte.

— Félicitations…, dit Jesse en souriant. Tout s'est bien passé, on dirait.

— Donc, tu as observé l'opération.

— Oui, bien sûr.

Quelle question… Pensait-elle qu'il avait parlé à la légère ? Mais elle s'était déjà tournée vers Larry.

— J'ai enlevé les adhérences qui causaient tous ces soucis. Vous devriez aller mieux très bientôt.

— Donc, je vais m'en sortir ?

Encore groggy, le vieil homme avait du mal à se concentrer. Mysti se pencha vers lui pour lui presser le bras avec affection.

— Et comment ! Je vous conseille de bien vous préparer pour votre tournoi.

— Bien, dit-il d'une voix rauque à cause de l'intubation. Vous serez là, hein ?

— Oui… Enfin, j'espère, ajouta-t-elle à voix basse.

Jesse lui jeta un regard acéré. Regrettait-elle déjà d'avoir fait cette promesse ?

— Larry, je passe vous voir cet après-midi avant de partir, d'accord ?

Comme ce dernier acquiesçait d'un pouce dressé, Jesse se tourna vers Mysti.

— Je peux te voir une minute ?

Déjà, il lui tenait la porte ouverte. Elle écarquilla les yeux, mais hocha la tête.

— Bien sûr. J'ai une demi-heure avant ma prochaine opération, dit-elle en le rejoignant.

Jesse ne put s'empêcher de froncer les sourcils.

— Tu en as beaucoup d'autres prévues aujourd'hui ?

— Non, seulement une. Je connais mes limites, merci. Enfin, la plupart du temps, ajouta-t-elle avec un léger sourire.

Était-ce une manière de dire que lui ne connaissait pas ses limites ? Comme quinze ans plus tôt, lorsqu'il avait franchi une ligne jaune qu'il n'aurait jamais dû dépasser ? Peu importait. Il n'avait pas envie d'en parler avec elle, ni maintenant ni jamais. Mieux valait orienter la conversation vers le sujet qui l'intéressait.

— Larry se fait toujours une joie de participer à ces tournois de pêche.

— Oui, je sais, dit-elle, les sourcils froncés. Moi aussi, j'ai grandi dans le coin, tu te rappelles ?

— Sauf que tu n'es pas revenue pendant des années. Donc, oui, tu as peut-être du mal à comprendre à quel point ce genre d'événement peut compter pour lui.

Elle pointa le menton avec humeur.

— C'est un reproche déguisé ? Je sais que je suis restée partie longtemps. Mes parents s'arrangeaient régulièrement pour me rendre visite pendant leurs vacances chaque fois que j'étais stationnée aux États-Unis. Je ne vois pas à quoi tu veux en venir, Jesse.

— À rien… Simplement, tu as dit à Larry que tu viendrais pour garder un œil sur lui. Il va s'attendre à ce que tu tiennes parole.

Mysti ferma brièvement les yeux en soupirant.

— Je sais, et j'ai tout de suite regretté de m'être avancée de la sorte. Que veux-tu ? J'essayais de le mettre à l'aise avant l'opération.

— Donc, tu lui as menti.

— Non !

Elle baissa les yeux vers ses mains.

— J'ai accompagné mon père à ce tournoi pendant des années. Alors, ça va être dur d'y revenir sans lui avec tous les souvenirs que nous avons partagés.

Jesse ressentit une bouffée de mauvaise conscience. Contrairement à lui, Mysti avait été très proche de son père. S'il avait su qu'il risquait de lui faire de la peine…

— De plus, maman a vendu notre bateau il y a deux ans, ajouta-t-elle d'une voix douce avant qu'il puisse dire quoi que ce soit.

— Moi, j'en ai un, donc nous pourrions y aller ensemble. Ainsi, tu ne décevrais pas Larry. De toute façon, comme il le signalait, comme le règlement impose de pêcher par groupes de deux au moins, tu ne pourrais pas participer toute seule. Je suis certain que Sally sera ravie de venir avec nous.

Mysti eut un mouvement de recul et ses yeux s'agrandirent avec un air horrifié. Eh bien, quoi ? La perspective d'aller pêcher avec lui était-elle si abominable ?

— Je ne voudrais surtout pas m'imposer à toi et à ton… amie.

— Mon amie ? Quelle amie ?

— Eh bien, cette Sally. Même si, euh… je suis contente que tu aies retrouvé quelqu'un après Kandid.

Jesse éclata de rire, mais c'était un rire bref, de soulagement plus que de joie. Était-ce pour cela qu'elle avait grimacé ? Elle pensait qu'il sortait avec quelqu'un, et qu'il l'avait invitée alors qu'il était engagé avec une autre, un peu comme quinze ans plus tôt, en définitive.

— Sally n'est pas une amie, et encore moins ma petite amie, Mysti.

Il respira profondément pour déloger la boule qui lui serrait la gorge.

— C'est ma fille.

3.

Pendant une seconde ou deux, personne ne dit rien. Jesse avait eu une fille ? Avec Kandid ? Encore une chose que Mysti ne savait pas. Sa mère ne lui en avait jamais parlé, mais quoi d'étonnant à cela ? Elle n'était pas obligée de la tenir au courant de toutes les naissances survenues à Forgotten Point au cours de son absence. Surtout lorsqu'il s'agissait de Jesse. Ni sa mère ni Kandid n'avaient jamais rien su de ce qui s'était passé entre elle et Jesse dans cette voiture, mais Mysti était quasiment sûre que sa mère s'était toujours doutée de quelque chose. Avec le recul, elle était doublement contente d'avoir quitté la ville. Si jamais Kandid avait eu vent de quoi que ce soit… Eh bien, la fille ne Jesse ne serait sans doute jamais née.

— Je… Excuse-moi. Je ne savais pas que tu avais des enfants.

— Juste une. Sally avait seulement quatre ans à la mort de Kandid.

— Je suis vraiment navrée, Jesse. Ça a dû être horrible à vivre.

— Ça n'a pas été des moments franchement joyeux, j'avoue.

De toute évidence réticent à s'étendre sur le sujet, Jesse jeta un coup d'œil à son téléphone portable.

— Ton opération va bientôt commencer. Donc, tu fais quoi pour ce tournoi ? Veux-tu venir avec Sally et moi ? Ou préfères-tu que je serve de baby-sitter à Larry à ta place ?

Il avait dit cela avec un sourire, comme pour adoucir la question.

Donc, tu lui as menti.

Son accusation revint à l'esprit de Mysti. Malheureusement, s'agissant de Jesse, elle n'en était pas à son premier mensonge.

Elle avait menti sur les sentiments qu'elle lui portait lorsqu'ils s'étaient retrouvés dans cette voiture sous la pluie. Elle avait menti, aussi, en prétendant que Forgotten Point la rendait claustrophobe et qu'elle aspirait à connaître le vaste monde. Mais que ce serait-il passé si elle avait été sincère ?

Tout à coup, elle eut envie de rencontrer sa fille. Elle avait besoin de voir cette enfant qu'il avait eue avec une autre, sans doute pour se convaincre, enfin, qu'il avait aimé Kandid suffisamment pour l'épouser et pour fonder une famille avec elle. Et comme Sally devait maintenant avoir… quoi… sept ans, ce n'était pas comme s'ils avaient dû se marier dans la précipitation parce que Kandid était tombée enceinte sans le vouloir. Au contraire, leur mariage avait été mûrement réfléchi. Ils s'étaient aimés suffisamment pour lier leurs deux vies, pour le meilleur et pour le pire. Et comme Mysti avait toutes les raisons de penser qu'ils avaient respecté leurs vœux, Jesse devait enfin être rassuré sur le fait que, non, il ne tenait pas de son père.

— Oui, je veux bien venir. Enfin, si tu penses que Sally sera d'accord.

— J'en suis sûr. Tu sais quoi ? J'envisageais de vendre mon bateau, moi aussi.

Mysti n'avait aucun mal à le croire. Lorsque son père était mort, sa mère avait préféré se séparer de ce genre d'objets qui lui rappelaient tant de souvenirs d'une époque regrettée. Mais le fait d'avoir une fille avait peut-être aidé Jesse à supporter son deuil.

— Je suis contente que tu l'aies, Jesse. Enfin, je parle de Sally, pas du bateau, bien sûr.

— Merci. Elle est tout pour moi.

Il la dévisagea en souriant.

— Tu as le temps pour un café avant de reprendre ?

Quelque chose dans sa manière de la regarder la fit frissonner. C'était comme ce soir-là, lorsqu'il l'avait dévorée des yeux : elle avait été complètement perdue. Bon sang, elle avait tout oublié en dehors du fait qu'elle était enfermée avec lui dans le petit habitacle, sous une pluie battante. Et en cet instant précis, elle retrouvait le même état d'esprit face à lui, une fois de plus. Non, elle ne pouvait pas se permettre de baisser sa garde à nouveau. Il était hors de question qu'elle le laisse s'approcher d'elle si c'était pour le voir ensuite s'écarter avec un air horrifié comme ce fameux soir.

Elle se redressa d'un air sévère et le regarda droit dans les yeux.

— Je... Si nous pouvons nous en tenir à des relations professionnelles, toi et moi, les trois prochains mois seront moins difficiles pour nous deux.

À peine ces mots prononcés, elle eut envie de rentrer sous terre. Qu'est-ce qui lui prenait de monter sur ses grands chevaux ? Il ne l'avait pas invitée à sortir avec lui, bon sang, simplement à boire un café. Il allait la prendre pour une pimbêche coincée.

— Désolée, Jesse. Ce n'est pas ce que j'ai voulu dire.

Trop tard. Toute aménité avait disparu du visage de Jesse.

— Ce n'est pas grave. Tu as raison, merci du conseil. Après tout, ce n'est pas comme si nous avions grandi l'un à côté de l'autre.

Il l'observa d'un air pensif.

— Qu'est-ce qui t'est arrivé, Mysti, pour que le simple fait de t'offrir un café te hérisse à ce point ? De nouveau, on dirait que tu rêves de décamper de cette ville le plus vite possible.

Mysti se sentit écrasée par le poids d'un regret terrible. Oui, il avait raison. Ils avaient pratiquement grandi ensemble. En lui demandant d'en rester à des relations professionnelles, elle venait de lui infliger un véritable camouflet. Mais comment lui expliquer qu'elle essayait coûte que coûte de protéger son cœur ? Oui, elle avait commis une bévue, mais c'était parce qu'elle redoutait d'avoir encore des sentiments pour lui. D'une certaine manière, tant mieux s'il était vexé. Mieux valait lui faire croire qu'elle était indifférente et froide.

— Ce qui m'est arrivé, Jesse ? En voilà une bonne question de la part de quelqu'un qui n'a jamais mis les pieds en dehors du village qui l'a vu naître.

Elle aggravait son cas, mais c'était plus fort qu'elle. Les mots s'échappaient de sa bouche sans qu'elle puisse les retenir.

— Moi, j'ai dû changer pour supporter le quotidien de l'armée, tout ce que je voyais jour après jour : des soldats à peine sortis de l'enfance que j'opérais à la chaîne, et que j'amputais dans le meilleur des cas. Si j'avais laissé libre cours à mes émotions, j'aurais été incapable de m'acquitter de ma tâche.

Inspirant profondément pour se calmer, elle ajouta :

— Une fois de plus, je suis désolée, Jesse. Tu ne mérites pas que je déverse mes problèmes sur toi. Simplement, j'ai plus de mal que je le pensais à m'habituer à la vie civile. Enfin, je sais, ce n'est pas une excuse. Bon, tu me tiens au courant pour ce tournoi ?

— Tu tiens vraiment à venir ? demanda-t-il d'un ton sec.

Manifestement, elle n'était pas pardonnée. Au reste, pourquoi aurait-il passé l'éponge aussi facilement ? Elle s'était comportée comme une vraie idiote.

— Bien sûr, je veux aider Larry, mais je comprends parfaitement que tu n'aies plus envie de m'accueillir sur ton bateau.

— Pas du tout. Tu seras la bienvenue, au contraire. Nous n'aurons qu'à tracer une ligne au milieu du pont et à nous tenir chacun d'un côté.

Elle lui lança un bref regard. Devait-elle prendre cette remarque au sérieux ? En tout cas, pas question de lui poser la question.

— Merci. Je ferai en sorte de me libérer.

— Je vais passer voir Larry cet après-midi. Je peux t'envoyer un petit compte rendu si tu veux.

— Oui, ce serait très bien.

Jesse hocha la tête.

— Ce travail doit te paraître incroyablement ennuyeux après tes années à l'armée, ajouta-t-il après un court silence.

Ce n'était pas le cas, mais la situation n'en était pas forcément plus simple. À la réflexion, ce retour à Forgotten Point était peut-être une énorme erreur.

— Pour le moment, c'est tout ce que je demande. Au

moins, ici, je ne suis pas sans cesse confrontée à la mort et à la souffrance.

Elle promena un regard sur les murs et le carrelage blancs, si différents de son environnement de travail dans des tentes militaires. Le crépitement des mitraillettes ne franchirait jamais de tels murs. Des flashs perturbants traversèrent son esprit, signe qu'il était temps pour elle d'en rester là. Si elle s'attardait, elle risquait de rabrouer à nouveau Jesse pour des motifs complètement futiles.

— Tiens-moi au courant au sujet de Larry, OK ? Bon, il faut que je file.

— Oui, bien sûr… File. On se voit plus tard.

Elle n'en doutait pas, et là résidait en partie le problème. Ainsi qu'elle avait procédé à Joronha, il faudrait qu'elle range Jesse dans une petite case mentale pour l'empêcher d'envahir le reste de ses pensées. Avec un peu de chance, si elle s'en tenait à ces limites, elle arriverait à traverser ces trois mois sans trop de difficultés.

Le reste de la journée se déroula sans événement notable, Dieu merci. L'opération prévue après celle de Larry consistait à désinfecter un abcès dans la jambe d'un patient, et ce fut l'affaire de trente minutes. Le foyer infectieux était localisé en profondeur, et le fait qu'il était encapsulé avait à la fois facilité et compliqué l'intervention. Si l'infection ne s'était pas propagée aux tissus environnants, il avait fallu prendre garde à ne pas endommager un vaisseau sanguin important situé près de l'abcès.

Le soir venu, Mysti bouclait des tâches administratives lorsqu'une infirmière lui annonça qu'elle était attendue à l'accueil. *Jesse ?* Mais non, voyons… Et même si c'était le cas, qu'est-ce que cela pouvait lui faire ? Elle consulta son portable et, voyant qu'elle avait raté deux appels de sa mère, elle sentit un frisson d'inquiétude la parcourir. Tout en se dirigeant vers l'ascenseur, elle l'appela, et sa mère décrocha immédiatement.

— Coucou, ma chérie. Tu veux toujours m'accompagner pour récupérer Brutus chez le véto ? Je crois me rappeler que tu es libre à partir de 5 heures.

Ah, zut ! Elle avait complètement oublié. Par bonheur, elle avait terminé sa journée.

— Tu es toujours à l'accueil ? J'arrive tout de suite.

— D'accord. Je me suis dit que je ferais aussi bien de venir ici puisque le véto est de ce côté-ci du pont.

Son père avait tenu à Brutus comme à la prunelle de ses yeux. Sa mère aussi l'aimait beaucoup, mais leur bon gros saint-bernard faisait son poids. Ce matin, elles n'avaient pas été trop de deux pour le faire grimper dans la voiture afin de l'emmener chez le vétérinaire. Un peu comme le patient qu'elle avait opéré, Brutus s'était blessé en jouant avec une branche dont une écharde s'était logée dans sa cuisse gauche.

— Comment va-t-il ?

— Ils disent qu'il a encore mal. Écoute, si tu es occupée, je suis sûre qu'ils m'aideront à le faire monter dans la voiture.

— Pas la peine, maman, j'ai fini ma journée. Attends-moi, je descends.

Lorsque Mysti sortit de l'ascenseur, sa mère l'attendait bien à l'accueil, mais elle n'était pas seule. Elle discutait avec Jesse. Mysti se crispa, puis elle s'obligea à se détendre. Du calme… C'était un comportement normal ici. Tout le monde bavardait avec tout le monde, tout le temps. De quoi parlaient-ils ? De ce tournoi de pêche ? Quand bien même, quelle importance ? Il ne s'agissait pas d'un rendez-vous amoureux ou quoi que ce soit de ce genre ! En fait, elle avait sans doute peur que sa mère se fasse des idées. Après tout, Jesse était un beau parti, et sa mère l'avait toujours apprécié quand ils étaient petits.

« Après tout, ce n'est pas comme si nous avions grandi l'un à côté de l'autre. »

Ces paroles de Jesse allaient la hanter un bon bout de temps, elle en était sûre. Mais ni lui ni elle n'étaient des enfants, justement, et sa mère avait déjà fait quelques vagues allusions aux petits-enfants qu'elle espérait avoir. Fille unique, Mysti souhaitait avoir un jour des enfants, encore devait-elle trouver la bonne personne. Son regard s'égara vers Jesse tandis qu'elle se dirigeait vers eux. Jesse la salua d'un hochement de tête.

— Je m'apprêtais à rendre visite à Larry. Ma journée s'est terminée plus tard que prévu.

— Pas grave, je l'ai vu tout à l'heure. Il va bien.

Sa mère les regarda alternativement.

— Vous parlez de Larry Rogers ? Il ne devait pas se faire opérer aujourd'hui ?

— Si.

Ah, ces petites villes où chacun savait tout sur tout le monde… C'était même étrange que sa mère n'ait jamais rien su du baiser qu'elle avait échangé avec Jesse dans cette voiture. Mais tout le monde ignorait qu'ils avaient été ensemble ce soir-là, à part ce policier qui n'avait manifestement pas eu la moindre idée de ce qu'il avait interrompu.

— Je suppose que je n'en saurai pas plus que ce que tu viens de dire à Jesse ? Ce n'est pas grave, va, ajouta-t-elle avec un geste de la main. Je suis sûre que quelqu'un en ville saura me renseigner dans les menus détails.

Mysti ne put s'empêcher de rire. Décidément, à Forgotten Point, le secret médical ne pesait pas bien lourd face au moulin à rumeurs. Elle se tourna vers Jesse.

— On va récupérer Brutus chez le vétérinaire. C'est notre chien.

— Je sais, je l'ai déjà vu devant chez vous en passant. Il va bien ? Il n'est pas couvert par le secret médical, j'espère ?

Elle sourit, soulagée de le voir dans de meilleures dispositions vis-à-vis d'elle.

— Il se porte bien, oui. Il avait juste un bobo à la patte.

— Vous avez besoin d'un coup de main ?

— Oh non ! s'écria Mysti.

— Pourquoi pas ? dit Mme North en même temps.

Mysti lui jeta un bref regard désapprobateur auquel sa mère répondit par un sourire.

— Tu sais bien que c'est la croix et la bannière pour le faire monter dans la voiture.

— On y est bien arrivées toutes seules…

— Il est chez quel vétérinaire ?

— Chez Bowman, répondit Mme North. C'est la clinique juste avant le pont à l'entrée de Forgotten Point.

Un peu plus et elle allait remarquer que c'était justement sur le chemin du domicile de Jesse…

— Bon, je vais vous suivre en voiture. De toute façon, c'est l'heure de récupérer Sally à l'école. Et puisque tu m'as dit que Larry va bien, je vais te croire sur parole.

Mysti réprima un soupir.

— Bon, comme tu voudras.

Telle une petite caravane, les trois véhicules se mirent en route à la queue leu leu. Quelques instants plus tard, ils entraient tous les trois dans la clinique vétérinaire. Dès que Mme North s'adressa à la secrétaire, un aboiement aigu jaillit d'une pièce à l'arrière. Brutus devait avoir reconnu la voix de sa maîtresse.

— Vous êtes attendue, dit l'employée en souriant. Chaque fois que la cloche de la porte sonne, il jappe. Et pourtant, l'anesthésie n'est pas totalement dissipée.

Elle jeta un coup d'œil à Jesse avant d'ajouter :

— Vous avez bien fait de recruter de l'aide, Brutus a encore un peu de mal à se tenir sur ses pattes. Attendez-moi là, je vais prévenir de votre arrivée.

Quelques minutes plus tard, le saint-bernard apparaissait, le cou ceint d'un volumineux carcan. Il avançait cahin-caha malgré l'employé qui s'efforçait de le retenir, et les griffes de ses grosses pattes cliquetaient sur le carrelage à chacun de ses pas. Enfin, il se posta près de Mme North et secoua la tête en gémissant comme pour tenter de se débarrasser de sa collerette. Jesse s'empara de la laisse et tapota le chien.

— Sa jambe ne porte pas de pansement à cause de l'emplacement de la blessure. Autrement dit, il va devoir garder sa collerette quelques jours pour éviter d'endommager les points de suture. Pouvez-vous nous le ramener dans une semaine ? Il devrait avoir moins mal, donc il pourra certainement grimper tout seul dans la voiture.

Mme North hocha la tête.

— Tant mieux. Mon mari savait s'y prendre avec lui. Plus que moi, en tout cas.

Les yeux humides, elle s'éclaircit la gorge comme pour chasser sa tristesse. Le cœur de Mysti se serra. Elle se rappelait cette fois où sa mère lui avait annoncé qu'ils avaient un nouveau chiot et qu'il allait devenir énorme. Ses parents avaient été loin de se douter que Mme North devrait un jour assumer seule la charge de Brutus.

Mysti se tourna vers Jesse.

— Si tu veux, je peux prendre sa laisse.

— Non, on se débrouille très bien tous les deux. Pas vrai, mon gros ?

En guise de réponse, le chien s'assit en gémissant et battit le carrelage avec sa queue. Mysti sourit à nouveau. Il n'avait pas fallu longtemps à Jesse pour s'attirer les faveurs de Brutus. Mais qui avait un jour résisté à Jesse Grove ? Son beau sourire et ses longs cils noirs avaient toujours fait craquer Mysti, et les années n'y avaient rien changé, malheureusement.

Mme North sortit la première et les attendit près de sa voiture.

— Il monte à l'arrière, je présume, dit Jesse.

— Oui, j'ai déjà installé une couverture.

Mme North déverrouilla les portières et Mysti alla se poster de l'autre côté du véhicule, en face de Jesse, de manière à guider le chien vers elle. Toutefois, sans même lui laisser le temps d'esquisser le moindre geste, Jesse avait ouvert la portière et Brutus avait posé ses deux grosses pattes avant sur le siège.

— Allez, mon gros, on y va.

Un bras sous le ventre du chien et l'autre derrière ses pattes arrière, Jesse souleva l'animal comme il l'eût fait d'une grosse peluche. Et dire qu'à elles deux, elles avaient eu toutes les peines du monde à effectuer la manœuvre…

— Ils ont dû lui donner des médicaments costauds, dit Mysti non sans perfidie.

C'était énervant, à la fin. Jesse avait le chic pour tout faire sans aucun effort apparent. Comme la laisser partir, quinze ans plus tôt ? Non, pour le coup, il avait bien fait. Et elle, de son côté, avait fait de son mieux pour ne pas s'interposer entre lui et Kandid. Seulement, ses raisons pour partir avaient-elles été si altruistes que cela ? La réalité, n'était-ce pas plutôt qu'elle ne supportait pas de le voir convoler avec l'une de ses amies les plus proches ? Quoi qu'il en soit, à l'époque, elle avait eu le sentiment de ne pas avoir le choix.

Mais maintenant ?

Eh bien, maintenant, ils avaient tous les deux avancé dans leur vie. Et Jesse avait une fille, donc il avait aimé Kandid. Il l'avait épousée et avait eu un enfant avec elle. Surtout, il n'avait rien fait pour tenter de la retenir, elle, Mysti. Rien fait pour essayer de la persuader de revenir sur sa décision de partir. Oui, autant faire comme lui et tourner la page. Son psy à l'armée ne lui avait d'ailleurs jamais dit autre chose. Pour lui, la meilleure chose à faire était d'admettre la souffrance et d'avancer, sans chercher à masquer le mal-être derrière des drogues, de l'alcool ou des relations toxiques.

— OK, maman, je te retrouve chez toi. Merci pour ton aide, Jesse, ajouta-t-elle, malgré elle.

— Je t'en prie. Vous n'aurez vraiment pas besoin d'aide pour le faire descendre ?

— Non, ça ira. Il n'aura qu'à se laisser glisser jusqu'au sol.

Sa mère leur adressa un signe de la main avant de s'installer au volant et de démarrer. Après une courte hésitation, Mysti se tourna vers Jesse.

— Bon, j'y vais. Elle va avoir besoin de moi.

— D'accord. À plus tard, à l'hôpital.

Oui, malheureusement, ils finiraient tôt ou tard par se croiser, à l'hôpital ou en ville. C'était inévitable, à moins de partir d'ici. Donc, elle ferait comme avait dit son psy : elle allait affronter ses problèmes et ses regrets, et elle allait s'efforcer d'avancer.

À son tour, elle s'installa au volant et enclencha le contact. Elle entendit un clic, mais le moteur ne démarra pas. Ah, zut,

zut, zut… Pas maintenant, bon sang ! Elle tourna à nouveau la clé, sans plus de résultats. Génial… Voilà qui lui apprendrait à acheter la première occasion venue qui n'était pourtant pas une guimbarde. Pourquoi fallait-il qu'elle rende l'âme maintenant, et en présence de Jesse, par-dessus le marché ? Bien évidemment, il l'avait vue. Il lui fit signe de baisser la vitre de sa portière, ce qu'elle fit.

— Ce n'est rien, Jesse, je vais contacter un dépanneur. Ça doit juste être la batterie, à mon avis.

— Je peux te conduire chez ta mère, si ça ne t'embête pas de faire un crochet par l'école. Ce sera l'affaire de quelques minutes.

— Merci, Jesse. Désolée…

— Il n'y a vraiment pas de quoi. Ce sont des choses qui arrivent à tout le monde un jour ou l'autre.

— Oui, bon… Merci. J'appelle ma mère pour lui dire de nous attendre.

Mysti rassembla ses affaires en vitesse avant de rejoindre Jesse. Comme de bien entendu, sa voiture à lui démarra au quart de tour. Tandis qu'ils faisaient route vers l'école, elle laissa un message dans la boîte vocale de sa mère.

Cinq minutes plus tard, Jesse prit place dans la file de ramassage scolaire. Mysti ne put s'empêcher de trouver incongru de le voir se comporter en bon père de famille, lui qui, quinze ans plus tôt, était la coqueluche de toutes les minettes du lycée. Mais Jesse s'était marié jeune et il avait perdu sa femme très tôt. Mysti, en revanche, n'avait jamais été entravée par des liens sentimentaux lorsqu'elle était au lycée. Si elle aussi s'était mariée jeune, aurait-elle atteint les buts qu'elle s'était fixés dans la vie ? Sans doute que non. Comme quoi, sa décision de partir avait été la bonne pour Jesse, mais aussi pour elle. Jusque-là, elle ne s'en était jamais vraiment rendu compte. Sans doute avait-il fallu qu'elle revienne à Forgotten Point pour en prendre conscience. Son cœur s'allégea légèrement à cette pensée.

— Donc, ta fille s'appelle Sally ?

— Oui, dit-il en scrutant les enfants postés devant l'école. Elle ressemble beaucoup à Kandid, tu verras.

Le contraire l'aurait étonnée. Et elle, si elle avait eu une fille, à quoi aurait-elle ressemblé ? Mysti éprouva un pincement au cœur à cette pensée. Une fois de plus, elle remercia le ciel que cet agent de police se soit arrêté à côté de leur voiture, bien des années plus tôt, parce que sans lui… Eh bien, sans lui, leurs vies à tous auraient pris une tournure autrement plus compliquée. Elle préférait ne pas y songer. En tout cas, de nombreuses personnes auraient risqué de souffrir de ses actions. Mysti avait payé cher pour apprendre que les actions avaient des conséquences.

— Je suis heureuse pour toi, Jesse. Pas pour la mort de Kandid, cela va de soi, mais pour la vie que tu as construite ici.

— Même si je n'ai jamais mis un pied en dehors de ce patelin ?

Il avança dans la file et lui jeta un bref coup d'œil avec un sourire qui atténua la pique.

— Tu ne t'es jamais mariée, ajouta-t-il.

— Non, mais j'ai mené une vie assez compliquée. Entre les études de médecine et la vie militaire, j'avais peu de temps pour moi.

Elle fit rouler son épaule gauche pour soulager une douleur qui lui irradiait le dos. C'était toujours pareil lorsqu'elle se rappelait le choc, le bruit, les éclats d'obus acérés qui tranchaient son uniforme, sa peau, sa chair.

La voiture devant eux avança à nouveau et ils se retrouvèrent à la hauteur du portail de l'école. Jesse baissa sa vitre pour annoncer quel enfant il venait récupérer. Mysti vit alors arriver une adorable fillette avec des tresses brunes et de grands yeux sombres : le portrait craché de Kandid, en effet. Mais elle tenait aussi de son père, avec notamment cette jolie fossette qui creusait sa joue.

— Coucou, papa !

— Ça va, ma belle ? Comment s'est passée ta journée ?

— Super !

Une institutrice ouvrit la portière arrière.

— N'oublie pas de dire à ton père pour vendredi : chacun doit venir avec un vêtement dépareillé.

La femme jeta un coup d'œil à Mysti et sursauta.

— Ça alors ! Mysti North ! Ça fait un bail qu'on ne t'a pas vue. Je ne savais pas que tu étais de retour.

Mysti mit alors un nom sur ce visage : Anna, une ancienne camarade d'école.

— Si. Et, bien sûr, il a fallu que ma voiture tombe en panne. Jesse a eu la gentillesse de me déposer chez ma mère.

Anna referma la portière derrière Sally.

— Je vais te donner mon numéro. On pourrait boire un café quelque part, rattraper un peu le temps perdu. Ça me fait plaisir de te revoir.

— Merci. Oui, ce serait sympa.

Mysti inscrivit dans son répertoire le numéro que lui dicta Anna.

— Je t'appelle.

Anna hocha la tête et s'écarta pour leur permettre de repartir. Jesse regarda sa fille dans le rétroviseur.

— Donc, tu as passé une bonne journée.

— Oui ! Enfin, sauf pour la dictée.

Mysti ne put s'empêcher de sourire. À une certaine époque, elle aussi n'avait pas d'autres soucis que d'avoir une mauvaise note à un contrôle.

— Sally, je te présente Mysti North. C'est une vieille amie de retour à Forgotten Point.

— Salut ! Je ne savais pas que papa avait des amies.

— N'importe quoi ! Bien sûr que si, j'ai des amis.

— Oui, mais ce sont tous des garçons. C'est bien que tu aies des copines aussi.

Une copine ? Seigneur, et puis quoi, encore ? Mysti se sentit devenir écarlate. En revanche, ses questions sur la présence d'une femme dans la vie de Jesse avaient à présent une réponse. Cela dit, il ne faisait certainement pas étalage de ses aventures féminines devant sa fille.

Jesse changea opportunément de sujet.

— Ça te dirait de participer à un tournoi de pêche dans quelques semaines ? On en profiterait pour ressortir notre bateau.

— C'est vrai ? Ce serait super !

Sally se tut un instant, arborant un air de profonde réflexion.

— Je devrai toucher des vers, dis ?

— Seulement si tu le veux. Mysti serait des nôtres, si tu es d'accord.

Le regard de l'enfant se posa alternativement sur son père et sur Mysti.

— Oui. Notre bateau est vraiment chouette. Seulement, papa dit toujours qu'on n'a pas le temps de s'en servir.

Un muscle tressauta sur la mâchoire de Jesse. Pensait-il à toutes ces fois où ils avaient utilisé ce bateau du vivant de Kandid ? Seigneur, il devait songer à sa femme chaque fois qu'il regardait sa fille.

— Cette fois-ci, on va essayer de le trouver, d'accord ? dit Jesse en jetant un autre coup d'œil dans le rétroviseur.

— Ouais ! Au fait, je dois vous appeler madame North ?

Mysti hésita, embarrassée. Comment expliquer à une enfant que non, elle ne pouvait pas lui dire « madame » ? En désespoir de cause, elle se tourna vers Jesse.

— Ça t'embête si elle m'appelle Mysti ?

— C'est comme tu veux.

— Et toi, qu'en penses-tu, Sally ? Ça te dit de m'appeler Mysti ?

— Oui, j'aime bien ce prénom.

L'enfant la regarda avec davantage d'attention.

— Vous avez de jolis yeux.

— Merci.

Décidément, elle lui plaisait, cette petite. Elle était vive, gentille et curieuse, et n'avait pas peur de poser des questions ou de donner son opinion. Enfin, aurait-elle été du même avis si Sally n'avait pas dit qu'elle avait de jolis yeux ?

Jesse s'engagea dans une rue secondaire qui menait chez la mère de Mysti. Deux minutes plus tard, ils étaient arrivés.

— Merci encore de m'avoir déposée, Jesse. Je suis ravie d'avoir fait ta connaissance, Sally.

— Moi aussi. C'est chouette que vous veniez à la pêche avec nous. Et que papa ait enfin une copine.

Du coin de l'œil, Mysti vit Jesse lever les yeux au ciel, ce qui la fit rire.

— Oh ! je ne suis qu'une amie !

Mais pour la première fois depuis que Jesse l'avait invitée à l'accompagner pêcher, elle était vraiment contente d'avoir accepté.

— Tu as besoin d'aide pour récupérer ta voiture ?

Elle secoua la tête.

— Ça ira, merci. On va s'occuper de Brutus, après quoi ma mère me ramènera chez le véto.

— Tu es vraiment sûre que vous vous en sortirez toutes seules avec Brutus ?

— Sûre et certaine.

Déjà, sa mère sortait de voiture et ouvrait la portière arrière.

— Je ferais mieux de me dépêcher, sinon elle va essayer de se débrouiller sans moi. Allez, à plus.

Puis, sans un regard en arrière, elle sortit de voiture et se dirigea vers sa mère.

4.

Jesse commençait à en avoir plus qu'assez. Depuis qu'il avait évoqué devant elle ce tournoi de pêche, Sally ne cessait de lui en rebattre les oreilles, quand elle ne lui parlait pas de sa nouvelle « copine », Mysti. Il lui avait fallu un temps fou pour lui expliquer qu'on pouvait être ami avec une fille sans en faire sa copine attitrée. Mais la réaction de Sally lui avait servi d'avertissement. Sa fille s'attachait trop facilement à une figure maternelle. C'était d'ailleurs l'une des raisons pour lesquelles sa vie sentimentale était restée pratiquement au point mort depuis trois ans, en dehors de quelques brèves rencontres. Il avait eu mauvaise conscience de faire des galipettes dans le lit de quelqu'un tandis que sa mère gardait Sally. Depuis un an, il n'était plus sorti avec une femme, même pour boire un verre.

Pour autant, il s'abstenait de toute fréquentation féminine par fidélité à la mémoire de Kandid. Si elle était restée de ce monde, leur mariage n'aurait sûrement pas tenu bien longtemps. Au fil des années, ils s'étaient éloignés lentement, inexorablement. Bien sûr, tous les couples évoluaient au gré d'intérêts divergents, mais dans leur cas, c'était différent, surtout lorsque Kandid s'était mise à se plaindre sans cesse qu'il n'était jamais disponible émotionnellement. Il avait compris le sens de ces paroles lorsqu'elle avait reçu son diagnostic. En larmes, elle lui avait alors avoué qu'elle l'avait trompé avec un collègue, mais que c'était fini, promis.

Au moins, elle avait été franche. Il ne pouvait pas en dire autant pour lui. Après tout, il n'avait jamais eu le cran de lui parler de Mysti, et cela l'avait rongé pendant des années. D'ailleurs, à la vérité, il avait été surtout soulagé d'apprendre qu'il n'avait pas été le seul à avoir cédé à la tentation. Mais ce soulagement avait généré en lui des angoisses d'un autre ordre. N'aurait-il pas dû être furieux contre Kandid ? Furieux contre l'homme avec qui elle avait été ? Au lieu de cela, il avait compris qu'elle avait vu juste sur les sentiments qu'il éprouvait pour elle. Ou plutôt, qu'il n'éprouvait pas, ou plus. En fait, il avait accueilli la nouvelle de son infidélité avec un détachement qui l'avait étonné. C'est alors qu'il avait pris conscience que tout, dans leur couple, n'avait été que faux-semblants. Qu'il en avait été ainsi sans doute avant même qu'ils ne se marient.

Il secoua la tête pour s'éclaircir les idées. Tout cela n'avait plus aucune importance. Kandid était morte. Lors des funérailles, les condoléances l'avaient mis terriblement mal à l'aise. Il s'était senti tellement hypocrite… Aux yeux de tout le monde, leur mariage avait été parfait. Les deux lycéens énamourés avaient échangé leurs vœux et ils étaient restés fidèles l'un à l'autre jusqu'à la fin. Mais le conte de fées n'avait été que cela : une illusion. Du vent…

La sonnerie du portable sur son bureau le tira de ses pensées. Il fronça les sourcils : un appel de l'hôpital.

— Docteur Grove à l'appareil.

— Bonjour, docteur. Je suis Reggie Worth, infirmière en traumatologie. On a une dame qui vient d'être admise suite à un accident de la route. Sa fille est déjà là, elle dit que vous êtes son médecin traitant.

— Qui est-ce ?

— Helen Hastings.

En effet, il avait vu Helen deux heures plus tôt pour un bilan de routine. L'accident avait dû se produire lors du retour chez elle.

— D'accord, j'arrive tout de suite.

Helen était en bonne santé, abstraction faite de ses problèmes d'ostéoporose. Justement, si elle avait eu un accident de la route… Il se mit en route aussitôt, sa secrétaire lui ayant promis de fermer le cabinet à sa place. Par bonheur, il avait terminé ses consultations, et sans cet appel il serait rentré chez lui. Seulement, l'hôpital, lui, restait ouvert vingt-quatre heures sur vingt-quatre pour accueillir les patients à toute heure du jour et de la nuit.

Jesse prit l'ascenseur et sortit au deuxième étage où il se dirigea vers le bureau des infirmières.

— Helen Hastings ?

— Elle est à la chambre numéro trois. Un chirurgien est en train de l'examiner.

— Merci.

Un chirurgien… Autrement dit, les blessures n'étaient pas mineures. Il aperçut dans le couloir Dorothy, la fille de Helen.

— Comment va-t-elle ? demanda-t-il.

— Je ne sais pas. Elle a plusieurs fractures et peut-être aussi une hémorragie interne.

Jesse lui pressa le bras pour la réconforter.

— Je vais l'examiner tout de suite.

Il poussa la porte et vit Mysti penchée au-dessus du lit, occupée à palper le ventre de Helen. Il aurait dû se douter qu'elle serait là. Elle était chirurgienne spécialisée en traumatologie, après tout. Quoi qu'il en soit, si elle était surprise de le voir, elle n'en montra rien.

— Comment ça se présente ?

— Elle était inconsciente à son arrivée. À en juger par la palpation, une rupture de la rate n'est pas à écarter. Je l'emmène au bloc. Elle présente des fractures aux deux fémurs ainsi qu'au tibia gauche, mais elles devront attendre. As-tu des précisions à me donner la concernant ?

— Elle souffre d'ostéoporose, mais je ne lui connais pas d'allergies. De toute façon, tout est consigné dans son dossier médical.

— Je sais, mais j'ai lu que tu es son médecin traitant et j'ai voulu vérifier auprès de toi.

Deux infirmières entrèrent et ajustèrent les tuyaux de perfusion avant d'acheminer le lit au bloc opératoire.

— Je dois me préparer pour l'opération, reprit Mysti. Si

j'arrive à la stabiliser, les chirurgiens orthopédiques pourront s'occuper de ses fractures.

— Va. Je reste avec sa fille.

— D'accord. Je te tiens au courant.

Dans une ville de la taille de Forgotten Point, Jesse connaissait quasiment tout le monde. Dans ces conditions, il lui était difficile d'être totalement détaché, d'autant plus que Helen était une vieille amie de sa mère. D'ailleurs, il aurait parié que Mysti connaissait également cette famille, mais en cet instant elle était surtout une chirurgienne pressée de s'occuper de sa patiente. Dans le couloir, Jesse demanda à Dorothy de l'accompagner en salle d'attente.

— Tu veux quelque chose ? Un café, un verre d'eau ?

— Non, rien pour le moment. Comment va ma mère ?

— Ils l'emmènent en chirurgie. Ils suspectent une rupture de la rate.

— Oh ! non !

Lorsqu'ils furent dans la salle d'attente, Dorothy lui raconta ce qu'elle savait.

— Apparemment, maman venait de passer le pont lorsqu'elle a fait une embardée. Elle devait sortir de chez l'épicier, puisque ses sacs de courses se trouvaient dans le coffre. On ne sait pas si elle a voulu éviter un animal ou si elle a fait un malaise. Quoi qu'il en soit, elle a heurté un arbre.

Dorothy pressa une main contre sa bouche pour réprimer un trop-plein d'émotions.

— Sa voiture est complètement bousillée, et maman…

— Elle est entre de bonnes mains. Le Dr North est une traumatologue avertie.

— C'est ce qu'on m'a dit, oui. Elle a longtemps été dans l'armée, c'est ça ? Ta mère en a parlé à la mienne.

Jesse se crispa avant de comprendre qu'il s'agissait sûrement d'un bavardage anodin.

— En effet. Et comme je te l'ai dit à l'instant, elle a une grande expérience en traumatologie. Elle sait ce qu'elle fait.

C'était beaucoup dire. En fait, il n'avait pas la moindre

idée des qualités professionnelles de Mysti. Il ne l'avait vue à l'œuvre qu'une fois, calme et concentrée, pour l'opération de Larry, et il n'avait aucune raison de penser qu'il en irait autrement pour Helen. Une rupture de la rate était une urgence médicale et, selon toute probabilité, il faudrait lui retirer cet organe. Helen allait sur ses quatre-vingts ans, et si elle survivait à l'opération, sa convalescence serait longue et difficile, surtout du fait de son ostéoporose. Mais la vieille dame avait aussi un moral d'acier, et si quelqu'un avait des chances de s'en tirer, c'était bien elle.

— S'il te plaît, Dorothy, laisse-moi t'apporter un café. On risque de devoir attendre un bon bout de temps.

Il aurait sans doute dû appeler sa mère pour l'informer de ce qui s'était passé, mais elle gardait Sally et il ne voulait pas l'inquiéter inutilement. Il lui téléphonerait lorsque tout serait terminé.

— Merci. Un café crème, s'ils en ont.

— Je reviens tout de suite.

Jesse se dirigea vers la salle de repos de l'équipe médicale. Par bonheur, il restait du café dans la cafetière et un carton rempli de dosettes de crème se trouvait dans la porte du réfrigérateur. Il prépara deux tasses avant de revenir en salle d'attente et de reprendre place près de Dorothy. Tout en buvant son café, Dorothy lui parla de sa mère et de son enfance. Jesse était bien placé pour savoir que parler était la meilleure façon de passer le temps en attendant d'avoir des nouvelles. Il ne put s'empêcher de rire lorsque Dorothy lui raconta certaines des bêtises qu'elle avait commises avec sa mère à lui lorsqu'elles étaient adolescentes.

— On a vraiment fait les quatre cents coups, toutes les deux. C'est vraiment triste, ce qui lui est arrivé, ajouta-t-elle, son visage s'assombrissant.

Jesse comprit aussitôt qu'elle faisait référence à son père qui, après avoir trompé sa femme pendant des années, avait fini par la quitter. Comble du cliché, il était parti avec sa secrétaire sans se soucier de ce qu'il adviendrait de ses deux fils et de leur mère. D'ailleurs, il n'avait jamais tenté de les joindre par la suite, soit parce qu'il avait honte, soit parce qu'il n'avait cure de ce qui pouvait leur arriver : Jesse n'avait jamais su, et il n'avait aucune intention de s'appesantir sur la question.

— Maman avait beaucoup de bonnes copines qui l'ont aidée à s'en sortir. Vraiment, merci à vous toutes pour ce que vous avez fait.

Jesse n'oublierait jamais les marques de soutien et de sympathie de tout le monde en ville. C'était d'ailleurs l'une des raisons pour lesquelles il était resté tellement attaché à Forgotten Point.

— Et toi, merci pour tout ce que tu fais pour ma mère.

— Oh ! il n'y a pas que moi ! Et puis, Helen est une battante.

— C'est vrai. J'espère vraiment que son esprit combatif va faire la différence, parce que je ne suis pas prête à…

Elle se tut, les larmes aux yeux.

— Je sais. On en saura plus quand Mysti aura fini.

Ah, zut ! Il venait de l'appeler par son prénom au lieu d'utiliser son titre professionnel. En tout cas, si Dorothy s'étonna d'une telle familiarité, elle n'en montra rien. Elle avait sans doute pensé que Mysti et lui se connaissaient depuis toujours.

Au bout d'une heure, celle-ci apparut enfin, et Dorothy bondit de sa chaise avec un regard d'espoir.

— Comment va-t-elle ?

— L'opération n'est pas terminée. J'ai dû lui retirer la rate, mais elle ne semble pas avoir subi un traumatisme crânien et elle n'a pas d'autres hémorragies internes.

— Merci, mon Dieu !

— Pour autant, elle n'est pas encore tirée d'affaire. Elle a perdu pas mal de sang, et il a fallu la transfuser. Mais elle est suffisamment stabilisée pour que le Dr Burroughs s'occupe de ses fractures. Le tibia peut être plâtré puisque les morceaux cassés ne sont pas séparés.

— Je pourrai la voir quand ?

— Quand elle sera en salle de réveil, mais elle devra sans doute rester encore deux jours en soins intensifs.

— D'accord. Merci beaucoup, dit Dorothy avec empressement.

— Je vous en prie.

Mysti souleva son épaule gauche comme pour la soulager d'une tension. On aurait dit qu'elle s'était fait mal, songea-t-il. Avait-elle trop présumé de ses forces en manipulant Brutus l'autre jour ? Peut-être…

— Je peux t'abandonner deux minutes, Dorothy ? demanda-t-il. Je dois téléphoner à ma mère.

— Pas de problème. Moi-même, je dois parler à mes filles, de toute façon.

Jesse quitta la pièce en faisant signe à Mysti de le suivre.

— Tu vas bien ? demanda-t-il lorsqu'ils furent seuls. Tout à l'heure, j'ai remarqué que tu faisais rouler une épaule.

Elle écarquilla brièvement les yeux avant de se détourner.

— Je vais bien, merci. J'avais juste besoin de soulager un peu de tension musculaire. Ça a été une intervention délicate dont l'issue est longtemps restée incertaine.

Sa réponse était venue rapidement, trop rapidement. Un peu comme si elle l'avait préparée très à l'avance, au cas où. Mais il ne pouvait pas insister sans être importun, d'autant plus qu'elle lui avait demandé de s'en tenir à des relations strictement professionnelles.

— Tu as fait un excellent travail. Merci.

— De rien. Je me souviens de Helen quand j'étais petite. Elle était toujours très gentille avec les enfants. Tous les ans, pour Halloween, c'était elle qui distribuait les meilleurs bonbons.

— C'est vrai, répondit-il en souriant. D'ailleurs, je m'arrangeais toujours pour passer plusieurs fois chez elle.

— Ah bon ? Mais quel tricheur !

— C'est pourtant vrai. À l'époque, j'avais tendance à me servir dès lors qu'une chose me plaisait.

Il regretta ces paroles à peine prononcées. S'il ne s'agissait que de bonbons… Le problème, c'était qu'il avait aussi pris des libertés avec la femme qu'il avait en face de lui.

— Alors, tant mieux si tu as grandi depuis, dit-elle.

Il la dévisagea avec intensité, essayant de trouver le sens

caché de sa phrase, à supposer qu'il y en ait un. Avait-elle songé à la même chose que lui ? Comment le savoir ? Son expression ne trahissait rien d'autre qu'une sorte d'amusement désabusé.

— Oui, tant mieux.

Depuis, il avait appris qu'on ne pouvait pas voler impunément le bien d'autrui. Enfin, il espérait vraiment avoir retenu la leçon, à l'inverse de son père.

— Tu m'appelles si tu as du nouveau pour Helen ?

— Oui, promis.

— Merci, Mysti. C'est sympa.

— Il n'y a pas de quoi. Bon, je retourne au bloc au cas où ils auraient besoin de moi.

Elle lui adressa un bref signe de la main avant de tourner les talons. Jesse la suivit du regard et, tandis qu'elle s'éloignait, il aurait juré qu'elle remuait à nouveau son épaule gauche. Pour soulager un peu de tension musculaire, ainsi qu'elle le prétendait ? Ou bien y avait-il une autre raison ? Si tel était le cas, elle ne souhaitait manifestement pas lui en parler, et il n'avait aucun droit d'exiger des réponses. Contrairement au gamin qu'il était, il n'essayait plus de s'approprier ce qui ne lui appartenait pas : bien matériels, informations ou autres.

Mysti retrouva Anna au restaurant quelques jours plus tard. Ce fut l'occasion pour elles de se plonger dans leurs souvenirs et de raconter ce qui s'était passé dans leurs vies depuis le lycée. Toutefois, c'était surtout Anna qui parlait, Mysti étant beaucoup plus réticente à se confier. Elle n'avait aucune raison d'évoquer ce qu'elle avait vécu à Joronha et après.

— C'est bien que tu sois passée à l'école l'autre jour. De toute façon, j'aurais fini par apprendre ton retour. Les nouvelles vont vite par ici.

— Pas faux. Si tu ne tiens pas à ébruiter quelque chose, mieux vaut tenir ta langue.

C'était l'une des raisons pour lesquelles elle n'avait parlé de sa blessure à personne, pas même à sa mère. Lorsqu'on l'avait transportée à toute vitesse vers le poste médical, elle avait refusé qu'on lui téléphone pour la mettre au courant. Les mois avaient passé, mais elle n'avait toujours rien dit. Ces cicatrices sur son dos ne regardaient personne d'autre qu'elle. Et puis, ce n'était rien comparé à la mort de Laura.

Elle avait été surprise lorsque Jesse avait remarqué sa façon de faire rouler son épaule. À force, ce mouvement était devenu tellement automatique qu'elle n'y faisait même plus attention, d'autant plus que personne ne l'avait jamais interrogée à ce propos, pas même sa mère. Personne, à part Jesse. Mais il était gériatre, il avait l'habitude de soigner des patients souffrant de problèmes articulaires. Il avait sans doute remarqué son geste par déformation professionnelle. Inconsciemment ou non, il devait être à l'affût de ce genre de détails. Quoi qu'il en soit, il semblait avoir accepté son explication... Mais assez pensé à lui, songea-t-elle. Elle reporta son attention sur la conversation.

— Donc, tu es mariée.

— Oui, et j'ai deux garçons. Attends, je vais te montrer des photos.

Mysti ne put réprimer un pincement au cœur à la vue des visages souriants du mari et des enfants d'Anna.

— Tes fils ont quel âge ?

— Sept et dix ans.

Le benjamin avait donc à peu près l'âge de la fille de Jesse. Son cœur se serra de plus belle à cette pensée. Sally avait dû être un tel bonheur pour Kandid. À sa place, Mysti aurait... Mais à quoi bon regretter ce qui n'avait pas été ? De toute façon, la plupart de ses anciennes amies de lycée devaient avoir des enfants de cet âge-là. Même Laura aurait dû...

Non, non, non ! Pense à autre chose !

— Je ne reconnais pas ton mari. Il est du coin ? Enfin, en quinze ans, les gens changent.

— Non, je l'ai rencontré à la fac. Nous étions à l'université du Kentucky.

— Mais tu es revenue vivre à Forgotten Point ?

— Eh oui, répondit Anna avec un grand sourire. Que

veux-tu ? On naît dans ce bled pour y mourir. En tout cas, mon mari se plaît ici. Il a grandi à la ville, et longtemps j'ai pensé qu'il finirait par se lasser, mais non. Il est architecte, donc il travaille beaucoup à la maison, même s'il possède un bureau à Louisville, ce qui l'oblige à des trajets d'une heure et demie lorsqu'il doit rencontrer un client.

— Il ne veut pas se rapprocher de son bureau ?

— Il me dit que non, et je ne vais pas m'en plaindre. Je suis ravie que mes garçons grandissent tout près de la maison de mon enfance.

Mysti ne regrettait pas d'avoir repoussé ses envies de maternité, mais elle ne pouvait plus ignorer le fait qu'elle avait trente-trois ans et qu'elle n'avait toujours pas rencontré le grand amour. Bien sûr, beaucoup de femmes avaient recours à des donneurs de sperme et tentaient l'aventure en solo, alors pourquoi pas elle ?

Pourquoi ? Sans doute parce qu'elle avait vu trop de jeunes gens mourir sur sa table d'opération en laissant derrière eux des êtres chers, femmes ou enfants, frères ou sœurs. Si quoi que ce soit devait lui arriver, pouvait-elle obliger sa mère à élever un enfant à sa place ? Mais, de toute façon, elle n'avait pas vraiment de projet pour l'avenir, mis à part se fixer quelque part, et encore. Pas maintenant, en tout cas. Et lorsqu'elle aurait atteint le cap de la quarantaine… Elle secoua la tête, énervée contre elle-même. Ce n'était pas bien de rester assise comme cela, à aspirer à quelque chose qu'elle ne pouvait pas obtenir.

— Au lycée, j'ai souvent pensé que vous feriez un joli couple, Jesse et toi, dit soudain Anna en souriant.

Quoi ? Oh ! non ! Non, non, non… Mieux valait ne pas s'attarder sur ce genre de remarque.

— Tu crois ? Jesse n'avait d'yeux que pour Kandid. Après tout, c'est elle qu'il a épousée.

— En effet, mais sans vouloir alimenter les ragots, je ne pense pas que leur mariage ait été particulièrement heureux. Quelques semaines avant les noces, il avait presque l'air… Je ne sais pas… Triste.

Jesse, triste ? Mysti n'avait jamais pensé que son mariage ait pu être autre chose qu'une réussite. Elle était toujours partie du principe que ces deux-là étaient faits pour vivre ensemble. Que ce qui s'était passé entre lui et elle dans la voiture n'avait été qu'un regrettable incident sur un parcours sans faute. Ce soir-là, Jesse avait dit qu'il était comme son père, et la tristesse dont parlait Anna venait sans doute de là. Mysti avait pourtant essayé de le rassurer, de le persuader que, non, il n'avait rien à voir avec son coureur de père, mais elle n'avait pas dû être suffisamment convaincante.

— Je dois te croire sur parole puisque j'étais déjà partie à l'époque. En revanche, une chose est sûre : il adore sa fille.

— C'est vrai. Quoi qu'il en soit, laissons le passé au passé. Je suis contente que tu sois de retour, ajouta Anna en levant son verre de vin.

Mysti hocha la tête avec un sourire contraint.

— Oui, moi aussi. Même si je ne suis ici que pour trois mois.

— Ah bon ? Tu veux déjà repartir ?

— Peut-être. À vrai dire, je n'ai pas vraiment réfléchi à ce que je compte faire après mon remplacement à l'hôpital.

D'autant plus qu'elle doutait de plus en plus d'avoir bien fait de revenir. Si elle avait pensé que ce retour aux sources lui permettrait de se débarrasser des fantômes qui l'avaient pourchassée depuis Joronha, elle s'était lourdement trompée. Ils étaient toujours là, plus insistants que jamais, et son dos endolori en attestait. Pour ne rien arranger, à Forgotten Point, elle devait en plus se confronter à d'autres types de fantômes : les souvenirs de son père, à qui elle n'avait pas pu faire ses adieux… Souvenirs, aussi, d'un certain baiser qu'elle n'avait jamais pu oublier.

Mais, pour l'heure, elle était bien forcée de rester, donc autant faire contre mauvaise fortune bon cœur. Du moins, jusqu'à ce qu'il soit à nouveau temps pour elle de plier bagage et de partir. Une nouvelle fois.

5.

L'été survint dans une explosion de chaleur qui desséchait tout sur son passage. Larry devait arriver dans une demi-heure pour un bilan, et, afin de faire d'une pierre deux coups, il avait voulu que Mysti et Jesse l'examinent ensemble pour lui donner le feu vert qui l'autoriserait à participer au tournoi de pêche. Au fond, ce n'était pas plus mal ainsi, se dit Jesse. De la sorte, il en profiterait pour régler avec Mysti certains détails pratiques, à commencer par l'heure et l'endroit du rendez-vous. En tout cas, c'était mieux que d'en discuter seul avec elle. Quand ils n'étaient que tous les deux, ses pensées s'aventuraient ailleurs. Des endroits où Mysti elle-même lui avait interdit d'aller.

À l'approche du rendez-vous, il lui envoya donc un texto de rappel. Son portable bipa quelques minutes plus tard.

On se voit dans ton bureau dans un petit moment.

Pour un message succinct, c'était un message succinct. Mais lui non plus n'avait pas écrit un roman. Seulement, il avait envisagé de la retrouver en salle de consultation, en présence de Larry. Machinalement, il se mit à mettre un peu d'ordre dans ses papiers, non pour les ranger à l'abri des regards, mais pour ne pas donner une impression de désordre. De là à croire qu'il désirait faire bonne impression à Mysti, il n'y avait qu'un pas qu'il refusait de franchir.

Quelques minutes plus tard, un coup fut frappé à la porte et Mysti passa la tête par l'entrebâillement.

— Je ne savais pas si tu étais en consultation avant le rendez-vous de M. Rogers.

— Non, entre. Il doit arriver d'un moment à l'autre.

Elle prit place sur un siège devant son bureau et croisa ses longues jambes, balançant distraitement celle du dessus. Alors que Jesse se contraignait à lever les yeux vers son visage, elle reprit la parole.

— Maman m'a dit que Helen va mieux.

— En effet. Tu as dû entendre qu'elle a quitté l'hôpital hier pour entrer dans une unité de soins infirmiers. Je dois passer la voir demain, justement. En tout cas, son pronostic aurait pu être bien pire. Merci à toi.

— Pourquoi moi ? C'était un travail d'équipe, et toi aussi, tu as participé. On en sait un peu plus sur l'accident ?

— D'après sa fille, elle a fait une embardée pour éviter un chien et elle a perdu le contrôle de son véhicule.

— C'est à peu près ce que je pensais. D'habitude, elle conduit plutôt bien pour son âge.

Une infirmière passa la tête par la porte entrouverte.

— M. Rogers vous attend en salle d'examen numéro deux.

— D'accord, dites-lui qu'on arrive.

Ils se levèrent et, d'un geste, Jesse invita Mysti à passer devant lui. À leur arrivée, M. Rogers patientait sur une chaise.

— Comment vous sentez-vous ? demanda Mysti en guise de préambule.

— Comme si j'étais un homme neuf.

— Vous n'avez plus mal au ventre ?

— Non, mis à part quelques tiraillements dus aux cicatrices.

Mysti sembla hausser une épaule, et Jesse reconnut ce mouvement qu'il avait déjà remarqué à plusieurs reprises. Avait-elle quelque chose à l'épaule ? Une blessure, peut-être ? Qu'avait-elle dit, déjà, la dernière fois qu'il lui avait posé la question ? Ah, oui : elle soulageait des crampes après être restée courbée au-dessus d'une table d'opération. Mais, sauf erreur de sa part, elle n'avait participé à aucune opération aujourd'hui.

— C'est normal, dit-elle. Vous permettez que je vous examine ?

— Oh là là… J'ai l'impression d'être un poisson que vous vous apprêtez à éventrer.

Mysti étouffa un rire qui se termina en toussotement.

— Vous pensez trop à ce tournoi, on dirait, répondit Jesse avec un grand sourire.

— Oh ! je réfléchis juste à mon discours de victoire !

— Vous êtes optimiste, dites donc. Je suis sûr que Mysti vous donnera du fil à retordre.

Il fit signe à celle-ci de commencer l'examen.

— Non, à toi l'honneur. Tu es son médecin traitant, après tout.

— Et toi, son chirurgien, répliqua-t-il avec un sourire.

Larry les regarda l'un et l'autre alternativement.

— Dites, vous me faites penser à un couple marié depuis cinquante ans. J'espère que vous n'allez pas vous comporter comme ça pendant le tournoi. Vous feriez fuir le poisson.

L'épaule de Mysti bougea bizarrement à nouveau.

— Prenez donc place sur le divan, Larry, dit Jesse.

Le vieil homme monta le marchepied.

— Je vais devoir enlever mon pantalon, n'est-ce pas ? Heureusement, j'ai pensé à enfiler des dessous propres.

Cette fois, Mysti ne tenta même pas de réprimer son rire. Jesse se sentit aussitôt transporté des années en arrière. Il avait toujours adoré son rire, un rire de gorge, infiniment sexy : le genre qui donnait envie de savoir ce que cela pourrait faire de…

— Il va falloir que j'examine votre ventre, monsieur Rogers.

Les paroles de Mysti ramenèrent Jesse brutalement à la réalité.

— Je vous en prie, appelez-moi Larry, comme tout le monde.

Alors que Larry déboutonnait sa chemise et son pantalon, Mysti s'approcha de lui en même temps que Jesse, tant et si bien qu'ils faillirent se heurter. Le rire délicieux de Mysti résonna de nouveau.

— Vas-y, je t'en prie.

Les mâchoires crispées, Jesse promena son stéthoscope sur le torse du vieil homme, à l'affût de tout signe de congestion. Il examina ensuite rapidement sa gorge, ses yeux et ses oreilles.

— Tout ça pour mon ventre ? marmonna Larry.

Jesse ne se formalisa pas de cette remarque. Larry avait la réputation d'être un vieux bougon, mais cette apparence d'ours mal léché dissimulait un cœur tendre comme de la guimauve. Il recula de quelques pas et s'inclina devant Mysti en une parodie de révérence.

— À ton tour.

Stéthoscope aux oreilles, elle ausculta l'abdomen du vieil homme.

— Les bruits que j'entends semblent tout à fait normaux. Vous dites que votre ventre vous fait encore mal ?

— Un peu, oui. Surtout dans certaines positions.

Mysti replia son stéthoscope qu'elle rangea dans sa poche, puis, du bout des doigts, elle palpa le ventre de Larry au niveau des incisions. À un moment, une grimace échappa à ce dernier.

— Et ici, c'est pire ?

— Oui.

— C'est justement l'endroit où j'ai dû enlever l'adhésion. La résection a dû causer une contusion. Vous avez du mal à aller à la selle ?

— Non, mais je continue à prendre ce laxatif émollient, et j'ai à nouveau de l'appétit.

— Très bien.

Elle recula d'un pas et lui tendit la main pour l'aider à se relever. Grossière erreur, songea Jesse qui s'était fait rabrouer plus d'une fois pour avoir tenté d'aider le vieil homme. Or, à son grand étonnement, Larry ne la réprimanda pas. Non, il s'assit tout seul et se contenta d'ignorer sa main. Comme quoi, il fallait une première fois à tout.

— Votre convalescence est en bonne voie. Vous pouvez espacer les laxatifs, sauf si vous avez du mal à aller aux toilettes. Auquel cas, faites-le savoir à moi ou à Jesse.

De nouveau, elle l'avait appelé par son prénom sans s'en apercevoir. Mais Larry non plus ne semblait pas avoir relevé ce détail puisqu'il se contenta de hocher la tête.

— Donc, je peux participer au tournoi ?

— Je dirais que oui. Que le meilleur gagne.

— C'est tout ce que je désirais entendre. Vous venez, n'est-ce pas ? J'y compte.

— Oui, promis. Je n'ai pas de bateau, donc Jesse… Enfin, le Dr Grove m'a proposé de l'accompagner sur le sien.

Cette fois-ci, elle n'avait pas répété son étourderie. Pourtant, il aimait bien que son prénom lui échappe de temps en temps. À chaque fois, une douce chaleur se nichait au creux de son ventre et irradiait dans d'autres parties de son anatomie. Il n'avait pas oublié cette fois où elle avait murmuré son prénom dans un soupir qui lui avait donné des idées folles.

— Vous venez avec votre fille ?

— Oui. Sally n'arrête pas de m'en parler.

Larry lui jeta un regard interrogateur qui n'était pas du goût de Jesse. À la réflexion, il n'aurait sans doute pas dû inviter Mysti. Il n'avait pas la moindre envie d'alimenter les rumeurs, et encore moins de donner de faux espoirs à Sally. Mais il n'allait tout de même pas dire à Larry que Mysti et lui n'étaient qu'amis. D'abord, rien n'était moins sûr. Ensuite, à quoi bon nier quelque chose dont personne n'avait parlé ? Et puis, il ne voulait pas mettre Mysti mal à l'aise et la dissuader de prendre part au tournoi avec lui et Sally. Pour une raison qui lui échappait, il tenait à ce qu'elle vienne. Parce qu'il n'avait pas passé un bon moment avec une femme depuis longtemps, sans doute ? Quoi qu'il en soit, que risquait-il ? Sally lui servirait de chaperon. À vrai dire, le lac tout entier serait couvert de chaperons.

Larry se laissa glisser à bas du divan d'examen.

— Je sais que vous venez pour garder un œil sur moi, et vraiment, je vous dois un grand merci. Mais cela ne veut pas dire que je vais vous laisser gagner. J'ai vraiment l'intention de remporter ce tournoi.

— Je n'en doute pas une seconde.

Jesse le raccompagna à l'accueil, puis il retourna en salle d'examen, où était restée Mysti.

— Alors, qu'en penses-tu ? Il ne risque rien ?

— Du moment qu'il ne pique pas une tête dans le lac, ça devrait aller.

— Il portera un gilet de sauvetage. Le règlement l'exige.

— Je sais. J'ai souvent pris part au tournoi avec mon père, tu te rappelles ?

Elle l'observa, la tête inclinée sur le côté.

— Et toi ? Tu n'y as jamais été avec ton père ou ton frère ?

— Non. Mon père n'était pas ce qu'on pourrait appeler un homme de famille.

— Oui, c'est vrai. Excuse-moi, Jesse. J'avais oublié.

C'était un sujet dont ils avaient discuté ce soir-là, dans sa voiture. Jesse avait déballé son sac à propos de son père et de tout ce qu'il avait fait subir à sa mère. Pourquoi Mysti s'en serait-elle souvenue ? Le sujet ne la concernait pas, après tout.

— Ça remonte à loin, tout ça. Je ne t'en veux pas de ne pas te souvenir de tout ce que je t'ai dit.

— Non, ce n'est pas ça.

Elle ferma brièvement les yeux, puis elle s'approcha de lui et lui toucha la main.

— Je me rappelle très bien tout ce qu'on s'est raconté ce soir-là, au contraire. Ce que je viens de te dire au sujet de ton père, ce n'était qu'une remarque en passant, pour faire la conversation. J'étais nerveuse, tu comprends.

Elle était nerveuse, elle ? Et pourquoi donc ? De se retrouver seule avec lui ? Bon sang, d'une certaine manière, voilà qui rendait la situation encore pire.

— Si tu crains que je tente quoi que ce soit avec toi, je vais te rassurer. Comme je viens de le dire, c'est de l'histoire ancienne.

Mysti fit à nouveau rouler son épaule gauche vers l'avant, puis vers l'arrière.

— Ce n'est pas toi qui m'inquiètes.

Allons bon… Jesse la considéra, les yeux plissés. Si elle ne redoutait pas qu'il lui fasse des avances, que fallait-il en penser, alors ? Qu'elle se faisait du souci pour elle-même ?

Elle ne lui avait pas lâché la main… Ses doigts étaient tièdes sur sa peau tandis qu'elle l'observait, son visage tourné vers lui. Sans réfléchir, il lui prit le poignet et l'attira à lui, puis il glissa son autre main dans ses cheveux soyeux. Il demeura ainsi un long moment, à la dévorer du regard, tiraillé entre ses désirs et sa raison.

— Donc, aux dires de Larry, nous ressemblons à un couple marié depuis cinquante ans.

— Apparemment, oui.

Il pencha la tête vers ses lèvres désirables.

Sauf que tu n'es pas marié.

Il avait déjà tenté l'expérience, et il s'en était mordu les doigts, apprenant à ses dépens qu'il n'était pas fait pour le mariage. Les mâchoires crispées, il s'écarta avec raideur, et Mysti ouvrit les yeux. Elle fronça les sourcils, puis la compréhension se peignit sur ses traits et elle recula brusquement, rouge comme une pivoine.

— Bon sang, Mysti, je suis désolé… Vraiment désolé.

Elle l'arrêta d'une main levée.

— Mais non… On… On ne peut pas répéter les mêmes erreurs. Cette fois-ci, c'est ma faute, je sais, mais quand même… On ne peut pas.

— Je suis bien d'accord, dit-il d'un ton guindé.

Elle émit un soupir puis se mordilla la lèvre inférieure.

— Bon, j'y vais. Merci de m'avoir permis d'examiner Larry.

Quand elle quitta la pièce, Jesse n'esquissa pas le moindre geste pour la suivre. Il l'aurait pourtant souhaité de toutes les fibres de son corps, mais pour quoi faire ? Il ne pouvait décemment pas l'attraper par le poignet et la faire virevolter dans la salle d'attente de son bureau ou dans le couloir. Et puis, qu'avait-il de plus à ajouter ? Mysti avait déjà dit tout ce que son cerveau n'avait cessé de lui répéter : ils ne devaient pas reproduire les mêmes erreurs. Et elle avait parfaitement raison. Ils ne devaient pas faire cette bêtise, et il était bien déterminé à ce que l'occasion ne se présente plus jamais, quoi qu'il arrive.

Jesse avait voulu l'embrasser. Elle l'avait vu dans ses yeux, à sa bouche si près de la sienne. Mais lorsqu'il s'était écarté d'elle, une douleur brûlante lui avait oppressé la poitrine. Cette fois-ci, ils n'avaient pas eu besoin d'un agent de police pour les séparer. Le bon sens de Jesse avait suffi. Déjà, la dernière fois, il avait mieux résisté qu'elle au désir. Mais quel mérite avait-il ? N'avait-il pas choisi Kandid ?

Pourquoi craquait-elle toujours pour lui, même des années plus tard ? À cause des souvenirs d'une vieille amourette dont elle n'arrivait pas à se débarrasser ? Elle n'en savait rien, mis à part que Jesse avait été l'homme de son premier vrai baiser, et qu'aucun n'avait fait mieux depuis. Elle aurait aimé pouvoir se dire qu'elle se montait la tête… Sauf qu'elle venait d'éprouver exactement le même désir enivrant à l'instant, lorsqu'il s'était approché d'elle. Quand elle l'avait entendu murmurer qu'ils ressemblaient à un vieux couple, bon sang… Elle aurait tellement voulu qu'il en soit ainsi. Était-ce possible ? Ses sentiments pour lui n'étaient-ils pas morts après tout ce temps ? À moins qu'il ne s'agisse d'un désir fantôme, un besoin dont elle avait gardé le souvenir avant qu'il ne s'éteigne, il y a longtemps, un peu comme ces soldats qui ont perdu un membre mais qui continuent à le sentir des années plus tard.

Alors, quelle conduite adopter ? Si elle acceptait de participer au tournoi, elle devrait sans doute faire face aux questions indiscrètes de Larry. Sans parler de Jesse : il risquait de deviner l'effet qu'il lui faisait. Après tout, c'était lui qui s'était écarté, pas elle, et la pilule était amère à avaler.

Non, elle irait à ce tournoi. Elle ferait même semblant de s'amuser comme une folle. Elle aurait une chance de limiter la casse si elle parvenait à consacrer à Sally tout son temps et toute son attention. Oui, elle se concentrerait sur Sally pendant que Jesse conduirait le bateau ou vaquerait à ses occupations. Pourquoi ne pas prévoir un repas ? Rangement compris, c'était un moyen d'occuper une bonne heure. Donc, c'était juste une question d'organisation. Cette journée ne devait pas tourner autour de Jesse. L'important, comme toujours, c'était de trouver le moyen de tenir jusqu'au terme de son contrat dans un peu plus de deux petits mois.

6.

— Que puis-je faire pour aider ?

Mysti avait posé la question alors qu'ils patientaient dans la file pour la mise en eau des bateaux sur le lac Serenity, un immense lac artificiel qui s'étendait entre les villes de Forgotten Point et de Serenity.

— Lorsqu'on sera inscrits, tu pourras par exemple me guider pour les manœuvres et retenir le bateau pendant que je garerai la voiture.

— Pas de problème. Je l'ai fait plein de fois avec mon père.

Jesse remarqua qu'elle parlait sans le regarder. En revanche, elle se tourna en souriant vers le siège arrière.

— Tu es contente de venir, Sally ?

— Oui, mais... Dis, je suis vraiment obligée de porter un gilet de sauvetage ? demanda-t-elle avec une grimace. Je sais nager, moi.

Jesse ouvrit la bouche pour un rappel à l'ordre, mais Mysti le devança.

— Là n'est pas la question. Je nage très bien, mais je vais quand même en porter un, c'est obligatoire. Si un nageur olympique était là, lui aussi devrait se plier à cette règle.

— Bon, d'accord. Si, toi aussi, tu en mets un...

— Oui, et je parie que je vais l'enfiler plus vite que toi.

Sally eut un petit rire qui fit froncer les sourcils à Jesse. Il tenait à ce que sa fille soit polie avec Mysti, certes, mais il aurait voulu éviter qu'elle s'attache à elle. C'était pour cela qu'il avait toujours veillé à ne pas amener à la maison des connaissances féminines, même si les femmes qu'il avait fréquentées au cours des trois dernières années se comptaient sur les doigts d'une seule main. À l'occasion, il devrait peut-être prendre Mysti à part pour lui parler de ses craintes. Quoique… Après ce qui avait failli arriver l'autre jour ? Quelle meilleure manière de lui dire : « S'il te plaît, ne va surtout pas te faire des idées sur ce presque baiser. »

Non. De toute façon, il était à peu près sûr que Mysti ne tenait pas à ce que Sally la suive partout comme un petit chien, et d'autant qu'elle n'avait pas l'intention de s'installer à Forgotten Point. Combien de temps lui restait-il à passer ici, d'ailleurs ? Encore deux mois, tout au plus ? Après le lycée, elle n'avait été que trop pressée de quitter cette ville. Quinze ans plus tard, elle n'avait pas changé d'attitude, apparemment. Raison de plus pour que Sally ne s'attache pas à elle.

Leur tour était arrivé. Une fois les inscriptions effectuées, Jesse manœuvra la voiture en marche arrière pour positionner la remorque sur la cale de mise en eau puis il se tourna vers le siège du passager.

— Prête ?

— Je peux aider Mysti ? intervint Sally.

— Non, ma chérie. Ce que tu peux faire, c'est regarder par la vitre arrière pour me guider.

— OK.

Mysti sauta hors du véhicule. Avec ce chemisier rose associé à une combinaison à jambes courtes en denim délavé, ses cheveux relevés haut sur la tête en queue-de-cheval, elle avait un air naturel et sans apprêt qui lui rappelait leurs années de lycée. Et ces jambes… Longues, fuselées, elles l'avaient fait rêver plus d'une fois. Souvent, il s'était demandé ce que cela ferait de les avoir autour de lui comme…

Comme rien du tout, songea-t-il, agacé.

Mysti lui fit signe de reculer puis de braquer d'un côté ou de l'autre. Alors même qu'il craignait de trop s'enfoncer dans l'eau, elle forma un T avec ses mains pour lui dire de s'arrêter. Il s'apprêtait à sortir lorsqu'elle s'approcha de la portière du conducteur.

— Je vais faire descendre le bateau avec le treuil. Ainsi, tu n'es pas obligé de laisser Sally toute seule dans la voiture.

— Tu es sûre ?

— Absolument. Encore une fois, j'ai fait ça des centaines de fois avec mon père.

Mysti avait eu un père exemplaire, elle. Une figure aimante qui était toujours restée fidèle à sa famille. Bref, le genre de père et de mari que Jesse aurait voulu être. Il n'avait jamais compris à quel point une vie de couple pouvait se compliquer quand les besoins, les désirs du conjoint n'arrivaient pas à être comblés. Même avec la meilleure volonté du monde, il n'avait jamais su comment satisfaire Kandid. Pourtant, malgré l'échec de leur mariage, il avait pleuré sa femme et il avait été heureux d'avoir fait la paix avec elle au dernier moment. Lui tenir la main lors de la dernière nuit avait été l'une des épreuves les plus dures de toute sa vie. Cela, et expliquer à sa fille de quatre ans pourquoi sa mère ne reviendrait plus jamais à la maison.

Jesse jeta un coup d'œil à la caméra de recul. Mysti avait déjà dessanglé le bateau et elle actionnait le treuil pour le faire glisser dans l'eau. Lorsqu'elle utilisa la main gauche, il remarqua qu'au bout de deux tours de manivelle, elle s'arrêta brièvement pour se masser l'épaule. Donc, elle avait bel et bien mal à cet endroit. Contrairement à ce qu'elle avait affirmé un jour, ce tic ne lui servait pas à se soulager d'un stress quelconque. Elle avait vraiment un problème à l'épaule. Pourquoi ne lui en avait-elle jamais parlé ? Craignait-elle qu'il mette en doute ses compétences de chirurgienne ? Pourquoi n'essayait-elle pas de se faire soigner ? À moins que son épaule ne puisse être réparée, justement.

Alors qu'il s'apprêtait à sortir de voiture pour l'aider, elle termina sa manœuvre avec la main droite et le bateau glissa dans l'eau. Mysti retira alors le crochet de l'anneau d'arrimage tandis qu'une personne arrivait pour enrouler à nouveau la sangle. Jesse put alors faire remonter la remorque et se garer. Il avait déjà entreposé leurs affaires sur le bateau avant la mise en eau, y compris les gilets de sauvetage. Il n'avait pas encore vu Larry, mais ils devaient tous se retrouver à un endroit bien précis du lac. Le problème, c'était qu'il n'avait pas songé à lui demander où il mettrait son embarcation à flot.

Lorsqu'ils arrivèrent au bateau, Mysti, déjà revêtue d'un gilet de sauvetage, s'affairait à ranger le matériel. Kandid prétendait qu'elle adorait l'eau, mais elle avait toujours l'air mal à l'aise sur un bateau et elle s'inquiétait toujours pour la sécurité de Sally. C'était l'une des raisons pour lesquelles leur *bowrider* n'avait jamais beaucoup servi. Cela, et le fait que leurs disputes s'étaient progressivement envenimées après la naissance de leur fille. En tout cas, Kandid ne se serait jamais portée volontaire pour faire descendre le bateau.

Arrête de les comparer sans cesse !

Depuis le quai d'amarrage, il vit que son gilet de sauvetage et celui de Sally étaient étalés sur le pont, prêts à l'emploi. Mysti avait également apporté un panier de pique-nique qu'elle avait calé devant un siège pour éviter qu'il se renverse au démarrage. Pour la première fois depuis ce qui s'était passé dans la salle d'examen, Jesse sentit son humeur s'améliorer et il fut même content d'être ici, avec sa fille et Mysti. Cela faisait une éternité qu'il n'avait pas profité d'un vrai jour de congé. Certes, il passait son temps libre avec sa fille, parfois avec sa mère et sa fille, mais il n'était pas sorti en balade avec Sally depuis un bon moment.

Une fois leurs gilets enfilés, Jesse aida Sally à monter sur le bateau avant de l'imiter. Il veilla ensuite à ce que tout le monde soit bien installé avant de démarrer. Ils quittèrent alors doucement le quai pour laisser la place au bateau suivant.

— Vous êtes prêtes ?

Mysti sourit.

— Je pense que oui. D'accord, Sally ?

— Oui !

Ses longues jambes étendues devant elle, Mysti avait pris place à côté de Sally sur un siège dont le dossier se rabattait à l'horizontale pour former un banc. Bien sûr, Sally avait tout de suite voulu s'asseoir sur les sièges avant du *bowrider,* mais

Mysti avait insisté sur le fait qu'elle serait plus en sécurité à l'arrière en attendant qu'ils atteignent leur zone de pêche. Jesse accéléra encore et la proue se souleva légèrement. En un peu moins de dix minutes, ils étaient arrivés à l'endroit du rendez-vous, à l'autre bout du lac.

— Qu'est-ce qu'on a comme appât ?

— J'ai des vairons, des vers et des leurres artificiels. Tu n'as qu'à choisir.

Jesse manœuvra le bateau jusqu'à un endroit qui leur paraissait satisfaisant, puis il descendit l'ancre avant de couper le moteur.

— Ça fait une éternité que je n'ai pas été sur un bateau, murmura Mysti. Merci de m'avoir invitée. Autrement, j'aurais dû me rabattre sur un canot à rames.

— Tu aurais mis un peu plus de temps pour arriver jusqu'ici, commenta-t-il en souriant.

— Oh ! à peine !

Alors qu'il installait l'auvent, Sally explora avec Mysti l'avant du bateau, où des sièges en forme de U pouvaient accueillir plusieurs personnes.

— Tu t'en sers aussi pour faire du ski nautique ?

— Non, mais je pourrais : il est suffisamment puissant. Pourquoi ? Tu fais du ski nautique ?

— Avant, oui, mais plus depuis longtemps.

— Il faudra revenir ici un jour où le lac sera plus tranquille.

Les paroles lui avaient échappé avant qu'il puisse les retenir. Il les regretta plus encore lorsque Mysti se tourna vers lui avec un froncement de sourcils. Qu'imaginait-il ? Qu'elle avait envie de faire du ski nautique avec lui ? Et puis quoi, encore ? Ne lui avait-elle pas dit qu'elle préférait s'en tenir à des relations professionnelles ? Alors qu'il cherchait une bonne raison pour justifier son invitation, Mysti le surprit.

— Maintenant que j'y pense, je crois que mes skis sont chez ma mère.

Autrement dit, elle voulait bien venir ? Jesse sourit, en proie à une chaleur soudaine qui irradiait tout son ventre. Heureusement, Sally, penchée au-dessus du bastingage, ne faisait pas attention à eux. Si cette idée venait à se confirmer, il devrait la confier à sa grand-mère. Il était sans doute assez stupide pour sortir à nouveau avec Mysti, mais il était hors de question qu'il implique sa fille dans ses bêtises. Lorsque Mysti avança une main pour rattraper la fillette, déséquilibrée par un mouvement du bateau, Jesse comprit que ses appréhensions n'étaient pas sans fondement. Mysti n'avait pas d'enfants, mais contrairement à ce qu'il avait imaginé, elle avait un bon contact avec sa fille. Et c'était la dernière chose qu'il désirait, n'est-ce pas ? Les attaches, les complications…

Ils venaient de jeter leurs lignes à l'eau lorsqu'un *bass-boat* s'arrêta non loin. À la vue de Larry et de son fils, Jesse les salua d'un geste de la main pour ne pas faire de bruit. La tête inclinée sur le côté, Mysti leva un pouce en l'air. Souriant, Larry lui rendit son signe avec une amabilité inhabituelle chez lui. Décidément, y avait-il des limites à ce que cette femme pouvait accomplir ? Jesse commençait à se poser sérieusement la question. Avec un soupir, il rejoignit Mysti et Sally sur l'un des sièges à l'avant du bateau et il pria pour que la journée s'écoule le plus vite possible.

Jusqu'à présent, son plan avait fonctionné comme sur des roulettes. Mysti avait réussi à se concentrer sur Sally, préférant ignorer Jesse, installé au gouvernail en pantacourt kaki et mocassins. Elle regrettait un peu d'avoir mis ces sandales aux semelles glissantes, mais il faisait si bon qu'elle n'avait pas pu résister au plaisir de profiter de quelques rayons de soleil.

Elle avait accroché un vairon à son hameçon et un ver à celui de Sally. Jesse, quant à lui, n'avait pas encore choisi d'appât.

— Tu préfères lequel ? demanda-t-elle.

— Qu'est-ce que tu me conseilles ?

Il avait répondu d'un ton qui lui fit lever les yeux vers lui. *Arrête, Mysti. Il parle de pêche, voilà tout.*

— Je ne sais pas. Tu veux essayer un leurre artificiel ?

— Pourquoi pas ? On verra bien lequel est le plus efficace.

Sally tira sur son gilet de sauvetage d'un air ennuyé.

— J'ai chaud.

— Tu veux te mettre à l'ombre, Sally ? Je peux surveiller ta ligne, dit Mysti avant de se tourner vers Jesse. Tu as pensé à apporter de la crème solaire ? Sinon, j'en ai, moi.

— Moi aussi. Ça t'embête de garder un œil sur ma ligne pendant que je lui en mets ?

Était-ce elle qui se faisait des idées ou avait-il insisté sur le mot « je » ? Sans doute lui paraissait-elle un peu dirigiste. À moins qu'il rechigne à ce que quelqu'un d'autre que lui s'occupe de sa fille. Mais si elle ne pouvait pas se consacrer à la petite, à quoi pouvait-elle s'intéresser, alors ? De nouveau, son regard erra vers Jesse. Non. Il fallait qu'elle se trouve quelque chose à faire… Quelque chose d'autre que d'admirer un certain beau médecin.

Jesse étala une épaisse couche de crème solaire sur le dos de sa fille puis il se tourna vers Mysti.

— Tu en as besoin ?

— Non, ça ira. J'en ai mis avant de partir de chez moi.

Dieu merci. De toute façon, elle avait veillé à prendre des vêtements couvrants afin de dissimuler ses cicatrices le long de son omoplate et sur son épaule. Les vilaines boursouflures lui interdisaient de porter un débardeur ou une robe sans manches, sans parler d'un maillot de bain. Jesse avait déjà remarqué ses mouvements d'épaule, alors autant ne pas susciter davantage sa curiosité.

Jesse installa Sally sous l'auvent avant de s'adresser à nouveau à Mysti.

— N'hésite pas à t'asseoir à l'ombre si tu as trop chaud.

— Merci, mais je suis très bien au soleil.

Non sans avoir au préalable ordonné à sa fille de ne pas quitter son siège, il rejoignit Mysti à l'avant du bateau.

— Tu as pensé au repas, toi aussi. J'avais apporté assez pour nous trois.

— Moi aussi, répondit-elle en riant. Tu as pris quoi ?

— Des frites et des sandwichs. Et toi ?

— Du poulet froid, une salade de pommes de terre et de la pastèque. J'ai des blocs réfrigérants pour garder tout cela au frais.

— On aurait pu inviter Larry et son fils.

Ils jetèrent un regard vers le *bass-boat*. Assis chacun à une extrémité du hors-bord, ils ne pipaient mot, concentrés sur leur ligne. En voilà deux qui prenaient ce tournoi à cœur.

— Ton père pêchait comme ça ? demanda Jesse avec curiosité.

— Non, pas vraiment… Nous étions le fléau des autres pêcheurs. On passait notre temps à rire d'une chose ou d'une autre.

— C'est être un fléau, ça ?

— Pour un pêcheur, oui, car le bruit fait fuir le poisson. D'ailleurs, Larry nous a rappelés à l'ordre une année.

Jesse eut une moue réprobatrice.

— Je croyais qu'il en avait plutôt contre des plaisantins qui chahutent ou se balancent les uns les autres dans l'eau… Ce genre de choses.

— De tels comportements nous auraient valu une exclusion à vie.

Jesse ôta ses chaussures d'un coup de talon et posa ses pieds sur des coussins, tout près de la hanche de Mysti, qui sentit une onde brûlante se répandre en elle. Les pieds de Jesse étaient à peine moins hâlés que le reste de ses jambes, signe qu'il ne devait pas être un fervent adepte des chaussures. Malgré elle, elle l'imagina chez lui, vaquant à ses occupations déchaussé et torse nu, et la sensation de chaleur monta aussitôt d'un cran. Elle s'obligea à reporter son attention sur les lignes de pêche qui ballottaient dans l'eau. Pour l'heure, rien ne mordait.

— Je ne me rappelle plus à quand remonte mon dernier vrai jour de congé, dit-il soudain.

Il jeta un coup d'œil vers Sally, penchée sur une tablette électronique.

— Je ne devrais sans doute pas la laisser jouer avec ce truc. D'habitude, elle y a droit après avoir fait ses devoirs ou après m'avoir aidé aux tâches ménagères. Comme quoi, c'est un vrai jour de congé pour elle aussi.

— Oui… Ça faisait longtemps que je n'étais pas montée sur un bateau. Pendant mon déploiement, j'ai vu beaucoup de sable, mais jamais la moindre trace d'eau nulle part.

— Ça devait être dur.

— Oui… Tu peux le dire.

Réponse pour le moins laconique, mais à quoi bon lui raconter ce qu'elle ressentait en étant constamment sur ses gardes, en alerte… Elle n'avait nulle envie de gâcher cette journée avec de mauvais souvenirs.

— En tout cas, merci pour les risques que tu as encourus, Mysti. Je savais que tu voulais rejoindre l'armée, mais j'ai été surpris quand ta mère a annoncé que tu étais aussi devenue médecin.

— L'armée a payé mes études. À l'époque, ça ne me paraissait pas cher payé.

Son engagement ne lui avait pas coûté la vie, contrairement à tant d'autres. En tout cas, elle avait fini par comprendre que le prix n'avait pas été modique, loin de là. Enfin, pas pour elle, et encore moins pour toutes les familles de ceux qui avaient fait le sacrifice ultime.

— C'est un prix que beaucoup ne sont pas prêts à payer.

— C'est vrai. J'espère qu'un jour personne n'aura plus à le faire. Mais à l'armée, je me suis vraiment rendu compte à quel point notre métier de médecin est précieux. Notre rôle est de réparer des êtres cassés par la vie. Du moins, on s'y efforce, et on peut toujours se consoler en se disant que nous ne sommes pour rien dans ces blessures.

— Oui…

Jesse avait prononcé ce mot comme s'il n'était pas tout à fait d'accord avec elle. Songeait-il à sa femme ? Certes, personne n'avait pu la réparer, elle. Parfois, tous leurs efforts étaient vains, mais ce n'était pas une raison pour baisser les bras et ne rien essayer. Avec un soupir, elle regarda l'autre bateau.

— On fait ce qu'on peut, n'est-ce pas ?

— Et on savoure notre victoire chaque fois qu'on arrive à donner une autre chance à quelqu'un. Larry, par exemple.

Un silence tomba. Les yeux fermés, Mysti savourait la douceur du soleil et elle faillit s'assoupir. Allons bon ! Elle n'avait pourtant aucune raison d'être fatiguée. Enfin, si : elle avait mal dormi la nuit précédente. À la perspective de passer la journée avec Jesse et sa fille, telle une petite famille, elle avait été sur des charbons ardents. Parce qu'ils ne formaient pas une petite famille, justement. Ni maintenant ni jamais.

— Tu ne veux pas t'allonger pour faire la sieste ?

Elle secoua la tête.

— Ça ira, merci. On vient d'arriver.

— Oui, mais ta vie est plutôt mouvementée et tu viens de me dire que tu n'es pas montée sur un bateau depuis une éternité. Ça fait combien de temps que tu n'as pas dormi au soleil ?

— Mais Sally ? Il faut bien la surveiller.

— Ne t'inquiète pas pour elle. Je m'en occupe tout seul depuis maintenant trois ans et, crois-le ou pas, elle est encore en vie.

— Ce n'est pas ce que j'ai voulu dire… Simplement…

Et puis, zut. Une petite sieste lui ferait du bien : elle la dispenserait de discuter de tout et de rien avec Jesse ou de le regarder en imaginant des scénarios impossibles. Elle ne serait plus obligée de penser du tout. À rien.

— OK. Juste un quart d'heure, alors.

Jesse posa les pieds sur le pont du bateau.

— Mets-toi à l'aise. Si tu veux, je peux modifier l'inclinaison de l'auvent pour que tu sois à l'ombre.

— Ça ira, merci. J'aime le soleil. Tu promets de ne pas voler ma prise, si jamais ça mord ?

— Cela, je ne te le garantis pas, dit-il en riant. Mais si quoi que ce soit d'important arrive, je te réveille, promis. En attendant, repose-toi un peu.

Mysti s'allongea et se couvrit le visage avec un bras, puis elle se laissa bercer par les légers mouvements du bateau. Ce n'était peut-être qu'une illusion, et une illusion éphémère, mais pour la première fois depuis très longtemps elle se sentait en paix.

— Mysti, réveille-toi !

L'ordre pénétra le brouillard douillet du sommeil et Mysti se redressa en proie à un sentiment étrange de confusion.

— Quoi ? Qu'est-ce qu'il y a ?

Elle ouvrit les yeux et se redressa brusquement en voyant le visage inquiet de Jesse.

— Sally ?

— Non, c'est Larry. J'ai besoin de ton aide. Vite !

7.

Mysti bondit sur ses pieds, tout à fait réveillée. Dans l'autre embarcation, Larry était affaissé sur son siège et son fils, penché sur lui, s'efforçait d'obtenir de lui une réaction. Bon sang, cela devait arriver, c'était fatal. Pourquoi, Seigneur, pourquoi lui avait-elle donné son feu vert pour venir ici ? La preuve qu'il n'était pas encore rétabli !

— On va s'approcher d'eux, dit Jesse.

Déjà, il avait remonté l'ancre. Après avoir fait démarrer le bateau, il s'approcha doucement du hors-bord.

— Je ne veux pas les faire chavirer.

— J'appelle les secours, dit Mysti.

Dès qu'un opérateur décrocha, elle résuma la situation en quelques phrases concises.

— Reste avec Sally, lui cria Jesse.

Il avait lancé un cordage au fils de Larry pour amarrer leurs bateaux l'un à l'autre. Puis Jesse sauta dans l'autre embarcation, sa trousse médicale à la main. Dieu merci, il avait pensé à l'apporter, lui, parce qu'elle avait complètement oublié la sienne. Elle, médecin des armées, avait oublié son kit de secours… Mais justement, elle avait quitté l'armée et il fallait qu'elle se procure un nouveau kit. Elle s'en chargerait dès qu'elle reviendrait chez elle.

Sans perdre une seconde, Jesse avait aidé le fils de Larry à allonger le vieil homme dans le fond du bateau pour un examen rapide. Il lui prit le pouls puis souleva une paupière.

— Les pupilles sont réactives ! cria-t-il à l'adresse de Mysti.

Celle-ci relaya l'information à l'opérateur au bout du fil. Stéthoscope aux oreilles, Jesse écoutait à présent le cœur de

Larry. Lorsqu'il redressa la tête, Mysti devina que la situation était vraiment grave.

— Il faut le ramener à terre tout de suite. Tu peux t'occuper de mon bateau ?

— Oui, vas-y, je vous suis. Une ambulance doit arriver à l'endroit où l'on a descendu le bateau.

— Tu es sûre ?

Elle jeta un coup d'œil à Sally, toujours endormie dans son siège.

— Oui, oui. Allez, filez !

Jesse se tourna vers le fils de Larry et hocha la tête. L'homme démarra alors le moteur hors-bord et le *bass-boat* fila vers la rive.

Que s'était-il passé ? Sans doute pas la chirurgie récente de Larry, mais plutôt un infarctus ou un AVC. Sans s'appesantir sur ces questions, Mysti remonta les lignes aussi vite que possible et jeta les appâts dans l'eau avant d'étaler le matériel de pêche sur le pont puis elle réveilla Sally.

— Où est mon papa ?

— Il est allé prêter main-forte aux personnes dans l'autre bateau.

— Pourquoi ? Ils sont malades ?

— L'un d'eux, oui. Ton père les aide à regagner la rive. On va les retrouver là-bas.

Elle termina d'attacher la fillette dans son siège, puis elle lui sourit.

— Prête ?

— Oui.

Mysti démarra le bateau en se félicitant que les clés soient restées sur le contact. Quelques minutes plus tard, elles accostèrent à côté du *bass-boat*. Penché au-dessus du vieil homme, Jesse alternait les massages cardiaques et les insufflations sans prêter d'attention au bruit d'une sirène qui approchait. Après avoir amarré le bateau, Mysti donna la main à Sally pour l'aider à descendre sur le quai, puis elle s'approcha de Jesse.

— Je peux aider ?

— L'ambulance arrive. Emmène la petite ailleurs, s'il te plaît.

Mysti hocha la tête. Inutile d'imposer ce spectacle à Sally. Dieu merci, elle et Jesse avaient tenu parole en venant au tournoi et ils avaient été présents lors de l'accident. Larry avait été pris en charge tout de suite, mais cela suffirait-il à le sauver ? Mysti l'espérait vraiment, mais combien de personnes avait-elle vu mourir au beau milieu d'une foule de soignants à pied d'œuvre ? Donc, non, une présence médicale n'était pas un remède miracle, seulement un facteur d'espoir. Au moins, Larry avait reçu à temps les soins adéquats. C'était une chance, même si cette chance semblait bien mince.

Mais pourquoi cet accident ? Avant la chirurgie, son cœur fonctionnait bien. Mysti avait déjà vu des patients décéder d'infarctus ou d'AVC massifs alors qu'ils avaient passé sans problème un test d'effort quelques semaines plus tôt. Les problèmes arrivaient parfois sans prévenir. Elle tendit la main à Sally, qui s'en saisit avec une force à laquelle Mysti ne s'attendait pas.

— On va à la buvette pour boire quelque chose…

Sally leva les yeux vers elle.

— Il va s'en tirer, dis ?

— Je l'espère, ma puce.

Alors qu'une ambulance apparaissait, Mysti se dirigea vers une dame derrière une table pliante qui servait de comptoir improvisé.

— Vous avez quelque chose pour elle ?

— Oui, de l'eau minérale ou du jus de fruits.

La petite voix de Sally s'éleva à côté d'elle.

— Vous avez du jus d'orange ?

— Non, du jus de pomme. Ça ira ?

Sally hocha la tête.

— Merci.

— La même chose pour moi, s'il vous plaît, dit Mysti.

Elle prit les deux petites bouteilles glacées et guida la fillette jusqu'à un banc en veillant à ce qu'elle tourne le dos à la scène derrière elles. Une fois installées, elle dévissa la bouteille de Sally puis la sienne.

— Tu aimes ? demanda Mysti.

Sally fit oui de la tête. Mysti était ravie, elle aussi, car elle avait soif. Elle n'arrivait pas à croire qu'elle avait dormi sur le bateau. Il fallait qu'elle soit vraiment épuisée. Elle ne se souvenait même plus de ce qui s'était passé avant qu'elle s'endorme. En revanche, elle se rappelait bien la chaleur du soleil sur son visage. Elle se rappelait aussi avoir plaisanté avec Jesse… Il voulait lui prendre ses prises de pêche pendant sa sieste.

Mysti jeta un coup d'œil derrière elle et vit que Larry était transporté dans l'ambulance. Elle-même n'avait pas les clés de voiture de Jesse, mais quelle importance ? L'essentiel, c'était que Larry se tire d'affaire. Pour l'heure, elle ne pouvait guère faire autre chose que prier pour une issue heureuse.

Jesse les aperçut toutes les deux assises sur le banc près de la buvette, lui tournant le dos. Il éprouva un pincement de cœur lorsque Mysti se pencha vers Sally pour lui dire quelque chose, cette scène lui en rappelant d'autres dans un passé pas si lointain. C'était sans doute à cause de ce qu'il venait de vivre. Les secouristes avaient réussi à relancer le cœur de Larry, les mauvais pressentiments de Jesse avaient été confirmés. La situation n'était pas bonne et le pronostic pour le vieil homme était réservé. Et, Seigneur, cette expression dans les yeux du fils de Larry… Jamais Jesse n'avait vu une telle détresse. Bon sang, il avait l'air anéanti. Un peu comme lui lorsque Kandid était morte. Ou, dans une moindre mesure, lorsque Mysti lui avait annoncé qu'elle quittait Forgotten Point pour rejoindre l'armée, et qu'il ne la reverrait plus.

Sans doute avait-elle deviné qu'il se trouvait derrière elle, car elle se tourna légèrement et le regarda.

— Alors, comment va-t-il ?

— Pour l'instant, il tient le coup, mais…

Que dire ? Jesse ne pouvait pas annoncer devant sa fille

que Larry risquait de ne pas s'en sortir. Sally avait déjà payé pour savoir que la vie n'était pas toujours belle, inutile d'en rajouter. Elle aurait d'autres occasions de se rendre compte que les gens partaient pour ne plus jamais revenir parce qu'ils décédaient, parce qu'ils décidaient de partir…

Ceci dit, Mysti était bien revenue, elle. Oui, mais seulement pour un temps limité, et ce retour inspirait à Jesse des sentiments mitigés. D'une certaine manière, sa vie était beaucoup plus simple lorsqu'il pensait ne plus jamais la revoir. Bien malgré elle, Mysti lui rappelait qu'il avait failli se comporter exactement comme son père, et cette prise de conscience l'avait vraiment ébranlé. Jamais plus il ne voulait éprouver un tel sentiment de vulnérabilité. Aujourd'hui comme avant, Mysti n'avait pas sa pareille pour lui ôter ses défenses. Dieu merci, il n'était plus question pour lui de tromper ou pas Kandid puisqu'elle n'était plus de ce monde. Mais si Mysti avait assisté à leurs déboires conjugaux, se serait-il tourné vers elle pour obtenir du réconfort ? Il espérait seulement qu'il aurait agi de manière honorable.

— Papa, Mysti m'a acheté du jus de pomme.

— Oui, j'ai vu.

Il murmura à celle-ci un « merci » auquel elle répondit par un hochement de tête.

— J'ai laissé ton bateau amarré au quai.

— Tu as bien fait. Excuse-moi de t'avoir obligée à t'en occuper. Je ne pouvais pas installer Larry dans notre bateau.

— Oui, bien sûr. Tu as fait ce qu'il fallait. On s'est débrouillées, Sally et moi, et, même si nous avions dû rester sur le bateau, on aurait pu tenir avec les paniers de pique-nique.

— Tu veux retourner sur le lac ou tu préfères en rester là ?

— Je préfère en rester là, si cela ne t'embête pas. Je suis trop inquiète au sujet de Larry pour m'amuser.

— Oui, moi aussi, dit-il avant de se tourner vers Sally. Tu m'aides à charger le bateau sur la remorque ?

— Je veux rester avec Mysti.

Les sourcils froncés, Jesse se tourna vers Mysti.

— Je vous retrouve ici dans un moment ou vous retournez au quai ?

— On vient avec toi. Je te filerai un coup de main pour remonter le bateau.

Il lui effleura la main en souriant.

— Merci pour ton aide.

— Moi ? Je n'ai rien fait, si ce n'est piquer un somme sur ton bateau.

Jesse ne put retenir un petit rire.

— Je n'osais pas le dire…

— Très drôle…, répondit-elle en lui donnant un léger coup de coude. Bon, je voudrais avoir des nouvelles de Larry. Peux-tu me déposer à l'hôpital en chemin ?

— Je t'accompagne. Laisse-moi passer un coup de fil rapide à ma mère pour lui demander de garder Sally.

— Tu n'es pas obligé. C'est mon patient, après tout.

— Non, Mysti. C'est *notre* patient. Et un ami, aussi.

— Oui, tu as raison. C'est notre patient, à toi autant qu'à moi.

La façon dont elle avait dit ces mots fit jaillir une étincelle au creux de son ventre. Il imaginait qu'elle parlait non d'un patient, mais d'un enfant, *leur* enfant. Lorsqu'il l'avait vue avec Sally, il avait été…

Jesse serra les mâchoires. Voilà qu'il se mettait à délirer, maintenant. Mysti l'avait déjà quitté par le passé. Elle était partie de cette ville sans un regret et, quinze ans plus tard, elle était en passe de lui rejouer le même scénario. Mysti, son père… Il n'avait pu compter ni sur l'une ni sur l'autre. Dans sa tête, toutes ces histoires se mêlaient, s'emmêlaient, et, franchement, il doutait de pouvoir mettre un jour un peu d'ordre dans ce fouillis.

Ils remontèrent le bateau sur la remorque, puis Jesse téléphona à sa mère.

— Bien sûr que je serai ravie de garder ma petite princesse, même cette nuit, si tu veux.

— Non, maman. Elle a déjà dormi chez toi récemment. Je ne veux pas profiter de ta gentillesse.

— Parce que jouer avec ma seule petite-fille, c'est m'exploiter ? Tu devrais le faire plus souvent, alors.

— C'est bon, D'accord. Je dois apporter quelque chose ? Pyjama, brosse à dents…

— Non, je suis équipée. Amène la petite, c'est tout.

Après un bref crochet par son domicile pour déposer la remorque, ils se rendirent chez sa mère. À leur arrivée, Sally s'était endormie sur le siège arrière. Tandis que Mysti sonnait à la porte, Jesse prit la fillette délicatement dans ses bras et se dirigea vers la vieille ferme familiale. Sa mère l'attendait déjà sur le perron.

— Oh ! la pauvre chérie ! Allonge-la sur le canapé, elle a besoin d'une petite sieste.

Jesse obtempéra avec un pincement au cœur. Sally avait peut-être le pire grand-père au monde, mais la générosité de sa grand-mère compensait largement cet état de fait. D'ailleurs, Sally ne s'était jamais plainte de ne pas connaître son papi, et Jesse n'avait certainement pas l'intention de renouer le contact avec son père pour lui faire rencontrer la petite. Jamais il ne permettrait que quelqu'un fasse le moindre mal à Sally. Oui, mais Mysti ? Sally ne devait pas s'attacher à elle car il ne serait question que d'amitié entre la jeune femme et lui.

— Tu ne veux pas que je la récupère en revenant de l'hôpital ?

— Non, laisse-la passer la nuit ici. S'il te plaît…

— Bon…

Sa mère se tourna alors en souriant vers Mysti.

— C'est un plaisir de te revoir parmi nous, Mysti. Jesse m'a dit que tu étais revenue depuis quelques semaines, déjà.

— Oui, je… J'ai été démobilisée et j'ai décidé de revenir là où j'ai grandi, histoire de reprendre pied dans la vie civile.

— Tu es de retour pour de bon, j'espère ?

Mysti se mordilla la lèvre inférieure.

— J'ai un contrat de trois mois avec l'hôpital et je n'ai pas vraiment réfléchi à la suite. Je voulais surtout tâter le terrain, avoir une première expérience dans un hôpital.

Elle ne faisait que répéter ce que Jesse savait déjà : elle

n'était pas revenue avec l'intention de rester. Cet emploi lui servirait juste de tremplin vers un meilleur poste, et avec toutes les compétences qu'elle avait acquises, elle n'aurait que l'embarras du choix. Raison de plus pour tenir Sally éloignée d'elle. Quant à lui… Eh bien, pour reprendre les mots de Mysti, il allait « tâter le terrain ». N'étant plus un gamin, il était maître de ses émotions et veillait toujours à ne pas se laisser approcher de trop près. Kandid disait toujours qu'à ce jeu, il était un expert.

— Alors, espérons que tu décideras de rester, n'est-ce pas, Jesse ?

— La décision n'appartient qu'à Mysti, maman.

— Oui, bien sûr. Je dis ce que je pense, c'est tout.

Mysti s'approcha d'elle et lui prit la main.

— Merci. Ça me fait plaisir de revenir ici et de retrouver des gens que j'ai connus.

— Des gens que tu connais, Mysti. Le temps n'y change rien.

Jesse aurait voulu partager l'avis de sa mère. Pourtant, si, le temps imprimait sa marque sur tout. Il le voyait dans les yeux de Mysti, dans ce tic qu'elle avait. Elle n'était plus la timide jeune fille de ses souvenirs. En tout ou presque, elle et Kandid avaient eu des caractères opposés. Kandid assumait le rôle de meneuse et laissait toujours son amie à l'arrière-plan. En contrepartie, plus réservée, Mysti avait un vrai don pour écouter les autres, et c'était sans doute ce qui l'avait attiré chez elle ce fameux soir. Il lui avait raconté des choses sur son père qu'il n'avait jamais dites à personne. Et lorsqu'il avait appris qu'elle allait quitter la ville… Bref, ce n'était pas étonnant que ses émotions aient pris le dessus. Mais depuis, justement, ils avaient changé, elle et lui. Ils connaissaient mieux leur place dans la vie, et cette place n'était pas l'un avec l'autre.

— Il faut qu'on file, maman. On a un patient à voir…

Comme si elle avait soudain réalisé où elle était, Mysti lâcha la main de la vieille dame et recula d'un pas. Puis elle le regarda.

— Tu as du nouveau au sujet de Larry ?

— Non. J'ai vérifié mes textos, mais jusqu'ici, rien.

De retour dans la voiture, Jesse lui jeta un sourire contrit.

— Sois indulgente avec ma mère. Elle n'a pas l'habitude de cacher ce qu'elle pense.

— Ce n'est pas grave. Au contraire, c'est sympa de constater que je suis la bienvenue quelque part.

Elle avait prononcé ces paroles d'une voix douce, pensive, qui fit de la peine à Jesse.

— Cette dernière année de lycée était difficile, ajouta-t-elle. Et ça n'a pas toujours été… Non, rien. Laisse tomber, d'accord ?

Si elle ne s'était pas sentie la bienvenue à l'époque, autant ne pas remuer le couteau dans la plaie. Il soupira.

— Je voulais juste dire que tu as toute ta place ici. Mais tu le savais déjà, non ?

— Merci.

Elle se tourna vers la vitre de sa portière.

— J'espère qu'il va bien.

— Moi aussi.

Ils ne se dirent plus rien pendant le reste du trajet. À leur arrivée, une dizaine de minutes plus tard, ils se hâtèrent vers le bâtiment.

— Il a sûrement été admis en cardiologie.

— Arrêtons-nous d'abord à l'accueil pour vérifier.

Mysti jeta un bref coup d'œil à la salle d'attente.

— Je ne vois pas son fils.

Larry avait-il été acheminé dans un centre de soins plus important ? Le petit hôpital de Serenity était parfaitement équipé pour la plupart des cas et disposait même d'une unité de traumatologie. Mais, parfois, fallait faire appel à des structures plus spécialisées.

— Nous souhaiterions avoir des nouvelles de Larry Rogers, dit Jesse à l'employée de l'accueil. Il est arrivé il y a une heure environ. Je suis son médecin traitant.

— Ah oui, ce monsieur victime d'un infarctus lors d'un tournoi de pêche ?

Elle avait dit cela sans même consulter son écran. Un sentiment d'appréhension gagna Jesse.

— Oui.

La femme secoua la tête d'un air triste.

— Je suis navrée. Il est décédé à son arrivée aux urgences.

Ils n'avaient pas été assez rapides… Le mauvais pressentiment de Jesse était confirmé, malheureusement.

— Son fils est encore ici ?

— Non. Il était bouleversé, le pauvre. Il a dit qu'il devait avertir sa famille.

Larry avait perdu son épouse dix ans plus tôt, et leur fils unique, qui était resté célibataire, n'avait personne avec qui partager son chagrin, si ce n'était quelques parents éloignés. Mysti aussi avait l'air effondré.

— Pas plus tard que la semaine dernière, il avait pourtant l'air d'aller bien lors de son bilan.

— Oui, mais ce genre d'accident n'est pas toujours prévisible. Tout ce qu'on peut faire, c'est apporter les meilleurs soins possibles lorsqu'ils surviennent.

— Mais ça ne suffit pas. Ça ne suffit jamais.

Pour une raison qu'il ignorait, il soupçonnait qu'elle ne songeait pas à Larry en disant cela.

— Allez, on s'en va. Allons manger quelque part. On n'a pas encore déjeuné et j'ai très envie d'un café bien fort.

Tout en hochant la tête, Mysti se massa l'épaule une seconde. Encore ce geste… C'était presque un automatisme, chez elle. Elle ne devait même pas en avoir conscience.

— Je téléphonerai à son fils plus tard pour lui demander si je peux faire quoi que ce soit

À cette perspective, il éprouva un pincement douloureux au cœur. Il regrettait de ne pas avoir fait le quelque chose de plus qui aurait sauvé Larry, tout à l'heure. À sa décharge, le drame était survenu sur le lac et l'ensemble des secours en avaient été retardés. Mais tout de même, s'ils étaient arrivés à l'hôpital plus tôt… S'il avait pu effectuer son massage cardiaque sans interruption au lieu d'être obligé de monter dans un bateau ou d'en descendre toutes les cinq minutes… Malheureusement, tous les remords du monde ne ramèneraient pas le vieil homme parmi les vivants.

— Je n'étais même pas là quand mon père est décédé, murmura Mysti. Je n'ai pas pu assister à l'enterrement.

Jesse non plus ne s'y était pas rendu. À vrai dire, après le départ de Mysti, il avait plus ou moins évité la mère de celle-ci. Mais Kandid aussi, à présent qu'il y pensait. Au lycée, Mysti et elle avaient pourtant été les meilleures amies du monde…

— Cela n'a pas dû être facile pour toi, commenta-t-il.

— Non, tu peux le dire.

Une fois de plus, ses paroles semblaient exprimer davantage qu'un simple chagrin. Le cœur de Jesse se serra à cette pensée.

— Allez, on va manger quelque part.

— D'accord.

Elle leva les yeux vers lui.

— Tu sais que tu as fait tout ton possible pour Larry, n'est-ce pas ?

— On a été retardés alors que chaque seconde nous était comptée. On a mis du temps pour le rejoindre, pour le ramener à terre, pour le sortir du bateau…

— Arrête…, dit-elle en lui tapotant la main. Des retards, il y en a toujours. Tu n'imagines pas ceux auxquels j'ai assisté quand j'étais à l'armée. Parfois, ils coûtent des vies, parfois non. Mais, comme tu l'as dit toi-même, on fait de notre mieux, n'est-ce pas ? Et on prie à chaque fois pour que tout se passe bien.

8.

Ils déjeunèrent sur le pouce d'une barquette de frites avec du poisson dans une enseigne de restauration rapide, à Serenity. Mysti n'avait pas le souvenir de l'endroit, mais pendant son absence, cette ville avait changé davantage que sa voisine, Forgotten Point.

— Ça va ? demanda Jesse.

Non, elle n'allait pas bien, bien sûr, mais pouvait-elle le dire ?

— Oui. Pourquoi ça n'irait pas ?

— Je ne sais pas… C'est le premier décès depuis ton retour ?

Oui, c'était le premier. Mais à vrai dire, ce drame venait simplement s'ajouter à tous ceux qu'elle avait vécus ces dernières années. Elle avait vu partir son père, beaucoup de soldats, et Laura, et maintenant Larry… La liste semblait s'étirer sans fin.

Mais certains départs n'étaient pas forcément pour un autre monde. Elle avait aussi perdu Jesse, et Kandid… Kandid, sa meilleure amie, sa confidente, à qui elle avait avoué avoir un faible pour Jesse. Kandid, la coqueluche du lycée, aurait pu avoir n'importe quel garçon, or elle avait choisi justement Jesse, alors même qu'elle savait Mysti secrètement amoureuse de lui. C'était cela, le pire. Kandid ne lui avait jamais fourni la moindre explication, la moindre excuse, mais elle l'avait invitée au mariage. Elle avait pourtant dû se douter que Mysti n'accepterait jamais de venir. À l'époque, Dieu merci, Mysti avait déjà quitté Forgotten Point. Elle s'était réfugiée à l'autre bout du pays et elle serait même allée plus loin si l'océan n'avait arrêté sa fuite. Ensuite, elle n'avait plus jamais eu de nouvelles de Kandid ou de Jesse, et n'en avait, du reste, jamais demandé à sa mère. Ni de personne de Forgotten Point, à vrai dire.

Enfin, c'était de l'histoire ancienne, tout cela. Jesse était perdu pour elle depuis longtemps, et même si elle avait la faiblesse d'éprouver encore des sentiments pour lui, elle n'avait aucune illusion. Il avait choisi Kandid, et Mysti ne supporterait pas de passer après celle qui avait été l'amour de sa vie. Anna avait dû se tromper en affirmant que leur mariage n'avait pas été heureux. Pour preuve, Kandid était décédée depuis maintenant trois ans, et Jesse n'avait retrouvé aucune vie sentimentale.

Toutefois, le silence s'éternisait, et elle se contraignit à répondre.

— Oui, c'est le premier.

— Écoute, Mysti… Tu m'as dit tout à l'heure que j'avais fait tout mon possible, mais c'est valable aussi pour toi, tu sais. Grâce à toi, Larry aura bien vécu les dernières semaines de sa vie. Si tu ne l'avais pas opéré, il serait décédé plus tôt, et dans beaucoup de souffrance. Au lieu de cela, il est mort en pratiquant son hobby préféré, ce qui n'est pas forcément négatif. Et d'après ce que m'a raconté son fils, il s'est simplement affaissé sur son siège. Ce sont des choses qui arrivent, Mysti, et personne n'y peut rien.

Comme pour Laura ? Non, sa mort à elle avait été complètement différente. À l'inverse de Larry, elle n'avait pas glissé vers une mort indolore. Au contraire, elle avait été pulvérisée par une bombe inventée précisément pour tuer, pour mutiler. Mysti ne comprendrait jamais une chose pareille. Jamais elle ne pourrait pointer une arme sur quiconque. L'idée de donner la mort allait à l'encontre de sa nature. Son métier était de sauver des gens, et elle avait d'ailleurs trop souvent échoué.

— Je sais. On a bien fait de venir, toi et moi, sans quoi le fils de Larry aurait passé toute sa vie à se reprocher ce qu'il aurait dû faire ou pas. Grâce à nous, il disposait d'une aide médicale immédiate.

— Oui. Je ne t'ai pas remerciée de t'être occupée de ma fille.

— Si. Tu ne t'en souviens pas, c'est tout.

Si seulement il était aussi simple d'oublier certaines choses. Mysti prit une boulette qu'elle mâcha d'un air pensif.

— Je te dois une promenade en bateau pour rattraper cette journée. Et pour te remercier du service que tu m'as rendu.

— Mais non, tu ne m'es redevable de rien.

— Ce n'est pas ça.

Elle le regarda avec surprise. Alors, pourquoi l'invitait-il ? Pour sortir avec elle ?

— Ma mère ne sait pas nager et elle a peur de l'eau, poursuivit-il. Et moi, je n'ai jamais emmené Sally, par manque de temps, mais surtout parce que je n'ai pas envie de l'abandonner sur un siège pendant que je suis occupé à manœuvrer.

— Oh...

Donc, il voulait tout bêtement qu'elle lui serve de baby-sitter ? Pourquoi pas, après tout ? Elle aimait bien Sally. Après des années à n'avoir fréquenté que des adultes, elle avait plaisir à passer un peu de temps avec un enfant.

— Oui, bien sûr. Je peux m'occuper d'elle, si c'est ce que tu souhaites.

— Je ne cherche pas quelqu'un pour la surveiller. J'ai été vraiment content de partir en bateau avec toi aujourd'hui. Ces dernières années, je peux compter sur les doigts d'une seule main les fois où je suis parti en balade.

Oui, depuis la mort de Kandid. Il ne l'avait pas dit explicitement, mais Mysti l'avait deviné. Parfois, il fallait trouver un moyen d'échapper aux souvenirs. C'était pour cela qu'elle était partie de Forgotten Point. Pour cela, aussi, qu'elle avait quitté l'armée. Manifestement, Jesse n'avait jamais trouvé l'occasion de remettre son passé en perspective, alors si elle pouvait l'aider en cela...

— Va pour une promenade sur le lac. Ça nous fera du bien à tous les trois.

— On pourrait même emporter des skis nautiques, qu'en dis-tu ? Tu as dit que tu en avais une paire chez ta mère, je crois ?

— Oui, mais je n'en ai pas fait depuis longtemps. Je ne sais pas si je serais capable de tenir debout sur ces machins.

— Tu dois te débrouiller mieux que moi. Je n'ai jamais essayé, même quand j'étais petit.

— Il est toujours temps d'apprendre.

— On verra. Donc, tu viens ?

— Oui, avec plaisir.

Il consulta son téléphone.

— Je n'ai rien de prévu samedi prochain.

— Moi non plus. Mis à part une urgence, la plupart de mes opérations ont lieu pendant la semaine.

— OK. Sally sera ravie.

Et Jesse ? Serait-il ravi, lui aussi ? Peut-être… Mais si c'était le cas, ce n'était pas parce qu'elle venait, mais parce qu'il pouvait sortir l'esprit libre avec sa fille. Il pourrait enfin profiter d'un petit moment rien que pour lui. Jesse jeta un coup d'œil par la fenêtre.

— Il est temps de partir. Le soir commence à tomber.

— Oui. La météo prévoyait de la pluie pour la fin de l'après-midi. Le tournoi se termine à quelle heure ?

— À 5 heures : dans une quinzaine de minutes, donc. Tout le monde a déjà dû rentrer pour faire peser les prises puisqu'ils sont censés annoncer le gagnant dans la foulée.

Mysti eut soudain envie d'être à nouveau là-bas pour souffler une idée au jury.

— Ce serait bien, non, si le tournoi portait le nom d'un inconditionnel présent quasiment chaque année ? Un fou de pêche qui s'est même arrangé pour participer quelques semaines à peine après avoir été opéré.

Jesse hocha la tête d'un air songeur.

— Si je pense à ce que tu penses, ton idée me plaît. En tout cas, il faut y aller maintenant, sans quoi nous n'aurons pas le temps de la soumettre au comité d'organisation.

— C'est bon, j'ai fini ma barquette.

Leur table débarrassée, ils regagnèrent rapidement la voiture.

L'orage leur offrit un sursis le temps du trajet, le ciel allant même jusqu'à s'éclaircir peu à peu. Lorsqu'ils s'engagèrent dans le chemin de terre qui menait à la rade, Mysti pointa le doigt vers la rampe de mise en eau.

— Jesse, regarde.

Amarré à l'endroit où ils l'avaient laissé, un bateau vide se balançait mollement sur place.

— Le *bass-boat* de Larry. Son fils ne l'a pas encore récupéré.

Nul doute que le pauvre homme avait d'autres soucis en tête après la mort brutale de son père.

— Je vais demander l'aide de quelqu'un pour remonter le bateau et le transporter jusqu'à son hangar.

— Oui, bonne idée. Ce *bass-boat,* c'était tout pour Larry, et son fils aura du mal à s'en occuper après ce qui s'est passé.

Ils se garèrent puis se dirigèrent vers le poste de pesée, encore actif malgré la météo incertaine. Juste à côté se dressait une estrade équipée de chaises et de quelques micros, installée contre un bâtiment qui devait servir d'abri en cas de pluie. Un grand tableau blanc faisant office de panneau de score comportait une liste de cinquante entrées, chacune correspondant à un participant.

— Je ne savais pas qu'ils avaient autant de succès, dit Jesse. Ils sont souvent obligés de refuser du monde ?

Mysti lui jeta un coup d'œil avant de murmurer :

— J'avais oublié que tu n'es jamais venu étant gamin.

Ce n'était pas tout à fait vrai. Un jour, Jesse avait accompagné un ami, et cette expérience restait gravée dans sa mémoire. Pour la première fois de sa vie, il s'était rendu compte que toutes les familles n'étaient pas comme la sienne, avec un père rarement à la maison et une mère qui pleurait beaucoup. Au fond, leur vie s'était améliorée lorsque son père était parti pour de bon. Certes, les deux premières années avaient été compliquées, le temps qu'ils trouvent leurs repères et que sa mère décroche un travail mieux payé, mais ils avaient réussi à garder la maison, et c'était l'essentiel. Son père, qui n'avait même pas cherché à conserver ses droits de garde, avait tout simplement disparu de leur vie sans laisser d'adresse. Quant à sa mère, elle n'avait entamé aucune procédure pour obtenir une pension alimentaire. À l'époque, Jesse ne lui avait pas posé de questions, déjà parce qu'il n'y connaissait rien en matière de divorce, mais surtout parce que le sujet était pénible à sa mère. Par la suite, ni lui ni son frère n'avaient jamais parlé de leur père, et leur mère pas davantage.

Mais ces vieux souvenirs étaient hors de propos.

— Non, mais je me disais que je pouvais revenir avec Sally.

Une émotion traversa le visage de Mysti.

— Quoi ? demanda-t-il, surpris.

— Rien, rien.

Elle promena le regard sur le groupe autour de la station de pesée.

— Il me semble que j'ai aperçu Earl Norman. Il dirigeait le tournoi quand j'étais petite et je suis sûre que c'est encore le cas. Sinon, il nous indiquera qui l'a remplacé.

Ils s'approchèrent de l'homme qui leva la tête de la feuille de papier qu'il consultait.

— Désolée de vous interrompre, dit Mysti. Vous avez une minute ?

— Mysti North ! Il me semblait bien que j'avais vu ton nom sur la liste des participants. Ça me fait plaisir de te revoir ! Ton père nous manque à tous, tu sais.

— Merci, c'est gentil. Vous êtes au courant au sujet de Larry Rogers ?

— Oui, on m'en a parlé, et j'avoue que je n'en reviens pas. Pour nous tous, Larry était l'un des membres fondateurs du tournoi.

— Mes souvenirs ne vont pas si loin, mais je vous crois sans problème. À ce propos, vous pourriez soumettre une idée au jury ?

— Quel genre d'idée ?

— Eh bien, le tournoi pourrait porter le nom d'un homme pour qui cet événement comptait plus que tout.

Le stylo d'Earl s'immobilisa.

— Larry ?

Mysti hocha la tête.

— Il pourrait s'appeler « Rencontres de l'Amicale Larry Rogers ». On pourrait aussi en profiter pour créer un fonds de solidarité qui permettrait à des enfants défavorisés de venir, comme ceux dont les familles n'ont pas les moyens d'acheter ou même de louer un bateau, par exemple. Des volontaires pourraient en accueillir un pour le faire profiter du tournoi.

— Oui, bonne idée… Ce serait un peu comme un parrainage ?

— En quelque sorte, oui. Le nombre de bateaux admis à concourir ne changerait pas. Par contre, des enfants auraient la possibilité de participer. Les frais de parrainage pourraient servir à payer des leurres et des cannes à pêche supplémentaires, donc ce dispositif ne coûterait pour ainsi dire rien au comité d'organisation.

Earl opina.

— Franchement, c'est une idée géniale. Voilà des années qu'on réfléchit à une initiative de ce genre, mais la mort de Larry pourrait servir de coup d'envoi. Je crois que le jury s'est rassemblé, ajouta-t-il après avoir regardé autour de lui. Je vais leur en toucher un mot tout de suite. Ce ne serait pas mal de faire une annonce dès ce soir en prévision du tournoi de l'année prochaine.

Jesse devait rendre justice à Mysti. La gamine timide de ses souvenirs n'aurait jamais été capable d'une telle initiative. Elle s'était affirmée et s'était transformée en une jeune femme sûre d'elle capable, si besoin, de saisir le taureau par les cornes. Le premier jour où il l'avait vue à l'hôpital, elle lui avait paru froide et hautaine, mais il n'en était rien. Simplement, elle savait ce qu'elle voulait et elle se donnait les moyens d'arriver à ses objectifs.

— Merci, dit-elle.

Earl se tourna vers Jesse.

— C'était sympa de vous voir avec votre fille. C'est votre première inscription au tournoi ?

— Oui et non. C'est la première fois que j'amène mon bateau, mais j'étais déjà venu il y a longtemps, avec un ami. Ses parents avaient fait pour moi ce que Mysti envisage pour d'autres enfants. Je n'ai jamais oublié cette journée ni le poisson que j'ai attrapé.

Mysti le regarda, mais elle s'abstint de tout commentaire. En tout cas, elle n'encouragea pas Earl à utiliser cette anecdote personnelle pour défendre leur projet, et Jesse lui en fut reconnaissant.

Earl referma son carnet.

— Bien, je vais leur en parler tout de suite. Je ne sais pas si ce sera mis en place dès ce soir, mais rien ne coûte d'essayer.

— Merci.

— C'est une idée formidable, Mysti, dit Jesse lorsqu'il fut seul avec elle. Je suis sûr qu'elle ira droit au cœur de Larry Jr.

— Je l'espère…

Elle regarda la foule qui s'installait sur les chaises pliantes disposées ici et là entre les arbres.

— Tu peux rester un peu ?

— Oui, ne serait-ce que pour savoir combien pèse la meilleure prise.

Ils s'installèrent sur deux chaises un peu à l'écart. Jusqu'à présent, le numéro quinze arrivait en premier avec un achigan à grande bouche de quatre kilos et demi.

— Il pesait combien, ton poisson ?

La question de Mysti le prit au dépourvu. Il ne s'était pas attendu à ce qu'elle revienne sur cette anecdote.

— Oh ! à peine deux kilos ! Je n'aurais pas pu gagner avec ça.

— Mais il était assez grand pour que tu t'en souviennes. Je suis désolée, Jesse. On était voisins, toi et moi, et j'aurais dû t'inviter.

— Ce n'est pas grave, va. Tu ne pouvais pas savoir.

Comme quoi, il n'était pas le seul à ressasser passé et regrets.

— Mysti… Je ne sais pas si je t'ai vraiment demandé pardon pour ce que j'ai fait il y a des années.

Elle tourna vers lui un visage étonné.

— Pardon ?

— Eh bien, oui… Toi et moi, dans la voiture…

— Ah, oui… Tu n'as rien à te faire pardonner, voyons. Nous étions des gamins.

— Si. Je n'aurais pas dû. À l'époque, je sortais avec Kandid. J'espère que tu n'es pas partie à cause de ça.

— Si ça peut te rassurer, non, ce baiser n'y est pour rien. Et si quelqu'un devait présenter des excuses, ce serait plutôt moi, ajouta-t-elle avec un soupir. Kandid était mon amie, et j'ai eu l'impression de la trahir.

— Je comprends. C'est pour ça que tu n'as pas gardé contact avec elle ? Que tu n'es pas venue au mariage ?

— Peut-être…

Mysti ferma brièvement les yeux et ajouta :

— Ça remonte à loin, tout ça. Et l'expérience ne nous a pas traumatisés, toi et moi, n'est-ce pas ? Tu as vécu heureux avec Kandid, et vous avez eu une magnifique petite fille. Tout est très bien comme ça.

Elle se trompait : il n'avait pas vécu heureux avec Kandid, même si les fêlures dans leur couple n'avaient sans doute pas été visibles pour un œil extérieur. Mais à quoi bon parler de ses problèmes de couple ? Il ne voulait surtout pas que Sally apprenne que ses parents ne s'entendaient pas et qu'ils auraient sûrement divorcé si sa mère avait vécu. Donc, après tout, si Mysti pensait qu'il avait filé le bonheur parfait avec Kandid, autant lui laisser ses illusions.

— Oui, tu as raison. Tout est très bien comme ça.

Une salve d'applaudissements lui fit lever la tête : le numéro trente et un venait de prendre la tête du palmarès avec une prise d'un peu plus de cinq kilos.

— Et toi, tu te souviens de ton plus gros poisson ?

— Oui, même si j'ai oublié combien il pesait exactement. Sans doute à peu près deux kilos… Sans mon père, je ne serais pas arrivée à le remonter. Pour la fillette que j'étais, il était énorme ! Évidemment, je n'ai rien gagné ce jour-là, mais je m'en fichais. J'étais juste contente d'être là, avec mon père.

— Dis-moi… Si le jury rejette notre idée, tu ne voudrais

pas créer un tournoi concurrent qui porterait le nom de Larry ? Bien entendu, il reprendrait ton idée de parrainage d'enfants.

Jesse la regarda en s'efforçant de deviner sa réaction.

— Pourquoi ? Tu penses qu'ils ne seront pas d'accord ?

— J'espère que si, mais j'anticipe, au cas où. Je suis convaincue que c'est la bonne chose à faire.

— Je sais. Et les possibilités de projets sont infinies ! On pourrait par exemple créer une cagnotte pour offrir une canne à pêche à tous les enfants qui en voudraient une. Ou consacrer une partie des frais d'inscription à des achats plus importants, comme je ne sais pas… un *bass-boat* qu'on pourrait prêter à des familles qui n'ont pas les moyens d'avoir leur propre bateau.

Ils se regardèrent et, l'espace d'une seconde, Jesse eut l'impression d'être happé par ses prunelles sombres. Puis d'autres applaudissements éclatèrent et il reporta son attention sur les pesées. Lentement, les numéros se succédèrent. Enfin, au bout d'une demi-heure, le palmarès fut établi et le gagnant tint sa prise en l'air, un achigan à grande bouche de cinq kilos et demi. Il avait gagné une canne à pêche ainsi qu'une année de carburant pour son bateau. Earl monta alors sur la petite estrade.

— Je vais demander au comité d'organisation de me rejoindre. La plupart se consacrent au tournoi depuis longtemps et ils ne ménagent pas leurs efforts pour que ce rendez-vous tant attendu revienne année après année. Le comité réapprovisionne le lac avec des alevins fournis par une écloserie locale. L'objectif est que, pour chaque poisson attrapé, deux autres le remplacent.

Une vingtaine de personnes rejoignirent Earl sous les applaudissements.

— Avant de nous quitter, je souhaiterais évoquer un dernier sujet. Pour ceux d'entre vous qui l'ignorent, nous avons perdu l'un des nôtres aujourd'hui : un homme qui n'aurait raté ce tournoi pour rien au monde.

Des murmures parcoururent le public et Earl leva les mains pour réclamer le silence.

— On vient de me soumettre une idée, une excellente idée,

même. Il s'agit de dédier le tournoi à la mémoire de notre ami, et de permettre à des enfants défavorisés de participer. Comment ? Eh bien, il suffirait que chaque participant accueille un passager. On dresserait une liste d'enfants intéressés et chaque volontaire tirerait au sort un nom en veillant à disposer du matériel nécessaire pour une troisième personne. Le comité a approuvé ce projet à l'unanimité, mais je souhaiterais également obtenir votre aval.

Il marqua un court silence avant de reprendre :

— Donc, combien d'entre vous seraient d'accord ? Levez la main, s'il vous plaît…

Quantité de bras apparurent. Jesse parcourut le public du regard et il aurait juré que tout le monde, sans exception, était d'accord. Earl hocha la tête avant de se tourner en souriant vers Mysti et lui.

— Nous devons remercier Mysti North et Jesse Grove pour nous avoir suggéré ce projet. Si vous voulez bien vous lever, tous les deux…

Comme ils hésitaient, des têtes se tournèrent vers eux et des gens leur faisaient signe d'obtempérer, ce qu'ils firent sous les applaudissements et les sifflets. Mysti remua son épaule une ou deux fois, signe qu'elle aussi était gênée par cette attention. Jesse remarqua deux femmes qui échangèrent quelques mots avec des sourires entendus et des hochements de tête. Formidable… Maintenant, les gens allaient jaser à propos d'une relation entre lui et Mysti. Mais cette bonne action justifiait bien quelques ragots. Il s'assit à nouveau tandis que la voix d'Earl résonnait dans le micro :

— Donc, à partir de maintenant, notre tournoi se nommera « Rencontres de l'Amicale Larry Rogers ». Merci à tous pour votre aide et votre soutien. À l'année prochaine.

9.

— Ça a marché !

Mysti était aux anges. Elle n'en revenait pas que le comité ait donné son feu vert aussi rapidement. C'était formidable ! Elle espérait que le fils de Larry serait content de l'idée. Certes, ils auraient sans doute dû lui en réserver la primeur, mais il serait sûrement d'accord pour dire que son père méritait cet honneur.

Toute à sa joie, Mysti ne s'était pas rendu compte qu'une grosse goutte s'était écrasée sur son front. La pluie s'intensifiant, chacun rassembla ses affaires et se dépêcha de rejoindre les voitures avant le déluge. Trop tard : en quelques secondes, des trombes s'abattirent. Attrapant la main de Mysti, Jesse l'entraîna en courant vers l'aire de stationnement. Soudain, elle glissa sur le sol mouillé et serait tombée si Jesse ne l'avait pas rattrapée. Sa main échappant à celle de Jesse il ralentit sa course et passa un bras autour de sa taille pour leur frayer un chemin sur le parking pris d'assaut, et malgré la foule ils parvinrent à regagner la voiture en quelques minutes. Jesse ouvrit la portière du côté passager, mais Mysti hésita.

— Je vais mouiller ton siège.

— Surtout si tu ne te décides pas. Tu laisses la pluie entrer.

Elle se glissa donc sur le siège en cuir, frais contre sa peau trempée. Jesse s'installa à son tour puis il passa le bras devant elle pour ouvrir la boîte à gants et en sortir des serviettes dont elle se servit pour s'essuyer le visage, les mains et les jambes. Écartant une mèche qui lui retombait sur les yeux, elle se mit à rire.

— Qu'est-ce qu'il y a ?

— Eh bien, on a passé la journée sur le lac, avec la possibilité de tomber à l'eau, mais un peu de pluie et c'est tout de suite la débandade.

— Oui, tu as raison. On s'est tous fait asperger le temps de se rendre au coin de pêche, et personne ne s'en est plaint.

— Non.

— Alors, qu'est-ce qui déclenche une telle hystérie, à ton avis ?

Mysti n'en avait pas la moindre idée. Elle savait seulement que, parfois, la pluie pouvait conduire certaines personnes à se comporter de manière inhabituelle. Elle se revit alors avec Jesse, dans une autre voiture, un jour d'orage comme celui-ci. Un souvenir d'une netteté incroyable. Elle n'avait rien oublié, ni la douceur de ses lèvres sur les siennes, ni la chaleur de son corps, ni l'odeur de sa peau. La gorge serrée, elle sursauta lorsque la voiture garée à côté d'eux démarra. Elle jeta un coup d'œil à Jesse qui regardait droit devant lui, les mains crispées sur le volant.

— Jesse ?

Il se tourna vers elle, et elle comprit aussitôt. Elle n'était pas la seule à se rappeler ce fameux soir.

— C'est comme…

— Oui, je sais.

Mysti aurait été incapable de dire qui, de lui ou d'elle, bougea le premier. En tout cas, Jesse la prit par les épaules pour l'attirer contre lui un peu brutalement, ce qui la fit rire. Un rire étouffé lorsqu'il prit ses lèvres. Déjà, la langue de Jesse se glissait dans sa bouche, comme si, bien des années après, il regrettait encore d'avoir dû écourter leur premier baiser. Autour d'eux, le parking s'était vidé, et les rares personnes qui restaient se souciaient davantage de se mettre à l'abri que de s'intéresser à ce qui se passait dans la voiture qui s'attardait.

Elle lui caressa le cou, sa nuque froide et mouillée… Ce baiser était encore meilleur que le premier, sans doute à cause de l'âge et de l'expérience. Tous les deux avaient traversé des événements heureux, des événements tragiques. En tout cas, celui de ce soir n'avait rien de tragique. Au contraire, il était enivrant, magique, et elle aurait voulu qu'il ne prenne jamais fin. Mais trop vite, Jesse redressa la tête.

— Viens chez moi, murmura-t-il d'une voix sourde. Juste pour une nuit.

Aller chez lui ? Dans le brouillard du désir, elle aurait été incapable de lui répondre non. Elle avait si souvent rêvé de vivre un tel instant avec lui. Et cette fois-ci, rien ne s'interposait entre eux : ni mauvaise conscience ni personne. Cette dernière pensée suscita en elle un élan de prudence qu'elle préféra ignorer.

— Oui.

Il la considéra d'un air abasourdi comme s'il n'en croyait pas ses oreilles. Puis il l'embrassa à nouveau, voracement, comme s'il lui était impossible de se rassasier d'elle. Ses doigts lui parcouraient le cou, la poitrine, et ces caresses légères comme des plumes provoquaient en elle une myriade de frissons agréables.

— Il faut y aller, dit-il enfin. Autrement, nous n'allons jamais partir d'ici. Et si un policier nous voit cette fois-ci, nous risquerons de faire bien plus que de nous embrasser.

Une flambée d'émotions sauvages l'embrasa. Elle avait tellement, tellement envie de lui, dans sa voiture, chez lui, n'importe où… C'était incroyable, mais le temps et la séparation n'avaient en rien émoussé son désir. Au contraire, il était même encore plus intense à présent qu'elle avait pris conscience de la fragilité de la vie.

Jesse démarra et s'engagea dans les rues de la ville noyée de pluie. Une main sur la cuisse de Mysti, il caressait du pouce sa peau à la lisière de sa salopette courte. Mysti fut parcourue par un frisson qui n'avait rien à voir avec la fraîcheur de la pluie. Le pont n'était pas inondé aujourd'hui, de sorte qu'ils purent le traverser sans encombre, contrairement à bien des années plus tôt. Non, aucun obstacle ne s'opposait à leur désir, au moins le temps d'une nuit. Mais c'était très bien ainsi. Il n'y aurait que cette fois, voilà tout. Jesse n'avait laissé aucun doute à ce sujet, donc inutile de redouter de lui la moindre velléité d'engagement. Et c'était tant mieux, parce que Mysti se sentait incapable d'aller plus loin avec lui. Comment l'aurait-elle pu, puisque, des années auparavant, il en avait choisi une autre pour devenir sa femme et la mère de sa fille ?

Donc juste une nuit… C'était à sa portée et elle en avait envie. Tellement, tellement envie. Enfin, elle pouvait mettre fin une fois pour toutes à ces rêveries débridées dont Jesse avait été le sujet inépuisable. Qui sait ? Peut-être serait-elle amèrement déçue. Elle en doutait, toutefois. Un homme qui embrassait si bien, qui savait mieux que personne comment la faire réagir ne pouvait sûrement être que génial au lit. Elle passa un bras autour de lui et posa la tête sur son épaule. Ce soir, rien qu'un soir, elle pourrait faire comme si c'était elle qu'il avait choisie. Et d'ailleurs, c'était le cas seulement pour aujourd'hui. Elle devrait s'en contenter, mais elle était bien résolue à en profiter au maximum. Et puis, le samedi suivant, ils retourneraient ensemble sur le lac.

Non, ne regarde pas plus loin qu'aujourd'hui.

— On arrive bientôt, Mysti. Je vais avoir du mal à sortir de voiture, ajouta-t-il en lui jetant un bref regard.

— Qui te parle de sortir ? Il y a toujours le garage.

Il ne répondit pas tout de suite et elle aurait juré que ses lèvres se crispaient. Mais il posa un baiser sur sa tempe.

— Le garage est rempli de tout un tas de trucs. Donc, si tu ne veux pas que tout le voisinage nous voie faire des cabrioles dans la voiture…

Tandis qu'il parlait, sa main glissa plus haut sur sa cuisse et fit remonter le bas de sa salopette. Il insinua les doigts sous l'élastique de son slip.

— Même si l'idée n'est pas pour me déplaire.

La gorge serrée, elle imaginait la scène avec netteté. Elle se voyait sur lui, le volant dans le dos, heurtant le klaxon à chaque coup de hanches.

— Tu me rends folle, Jesse.

— C'est réciproque.

Il se gara dans l'allée devant chez lui et coupa le contact

sans cesser de la caresser avec l'index. De son autre main, il prit son visage en coupe et le tourna vers lui. Puis, d'un geste vif, sa main plongea plus loin sous le slip avec une audace qui arracha à Mysti un soupir étranglé. Il se pencha vers elle, si près que sa joue rugueuse qui frôlait la sienne semait de délicieux frissons dans tout son corps.

— J'ai hâte de me mettre au chaud.

Tandis qu'il parlait, son pouce s'insinua entre les plis de sa chair. Assaillie par une sensation dévastatrice, Mysti ne put s'empêcher de s'arquer pour mieux ressentir la pression.

— Oui, murmura-t-il. Comme ça.

Il la caressa, la titilla encore et encore, à tel point qu'elle redouta d'exploser là, tout de suite. Alors, il s'écarta, et le claquement des serrures la fit sursauter.

— Il faut sortir maintenant, autrement nous allons vraiment finir par scandaliser les voisins.

Jesse ouvrit sa portière pour sortir. Elle l'imita, mais dès qu'elle mit les pieds sur le sol, ses jambes en coton se dérobèrent sous elle. Il lui enserra la taille d'un bras et la guida jusqu'à la porte. Puis, d'un coup de pied, il referma derrière eux et il la fit pivoter vers lui pour l'embrasser avec une voracité qui la fit s'affaisser contre le mur, sans force. D'une chiquenaude, il déboutonna le haut de sa salopette qui tomba jusqu'à la taille. Il fit remonter une main sous sa chemise, jusqu'à son soutien-gorge, et prit en coupe un sein à la pointe durcie. Mysti se cambra, mais déjà il avait retiré sa main et il lui caressait le dos. Deux secondes plus tard, son soutien-gorge était dégrafé, et Jesse pinça un mamelon durci entre le pouce et l'index. Les paupières de Mysti se fermèrent sous l'assaut d'ondes de plaisir qui la submergeaient de plus en plus fort. À son grand regret, il s'écarta puis recula d'un pas avant de la reprendre dans ses bras.

— Non, pas ici, dit-il d'une voix sourde. Je te veux dans mon lit.

Tout à coup, elle comprit pourquoi il tenait à ce qu'elle soit ici : il voulait satisfaire un fantasme personnel. Mais elle n'y voyait aucun inconvénient, bien au contraire, parce qu'elle-même fantasmait à son sujet. Il la porta jusqu'à une chambre au milieu de laquelle trônait un lit énorme. Le lit de Kandid ? Quelque chose en elle se crispa puis elle relégua cette image mentale indésirable dans un recoin éloigné de son esprit. Quelle importance, après tout ? Elle s'en fichait.

Pendant une seconde ou deux, Jesse la tint suspendue au-dessus du lit avant de la lâcher, et elle poussa un petit cri en tombant sur le matelas. Il la domina alors d'un regard avide.

— Tu es si belle, Mysti.

Il se pencha pour sortir une boîte de la table de chevet : des préservatifs. Évidemment. Elle sentit une émotion se flétrir en elle.

Arrête, Mysti. Tu aurais préféré qu'il soit imprudent ?

Non, bien sûr. De plus, le paquet n'avait jamais servi puisque Jesse avait dû déchirer la cellophane pour sortir un étui, songea-t-elle en se détendant. Après avoir jeté la boîte sur le lit, il fit passer son polo par-dessus sa tête, révélant un torse musclé et des abdominaux bien dessinés. Waouh… Il devait s'adonner à des exercices physiques acharnés pendant son temps libre. Et sous le soleil, aussi, à en juger par son hâle. Mysti tendit un bras vers lui, mais il lui prit la main pour l'asseoir sur le lit.

— Qu'y a-t-il ?

Un sourire malicieux éclaira son visage.

— Rien. Rien du tout.

Lui prenant les jambes, il la tira vers lui pour la remettre debout avant de lui déboutonner son chemisier rose. Bon sang, les cicatrices ! Elle les avait complètement oubliées, et n'avait pas envie qu'il les voie, ni ce soir ni jamais. D'abord tentée de rajuster sa chemise, elle se ravisa. Un tel geste ne servirait qu'à susciter des questions auxquelles elle ne souhaitait pas répondre.

Détourne son attention.

Rien de plus simple. Elle défit les boutons qui retenaient la salopette à ses hanches, et le vêtement tomba à terre, bientôt suivi par le soutien-gorge. Elle n'avait plus sur elle qu'une culotte en dentelle couleur pêche. Elle sourit en l'entendant inspirer brusquement. Oui, elle pouvait contrôler la situation comme bon lui semblait. Libre à elle de lui faire voir ce qu'elle voulait ou pas.

Mysti déboutonna le pantacourt kaki et fit glisser la fermeture Éclair avec une lenteur calculée avant de tirer sur les jambes du vêtement pour le faire tomber. Jesse s'en débarrassa d'un coup de pied. Elle lui prit les mains pour le mettre dos au lit, puis elle le poussa. Il se laissa tomber avec plus d'élégance qu'elle un instant plus tôt. Elle s'était attendue à se sentir beaucoup plus gênée de se montrer nue à lui, mais l'admiration qu'elle avait lue dans ses yeux lui avait donné un courage qui l'étonna.

— Bon, qui le premier ? Toi ou moi ? Ou alors, on le fait ensemble ?

Sans lui demander de préciser ce qu'elle avait en tête, Jesse sourit.

— Ensemble, bien sûr.

Ils retirèrent ce qui leur restait de vêtements en même temps et Mysti le rejoignit sur le lit. Elle l'enfourcha, les genoux de part et d'autre de ses cuisses, et contempla sa virilité dressée, n'aspirant qu'à le toucher, l'embrasser. Lentement, ses mains l'explorèrent, puis elle prit son sexe dans sa main et le caressa doucement, une fois, et une autre, et une autre encore, fascinée par la façon dont le visage de Jesse se crispait et dont ses hanches accompagnaient ses mouvements. Sa peau tiède avait une texture incroyablement soyeuse. Au bout d'une minute ou deux, n'y tenant plus, Jesse lui prit les mains.

— Arrête, Mysti, murmura-t-il d'une voix étranglée. Viens ici.

Elle obtempéra et se positionna au-dessus de lui puis, lentement, elle le prit en elle.

— Jesse…

Il l'emplissait… De lui, de chaleur, de l'envie de surfer sur cette vague qui les emportait toujours plus loin, toujours plus haut… Elle se pencha pour l'embrasser, mais lorsqu'il avança une main pour la poser sur son dos, elle la saisit pour la plaquer à côté de la tête de Jesse.

— Non. Laisse-moi faire le travail.

Tout en le gardant enfoui en elle, elle l'embrassa avec une sensualité consommée. Puis ses hanches se mirent à onduler en de longs et lents va-et-vient qui eurent vite fait de porter à son paroxysme la flamme qui la consumait. Elle se contraignit malgré tout à garder le même rythme régulier pour prolonger le plus possible cet instant extraordinaire. Elle aurait voulu que ce moment ne se termine jamais. Il dépassait tous ses fantasmes, tous ses rêves, et loin d'apaiser enfin sa curiosité, cet avant-goût lui faisait penser à tant de choses qu'ils pourraient réaliser ensemble. Il posa alors les mains sur ses hanches et, cette fois, elle ne fit rien pour l'en empêcher. Un bras autour de sa taille, Jesse la fit s'incliner vers lui jusqu'à ce que sa poitrine soit à la portée de ses lèvres. Mysti gémit lorsqu'il happa un tendre mamelon tout en la pressant davantage contre lui, mais dans l'emportement de ses sens, elle eut à peine conscience qu'il lui effleurait le dos.

— J'ai tellement envie de toi, Mysti.

Il souleva les hanches à sa rencontre et elle le chevaucha plus vite tandis qu'il capturait à nouveau sa bouche en un baiser avide. Elle se redressa, les mains appuyées sur le torse puissant de Jesse. À chaque coup de reins, le plaisir tourbillonnait en elle en une spirale de plus en plus vertigineuse. La main de Jesse s'insinua soudain entre eux pour capturer le bourgeon de sa féminité, et un frisson la foudroya aussitôt. C'était merveilleusement bon.

Elle allait plus haut, toujours plus haut, transportée non par une volonté propre, mais par un instinct primaire. Les yeux fermés, elle ne songeait plus qu'à ce qu'elle ressentait, entièrement focalisée sur un objectif lointain. Puis, tout à coup, il ne fut plus lointain du tout, mais l'emportait à la vitesse de l'éclair. Se cambrant une ultime fois, elle fut secouée de spasmes voluptueux avant de s'affaisser. Loin, très loin, elle l'entendit gémir, puis elle le sentit s'agiter sous elle jusqu'à ce qu'il la rejoigne dans le plaisir. Alors, il ralentit graduellement la cadence de ses mouvements pour finir sur un rythme langoureux. Mysti rouvrit ses poings et se cala contre lui, la tête sous son menton.

— Wow… C'était…

Elle laissa la phrase en suspens. Aucun mot ne lui semblait à la hauteur de ce qu'ils venaient de vivre.

— Oui, je sais. C'était pareil pour moi.

Du bout du nez, elle caressa le bas de sa mâchoire avant de semer des petits baisers sur sa joue, puis un dernier sur son menton. Elle reposa alors la tête sur son torse avec un soupir heureux. Jesse lui effleurait le bas du dos en de légères caresses qui la chatouillaient agréablement. Les yeux mi-clos, à moitié assoupie, elle savourait ces douceurs avec bonheur.

— Tu ne m'aides pas à dormir, murmura-t-elle.

— Tant mieux.

Ah bon ? Il voulait encore faire l'amour ? Jesse eut un petit rire, comme s'il avait deviné ses pensées. Quand ses doigts remontèrent le long de son dos jusqu'à son épaule, Mysti revint tout à coup à la réalité. Elle tenta de se dérober à ses caresses, mais il la retint.

— Attends… C'est quoi, ça ?

Il s'assit sur le lit et se pencha pour regarder, mais elle l'arrêta, les larmes aux yeux.

— Non, Jesse. S'il te plaît…

10.

Jesse se figea, saisi par la tonalité implorante de sa voix.

— Si, laisse-moi regarder. S'il te plaît.

Elle hésita, mais ne se déroba pas lorsqu'il la pencha légèrement de manière à l'examiner. Une exclamation de stupeur échappa à Jesse à la vue de son dos couturé de cicatrices. Elles partaient de son omoplate pour s'étaler en arc sur tout un côté. L'essentiel, pourtant, se concentrait au niveau de l'épaule gauche. Cette même épaule qu'elle remuait régulièrement.

— Mais c'est quoi, tout ça ?

Un bref silence plana.

— J'ai été touchée par une bombe artisanale.

Jesse demeura de longues secondes sans rien dire, les mots coincés dans sa gorge.

— Bon sang, je t'ai fait mal ? Tout à l'heure, quand on…

— Non. La plupart du temps, je n'y pense même pas.

Il ne la croyait pas, mais s'abstint de le formuler.

— C'est arrivé à Joronha ?

— Oui. Une amie à moi a été tuée dans l'accident. J'ai survécu parce que je me trouvais un peu plus loin.

Une expression horrifiée se peignit sur les traits de Jesse.

— Mon Dieu, Mysti… Pourquoi ne m'en as-tu jamais parlé ?

— Pourquoi ?

Elle se tourna pour lui faire face.

— Qu'est-ce que ça aurait changé, dis-moi ? Enfin, si : tu ne m'aurais sans doute pas fait l'amour.

— Non !

Il lui prit les épaules en s'efforçant de dominer son émotion.

Il n'arrivait même pas à concevoir ce qu'elle avait dû endurer pendant l'accident et après.

— Rien n'aurait pu empêcher ce qui s'est passé entre nous, tu entends ? C'était en germe depuis longtemps.

— Oui, tu as raison, répondit-elle avec un faible sourire.

Il s'adossa contre la tête du lit avant de lui prendre la main pour l'attirer à lui. Elle s'allongea à ses côtés, la tête sur son torse.

— Tu veux m'en parler ?

Elle haussa les épaules sans rien dire. Au bout d'une minute, alors que Jesse finissait par penser qu'elle resterait muette sur le sujet, elle prit la parole.

— Comme je viens de te le dire, Laura était une amie, et on était dans la même brigade, elle et moi. Il se trouve qu'elle est tombée enceinte pendant son déploiement, et si son commandant l'avait appris, elle aurait été rapatriée sur-le-champ. Elle a donc gardé le secret le temps de prendre une décision et n'en a parlé à personne, sauf à moi. Le père était un soldat avec qui elle est sortie quelques mois sans que ce soit sérieux.

Elle s'interrompit avec un soupir.

— Je n'ai jamais su qui c'était. Mais j'ai tenu ma promesse et je n'ai rien raconté, ni à son commandant, ni à ses amis, ni même à ses parents après sa mort. Je ne voulais pas que ses états de service soient entachés de quelque façon que ce soit, même si, en l'occurrence, elle n'avait rien fait de mal. Tu es le premier à qui j'en parle.

Elle marqua une pause et se mordilla la lèvre inférieure.

— Quand c'est arrivé, on était justement parties voir une sage-femme pour savoir où elle en était de sa grossesse.

Elle détourna les yeux, le souffle court, et ses mains se crispèrent sur la couverture.

— On n'est jamais arrivées jusque-là. J'allais devant et Laura me suivait. À un moment, j'ai entendu une explosion derrière moi et j'ai été soulevée par le souffle. J'avais mal, tout mon dos me brûlait…

Les yeux fermés, elle inspira avec difficulté.

— Lorsque j'ai pu me relever, il y avait du sang partout. Et quand je me suis retournée… Je ne l'ai pas vue, acheva-t-elle dans un sanglot. Je me rappelle avoir crié son nom… Et puis, tout est devenu noir.

Jesse lui prit la main qu'il pressa avec douceur en attendant qu'elle poursuive.

— Il paraît que je me suis réveillée en criant dans un hôpital de campagne, mais les semaines après l'accident restent très floues dans ma tête. Lorsque je suis sortie, j'étais complètement détruite, incapable de travailler, de dormir… Je me reprochais sans cesse de ne pas l'avoir forcée à dire qu'elle était enceinte. Si nous n'étions pas parties toutes les deux en douce, en totale infraction avec toutes les règles de sécurité, elle serait peut-être encore en vie.

Mysti garda les yeux fermés quelques secondes avant de les ouvrir.

— Au bout du compte, ils m'ont rapatriée pour que je suive une thérapie. Ils disaient que je souffrais d'un syndrome de stress post-traumatique.

— Et tu as décidé de quitter l'armée.

Elle hocha la tête.

— Je n'étais plus bonne à rien dans l'état où j'étais. Comme je bénéficiais d'une décharge médicale, ils m'ont fait grâce du temps qui me restait à passer avec eux en paiement de mon diplôme de médecine. Je me suis dit que Forgotten Point serait un bon endroit pour me remettre d'aplomb. Alors, j'ai postulé pour ce remplacement à l'hôpital de Serenity.

— Et ça a marché ? Tu te sens mieux depuis que tu es ici ?

— Je crois, oui. Enfin, je le croyais jusqu'à la mort de Larry. J'ai soigné tellement de soldats…, ajouta-t-elle en secouant la tête. Je les rafistolais du mieux que je pouvais en pensant que cela ferait l'affaire, mais certains décédaient de complications imprévues… Un anévrisme, une embolie… L'un d'eux s'est suicidé un mois après avoir été déclaré apte.

— L'accident de Larry a fait remonter tous ces souvenirs, c'est ça ?

— On pensait qu'il allait mieux, Jesse. Et pourtant, il est mort.

Il resserra les bras autour d'elle. Seigneur, quel fardeau pour une seule personne... Comme si ses blessures ne suffisaient pas, l'accident de son amie et le décès de ces soldats attisaient en elle une mauvaise conscience dont elle n'arrivait pas à se débarrasser. Son expérience à elle n'avait rien à voir avec la médecine telle qu'il la pratiquait. Lui aussi était familiarisé avec la mort, mais ses patients étaient surtout des personnes âgées et leur décès s'inscrivait dans l'ordre naturel des choses. Mais voir des hommes et des femmes encore jeunes perdre la vie dans des circonstances aussi insensées... C'était pour lui tout bonnement inconcevable, incompréhensible.

— Larry allait vraiment mieux, Mysti. On ne peut pas tout prévoir, tu le sais bien. Il y a des choses qui arrivent : une crise d'arythmie, un caillot sanguin, que sais-je... À ce compte-là, tu peux aussi te faire renverser par une voiture en bas de chez toi. Larry était fou de joie de pouvoir participer à ce tournoi, et il a reçu des soins presque immédiatement puisque nous étions sur place, toi et moi.

— C'est vrai... Je ne sais pas pourquoi ça m'affecte autant.

— Je comprends.

Il s'interrompit, hésitant à formuler une question.

— Tout à l'heure, tu disais que tu allais mieux depuis ton retour à Forgotten Point. C'est donc que tu penses rester à la fin de ton contrat ?

Mysti réfléchit pendant quelques secondes.

— Je ne sais pas. Je n'ai encore rien décidé. Je pensais utiliser ce temps pour voir comment je m'adaptais. Repose-moi ta question dans un mois, ajouta-t-elle avec un sourire.

Jesse sentit son cœur se glacer. Certes, elle n'avait pas balayé toute possibilité de rester, mais elle n'avait pas vraiment dit oui non plus. Voilà pourquoi il n'avait pas souhaité que Sally la fréquente trop... Mais s'il couchait avec elle, et le week-end prochain ils allaient faire du bateau tous ensemble. Qu'avait-il dans la tête, bon sang ? Du calme. Elle n'avait pas dit qu'elle s'en irait. Elle tenait juste à s'assurer qu'elle avait bien sa place ici. Mais si c'était le cas, alors quoi ? Pouvait-il risquer son cœur ?

Du bout des doigts, il caressa un bras à la peau soyeuse, et Mysti s'alanguit contre lui. Tant de choses pouvaient arriver en un mois ou deux… À quoi bon se projeter aussi loin ? Pourquoi ne pas profiter de l'instant présent ?

— Et ta mère ? Elle est au courant ?

Mysti se crispa aussitôt.

— Non. D'ailleurs, ne lui dis rien, s'il te plaît. Je ne me sens pas encore prête à lui en parler. Ni à elle ni à personne. À part toi, bien sûr.

Il sourit, envahi par un sentiment qu'il s'efforça de réprimer. Inutile de s'emballer. Elle s'était confiée à lui parce qu'il avait touché ses cicatrices, et, en réaction, elle avait cherché à esquiver ses questions. Néanmoins, c'était bien à lui qu'elle avait réservé la primeur de son secret, quelles que soient ses raisons.

— Merci de m'avoir raconté ton histoire. Je ne te poserai pas d'autres questions.

— Merci.

Il la sentit se détendre contre lui.

— Ta barbe pousse, murmura-t-elle en promenant les doigts sur sa joue.

— Ça t'embête ?

— Non. Au contraire, j'aime bien.

Souriant, il lui prit le poignet pour y plaquer un baiser.

— J'aime beaucoup Sally, ajouta-t-elle. Elle est adorable.

— C'est vrai, mais je ne suis pas impartial lorsqu'il s'agit d'elle, j'avoue.

— C'est bien normal.

Du bout du doigt, elle traça le contour de ses lèvres.

— Je suis contente de t'avoir raconté ce qui m'est arrivé, tu sais. Ça m'a soulagée d'un poids énorme. Les psys et les traitements ne m'ont pas autant aidée. Il est vrai que je ne leur ai jamais parlé de Laura. Ça me fait beaucoup de bien de savoir que tu ne me considères pas comme un monstre à cause de ce secret.

— Toi, un monstre ? Au contraire, tu es quelqu'un de bien. Tu as subi une expérience traumatisante à tous les points de vue, physique et mental. Mais, Dieu merci, tu es vivante. Je ne suis pas sûr de pouvoir imaginer un monde sans Mysti North.

Il était sincère en disant cela. Il avait pleuré la mort de Kandid, mais pas comme un mari aurait dû le faire. Ce qui lui faisait de la peine, c'était surtout de savoir que Sally allait grandir sans sa maman. Il regrettait aussi de ne pas avoir su aimer sa femme comme il l'aurait dû. Certes, il ne l'avait jamais trompée, mais il n'avait pas été un mari parfait, loin de là. C'était sans doute pour cette raison qu'elle était allée voir ailleurs. Mais à quoi bon remuer sans cesse le couteau dans la plaie ? Oui, il se sentait coupable. Tellement coupable, même, qu'il n'avait toujours pas été capable de faire du tri dans les affaires de Kandid, se contentant de les entreposer dans le garage. Lorsque Sally serait plus grande, il lui permettrait de fouiller dans les cartons et de récupérer ce qu'elle voudrait. Le reste, il le jetterait.

Mais il n'avait pas envie de songer à tout cela alors qu'il avait une autre femme dans les bras. Une femme qu'il… Sa gorge se serra. Pouvait-il vraiment dire qu'il l'aimait ? Non, il était encore trop tôt pour cela, bien trop tôt. Mysti n'était même pas sûre de rester à Forgotten Point. Mais ce n'était pas grave, il pouvait attendre, lui laisser le temps de trouver ses repères. Rien ne servait d'anticiper, et le mieux, c'était de profiter de l'instant présent, savourer ce moment avec elle. Il roula sur le côté et glissa un genou entre les jambes de Mysti. Lorsqu'il la voyait ainsi, les cheveux ébouriffés, le teint vif et le regard brillant, une certaine partie de son anatomie se manifestait avec un enthousiasme renouvelé. Mysti ouvrit de grands yeux.

— Docteur Grove, il me semble que vous avez un problème grandissant.

Il eut un petit rire.

— Un problème ? Je parlerais plutôt d'opportunité.

— Oh ! je ne me plains pas ! Cette chevauchée m'a beaucoup plu.

Jesse se sentit réagir de plus belle.

— À moi aussi. Mais cette fois-ci, j'aimerais diriger les opérations. Au sens propre comme au figuré.

Il se jucha sur elle et lui enfourcha les hanches, calé sur ses avant-bras. Lorsqu'elle s'arc-bouta contre lui, il ne put retenir un gémissement sourd.

— Je suis ouverte à votre proposition, docteur Grove. Au sens propre comme au figuré.

Quelques jours avaient passé, et Jesse hésitait, son téléphone à la main. Mais il s'était juré de ne pas laisser cette fameuse nuit interférer dans ses relations professionnelles avec Mysti. Ils étaient collègues, et il n'était pas rare qu'un médecin en consulte un autre pour discuter d'un cas. Il composa donc le numéro de Mysti, laquelle décrocha à la troisième sonnerie.

— Salut, Jesse.

Elle avait dû enregistrer son nom dans son répertoire. Mais cela ne voulait rien dire, bien sûr…

— Salut. Tu es occupée cet après-midi ?

— Non, ça va. Pourquoi ?

Jesse rapprocha le dossier vers lui.

— J'ai une patiente de soixante-quatorze ans aux urgences pour une fracture ouverte du radius. Je dois la retrouver dans quelques minutes.

— Tu veux que je l'examine ?

— Ça t'embête ? D'après le médecin de garde, elle dit qu'elle a glissé dans la douche, et lorsqu'elle s'est rattrapée au mur, elle a entendu un craquement sec. Tout de suite après, elle a vu l'os qui sortait de l'avant-bras.

— Elle fait de l'ostéoporose ?

— Non, et c'est bien ça qui m'inquiète, justement. Elle est déjà venue il y a quelques semaines pour un tassement vertébral de L2 après être tombée d'une échelle. Sur le moment, sa blessure ne m'a pas semblé anormale, mais j'ai quand même demandé un test de densité osseuse pour m'assurer que je ne passais pas à côté de quelque chose. Les résultats font bien état d'une perte osseuse, mais pas suffisante pour confirmer une ostéoporose, ni même une ostéogénie.

— Normalement, il faut un choc très fort pour briser un os. Elle est peut-être tombée de tout son poids sur le bras.

— Je sais…

— Comment s'appelle-t-elle ?

— Gertrude Evans.

— Attends… On n'avait pas une prof avec ce nom, au lycée ?

— Si, c'est elle. Tu peux me retrouver aux urgences ? Elle vient d'arriver, et le médecin de garde… disons que ce n'est pas un modèle de patience.

Jesse n'aimait pas dénigrer un collègue, mais il tenait à ses patients. Il voulait qu'ils soient confiés à des professionnels sachant s'y prendre avec des personnes âgées. Mme Evans était quelqu'un de direct et elle accepterait très mal qu'on s'adresse à elle comme à une enfant.

— Compris. À tout de suite.

Tandis que sa secrétaire téléphonait à ses patients de l'après-midi pour tenter de réorganiser leurs rendez-vous, il s'engagea dans le couloir qui menait au bâtiment principal. Lorsqu'il arriva dans la chambre de Mme Evans, Mysti s'y trouvait déjà et parlait à la vieille dame. En revanche, il n'y avait aucun signe d'Eric Porter, le médecin de garde. Mysti se tourna vers lui en souriant.

— Elle dit qu'elle a déjà viré le précédent toubib.

— Exactement, confirma Mme Evans.

Elle se tenait un bras enveloppé dans un pansement stérile. Malgré sa douleur manifeste, ses yeux jetaient des éclairs.

— Cet idiot me parlait comme à une gamine de quatre ans.

Les éternels souliers en plastique qu'elle portait déjà lors de son précédent rendez-vous, le mois dernier, étaient alignés au pied du lit. Et ils portaient à présent quelques traces de sang.

— Dites-moi ce qui est arrivé. Je sais que vous avez déjà

raconté votre histoire au Dr Porter, mais j'aimerais l'entendre de votre bouche.

Mme Evans obtempéra, et tandis qu'il l'écoutait, la présence de Mysti à ses côtés lui semblait tout à fait naturelle. Il s'était attendu à ce qu'une certaine gêne plane entre eux, mais c'était tout l'inverse qui se produisait. Il n'avait pas éprouvé une telle aisance avec elle depuis ce baiser de jeunesse dans sa voiture, quinze ans plus tôt. C'était comme s'ils étaient revenus à une époque où ils étaient bons amis. Comme si la nuit qu'ils avaient passée ensemble avait remis leur relation d'aplomb.

— Donc, pour résumer, vous vous êtes sentie tomber, votre bras a heurté la barre d'appui et vous vous êtes rattrapée en vous servant de ce même bras.

Gertrude Evans hocha la tête. Autrement dit, soit Porter n'avait pas recueilli son histoire correctement, soit la vieille dame avait minimisé ce qui lui était arrivé de peur de ne plus pouvoir s'occuper de sa ferme. En tout cas, il comprenait mieux comment cette chute avait pu provoquer la fracture. Il tenait pourtant à examiner une hypothèse.

— Le mois dernier, vous avez passé une IRM pour votre tassement vertébral, vous vous rappelez ? Eh bien, j'aimerais que vous en fassiez une autre pour votre bras cette fois-ci.

— Vous recherchez quoi ?

— Je suis moins inquiet que tout à l'heure, quand le Dr Porter m'a appelé. Par contre, j'aimerais écarter définitivement la possibilité qu'une lésion osseuse soit à l'origine de votre fracture.

— En d'autres termes, un cancer.

Mme Evans n'avait jamais été du genre à adoucir la réalité. Elle avait toujours voulu la vérité, rien que la vérité, toute la vérité, aussi dure soit-elle.

— Oui. Je veux juste m'assurer que rien n'a fragilisé votre radius.

Mme Evans se tourna vers Mysti.

— C'est toi qui vas réparer mon bras ?

— Je suis chirurgienne, donc oui, à la rigueur, je pourrais

faire l'affaire. Mais je préférerais vous confier à un confrère spécialisé en orthopédie. Je suis ici simplement pour surveiller le Dr Grove, ajouta-t-elle avec un sourire.

La vieille dame éclata de rire.

— Bien ! J'ai toujours pensé que ce garçon en avait grand besoin.

Jesse devina dans ces mots des allusions auxquelles, espérait-il, Mysti n'était pas sensible. En tout cas, si elle l'était, elle n'en montra rien.

— On va préparer la salle pour votre IRM, dit-il. Après quoi, nous saurons mieux comment réparer votre bras.

Jesse téléphona au technicien de radiologie. Par bonheur, l'examen pouvait se dérouler presque immédiatement. Cinq minutes plus tard, Gertrude était conduite en salle d'IRM sur un lit mobile. Un peu en retrait, Mysti et Jesse l'escortèrent jusqu'à l'ascenseur.

— Excuse-moi de t'avoir dérangée, dit-il. Le récit que j'ai entendu au téléphone était beaucoup moins clair que celui de Gertrude.

— Je t'en prie, il n'y a pas de quoi. Et je suis d'accord avec toi pour l'IRM. Ça t'embête que je reste avec toi pendant l'examen ? J'aimais bien Mme Evans quand j'étais au lycée.

— Moi aussi. J'espère avoir de bonnes nouvelles sur ce coup-là.

Mysti comprit qu'il faisait référence à Larry car il lui pressa brièvement la main avant de la lâcher. L'IRM ne dura pas longtemps, et comme Jesse avait demandé que les clichés soient lus immédiatement de manière à pouvoir organiser la suite des soins sans délai, ils furent rejoints par Deke Phillips, le technicien de radiologie. Les sourcils froncés par la concentration, Deke passa en revue les images sur l'écran de l'ordinateur.

— Je les regarderai à nouveau en fin de journée, à tête reposée, mais à première vue je ne décèle aucune région problématique dans cette zone et sur son autre bras. Si lésion il y a, je ne la vois pas. Pour moi, vous pouvez l'opérer.

Ils se levèrent et échangèrent des poignées de main.

— Merci, Deke. C'est sympa de ta part de t'être libéré aussi vite.

Deke éclata de rire.

— Pas de problème. Je suis un ancien élève de Mme Evans et je ne m'amuserais pas à bâcler un travail qui la concernerait de près ou de loin. J'aurais trop peur d'y laisser des plumes.

Il n'exagérait pas. Au moindre problème, à la moindre négligence, Gertrude lui demanderait des comptes, de même qu'elle n'avait pas hésité à rembarrer le médecin de garde. Ensemble, ils communiquèrent l'avis du technicien à la vieille dame et ils l'informèrent qu'un chirurgien orthopédiste se préparait déjà pour l'opération.

— Il est bon, ce toubib ?

— Disons que si vous l'aviez eu dans votre classe, vous lui auriez donné vingt sur vingt.

De sa main valide, Gertrude saisit le bras de Mysti.

— Fais-moi plaisir, mon petit. Surveille-le bien, celui-là, dit-elle en désignant Jesse de la tête. Il en a besoin.

Puis elle fut emmenée au bloc opératoire sous les regards médusés de Mysti et de Jesse. Lorsqu'ils se regardèrent, ils partirent d'un grand éclat de rire. Se ressaisissant, Mysti s'essuya les yeux.

— Elle est vraiment trop drôle ! Mais tu avais raison, tu sais. On avait vraiment besoin d'une bonne nouvelle, toi et moi.

— Oui, murmura-t-il. On vient de l'avoir à l'instant.

11.

Mysti ne tenait pas en place. Le jour de leur sortie sur le lac était arrivé et Jesse devait passer d'une minute à l'autre. Une semaine s'était écoulée depuis qu'ils avaient couché ensemble, et elle ne pouvait se remémorer leurs étreintes sans frémir. Le lendemain matin, il lui avait préparé un petit déjeuner délicieux avant de la reconduire chez elle. Depuis lors, il se montrait cordial, et même un peu flirteur les rares fois où ils avaient été seuls. D'une certaine manière, le fait d'avoir travaillé ensemble sur le cas de Gertrude Evans avait cimenté leurs bonnes relations, et elle adorait cette amitié amoureuse.

À une certaine époque, elle avait rêvé de pouvoir entretenir de tels rapports avec Jesse. Certes, il en avait choisi une autre, et si elle ne lui demandait pas de renier son passé, l'avenir restait à écrire. Beaucoup d'hommes ou de femmes confrontés au veuvage se remariaient, et la personne épousée en secondes noces n'était pas vue comme un ou une partenaire de second choix… Chaque couple était différent, voilà tout. On pouvait aimer plusieurs fois, de la même manière qu'un père ou une mère pouvaient aimer également plusieurs enfants…

Mais qui parlait d'amour ? Certainement pas elle, oh non ! Elle se contentait de prendre les choses comme elles venaient, l'une après l'autre, calmement. Après tout, elle avait encore du mal à faire le tri dans les émotions que lui inspirait son retour à Forgotten Point, même si elle se sentait de mieux en mieux ici.

En tout cas, Mysti avait hâte de retrouver Jesse et d'apprendre à connaître sa petite fille. Elle jeta un coup d'œil à sa montre. Ils n'allaient pas tarder à arriver. D'un geste vif, elle tira sur les bretelles de son maillot de bain, le premier qu'elle portait depuis son accident, puis se tourna pour observer les cicatrices dans le miroir. Le tissu les recouvrait en partie, mais moins qu'elle l'ait souhaité. Par bonheur, cette sortie allait se dérouler en petit comité : elle, Jesse et sa fille. Et si jamais Sally posait des questions embarrassantes, Mysti se contenterait de dire qu'elle s'était fait mal.

Elle enfila un short et un chemisier fluide assez léger pour être porté si elle faisait du ski nautique, puis elle chaussa des sandales, et elle glissait une paire de chaussons aquatiques dans son sac quand son téléphone sonna : c'était sa mère, sans doute pour lui parler de la visite de contrôle de Brutus chez le vétérinaire.

— Salut, maman. Ça s'est bien passé pour Brutus ?

— Très bien. Je t'avais dit que je me débrouillerais. Il est entré et sorti de la voiture tout seul, comme un champion.

— Ah, tant mieux. Je me faisais du souci.

— Il n'y avait vraiment pas de quoi, tu vois. Je suis contente que tu te balades un peu, surtout avec Jesse. Il a l'air triste depuis la mort de Kandid.

En vain, Mysti s'efforça de ne pas penser à toutes les photos de Kandid éparpillées chez Jesse. Enfin, pas dans sa chambre. Mais dans le salon, la pléthore de portraits encadrés rattrapait largement cette absence. Toutes ces images de visages souriants et heureux l'avaient mise mal à l'aise, mais elle comprenait parfaitement le choix de Jesse. Il avait aimé Kandid et c'était la mère de Sally.

— C'est normal. Ils sont restés mariés pendant longtemps.

— C'est vrai, mais quand même, il est encore jeune… L'amour peut arriver plusieurs fois dans une vie, non ?

Comme c'était étrange… Mysti venait justement de penser la même chose. Elle fronça les sourcils.

— Et toi, alors ?

— Oh ! moi, ça ne compte pas ! dit sa mère en riant. Ton père et moi avons vécu ensemble presque quarante ans.

— Ah bon ? Il y a un âge limite en amour ?

Elle se reprocha aussitôt sa brusquerie et reprit d'une voix plus douce :

— Excuse-moi. Simplement, je ne veux pas que tu te montes la tête à propos de nous deux. Jesse est un bon copain, sans plus. On se connaît depuis l'enfance, lui et moi.

— Oui, je sais bien.

La façon dont elle prononça ces mots renforça certains doutes de Mysti. Sa mère s'était-elle doutée des sentiments qu'elle avait eus pour Jesse à l'adolescence ? Par bonheur, la sonnerie de l'entrée la délivra de cette conversation gênante.

— Ils sont là, maman. Il faut que j'y aille.

— Amuse-toi bien, ma chérie. Et oublie tout ce que je viens de te dire, d'accord ? Je suis une incorrigible romantique.

Mysti soupira, navrée d'avoir perdu patience avec sa mère.

— Je sais. C'est l'une des nombreuses choses que j'aime chez toi. Bon, je t'appelle ce soir, à mon retour, d'accord ? De toute façon, je resterai joignable si tu as besoin de quoi que ce soit.

Après avoir raccroché, Mysti prit son sac et ouvrit la porte. Elle sourit. Pour l'occasion, Jesse avait attaché les cheveux de sa fille en couettes agrémentées de jolis nœuds roses.

— Salut. On a quelques minutes d'avance, donc si tu as besoin d'un peu de temps…

— Pas du tout. Je suis prête.

Elle ferma la maison.

— Tu as des nouvelles de Gertrude ?

— Elle se porte comme un charme. Elle en fait beaucoup trop pour une personne avec un bras dans le plâtre, mais bon… Tu la connais.

— Oui, elle est incorrigible, dit-elle avant de se tourner vers la fillette. Ça va, Sally ? Prête pour un nouveau tour en bateau ?

— Oui ! Papa m'a dit que je pourrai m'asseoir dans la bouée tractable.

— Une bouée ?

Jesse lui jeta un coup d'œil.

— Je lui ai dit « peut-être ». Je me suis bien gardé de

promettre quoi que ce soit. Je ne veux pas t'obliger à manœuvrer le bateau si tu n'en as pas envie.

— Si, ça me ferait plaisir, au contraire.

La remorque du bateau étant déjà accrochée, ils ne seraient donc pas obligés de passer chez Jesse pour s'en occuper. Mysti sursauta soudain en sentant quelque chose lui effleurer l'épaule : c'était Jesse.

— Excuse-moi. J'allais juste te dire que j'aime bien ton chemisier.

— Merci. Tu m'as surprise, c'est tout.

Elle ouvrit la portière arrière et attendit que Sally s'installe pour boucler sa ceinture de sécurité, puis elle lui pinça gentiment le nez. Le rire de la fillette gonfla son cœur d'émotion. Cette petite était adorable.

— Je n'ai rien apporté pour le repas, dit-elle en prenant place à côté de Jesse. Je ne savais pas quels étaient tes plans pour aujourd'hui.

— Je n'ai aucun plan, justement. Mais j'ai pensé au déjeuner. Il me semble que la dernière fois tu avais prévu du poulet frit, donc j'en ai préparé.

— Super ! J'adore.

Ils arrivèrent une vingtaine de minutes plus tard et utilisèrent la même rampe de mise à l'eau que la semaine passée. Seules trois remorques étaient garées à côté de la leur. Après l'animation du week-end précédent, le lac paraissait étrangement désert. Et dire que quelques jours plus tôt Larry avait été là, bien décidé à remporter ce tournoi pour la troisième fois consécutive. C'était fou comme une situation pouvait basculer en très peu de temps. Mais comme avait dit Larry, nul ne pouvait savoir le temps qui lui était imparti sur cette terre. Non, il ignorait le temps qui lui restait à vivre. Mais Laura aussi, sans parler de Kandid. Raison de plus pour profiter à fond de cet après-midi, sans songer au lendemain. Mieux valait parfois vivre au jour le jour, et c'était bien ce que Mysti comptait faire aujourd'hui, au moins.

Des cris joyeux couvraient le grondement du moteur. Jesse se retourna brièvement et eut un sourire jusqu'aux oreilles. Vraiment, il ne regrettait pas d'avoir acheté cette bouée tractable. Sally en était à son deuxième tour et elle s'amusait comme une petite folle. La première fois, elle avait été avec lui, et Mysti s'était chargée de piloter le bateau, mais la fillette avait ensuite insisté pour répéter l'expérience avec Mysti cette fois. Il leur adressa un signe de la main avant de se concentrer à nouveau sur le pilotage.

À les voir pelotonnées l'une contre l'autre, il ne pouvait s'empêcher d'éprouver une pointe d'inquiétude qu'il réprima aussitôt. Au diable, les soucis… Aujourd'hui était un jour agréable. Jesse amorça un large virage de manière à traverser le sillage que leur bateau venait de laisser. À l'arrière, Sally ne cessait d'insister pour qu'il fasse « de grosses vagues », selon ses propres termes, mais il refusait de prendre le moindre risque et s'en tenait à une allure modérée. Il vira à nouveau et fonça dans les remous du bateau, puis il ralentit et s'arrêta. À rester dans cette bouée, elles allaient finir par avoir le mal de mer. Par ailleurs, les tiraillements de son estomac lui rappelaient qu'il était l'heure de déjeuner.

Il coupa le contact et laissa le bateau dériver vers le milieu du lac, puis il fit lentement remonter la bouée jusqu'au pont arrière. Il retint la corde tandis que Mysti hissait la fillette sur la petite plate-forme. Jesse installa ensuite Sally dans l'habitacle du bateau et il lui dit de s'asseoir, puis il tendit la main à Mysti pour l'aider à grimper. Ce faisant, elle passa à côté de lui, tout près, au point qu'il se demanda si ellc ne l'avait pas fait exprès. Le petit sourire malicieux qu'elle lui lança le suggérait. En lui rendant son sourire, il lui attrapa la main pour l'attirer tout contre lui avant de la relâcher.

— Oups… On dirait que tu as trébuché.

— Oui, à cause d'un petit plaisantin.

Elle alla s'asseoir à côté de Sally et le laissa remonter la bouée qu'il déposa à l'arrière du bateau.

— Je vais jeter l'ancre près de la rive. Je ne sais pas si vous avez faim, mais moi oui.

— Moi aussi ! Moi aussi ! s'écria Sally en levant la main avec empressement.

Son petit nez rougi par le soleil aurait eu besoin d'une couche de crème solaire. Ils s'installèrent à l'ombre de l'auvent et Jesse déplia les tables escamotables fixées à chacun des sièges, puis il distribua des assiettes et des Tupperware.

— Oh là là, tu me gâtes, dit Mysti. Et moi qui suis venue les mains vides.

— Tu as fait plaisir à ma fille. C'est cela qui compte.

— On s'est bien amusées. Pas vrai, Sally ?

— Oui ! Je veux que Mysti vienne avec nous chaque fois qu'on part en balade !

Jesse se crispa avant de se forcer à se détendre.

— On verra, ma chérie.

Mysti hocha la tête comme pour le remercier de l'avoir tirée de cette passe inconfortable. Les inquiétudes de Jesse redoublèrent. Il ne voulait certainement pas lui imposer des décisions pour lesquelles elle n'était pas prête. De plus, il devait penser à sa fille. Par bonheur, son histoire avec Mysti n'en était qu'à ses balbutiements. Si elle venait à disparaître de leur vie, Sally s'en remettrait vite faute d'avoir eu le temps de s'attacher à elle. Lui, en revanche… Mais il était adulte, et il avait déjà vécu sans Mysti. Si elle choisissait à nouveau de ne pas rester, il saurait s'adapter. Pourquoi ne pas essayer de sonder ses intentions, d'une manière ou d'une autre ? D'autant plus qu'elle venait de flirter avec lui. Mais justement, voulait-il se contenter d'un simple flirt ?

Il s'installa en face d'elles et se servit tandis que Sally parlait de l'école et de son institutrice.

— Je suis contente qu'elle te plaise, dit Mysti. Mme Lewis est une ancienne copine de classe.

— Oui, elle me l'a dit. Elle est super gentille. Tu savais qu'elle a une grenouille taureau ?

— Non ? Elle avait un pogona quand j'étais petite. Une fois, je l'ai même aidée à le nourrir.

— Elle en a encore un, c'est la mascotte de la classe. On l'appelle Snif-Snif et on s'occupe tous de lui.

— C'est vrai ? Comme quoi, il y a des choses qui ne changent pas.

Jesse se crispa à nouveau, mais il résolut de ne pas interpréter faussement ses paroles. Mysti parlait juste d'une ancienne amie et de son lézard. Mais il aurait pu dire la même chose au sujet de ces baisers sous l'orage. En effet, certaines choses ne changeaient pas. Mais parfois si. Combien de bons moments Kandid et lui avaient-ils passés avec Sally ? Pas beaucoup… Ou alors, ils le faisaient chacun de leur côté. En tout cas, lorsqu'ils étaient tous les trois ensemble, Jesse éprouvait souvent une tension désagréable, difficile à évacuer. En revanche, à voir Sally rire et s'amuser avec Mysti, il sentait son cœur fondre. L'autre nuit, il s'était déjà posé la question, mais sans oser y répondre. À présent, il était prêt : oui, il aimait Mysti. Il l'avait sans doute toujours aimée sans en être vraiment conscient. Mais s'il avouait ses sentiments maintenant, ne risquait-il pas de se voir éconduit ? C'était probable, mais au moins il ne perdrait plus son temps à se demander ce qui se passerait si Mysti savait ce qu'il ressentait pour elle.

Oui, il lui en parlerait, mais pas tout de suite. Pourquoi ne pas l'inviter à un rendez-vous, un vrai ? Le genre pour lequel on se mettait sur son trente et un pour aller dans un endroit chic et discret propice aux confidences. La dernière fois qu'ils avaient fait l'amour, elle lui avait raconté des secrets qu'elle n'avait racontés à personne. Une telle confiance, cela devait compter pour quelque chose, non ? Du moins l'espérait-il vraiment.

Mysti se leva et jeta dans un sac-poubelle les restes de son repas. Ce faisant, elle lui adressa un sourire qui plissait adorablement son nez. Sauf erreur de sa part, elle n'avait pas fait rouler son épaule une seule fois aujourd'hui. Sans réfléchir, il lui saisit la main et la relâcha lorsqu'elle se tourna vers lui. Il devait vraiment prendre garde à éviter ces manifestations d'affection en présence de sa fille.

— Ça va ?

Souriante, elle fit courir son index sur le dos de la main de Jesse en une caresse qu'elle laissa s'attarder.

— Oui. Merci de m'avoir invitée.

— De rien. Merci à toi d'être venue. Je suis vraiment content que tu sois là.

Mysti inspira profondément et libéra son souffle lentement en un soupir bienheureux.

— Moi aussi, tu sais.

Ils restèrent encore une heure sur le bateau avant que Sally ne commence à se lasser.

— Je crois qu'il est temps de rentrer, dit-il à contrecœur.

— Oui, tu as raison. En plus, j'ai promis à ma mère de l'appeler à mon retour.

Mysti avait pourtant l'air aussi peu pressée que lui de partir. Ils ramenèrent sans hâte le bateau à l'embarcadère avant de le hisser sur la remorque.

— Ça t'embête si on s'arrête d'abord chez moi pour laisser le bateau ? Ce matin, j'ai eu un peu de mal à manœuvrer sur le petit chemin qui va jusque chez toi.

— Oui, bien sûr. Pas de problème.

Quelques instants plus tard, ils s'arrêtaient devant chez lui et il décrocha la remorque.

— Quelqu'un a besoin d'aller aux toilettes ?

— Ma foi, pourquoi pas ?

Mysti détacha la bouée à l'intérieur du bateau, puis elle rassembla les gilets de sauvetage et les affaires du pique-nique.

— Tu veux les ranger où ?

— On va les déposer en vrac dans le garage. Je les rincerai demain.

Les bras chargés, ils se dirigèrent vers la maison. Après avoir ouvert pour que Sally puisse aller aux toilettes, Jesse se délesta de son chargement.

— Je vais t'ouvrir le garage.

— D'accord, je t'attends ici.

Un sourire aux lèvres, Mysti se remémorait cette journée merveilleuse. À présent, le doute n'était plus permis : tous ces portraits essaimés partout chez Jesse n'étaient que des souvenirs d'un passé qui n'occupait plus une place essentielle dans son cœur. Il venait de le lui prouver aujourd'hui. Seigneur, lorsqu'il l'avait attirée à lui sur la plate-forme de baignade, elle avait cru que son cœur allait éclater. Cela avait été comme dans un rêve, mais un rêve dont elle n'aurait jamais voulu se réveiller. Elle avait retrouvé le Jesse dont elle avait été amoureuse au lycée. Celui qui lui faisait des petits commentaires que personne d'autre qu'eux ne pouvait comprendre… Celui qui l'avait embrassée à lui couper le souffle… Bref, ce Jesse qui l'aimait.

Jesse, l'aimer ? Pouvait-elle le croire ? Il lui avait déjà brisé le cœur, alors était-elle prête à courir ce risque à nouveau ? Sans doute avait-il fini par comprendre que l'amour n'avait rien à voir avec l'apparence physique ou avec la popularité de quelqu'un, mais qu'il reposait sur une affection véritable entre deux personnes.

Elle entendit un bruit à l'intérieur du garage puis la porte remonta lentement avec un léger cliquetis. Mysti ramassa la bouée tandis que Jesse la rejoignait pour se saisir des autres affaires. Lorsqu'il fut près d'elle, il déposa un léger baiser sur ses lèvres.

— Où est Sally ? demanda-t-elle en souriant.

— Au petit coin.

— Dans ce cas…

Elle se haussa vers lui pour l'embrasser avec plus d'audace.

— Allez, au boulot. Où veux-tu mettre tout cela ?

— Juste par terre. De toute façon, c'est un vrai bazar.

— Pas de problème.

Elle se pencha pour entrer puis laissa ses yeux s'accoutumer à la pénombre et chercha un endroit pour poser la bouée. Jesse laissa tomber une brassée d'objets et sortit récupérer ceux qui restaient. Sur un mur, un détail attira soudain l'attention de Mysti et elle sentit son cœur se glacer. Dans un sac transparent qui pendait à un cintre, elle venait de reconnaître un costume de pom-pom girl. Puis elle aperçut des portants de vêtements avec des robes, des chaussures, des tenues de soirée… Les affaires de Kandid ! Il ne s'en était pas débarrassé. Où qu'elle pose les yeux, elle en découvrait d'autres : une coiffeuse, un grand vase, des bibelots. Mais ce n'était pas le pire. Au fond du garage, sur un chevalet de peintre, un grand portrait représentait Jesse, Kandid et Sally. En proie à un vertige, Mysti ferma les yeux. C'était bien pire que tous ces portraits dans le salon et ailleurs dans la maison. On aurait dit un autel. Un autel à une morte. Elle respira profondément pour chasser une nausée qui lui montait aux lèvres.

Jesse revint sur ces entrefaites et, sans savoir comment, du plus profond d'elle-même, elle trouva la force de se ressaisir et d'afficher un semblant de sourire.

— Je t'attends dehors.

— Tu as besoin d'aller aux toilettes ?

— Non. Je serai chez moi dans quelques minutes, de toute façon. Merci quand même.

Elle sortit l'attendre près de la voiture. Comment arriverait-elle à faire comme si tout allait bien durant le retour ? Ces « quelques minutes » allaient durer une éternité. Pour qu'il garde ainsi les affaires d'une personne décédée depuis maintenant trois ans, cela signifiait qu'il était incapable de se débarrasser de son souvenir. Elle ferma les yeux pour tenter de contenir ses larmes, songeant qu'il lui avait fait l'amour comme si elle comptait plus que tout pour lui. Oui, mais au lycée déjà, lorsqu'il l'avait embrassée, elle avait aussi pensé qu'elle comptait à ses yeux. Or, elle s'était trompée puisqu'il avait choisi Kandid. Mais cette nuit passée ensemble, alors, était-ce aussi une erreur ? Un mensonge ? Mysti plaqua une main sur sa bouche pour étouffer un gémissement. Avait-elle servi de remplaçante deKandid en couchant avec lui ? Tout, dans ce garage, semblait l'attester. Tout semblait indiquer qu'il avait juste eu besoin de décompresser avec quelqu'un, peu importait qui. Oui, mais lorsqu'il avait flirté avec elle tout à l'heure, sur le bateau ? Et alors, qu'est-ce que cela changeait ?

S'il avait été disposé à tourner la page, il aurait donné les affaires de Kandid à des associations caritatives, non ? Ou ses vêtements, au moins. Quoi qu'il en soit, Mysti ne supportait plus l'idée de remettre les pieds dans cette maison et de revoir toutes ces photos.

Elle en était là de ces pensées lorsque Jesse la rejoignit avec Sally.

— Sally voudrait savoir si tu veux qu'on s'arrête pour une glace sur le trajet.

— Oh ! ma chérie, je suis désolée mais je ne peux pas. J'ai promis à ma mère que je l'appellerai pour prendre des nouvelles de Brutus. Tu sais qu'il s'est fait mal, le pauvre.

Jesse arbora un air déconcerté.

— Tu es sûrc ?

— Oui. Vous n'avez qu'à y aller sans moi. Je suis fatiguée, et comme je viens de le dire, je dois passer un coup de fil à ma mère. Mais merci pour aujourd'hui. J'ai passé une très belle journée.

Et c'était vrai… Du moins, jusqu'à ce qu'elle mette les pieds dans ce garage. Mais c'était peut-être un mal pour un bien. Au fond, elle l'avait peut-être échappé belle. Et si elle avait à nouveau couché avec lui ? Si elle lui avait avoué qu'elle l'aimait, comme elle avait envisagé de le faire ? Quelle idiote elle aurait faite ! Kandid était morte, et Mysti ne pouvait ni ne voulait rivaliser avec un fantôme. Certes, souvent, les veufs se remariaient, mais en général, pas avec une figure de leur passé, a fortiori si cette personne avait été délaissée au profit de celle qu'ils avaient épousée. Que devait-elle dire s'il l'invitait à sortir avec lui, s'il l'attirait dans ses bras ? Oh ! Seigneur… Elle allait devoir quitter à nouveau cette ville au plus vite. Elle ne pouvait pas rester plus longtemps. Pas après avoir vu ce qu'elle venait de voir.

Seule consolation, son poste à l'hôpital n'était pas permanent et elle avait déjà dit à Jesse qu'elle n'était pas sûre de rester. Autrement dit, qu'est-ce qui l'empêchait de lui annoncer qu'elle avait trouvé un poste ailleurs et qu'elle avait décidé de l'accepter ?

Oui, mais ce serait un mensonge. Ou pas : elle avait discuté avec un ami de Médecins Sans Frontières juste avant de revenir à Forgotten Point, et il lui avait dit de l'appeler si jamais elle décidait de repartir. Il lui donnerait un poste immédiatement qui lui permettrait de se rendre très utile à différents endroits de la planète. En tout cas, quant à savoir si elle avait bien fait de revenir ici, elle l'avait, sa réponse : cette décision avait été une belle erreur. Car jamais elle ne supporterait que Jesse lui dise la vérité. Et la vérité, c'était qu'il aimait toujours Kandid et qu'il ne cesserait jamais de l'aimer.

Par miracle, elle trouva la force de remonter en voiture et de faire la conversation tandis qu'il la ramenait chez elle. Un million de pensées s'embrouillaient dans sa tête, mais toutes avaient un point commun : l'envie de s'échapper. De cette voiture. De cette situation. De Forgotten Point. Lentement, ses idées se cristallisèrent autour d'un projet concret auquel elle allait s'accrocher jusqu'à ce qu'elle soit en mesure de le mettre en pratique. Tout d'abord, elle devait téléphoner à son ami pour vérifier si sa proposition tenait encore. Si jamais cette solution ne marchait pas, elle allait négocier un départ anticipé et vivre sur ses économies en attendant de décrocher un nouvel emploi, ce qui ne devrait pas tarder. Les chirurgiens en traumatologie avec son expérience, cela ne courait pas les rues. De toute façon, ses compétences avaient-elles été mises à profit dans ce petit hôpital ? Elle n'avait guère rencontré de cas de traumatisme, le plus marquant étant celui de son propre cœur.

Ils s'engagèrent dans la petite allée de gravier qui menait jusqu'à la maisonnette qu'elle louait depuis quelques semaines. Cela faisait deux minutes qu'elle ne disait plus rien. Jesse lui jeta quelques coups d'œil interloqués et inquiets, mais il se garda de lui poser des questions, ce dont elle lui sut gré. Lorsqu'il s'arrêta devant chez elle, elle déboucla sa ceinture en un clin d'œil et posa la main sur la poignée de la portière.

— Encore merci pour tout. Je me suis bien amusée.

— Attends, je te raccompagne.

— Non, non ! C'est inutile. Va vite acheter une glace à Sally. Je suis sûre qu'elle dormira bien cette nuit.

— Mieux que moi, en tout cas. On se voit lundi prochain ?

— Oui, bien sûr, dit-elle en hochant la tête. Bon, je ne te retiens pas davantage.

Elle sortit de la voiture et inspira une grande bouffée d'air pour se calmer le temps de rentrer. Puis elle referma la porte et s'y adossa pour pleurer toutes les larmes de son corps.

12.

Le mardi matin, un coup fut frappé à la porte du bureau de Jesse. Il sourit, heureux d'accueillir Mysti. Il avait tenté de l'appeler à de nombreuses reprises, mais il était toujours tombé sur sa messagerie. De même, il ne l'avait pas croisée la veille à l'hôpital, pourtant il aurait désiré savoir pourquoi elle s'était comportée aussi bizarrement lorsqu'il l'avait ramenée chez elle. Enfin, peut-être se faisait-il un film… Après tout, le reste du temps, il n'avait rien remarqué d'anormal. Au contraire, elle avait été d'humeur espiègle et ils avaient même flirté à quelques occasions.

— Entrez.

La porte s'ouvrit et une silhouette se dessina dans l'encadrement. Ce n'était pas Mysti, mais Tom, le directeur de l'hôpital. Jesse fronça les sourcils, interloqué.

— Bonjour, Tom. Que puis-je faire pour toi ?

— Je ne sais pas trop, à vrai dire, répondit celui-ci. Tu sais si le Dr North a l'intention de partir ? Je viens d'avoir les RH au téléphone. Ils ont reçu un appel de Médecins Sans Frontières qui voulait avoir des références professionnelles. Et elle n'est pas venue au travail hier et aujourd'hui.

Il fallut un instant à Jesse pour assimiler ce qu'il venait d'entendre. Abasourdi, il repoussa son fauteuil, en proie à un horrible sentiment de déjà-vu.

— Elle a quoi ?

Tom haussa les épaules.

— Elle n'a pas encore donné son congé, mais je me doute que cela ne va pas tarder. Il lui reste pourtant un mois à faire parmi nous. Tu as une idée de ce qui se passe ?

— Non. Désolé…

Ou plutôt, si. Elle s'en allait sans prévenir, exactement comme la dernière fois. Quinze ans plus tôt, elle n'avait donné aucun préavis non plus, disant simplement qu'elle partait. Mais pourquoi ne lui avait-elle rien dit ? Samedi dernier, elle avait été tout sourires et Sally l'adorait, ne cessant de parler d'elle. Quelle hypocrite ! Elle pouvait jouer avec son cœur à lui, mais pas avec celui de sa fille, bon sang.

— Bon, si tu as vent de quoi que ce soit, tiens-moi au courant, OK ? reprit Tom. Ça m'embêterait qu'elle s'en aille. Elle s'entend bien avec les patients et, d'après ce qu'on m'a dit, c'est une excellente chirurgienne.

Sans doute, mais elle ne brillait pas par son honnêteté.

Attends une minute… Elle ne t'a pas pris en traître. Lorsque tu lui demandais si elle voulait rester, elle t'a toujours répondu qu'elle n'en savait rien.

Oui, mais il avait cru dur comme fer qu'elle irait jusqu'au bout de son contrat, au moins. Mais pouvait-il lui reprocher quoi que ce soit, après toutes les épreuves qu'elle avait endurées ? Sans doute trouvait-elle trop difficile d'être confrontée à des gens qu'elle avait connus avant ses années à l'armée. Peut-être préférait-elle ne côtoyer que des personnes qui lui étaient étrangères.

— Si elle me dit quelque chose, je ne manquerai pas de t'en informer.

Mais dans le cas contraire, il ne piperait mot. Il était hors de question qu'il répande des rumeurs au sujet de Mysti. Si elle avait voulu qu'il sache qu'elle s'en allait, elle aurait trouvé le moyen de le mettre au courant. La conclusion la plus logique, c'était qu'elle faisait la morte.

Pourquoi pas ? dit une voix dans sa tête. *C'est bien ce qu'elle a fait, la dernière fois.*

Va la chercher. Demande-lui.

Non. À quoi bon ? Il avait déjà tenté de la contacter maintes et maintes fois, mais elle n'avait pas daigné décrocher. À présent, il comprenait pourquoi. En tout cas, il n'allait pas la supplier de lui expliquer ce qui se passait. Si elle avait voulu lui donner des éclaircissements, elle aurait répondu à ses appels. Peut-être s'était-elle rendu compte qu'elle avait du mal à vivre une relation. Ou alors, pas maintenant. Pas avec lui. Si tel était le cas, il devait respecter sa décision.

Donc, qu'allait-il dire à Sally ? La vérité : Mysti avait décidé de changer de travail et de partir très loin d'ici. Donc ils ne la reverraient sans doute plus jamais. Sa gorge se serra douloureusement à cette pensée. Selon toutes probabilités, Sally serait triste pendant un temps, puis elle s'en remettrait. Mais lui ? Il aurait plus de mal à rebondir.

Jesse remarqua à peine Tom lorsqu'il quitta son bureau. Les mâchoires crispées, il se plongea dans le dossier d'un patient. Quoi qu'il arrive, sa vie privée ne devait pas interférer avec le travail. Ses patients étaient en droit d'attendre de lui les meilleurs soins possible, et c'était ce qu'il allait leur apporter.

Jesse tint le coup pendant trois jours. Enfin, au terme d'une énième nuit blanche à s'agiter dans son lit et à ressasser dans sa tête le déroulement de cette virée sur le lac, il ne comprenait toujours pas ce qui avait pu dérailler. En revanche, une chose était sûre : il était hors de question qu'il continue à se torturer les méninges nuit après nuit. Bon, il ne l'implorerait pas de rester si elle ne le voulait pas, mais il pouvait au moins la voir pour lui demander pourquoi elle avait décidé de contacter Médecins Sans Frontières sans lui en parler, et pourquoi elle n'était pas revenue au travail depuis une semaine.

Certes… Mais aller chez elle et lui avouer qu'il avait prêté l'oreille à ce qui, somme toute, n'était que des rumeurs… Enfin, non, pas tout à fait, puisque Tom lui avait dit que l'ONG avait contacté l'hôpital. Bon sang, Jesse avait l'impression que l'histoire se répétait tel un disque rayé. De nouveau, elle le laissait tomber sans la moindre explication. De nouveau, il était mis devant le fait accompli. Qu'avait-il fait pour mériter pareil traitement ?

Quinze ans auparavant, il avait eu tellement peur de ressembler à son père qu'il n'avait pas cherché à la retenir. Pourtant, en toute justice, qu'avait-il eu à se reprocher ? Il n'avait jamais trompé sa femme, bon sang. S'il n'avait pas été heureux avec elle, il était resté jusqu'au bout, à cause de sa maladie, à cause de leur fille, et jamais il n'avait regretté son choix parce que là, au moins, il avait pu lui faire ses adieux, tourner la page, ce qu'il n'avait jamais eu la chance de faire avec Mysti. Pourtant, à l'époque déjà, il l'avait beaucoup aimée. Non, il l'avait aimée tout court, sans en avoir vraiment conscience. Alors, à présent, allait-il refaire la même erreur et la laisser partir sans un mot ? Ou allait-il prendre son courage à deux mains et lui avouer qu'il l'aimait ? Si ses sentiments n'étaient pas payés de retour, il n'insisterait pas, mais au moins il aurait essayé. Son bonheur en dépendait et il n'avait aucune raison de laisser filer sa chance.

D'ailleurs, ce soir, il en avait fini avec ses patients. Après avoir rangé des dossiers médicaux dans le tiroir du haut de son bureau, Jesse téléphona à sa mère pour lui demander si elle pouvait récupérer Sally à l'école et la faire dormir chez elle.

— Bien sûr, quelle question… Tu sais bien que j'adore avoir la petite avec moi. Tout va bien ?

— Oui. Simplement, je dois aller voir quelqu'un.

Il raccrocha sans plus d'explications et partit pour se rendre chez Mysti. Sa voiture était garée dans l'allée. Autrement dit, il avait de bonnes chances de la trouver chez elle. Alors qu'il s'approchait de la maisonnette, il promena le regard sur les prés alentour, verdoyants comme une petite oasis, sur un parterre d'œillets, sur les fleurs qui décoraient les fenêtres. Ce n'était pas la maison de quelqu'un qui s'apprêtait à déménager sans laisser d'adresse… Enfin, il en aurait bientôt le cœur net. Il appuya résolument sur la sonnette puis attendit. Cette fois-ci, pas de coup de fil. Si Mysti s'en allait, elle allait devoir le lui dire en face.

La porte s'ouvrit brusquement et elle apparut dans l'encadrement. Surprise, elle pencha la tête de côté et fronça les sourcils.

— Jesse ? Qu'est-ce que tu fais ici ?

— On peut se parler ?

Hochant la tête, elle s'écarta pour lui laisser le passage.

— Je… Euh… Tu as bien fait de venir, parce que j'ai quelque chose à te dire.

Voilà, elle allait lui annoncer qu'elle partait. Elle s'en allait à nouveau à l'étranger, Dieu seul savait où, cette fois-ci avec Médecins Sans Frontières, et pour toujours, en tout cas. La première chose qu'il vit lorsqu'il pénétra dans l'entrée, ce fut des cartons. Aucun n'était fermé, mais la plupart étaient remplis.

— Donc, ce n'était pas des rumeurs. Tu t'en vas vraiment.

— Ça n'a pas été une décision facile…

Elle ferma brièvement les yeux avant de poser sur lui un regard douloureux.

— Asseyons-nous, s'il te plaît.

— Non, je préfère être fixé dès maintenant. Tu t'en vas, oui ou non ?

— J'allais partir.

— Comment ça ? Tu as changé d'avis ?

— Ça dépend, dit-elle avec un profond soupir.

Cette réponse le prit au dépourvu.

— Comment ça ? Ça dépend de quoi, au juste ?

— De ta réponse à une question.

Il la dévisagea sans comprendre. En revanche, il avait le pressentiment qu'il avait bel et bien commis un impair lors de cette balade, mais lequel ?

— Bon, quelle est ta question ?

Elle se mordilla la lèvre inférieure d'un air indécis.

— Désolée, mais j'aurais vraiment besoin de m'asseoir.

Elle lui désigna un grand fauteuil, mais au lieu de s'installer en face de lui, elle prit place à son côté.

— Tu aimes encore Kandid ?

— Quoi ?

Interdit, il se recula dans le fauteuil pour tenter de déchiffrer son visage.

— Qu'est-ce que Kandid vient faire là-dedans ?

— Tout, justement !

Le menton de Mysti se mit à trembler puis elle se ressaisit.

— J'ai tout vu dans ton garage.

Dans son garage ? Mais qu'est-ce qu'elle racontait ? L'esprit de Jesse se mit à turbiner à toute allure, puis il comprit.

— Les affaires de Kandid, tu veux dire ? Mais ce n'est rien, ça.

— Non ! Après cette nuit avec toi, j'ai cru que… Eh bien, que tu étais capable d'avancer dans la vie. Mais après ça…

Elle fit rouler son épaule, et Jesse aurait voulu empêcher ce geste, la caresser pour faire disparaître ses tensions. Il connaissait parfaitement la signification de ce tic : cette situation problématique la faisait souffrir, d'autant plus qu'elle n'était pas certaine de pouvoir la résoudre. Il aurait voulu la serrer dans ses bras, lui dire que tout irait bien, mais il ne devait pas brusquer les choses.

— Tu comptes énormément pour moi, Mysti. Ce garage…

Bon sang, comment formuler les choses ? Profitant de son hésitation, Mysti reprit la parole.

— Oui, je compte pour toi. Mais est-ce que tu m'aimes ? Cela, je n'en sais rien.

Il ouvrit la bouche pour protester, mais elle poursuivit :

— Il y a longtemps, tu m'as bien fait comprendre que tu avais choisi Kandid, et je n'ai pas envie d'être à nouveau sa rivale, surtout à présent qu'elle est morte. J'ai besoin que ce soit *moi* que tu vois lorsqu'on est au lit tous les deux. *Moi* que tu vois quand je porte Sally. Kandid n'est plus de ce monde et je suis navrée que tu l'aies perdue, mais je ne veux pas lui servir de doublure. C'est impossible.

Il lui saisit la main, qu'il pressa fortement entre les siennes.

— Mysti, je t'assure que cette idée ne m'a jamais traversé l'esprit, jamais. Je suis vraiment désolé que tu aies interprété les choses de la sorte. Je n'ai pas oublié ce soir dans ma voiture…

Il se tut pour faire le tri dans le chaos des souvenirs de cette époque.

— Je me rappelle que je commençais à sortir avec Kandid.

Et puis, tu m'as embrassé et tu m'as littéralement coupé le souffle. Mais tout de suite après, je me suis demandé si mon père ressentait la même chose lorsqu'il embrassait d'autres femmes que la sienne, et cette pensée m'a bouleversé.

— Oui, je m'en souviens bien. Je t'ai pourtant répondu la vérité, à savoir que tu n'as rien à voir avec ton père.

— Peut-être, mais cette peur avait une telle emprise sur moi qu'elle m'empêchait de réfléchir. C'est pour ça que je t'ai laissée partir, que je n'ai jamais repris contact avec toi. Si j'avais su… J'ai tout gâché, avec toi, avec Kandid… Parce que non, je n'ai pas été un bon mari. Je ne l'ai jamais trompée, certes, mais je n'arrivais pas à m'impliquer émotionnellement dans notre couple, et je pense avoir enfin trouvé la raison.

Il prit le visage de Mysti en coupe entre ses mains.

— C'était à cause de toi, Mysti. J'ai gardé les affaires de Kandid uniquement parce que je me sens coupable. Je me suis vite rendu compte que je n'aimais pas Kandid comme je l'aurais dû. Mais j'étais résolu à me prouver que, contrairement à mon père, j'étais capable de respecter mes engagements, coûte que coûte, et je l'ai fait. Seulement, le résultat, c'était que nous étions malheureux tous les deux. Et puis, Sally est née, Kandid est tombée malade… J'ai conservé tout ça pour qu'un jour ma fille puisse faire le tri et garder ce qu'elle voudrait. Mais je m'aperçois à présent que j'ai agi pour une tout autre raison. En fait, j'avais honte de ne pas avoir réussi à rendre Kandid heureuse. C'est la triste vérité.

Mysti le regarda fixement en silence.

— Oh ! Jesse, je suis navrée ! Et moi qui pensais que tu n'arrivais pas à tourner la page… Ma triste vérité à moi, c'est que je ne peux pas vivre sans toi.

Les yeux de Jesse s'écarquillèrent de surprise. Avait-il bien entendu ce qu'il venait d'entendre ?

— Tu ne peux pas vivre sans moi ?

— Non ! Et je viens de prendre une décision. Je reste à Forgotten Point, même si tu n'éprouves pas les sentiments que j'ai pour toi.

— Quels sentiments éprouves-tu, Mysti ? Dis-le-moi, s'il te plaît.

Elle pressa la joue contre sa paume avec un doux sourire.

— De l'amour, Jesse. Je t'aime.

Il demeura figé quelques secondes avant de la serrer contre lui avec ferveur.

— Je n'espérais plus t'entendre dire ça.

— Mais… Mais alors…

— Oui. Je t'aime, moi aussi. Je crois que je t'aimais déjà au lycée, mais j'étais trop immature pour m'en rendre compte.

Elle posa les lèvres dans son cou.

— C'est vrai ? Parce qu'à l'époque, j'en pinçais vraiment pour toi, tu sais. Mais, à présent, je ressens pour toi plus qu'un simple béguin de gamine.

Un flot d'espoir se déversa en lui telle une vague purifiante qui emporta avec elle tous ses vieux regrets et lui laissa un cœur tout neuf.

— Moi aussi. Qu'allons-nous faire, du coup ?

Mysti s'écarta soudain avec un sursaut.

— Oh ! non ! Quelle heure est-il ? Doit-on aller récupérer Sally à l'école ?

Doit-on… Il adorait l'entendre parler de la sorte.

— Ma mère s'en occupe. Sally va passer la nuit chez elle. Je ne savais pas combien de temps cette discussion allait prendre, vois-tu.

— Dommage… J'aurais bien aimé lui dire qu'elle avait raison.

Il l'observa d'un air surpris.

— À quel sujet ?

— Eh bien, pour dire que son père avait une petite amie, dit-elle d'une voix légère qui débordait de gaieté.

Seigneur, comme il aimait cette femme… Il l'embrassa avec ferveur.

— Elle sera ravie de l'apprendre. Même si, à vrai dire, je souhaitais davantage qu'une petite amie.

— Non, vraiment ? Comme quoi, par exemple ?

Du revers de la main, il écarta quelques mèches de son visage.

— Il va me falloir un moment pour dresser une liste exhaustive. Un bon moment, même… Ça te dit, un peu de compagnie ce soir ?

— Et comment…

Avec un sourire, elle lui effleura la joue de ses doigts.

— À ce propos, j'aurais une idée. Une excellente idée, qui scellerait parfaitement notre union.

— Je t'écoute.

— Ce que j'aimerais vraiment que tu fasses pour moi…

Elle fit descendre son doigt sur son torse et traça un cercle autour d'un mamelon.

— Ce qui apporterait une grande bouffée d'air frais dans ma vie…

— Oui ? dit-il d'une voix étranglée.

— Eh bien, ce serait que tu m'aides à déballer tous ces cartons.

Elle éclata de rire en voyant la tête qu'il faisait.

— Mais seulement après avoir décidé qui, de nous deux, est aux manettes ce soir.

Épilogue

— Tu es vraiment sûre qu'on ne risque rien ?

En guise de réponse, Mysti sourit et entremêla ses doigts à ceux de Jesse.

— Je t'ai dit mille fois que je vais bien.

Elle posa la tête sur son épaule.

— Par contre, tu manœuvres ce bateau à une vitesse d'escargot, papi.

— Ouille !

Jesse porta la main à son cœur comme si ces paroles l'avaient mortellement atteint. Confortablement installée sur un coussin, Sally pouffa de rire.

— Mimi t'a appelé papi…

Le cœur de Mysti se gonfla d'un tel amour qu'elle ne put rien dire pendant plusieurs secondes. La petite fille s'était mise à l'appeler Mimi un jour avant le mariage, et chaque fois qu'elle l'appelait ainsi, Mysti avait envie de la serrer dans ses bras à l'étouffer.

— Tout juste. Et s'il persiste à piloter aussi lentement, nous n'aurons plus qu'à rebrousser chemin le temps d'arriver à notre coin de pêche.

— Tu diras ce que tu voudras, mais je refuse de prendre le moindre risque, surtout avec le petit qui grandit dans ton ventre.

— Allons, le gynécologue nous a donné son feu vert pour cette sortie en bateau, tu le sais bien.

— Oui, « du moment que vous ne commettez pas d'imprudence ». N'oublie pas cette précision.

— Pour ça, pas de souci. Je risque surtout de mourir d'ennui.

Elle lui donna un léger coup de hanche.

— Allez, pousse-toi de là.

— Non. C'est toi qui as conduit hier soir.

Cette allusion codée à leurs étreintes passionnées de la veille la fit rire.

— Oui, parce que, là encore, tu conduisais comme un grand-père.

— C'est ce qu'on verra la prochaine fois.

Il lui céda cependant la place au gouvernail.

— Je me répète, mais tu pilotes une cargaison précieuse, dit-il.

Soudain, Mysti ne put retenir un afflux de larmes. Oui, c'était la vérité. Sally et Jesse étaient vraiment une cargaison précieuse, de même que le bébé qui allait naître l'hiver prochain. Et dire qu'ils avaient failli passer à côté de ce bonheur. Ils avaient vraiment été à deux doigts de laisser filer tout ce qui comptait dans une vie. Mais ils s'étaient donné les moyens de se retrouver et de former une nouvelle famille fondée sur des piliers solides : l'amour, le sens de l'engagement et du sacrifice.

Mysti avait pu renouveler son contrat à l'hôpital, mais elle ne savait toujours pas comment elle organiserait sa vie après la naissance du bébé. Jesse avait suggéré qu'ils fondent leur propre cabinet médical. Pourquoi pas ? Selon lui, ils formaient la meilleure équipe au monde, et elle n'allait pas le contredire. Même si Jesse regrettait de n'avoir pas cherché à la retenir la première fois, sans doute avait-il eu raison d'agir ainsi. Il leur avait fallu tout ce temps pour mûrir et devenir deux adultes prêts à s'aimer et à s'engager l'un envers l'autre mieux que les gamins qu'ils étaient quinze ans auparavant.

Elle ne modifia donc pas l'allure du bateau et tendit la main à Jesse qui s'en empara et s'approcha d'elle. Il déposa sur son épaule gauche un tendre baiser qui la fit soupirer.

— Une cargaison précieuse… J'aime beaucoup ton

expression. Elle s'applique bien à nous tous, non ? Du moins, aussi longtemps qu'il nous sera donné de marcher sur cette terre.

Ils échangèrent un sourire. Avec un peu de chance, Larry les entendait de là où il se trouvait. En tout cas, elle l'espérait de tout son cœur.

JULIETTE HYLAND

Le médecin du pôle Sud

Traduction française de
SOPHIE BRUN

BLANCHE

HARLEQUIN

Titre original :
REAWAKENED AT THE SOUTH POLE

Prologue

Plantée devant la porte de la chambre de son frère jumeau, Helena Mathews hésitait. Son cœur tambourinait si fort dans sa poitrine qu'elle avait l'impression qu'il allait exploser.

Était-ce l'effet de l'excitation ou de l'appréhension ? Sans doute les deux : à compter de cet après-midi, elle était officiellement étudiante en soins infirmiers !

Elle déglutit, cherchant en elle le courage de frapper. Bon sang, ce n'était quand même pas si difficile ! Owen comprendrait sa décision de changer de cursus, sa passion pour la médecine d'urgence. Il l'aiderait à convaincre leurs parents que ce métier n'avait rien de dangereux dans la plupart des cas.

Comme beaucoup de jumeaux, ils étaient nés prématurément, et alors que son frère n'en avait gardé aucune séquelle, elle avait passé les trois premiers mois de son existence dans une unité de soins intensifs néonatals, ses poumons n'étant pas complètement formés. Lorsqu'elle avait contracté une infection pulmonaire, les médecins avaient informé ses parents qu'ils devaient s'attendre au pire. Elle s'était rétablie, mais jusqu'à ce qu'elle atteigne l'adolescence, le moindre rhume avait eu tendance à dégénérer en pneumopathie, ce qui lui avait systématiquement valu un séjour plus ou moins long à l'hôpital.

Quoi qu'il en soit, il y avait plusieurs années que ça ne lui était pas arrivé, mais ses parents n'en continuaient pas moins de la surprotéger, s'alarmant à chaque quinte de toux.

Elle avait dû les supplier de la laisser intégrer le campus de l'université de Chicago bien que celle-ci se situe à moins de vingt minutes de route de la maison familiale. De guerre lasse, ils avaient fini par céder à condition qu'Owen, qui s'y était inscrit en droit, veille sur elle. En contrepartie, elle avait accepté à contrecœur de suivre des études d'histoire de l'art, sa mère estimant que travailler dans un musée représenterait un risque sanitaire modéré.

Une fois de plus, elle s'était pliée à leur volonté. Sauf que, aujourd'hui, elle avait sous le bras un livre d'anatomie.

Le fonctionnement du corps humain la fascinait. Dès qu'elle avait appris la décision favorable du conseil d'orientation, elle s'était précipitée à la librairie du campus pour acheter cette « bible », bien qu'elle n'en ait pas un réel besoin avant le semestre suivant.

Elle fixa l'épais volume en triturant nerveusement sa natte. C'était la première fois qu'elle se rebellait. Jusqu'à présent, elle s'était conformée docilement aux vœux de son père et de sa mère afin de leur éviter toute source d'inquiétude. Mais elle ne voulait pas de la vie paisible et monotone qu'ils projetaient pour elle. Par chance, la bourse obtenue grâce à ses brillants résultats au bac couvrirait la majeure partie de ses dépenses, même après ce changement d'orientation. Elle avait donc les moyens de réaliser son rêve…

— Helena ? Qu'est-ce que tu fais là ?

La voix grave de Carter Simpson la ramena à la réalité.

Le colocataire d'Owen avait ouvert la porte de la chambre. Il se tenait dans l'embrasure, la tête légèrement inclinée. Une posture qui traduisait son étonnement, héritée de son père, le Dr Simpson. Elle l'avait charrié à ce sujet, jusqu'à ce qu'elle comprenne qu'il n'avait pas conscience de ce tic, tant la complicité entre père et fils était grande.

Comment justifier sa présence sans apprendre à Carter la nouvelle dont elle souhaitait réserver la primeur à Owen ? Mais quand donc cesserait-elle de vouloir ménager tout le monde, quitte à s'oublier elle-même ? Après tout, c'était son heure de gloire *à elle* ! Et puis, elle connaissait Carter depuis l'école primaire. Lui et Owen étaient inséparables. À l'occasion, ils acceptaient qu'elle participe à leurs aventures tout en prenant soin qu'elle ne se blesse pas ou n'attrape pas froid. Eux aussi avaient tendance à la mettre sous cloche comme une petite chose fragile et vulnérable.

Quand les deux garçons avaient été acceptés à l'université de Chicago, c'était tout naturellement qu'ils avaient choisi de partager une chambre sur le campus. Jusqu'à cette nouvelle étape de leur vie, elle considérait Carter comme le meilleur ami de son frère, rien de plus. Depuis septembre, il en allait autrement, du moins pour elle.

Pourquoi ? Elle n'en avait aucune idée. Le changement s'était produit de façon insidieuse. Toujours est-il qu'à présent il lui suffisait d'apercevoir Carter pour que son rythme cardiaque s'emballe ou de le toucher par inadvertance pour qu'une rougeur intempestive se répande sur ses joues. Pour rien au monde, elle n'aurait raté leur rendez-vous du petit déjeuner, auquel Owen se joignait rarement. Et plus d'un soir, alors qu'elle était seule dans son lit, Carter s'était invité dans ses pensées.

— Helena ? répéta-t-il, manifestement surpris par son silence.

Elle frémit sous le beau regard brun qui l'observait avec un mélange de perplexité et de chaleur.

— Owen est encore à la bibliothèque. Il y reste jusqu'à la fermeture. Il prépare un contrôle dont je ne me rappelle plus le thème.

— Introduction à la théorie politique.

Elle avait aidé son frère à réviser.

Il lui sourit et lui pressa l'épaule, avant de retirer précipitamment sa main pour l'enfouir dans sa poche.

Ce simple contact l'avait-il autant troublé qu'elle ?

— Je devrais peut-être moi aussi faire appel à tes services, lança-t-il d'un ton désinvolte. Ton ingérence me serait sûrement utile.

— Il ne s'agissait pas d'ingérence. Je lui ai juste rédigé quelques fiches de révision.

— Je plaisante ! Tiens donc, n'est-ce pas un manuel

d'anatomie que j'aperçois sous ton bras ? J'ai exactement le même. Tu as un cours d'anatomie artistique du corps humain ?

— Je… J'ai décidé de changer de cursus.

L'aveu lui avait échappé.

Elle vit la stupéfaction se peindre sur le visage de Carter, qui s'écarta pour la convier à entrer dans la chambre.

Elle s'assit au bord du lit d'Owen tandis que Carter tirait sa chaise de bureau pour s'installer face à elle. La pièce était exiguë, de sorte qu'ils étaient très près l'un de l'autre.

— À partir de la rentrée de janvier, je suivrai les cours pour devenir infirmière. Au fond, j'ai toujours eu envie d'exercer ce métier, vu mes nombreux séjours à l'hôpital.

Il y avait longtemps, elle en avait fait part à sa mère. Celle-ci avait exprimé son désaccord avec véhémence, disant que, avec tous les virus auxquels elle se trouverait exposée, elle risquait de passer plus de temps à l'hôpital comme patiente que comme infirmière. Fidèle à son habitude, Helena s'était inclinée, mais le désir de soulager les malades et de sauver des vies ne l'avait pas quittée.

Carter sourit.

— Lorsque nous étions enfants, nous nous amusions à soigner Owen, moi dans le rôle du docteur, et toi dans celui de l'infirmière. Tu te souviens ? Ton frère prétendait s'être cassé la jambe, et je lui fabriquais un faux plâtre.

— Alors que moi, je m'empressais de lui faire une piqûre, renchérit-elle, riant de bon cœur.

Elle surprit alors une lueur particulière dans le regard de Carter, et son rire s'étrangla dans sa gorge quand il se pencha pour écarter l'ouvrage qu'elle avait posé sur ses genoux puis emprisonner ses mains entre les siennes.

— Tu redoutes d'annoncer ta décision à tes parents, n'est-ce pas ?

Elle sentit son pouls s'accélérer et dégagea ses mains, nerveuse.

Elle devait réfléchir au moyen de résoudre son problème,

et non s'interroger sur la douceur des lèvres de Carter. Un exercice compliqué, compte tenu de leur proximité physique.

— Ça se voit tant que ça ?

— Je connais bien tes parents, et j'imagine que ta décision va leur causer un choc.

— Je ne veux pas les décevoir, mais je refuse de renoncer à ma véritable vocation…

Oh ! pourquoi prenait-elle ce ton geignard ?

Carter se leva de sa chaise et vint s'asseoir à côté d'elle sur le lit d'Owen.

Elle ne protesta pas lorsqu'il entoura ses épaules d'un bras protecteur. Au contraire, elle se laissa aller contre lui.

Comme il sentait bon…

Elle chassa vite cette pensée déplacée. Carter était le meilleur ami de son frère. Elle ne devait pas l'oublier.

— Ils s'inquiètent toujours pour moi.

— Pourtant, ils n'ont plus vraiment de raisons. Tu es en parfaite santé. Par ailleurs, le risque zéro n'existe pas.

— Tu as de la chance, toi. Ton père est fier de toi. Il m'a même confié que, un jour, ton nom figurerait dans l'une de ces revues médicales qui traînent partout dans son bureau.

Le Dr Simpson ne cessait de vanter les mérites de son fils. Mais à la perspective d'affronter ses propres parents, elle-même avait la boule au ventre. Elle s'était toujours efforcée de faire plaisir à tout le monde, à commencer par eux qui avaient consacré tant de temps et d'énergie à prendre soin d'elle. Tant d'argent aussi, car les frais médicaux avaient englouti une partie de leur revenu.

— Je leur dois tant.

— C'est vrai, mais ta vie t'appartient. Il n'y a rien de répréhensible à vouloir réaliser son rêve. Au contraire.

— De toute façon, il est trop tard pour reculer. Je me suis inscrite, et j'irai jusqu'au bout, déclara-t-elle avec plus de détermination qu'elle n'en éprouvait.

À en juger par son expression, Carter nourrissait quelques

doutes sur sa capacité à résister aux pressions parentales, mais il eut le bon goût de n'émettre aucune remarque à ce sujet.

Elle lui décocha un sourire résolument optimiste.

— Il paraît que, en première année, certains cours magistraux sont communs aux programmes de médecine et de soins infirmiers. On sera peut-être ensemble ?

— Je l'espère…

Était-ce le fruit de son imagination, ou avait-il mis une emphase particulière dans cette réponse ?

Elle leva les yeux vers lui pour en avoir le cœur net et constata qu'il fixait ses lèvres avec insistance.

— Helena, murmura-t-il en lui caressant la joue.

Le désir l'envahit tout entière. Elle approchait son visage du sien quand la porte de la chambre s'ouvrit à la volée. Ils sursautèrent et s'écartèrent brusquement.

— La bibliothèque a fermé plus tôt que d'habitude, annonça Owen d'un ton contrarié, en laissant tomber son sac à dos par terre. Panne d'électricité ! Tiens, tu es là, Helena ?

Il ne parut pas s'étonner outre mesure de la présence de sa sœur, ni prendre conscience de la gêne pourtant palpable que son irruption avait générée.

— Désolé, je suis un peu à cran. Le partiel de demain me stresse.

— Ne t'inquiète pas, je parie que tu vas te débrouiller comme un chef.

Elle se leva et ramassa discrètement son manuel d'anatomie.

— Je vous abandonne. Repose-toi, Owen, ou tu risques de faire exploser tes méninges.

— Avant de partir, tu n'avais pas quelque chose à dire à ton frère ? intervint Carter.

— Rien qui ne puisse attendre. Owen a une échéance importante demain, inutile de l'encombrer avec mes petits soucis.

Elle crut voir de la déception dans le regard de Carter.

La gorge nouée, elle battit en retraite vers la sortie.

— On se retrouve toujours pour le petit déjeuner ? s'enquit-elle d'une voix mal assurée.

— Bien sûr.

Le ton de Carter exprimait de la frustration, mais aussi une douceur qui lui insuffla une bouffée d'optimisme.

L'avenir leur réserverait certainement d'autres moments d'intimité comme celui qu'ils venaient de partager. Du moins, elle avait envie d'y croire.

1.

Les bourrasques malmenaient le LC-130, et le teint du passager assis en face de Helena avait viré au gris-vert.

Le vol entre la base antarctique McMurdo et celle d'Amundsen-Scott Pôle Sud n'était pas de tout repos, quelle que soit la période de l'année, surtout en hiver quand les vents violents provoquaient de sévères turbulences. C'était d'ailleurs le dernier de la saison.

Croisant les bras, Helena adressa au jeune militaire un sourire réconfortant. Juste avant l'embarquement, elle l'avait entendu clamer haut et fort son exaltation à la perspective d'aller aux confins de la planète. Il remplaçait au pied levé un membre d'équipage tombé malade. Plusieurs vétérans avaient bien tenté de tempérer son enthousiasme en lui expliquant que l'expérience comportait « quelques » désagréments, mais la fougue de la jeunesse et l'excitation à l'idée de découvrir cette région du globe où peu d'êtres humains s'aventuraient l'avaient emporté sur la prudence.

En le voyant plaquer sa main sur son ventre et grimacer de douleur, elle se pencha vers lui.

— Inspirez par le nez et expirez par la bouche, très lentement, lui enjoignit-elle. Concentrez-vous sur votre respiration.

Elle lui montra l'exemple, et il s'efforça de l'imiter.

À part cette méthode basique mais efficace pour lutter contre le mal de l'air, elle n'avait rien d'autre à lui proposer, d'autant que, avec les secousses de l'appareil, il eût été dangereux de détacher sa ceinture de sécurité.

Au bout de quelques minutes, son voisin reprit des couleurs.

— Comment se fait-il que vous ne soyez pas malade ?

Eux, je comprends, ajouta-t-il avec un mouvement de tête en direction du reste de l'équipage. Ils ont l'habitude. En été, ils effectuent la liaison plusieurs fois par semaine. Mais vous, si…

Il se tut, manifestement embarrassé.

— Si ? répéta-t-elle, haussant les sourcils.

Il se mordilla la lèvre inférieure, l'air de plus en plus mal à l'aise, et elle décida de ne pas insister. De toute façon, elle savait ce qu'il s'apprêtait à dire : « vous, si délicate, si fragile ».

Elle avait parfaitement conscience de l'image qu'elle renvoyait, celle d'une blondinette menue – elle atteignait à peine le mètre cinquante-cinq – que les gens avaient une fâcheuse tendance à traiter comme une poupée de porcelaine.

C'était l'histoire de sa vie. Bébé, déjà, elle avait été la plus chétive des jumeaux. Pour ses parents, elle était la petite princesse qu'il fallait dorloter. Ils avaient continué de la considérer comme telle bien qu'elle se soit portée volontaire pour une mission médicale dans une zone de combat… Mission qui s'était soldée par une évacuation sanitaire et un retour au bercail pour six mois de convalescence dans la maison familiale.

Elle porta instinctivement la main à sa hanche gauche.

À travers l'épaisseur de ses vêtements polaires, elle ne pouvait pas sentir la cicatrice qui lui barrait le ventre, traçant un sillon oblique du sommet de la hanche gauche jusqu'à la base de la cage thoracique du côté droit. Elle avait beau éviter autant que possible de la regarder, elle en connaissait les moindres détails, et elle avait appris à ses dépens les réactions que sa vue générait.

Elle avait fait ses preuves… jusqu'à l'accident. Mais elle n'avait pas réussi à susciter chez ses parents un sentiment de fierté équivalent à celui qu'ils éprouvaient pour son frère. Certes, ils ne tarissaient pas d'éloges sur sa beauté, son caractère et ses résultats à l'école puis à l'université. Mais c'était Owen qu'ils admiraient, Owen qui cristallisait leurs ambitions. Or, celui-ci ne les avait pas déçus. Sorti major de sa promo, il avait intégré en qualité d'associé l'un des cabinets d'avocats les plus prestigieux de Chicago. Il avait même été pressenti pour un poste de juge.

— Ce n'est pas la première fois que je voyage en LC-130 dans des circonstances périlleuses, expliqua-t-elle au jeune homme médusé.

Elle se garda de préciser qu'elle avait servi pendant un an en Irak en tant que contractuelle dans le corps médical et que, comparées aux acrobaties aériennes effectuées par les pilotes pour éviter les tirs de roquettes, les secousses dues aux turbulences ne l'impressionnaient guère. Là-bas, elle avait vécu une situation bien pire, et elle en avait réchappé de justesse.

Elle ne se remémorait toujours pas l'accident, ni son transfert dans un hôpital en Allemagne, ni les semaines où son corps avait lutté contre l'infection tandis qu'elle demeurait dans un état de semi-inconscience et que ses consœurs se relayaient jour et nuit à son chevet.

À son réveil, elle avait été informée qu'elle devait renoncer à tout espoir de maternité. Un choc qu'elle avait encaissé avec fatalité. À défaut de donner la vie, elle pourrait contribuer à améliorer celle d'enfants en quête d'une famille. Ce n'étaient hélas pas les orphelins qui manquaient dans ce monde.

Ensuite, elle avait dû aussi faire une croix sur son projet de couple. En découvrant la blessure, Kevin avait eu un mouvement de recul en prenant un air horrifié. Puis, comme si ça ne suffisait pas, il avait déclaré – quel gentleman ! – qu'elle ne serait plus jamais la même à ses yeux, que cette expérience l'avait fragilisée.

Deux ans s'étaient écoulés, mais elle se rappelait cette scène comme si c'était hier.

« Fragilisée » !

C'était pourtant lui qui avait eu l'idée de cette mission. Selon ses dires, une telle expérience donnerait de la crédibilité à leurs CV respectifs. Sauf qu'il s'était défilé juste avant de signer son contrat, alors qu'elle, fidèle à sa parole, était allée jusqu'au bout de son engagement. Un an sans se voir, ce n'était rien pour un couple qui projetait de bâtir sa vie ensemble. Kevin avait été d'accord – avec sans doute un peu trop d'empressement. Un signal d'alarme qu'elle avait préféré ignorer. Comme beaucoup d'autres…

Kevin avait rompu deux semaines après son retour, alors qu'elle se battait pour recouvrer ses forces. Il avait prétexté que ces douze mois de séparation avaient mis en évidence le fait que, finalement, ils n'avaient pas grand-chose en commun. Un argument fallacieux, sachant qu'ils avaient discuté durant tout ce temps mariage et achat d'une maison. Et quand elle lui avait annoncé depuis son lit d'hôpital en Allemagne qu'elle ne pourrait plus avoir d'enfant, il n'avait pas paru particulièrement affecté.

Du jour au lendemain, l'homme qui prétendait l'aimer plus que tout au monde l'avait plaquée quand elle ne correspondait plus, à ses yeux, au profil de l'épouse idéale.

« Fragilisée », c'était aussi le qualificatif qu'employaient ses parents dans son enfance pour la dissuader de tenter une nouvelle aventure. Cette étiquette continuait de lui coller à la peau malgré ses efforts pour s'en débarrasser.

— Vous venez d'où ? s'enquit son voisin, qui se balançait d'avant en arrière sur son siège, mais qui, par chance, ne semblait plus sur le point de restituer le contenu de son estomac.

— De Chicago.

La seule évocation de sa ville natale suffit à provoquer en elle une bouffée de nostalgie.

Elle avait quitté Chicago quelques semaines avant de partir au pôle Sud. *Fuir* serait un terme plus exact. Elle avait raconté que les vols avaient été avancés par crainte des intempéries, mais en réalité elle ne supportait plus les regards tristes et inquiets de ses parents tandis qu'ils assistaient, impuissants, à ses préparatifs de départ.

Ils agissaient ainsi par affection, elle en avait conscience, mais leur amour l'étouffait. Le dernier mois s'était avéré particulièrement pénible, sa mère ne cessant de lui rappeler que, la dernière fois qu'elle était partie, elle était rentrée mutilée, à peine capable de tenir sur ses jambes tant ses semaines d'hospitalisation l'avaient affaiblie.

Helena avait eu beau lui répéter que ce drame aurait pu se produire n'importe où, que les victimes d'accidents de la route encombraient les urgences de l'hôpital de Chicago, rien de ce qu'elle avait pu dire n'avait réussi à la convaincre.

Elle s'était juré de revenir saine et sauve de sa mission au pôle Sud, et de prouver ainsi à sa famille qu'elle n'avait pas besoin d'être surprotégée, qu'elle n'était pas cette caricature de beauté fragile dans laquelle ils l'enfermaient. Quand elle rentrerait, elle s'achèterait une petite maison et y fonderait son propre foyer. Avant cela, elle avait l'intention de profiter au maximum de l'expérience extraordinaire qu'elle s'apprêtait à vivre au bout du monde.

— Atterrissage dans quinze minutes.

L'annonce provoqua en elle une poussée d'adrénaline, mais aussi une légère anxiété.

Elle allait passer tout l'hiver au pôle Sud, dans la région la plus inhospitalière de la planète. Une aventure mémorable qui comportait des risques, de nombreux risques, mais qui lui donnerait aussi l'occasion de démontrer sa force de caractère et sa résistance physique.

Elle avait pris le dernier vol. La liaison ne reprendrait pas avant octobre. Dans quelques jours, la température chuterait si bas que le carburant de l'appareil et les systèmes hydrauliques risqueraient de geler. Même maintenant, les moteurs continueraient de tourner pendant le déchargement de l'avion.

Elle cohabiterait durant près de neuf mois avec des équipes de soutien logistique et des scientifiques originaires des quatre coins du globe. Si un problème grave survenait pendant cette période, il ne fallait compter sur aucune aide extérieure. Trois trimestres au cours desquels ils seraient coupés du reste du monde. Elle savait pertinemment à quoi s'attendre lorsqu'elle s'était portée volontaire pour remplacer l'infirmière en titre, évacuée en raison d'une urgence médicale. Pour elle, aucune évacuation sanitaire ne serait envisageable.

Cela ne l'inquiétait pas outre mesure. Elle était maintenant complètement rétablie, et les exercices de rééducation auxquels elle s'était astreinte pour récupérer sa masse musculaire avaient aussi stimulé son tonus. Depuis, elle entretenait quotidiennement sa forme physique. Par ailleurs, elle avait une certaine expérience des terrains hostiles. En somme, elle était plutôt bien armée et n'avait rien de particulier à craindre.

— Au cas où personne ne vous aurait avertie, sachez que le Dr Carter Simpson n'est pas ce qu'on appelle quelqu'un d'expansif, lui confia le mécanicien de bord assis à sa droite. Il a tendance à se comporter comme un ours mal léché.

— On m'a prévenue, lui répondit-elle avec un sourire. Je suis sûre que le Dr Simpson et moi ferons bon ménage.

Keith, le directeur de la médecine polaire, lui avait déjà précisé que le responsable de la clinique de la base était un excellent professionnel mais un homme peu sociable. Cela ne l'avait pas dissuadée. Gérer des médecins ombrageux faisait partie du métier d'infirmière et s'il y avait une chose qu'elle avait apprise très jeune, c'était à arrondir les angles.

Ce qui la déstabilisait davantage, c'était le patronyme.

Carter Simpson… Une résurgence du passé.

Mais elle s'était raisonnée. Cette association de prénom et de nom étant assez courante aux États-Unis, il y avait forcément des médecins qui la portaient. Elle avait travaillé avec l'un d'eux aux urgences de l'hôpital de Chicago et en avait localisé un autre ayant son cabinet médical en centre-ville. À chaque fois, ses espoirs de retrouver celui qu'elle n'avait pu oublier avaient été déçus, et la probabilité que le médecin d'Amundsen-Scott soit la personne en question était quasi nulle.

D'autant que la description ne correspondait en rien à *son* Carter Simpson, enjoué, aimable et altruiste, celui qui avait fait battre son cœur puis avait disparu de la surface de la terre.

Ils s'étaient revus plusieurs fois au cours de la semaine précédant les vacances de Noël. Ils ne s'étaient jamais embrassés, mais l'attirance qu'ils éprouvaient l'un pour l'autre était devenue impossible à ignorer. Carter lui avait même donné rendez-vous dans un café durant les congés universitaires. Elle y était allée mais l'avait attendu en vain.

Pas étonnant si l'on considérait qu'il avait cessé de répondre à ses messages et à ceux d'Owen à compter du 24 décembre. À la rentrée, il n'était pas revenu à l'université, et Owen avait découvert qu'il avait déménagé toutes ses affaires de la chambre qu'ils partageaient durant les vacances. Carter Simpson semblait s'être volatilisé. Si elle n'avait pas eu tous ces précieux souvenirs, elle aurait pu croire qu'elle l'avait inventé.

Puis, très vite, on avait appris la mise en vente de la maison du couple Simpson, ainsi que leur séparation.

Après avoir essayé en vain de joindre l'un ou l'autre pour obtenir des nouvelles de leur ami, Owen et elle, rongés par l'inquiétude, avaient pris leur courage à deux mains et étaient allés trouver le Dr Simpson.

Ce dernier leur avait déclaré qu'il ignorait où était Carter et que cela ne l'intéressait pas de le savoir.

Une réaction stupéfiante, compte tenu de la façon dont il portait son fils aux nues auparavant !

Helena n'avait toujours pas compris ce changement radical de comportement. Sa propre famille pouvait se révéler étouffante, mais elle ne voudrait jamais qu'ils cessent de se parler… Juste qu'ils parlent d'autre chose que de sa santé.

À la suite de la rupture de ses fiançailles, elle avait réintégré la demeure familiale afin de suivre son programme de rééducation dans les meilleures conditions possible. Après des semaines d'alitement, récupérer sa musculature s'était avéré un processus long et douloureux. Mais elle y était parvenue, montrant ainsi sa ténacité. Aussi, quand ses parents l'avaient pressée de changer de métier, elle avait vu rouge. Aujourd'hui encore, elle éprouvait de l'indignation. Comment pouvaient-ils vouloir qu'elle renonce à sa vocation alors qu'elle avait travaillé si dur ? C'était comme s'ils ne la connaissaient pas.

Elle ferma les yeux quand les skis du LC-130 entrèrent en contact avec le sol.

L'appareil glissa le long de la piste d'atterrissage sur plusieurs centaines de mètres avant de s'immobiliser.

La voix du pilote résonna dans le haut-parleur.

— Maintenant, les gars, dépêchez-vous de vous équiper et de décharger la cargaison. Je n'ai pas l'intention de m'éterniser ici.

Elle s'empressa d'enfiler sa combinaison polaire par-dessus ses vêtements, ainsi que des bottes spéciales, des gants, sa chapka, sans oublier les lunettes et le masque de protection contre le froid extrême. Ainsi harnachée, il était quasiment impossible de la distinguer des membres d'équipage – tous des hommes –, mis à part sa petite taille.

Elle attrapa l'unique bagage à main qu'elle avait eu le droit d'embarquer en cabine, contenant sa trousse de premiers secours ainsi que l'échiquier de voyage qu'elle emportait partout. Le reste de ses affaires se trouvait en soute avec la cargaison.

Lorsque la porte s'ouvrit, le froid s'engouffra à l'intérieur de l'appareil, et elle écarquilla les yeux devant l'immensité d'un blanc immaculé qui l'accueillit à l'extérieur de l'avion, puis une bourrasque d'une rare violence faillit la renverser, soulevant un nuage de poudreuse.

Elle ne put s'empêcher de sourire derrière son masque.

Cette fois, elle y était, au bout du monde !

— Où est le comité d'accueil ? s'interrogea le mécanicien navigant.

— Que se passe-t-il ? s'enquit-elle en hurlant pour couvrir le grondement des moteurs et des rafales de vent.

— Je n'en sais fichtrement rien, grommela son interlocuteur. Il aurait dû y avoir une équipe au sol pour nous aider à décharger.

— Un accident s'est produit au bout de la piste, annonça le pilote. Un engin de transport s'est retourné. Le conducteur est coincé à l'intérieur.

— Alors, il n'y a pas de temps à perdre. Allons-y ! cria-t-elle.

Sa mission en Antarctique démarrait sur les chapeaux de roues.

— Je vous ai envoyé par e-mail le CV de la remplaçante de Jennifer, déclara le Dr Keith Hollenbreck.

Carter avait pris l'appel en main libre tandis qu'il finissait l'inventaire de la pharmacie.

— J'ai bien reçu votre message.

— N'ayant eu aucun retour de votre part, j'en déduis que le profil de la candidate vous convient.

Carter ignorait si les vibratos dans la voix étaient dus à une mauvaise connexion satellite ou au fait que le directeur du Centre de médecine polaire s'inquiétait à propos de sa réaction.

— Désolé, je n'ai pas eu le temps de l'étudier. En l'absence de Jennifer, je suis complètement débordé.

De toute façon, son avis importait peu, puisque la nouvelle recrue avait déjà pris le dernier vol de liaison avant que la rigueur de l'hiver austral ne les coupe du monde extérieur pour neuf mois. Les critères de recrutement du centre étant très exigeants, il avait toute confiance dans les compétences professionnelles de son futur binôme. Pour ce qui était de ses qualités autres, il s'en fichait, car il n'entretiendrait aucun rapport personnel avec elle en dehors du travail. Comme avec n'importe qui d'autre à la base.

— Vous plaisantez, Carter ! Vous n'y avez même pas jeté un coup d'œil ?

Le ton de Keith lui déplut, mais il se garda de toute repartie désobligeante. Il savait gré à son supérieur hiérarchique d'avoir déniché une personne prête à vivre un hiver dans la région la plus inhospitalière du globe. D'autant que, en cas de problème majeur, ils ne pourraient compter que sur eux-mêmes. Sa collègue s'était fracturé la jambe en trois endroits en chutant. Si l'accident avait eu lieu un mois plus tard, elle n'aurait pu être rapatriée, et il aurait dû se débrouiller seul.

Il s'apprêtait à passer son troisième hiver consécutif au pôle Sud, et sa réputation était désormais gravée dans le marbre : excellent professionnel, mais distant, voire sauvage. « Le loup solitaire », c'était le surnom que lui avaient donné les autres pensionnaires de la base antarctique Amundsen-Scott. Un surnom amplement mérité, il en convenait.

Il s'accordait néanmoins des circonstances atténuantes. Chassé de chez lui à l'âge de dix-huit ans, puis trompé par sa fiancée avec un confrère qu'il considérait pourtant comme un ami proche, il avait appris à ne plus se fier à quiconque et préférait se murer dans la solitude que risquer de souffrir davantage.

— Ne vous inquiétez pas, Keith. Nous devrions nous entendre… ou pas.

— Toujours aussi optimiste à ce que je vois, répliqua son interlocuteur avec un soupir agacé.

L'optimisme de la jeunesse l'avait quitté lors de sa première année universitaire. Il se rappelait très précisément quand. C'était après le cours sur les mécanismes du typage sanguin. Il avait envoyé un échantillon de son sang au laboratoire de l'université afin de connaître son groupe. Le résultat lui avait fait l'effet d'une bombe : O, la seule option scientifiquement impossible, son père appartenant au groupe AB et sa mère au groupe A.

Aujourd'hui encore, il n'arrivait pas à analyser les émotions contradictoires qui l'avaient submergé, ni les scénarios abracadabrants qu'il s'était imaginés. Par quel miracle avait-il réussi à donner le change et à passer ses partiels avec succès ? Il n'aurait su le dire. Toujours est-il que personne n'avait perçu son désarroi.

Incapable de trouver les mots justes pour décrire ses doutes et ses peurs, il avait séché le dernier après-midi de cours précédant les vacances de Noël et était rentré chez lui sans dire au revoir à ses amis, pas même à Helena, celle, si douce et compréhensive, qu'il aimait en secret.

Lorsqu'il se remémorait son magnifique regard vert jade, l'aiguillon du remords le taraudait encore après tant d'années.

Il ne s'attendait pas à ce que la confrontation avec ses parents fasse imploser sa famille. Échange à la naissance, adoption gardée secrète... Son imagination avait refusé d'envisager une autre hypothèse : l'infidélité.

Il semblait que son père ait soupçonné dès le début sa mère de lui avoir menti au sujet de sa paternité. Cependant, il ignorait jusqu'alors que son épouse avait eu plus d'un amant au cours de leur union. Leur ménage n'avait jamais donné l'image du bonheur. Elle ne cessait de répéter sur le ton du reproche que s'ils étaient restés à New York, elle aurait pu s'épanouir dans une carrière d'actrice. Lui rétorquait que jouer la comédie n'était pas un vrai métier et que le sien pourvoyait largement à leurs besoins.

Pourtant, malgré ces anicroches, Carter avait toujours pensé que ses parents formaient un couple solide. L'aveuglement de la jeunesse, sans doute. Son initiative avait révélé au grand jour le tissu de mensonges grâce auquel sa mère avait dissimulé ses nombreuses incartades. Finalement, elle était une excellente comédienne, car ni lui ni son père ne s'étaient rendu compte de rien. Le jour où leur cellule familiale avait volé en éclats, elle avait déclaré que la vie de femme au foyer lui avait toujours pesé, qu'elle s'était sentie piégée dans son rôle de mère, n'existant qu'à travers un fils modèle, aussi doué sur le plan sportif qu'intellectuel.

Carter avait souvent eu l'impression de l'encombrer, mais il n'aurait jamais imaginé que, en réalité, elle lui en voulait d'être venu au monde.

Le masque était tombé, et il avait constaté à ses dépens les dégâts qu'occasionnent l'amertume et la frustration. Sa mère lui avait jeté à la figure qu'il était une erreur, que sans lui elle aurait connu le bonheur de la scène et qu'elle n'avait jamais osé demander le divorce de peur que son mari exige un test de paternité et lui coupe les vivres au vu du résultat.

Après cela, il avait vu son père se détourner de lui, l'ignorer complètement. Après avoir vanté les louanges de son fils si brillant qui excellait en tout, le Dr Simpson l'avait, semblait-il, banni de son univers, refusant même de croiser son regard.

Au bout de quinze ans, la douleur de ce rejet brutal s'était atténuée, mais ces souvenirs horribles hantaient encore parfois ses nuits.

Quelques jours plus tard, le 24 décembre très exactement, le Dr Simpson avait chassé son fils et son épouse de sa maison. Celle-ci avait refusé de partir, mais Carter avait fait ses valises. Comment rester avec ces deux personnes qui le considéraient comme celui par qui le malheur arrive ? Qu'ils le veuillent ou non, il était leur enfant. Même si le Dr Simpson n'était pas son père biologique, il l'avait élevé comme tel.

Par la suite, Carter avait eu une chance inouïe. Non seulement, il avait été accepté en cours d'année universitaire à la prestigieuse faculté de médecine Harvard, à Boston, mais l'université lui avait accordé une bourse afin qu'il puisse poursuivre ses études. Pour joindre les deux bouts, il avait dû effectuer des petits boulots, de sorte qu'il avait décroché son diplôme avec un an de retard, mais haut la main. Un exploit, compte tenu des épreuves qu'il avait traversées.

Il avait ensuite travaillé au service de réanimation du non moins renommé Massachusetts General Hospital pendant plusieurs années avant de présenter sa candidature au Centre de médecine polaire. Il s'était efforcé de tirer un trait sur son passé, n'évoquant jamais ses origines avec quiconque. Pas toujours avec succès, car, certains soirs de blues, il ne pouvait s'empêcher de se remémorer sa jeunesse à Chicago et certaines personnes encore chères à son cœur, à commencer par Owen Mathews, son meilleur ami de l'époque, le frère qu'il n'avait pas eu.

Durant cette période sombre où la famille Simpson s'était désintégrée, Owen avait cherché à le joindre à maintes reprises. Comme Carter ne répondait pas à ses messages, le ton était passé de l'inquiétude à la colère, voire à la rancune. Puis les tentatives s'étaient espacées, avant de s'interrompre définitivement.

Comment avouer, même à votre plus proche camarade, que vous avez détruit votre famille et que vous ne savez plus qui vous êtes réellement ?

Lorsque sa vie s'était stabilisée, Carter avait envisagé de reprendre contact. Il avait même rédigé à plusieurs reprises des SMS ou des e-mails… Qu'il n'avait pas envoyés, de crainte d'être de nouveau rejeté. Pourquoi, au bout de tant d'années de silence, Owen aurait-il eu envie de renouer ? Comment allait-il ? Avait-il poursuivi ses études de droit et obtenu son diplôme ? Était-il marié ? Avait-il des enfants ?

Et quid de sa sœur, l'adorable Helena Mathews, qui s'invitait toujours dans ses rêves au cours des longs hivers solitaires ? Que penserait-elle de l'homme qu'il était devenu ?

Autant de questions auxquelles il n'aurait jamais de réponses, faute de trouver le courage de se réconcilier.

— Vous m'écoutez ?

La voix impérieuse de Keith le ramena au présent.

— Oui. Excusez-moi. Je terminais l'inventaire de la pharmacie. Vous me parliez de la nouvelle recrue, je crois.

Il y eut un soupir à l'autre bout de la ligne.

Sans s'en soucier, il finit de compter les bandes adhésives.

Il en avait utilisé pour soigner Jennifer, et il n'en restait plus assez pour tenir tout l'hiver. En dehors des infections virales ou bactériennes, il avait principalement à traiter des blessures liées à des accidents : fractures, luxations ou coupures. Il espérait que sa commande de réapprovisionnement arrivant par le dernier vol s'avérerait suffisante.

— Helena Mathews a travaillé dans des unités de soins intensifs de pointe, notamment en zone de guerre. Elle a le profil parfait pour ce poste, et si vous y mettez un peu du vôtre, elle aura peut-être envie d'effectuer plusieurs hivers à la base.

Helena Mathews ?

Il sentit son rythme cardiaque s'accélérer.

Une sacrée coïncidence ! La Helena Mathews qu'il avait connue devait elle aussi être infirmière, à présent, si elle avait mené son projet à son terme. Quoi qu'il en soit, il s'agissait d'un nom assez courant, et *son* Helena ne se serait jamais aventurée aussi loin de Chicago. Ses parents s'y seraient opposés, et elle ne serait pas allée à l'encontre de leur volonté. Car la sœur d'Owen faisait toujours passer les autres avant elle. Sauf quand elle jouait aux échecs. Elle l'avait défié un certain nombre de fois, et il avait eu l'occasion de constater qu'elle ne concédait rien à son adversaire.

Il revit son regard vif d'une couleur peu commune, sa longue natte blonde, son sourire si doux. Il se remémora le contact de sa tête contre son épaule, le parfum de noix de coco de ses cheveux, le dessin de ses lèvres… et son désir de l'embrasser. Tentation à laquelle il aurait succombé si Owen n'avait pas surgi à l'improviste.

De toute façon, mieux valait qu'il se soit abstenu, compte tenu des événements ultérieurs.

— Carter ?

— Oui, je suis toujours là. Je profite juste du calme de la clinique avant d'avoir de nouveau à la partager.

— Vous passez trop de temps tout seul. Cela m'inquiète.

Il leva les yeux au ciel, songeant qu'il aurait mieux fait de raccrocher avant que Keith ne lui serve son sermon habituel.

La solitude était sa compagne. Elle, au moins, lui restait fidèle ! L'amour et l'amitié n'étaient que des leurres, des miroirs aux alouettes qui empêchent de voir la réalité en face. Il l'avait appris à ses dépens !

Soudain, un appel d'urgence interrompit la conversation téléphonique.

— *Mayday, mayday, mayday !* Accident près de la piste d'atterrissage. Le conducteur est coincé à l'intérieur du véhicule.

Il sentit une poussée d'adrénaline lui fouetter le sang.

— Il faut que j'y aille, Keith ! Je vous promets de réserver un bon accueil à l'infirmière.

Il attrapa sa mallette médicale. Le reste du matériel se trouvait dans l'ambulance.

2.

À l'extrémité de la piste, un monstre aux roues d'une taille impressionnante était couché sur le sol verglacé, côté conducteur.

À première vue, l'engin ne semblait pas trop endommagé mais, par expérience, elle savait qu'il ne fallait pas s'y fier. Elle avait été le témoin d'accidents spectaculaires dont les victimes se sortaient presque indemnes, et d'autres, en apparence bénins, qui laissaient des séquelles à vie. Impossible de se faire une idée de la gravité de la situation tant qu'elle n'aurait pas examiné la personne accidentée.

L'équipage se dirigea au pas de course vers le camion. Malgré l'adrénaline qui courait dans ses veines, elle suivit le mouvement d'une démarche plus prudente. Au bout de six mois au pôle Sud, elle se sentirait peut-être à l'aise sur la glace, mais pour le moment, mieux valait s'abstenir de courir. Pas question de se fracturer un membre !

Quand elle arriva sur les lieux, un petit groupe s'était formé autour du véhicule. Quelqu'un parlait dans une radio. Il avait certainement joint la base et demandé des renforts.

Sans perdre une minute, elle sortit la trousse de premiers secours de son bagage puis se tourna vers le mécanicien navigant.

— Pouvez-vous me garder ça ? dit-elle en lui tendant son sac.

Sans attendre la réponse, elle s'approcha du camion.

— Je m'appelle Helena Mathews, et je suis la nouvelle infirmière, lança-t-elle à la cantonade.

Elle concentra son attention sur l'homme qui tenait la radio. Ne connaissant personne, elle ignorait le grade et le rôle de chacun, mais l'individu en question lui semblait avoir conservé son sang-froid et s'employer à coordonner les opérations.

Son instinct ne l'avait pas trompée.

— Jeff Banks. Je suis le directeur de la station. J'ai averti le Dr Simpson. Il ne devrait plus tarder.

La première rencontre avec son futur binôme, apparemment d'un abord peu facile, aurait donc lieu sur le terrain. Une bonne façon d'évaluer à qui elle avait affaire sur le plan professionnel et d'établir les bases de leur relation. Ensuite, ils auraient tout le loisir de faire connaissance.

— Très bien. En attendant, je vais évaluer la situation. Qui se trouve à l'intérieur du véhicule ?

— Kelly Jenkins, notre responsable des approvisionnements. Le camion a effectué deux tonneaux, et il s'avère impossible d'ouvrir la portière du côté passager.

— Auriez-vous quelque chose pour briser la vitre arrière ?

Celle-ci se trouvait suffisamment loin de la conductrice pour que les bris de verre ne l'atteignent pas.

— J'ai un pied-de-biche. Le problème, c'est que cette vitre est très étroite.

Helena retint de justesse un soupir d'exaspération. Ils perdaient un temps précieux en palabres. Or, elle devait s'assurer de l'état de Kelly sans tarder.

— J'arriverai à passer.

Au cours de sa carrière, sa taille menue lui avait servi plus d'une fois à se faufiler dans des endroits inaccessibles pour des collègues plus costauds. Il lui faudrait ôter sa combinaison polaire, mais une fois à l'intérieur de l'habitacle, elle serait protégée du vent glacial.

— Au travail ! dit-elle. Nous devons savoir comment va Kelly avant de décider de la meilleure méthode pour l'extraire de là.

La fermeté de son ton eut raison des dernières réticences du directeur, qui s'éloigna vers son propre véhicule. Trois minutes plus tard, il revenait avec le pied-de-biche. Il dut s'y reprendre à plusieurs reprises avant de parvenir à casser la vitre. Certains morceaux acérés restaient néanmoins coincés dans les montants.

Jeff s'apprêtait à les briser quand Helena entendit Kelly pousser un gémissement étouffé.

Verre ou pas verre, il n'y avait plus une minute à perdre.

Elle s'empressa d'ôter son masque et sa combinaison. Elle sentit la morsure du froid sur son visage et eut l'impression de geler sur place. Mais elle n'avait pas d'autre choix. L'épaisseur de sa tenue polaire ne lui permettrait pas de se faufiler. Quant au masque, elle n'en avait pas de rechange, et elle préférait éviter qu'il se trouve éraflé par les bris de verre. Au moins, ses lunettes lui protégeraient les yeux.

Quand elle se glissa par la fenêtre, elle sentit une pointe de verre lui couper la joue. Un filet de sang se mit à couler.

Tant pis, cette blessure attendrait. La priorité, c'était Kelly.

La chaleur à l'intérieur du véhicule calma ses tremblements. Sa trousse médicale en main, elle se fraya prudemment un chemin jusqu'à l'avant.

— Kelly ?

Un murmure lui répondit.

Toujours maintenue par la ceinture de sécurité, Kelly était coincée derrière le volant. L'estafilade au niveau de la mâchoire nécessiterait plusieurs points de suture, mais ce qui inquiétait davantage Helena, c'était le regard vitreux de la jeune femme.

Commotion cérébrale.

— Je m'appelle Helena. Tenez bon, on va vous sortir de là. Pouvez-vous parler ?

Avec douceur, elle lui palpa les épaules. Kelly eut une grimace de douleur lorsqu'elle appuya légèrement sur la clavicule gauche. Contusion ou fracture ? Elle verrait ça plus tard, mais il allait falloir bander l'épaule avant de déplacer la blessée.

— Une énorme ornière… J'ai perdu le contrôle… Éteint le moteur…

— Excellent réflexe, répondit Helena en lui pressant gentiment la main.

Ainsi, tout risque d'explosion lié à une éventuelle fuite dans le réservoir était écarté. Mais le moteur redémarrerait-il ? Rien n'était moins sûr. Ceux du LC-130 tournaient en permanence pour combattre le gel.

— Sauriez-vous me décrire ce que vous ressentez ?

— J'ai mal à la tête… et à l'épaule.

— Des nausées ?

— Non, mais ma langue est engourdie.

— Pouvez-vous me la montrer ?

Il était courant que les victimes d'accident de voiture se mordent la langue lors de l'impact.

Kelly s'exécuta péniblement.

Helena ne repéra aucune plaie. L'impression de lourdeur et la difficulté à former des mots étaient donc dues au choc subi par le cerveau.

Elle passa mentalement en revue le matériel nécessaire dans l'immédiat : une minerve, une écharpe d'immobilisation d'épaule et un outil coupant afin de sectionner la ceinture de sécurité au cas où elle resterait coincée.

Elle sortit une compresse stérile de sa trousse médicale et l'appliqua à l'aide de sparadrap sur l'entaille.

— Kelly, cette blessure nécessitera quelques points de suture. Vous souffrez d'un traumatisme crânien, Kelly, et nous devrons radiographier votre épaule.

Elle répétait le prénom à dessein afin d'obliger la jeune femme à mobiliser son attention.

Celle-ci acquiesça d'un hochement de tête qui lui arracha un gémissement.

— Kelly, il faut que vous bougiez le moins possible, pour éviter au maximum de solliciter votre cerveau.

À ce moment, une voix grave s'éleva à l'extérieur.

— Comment ça, la nouvelle infirmière est dans le camion ? Sans manteau, ni masque par-dessus le marché ! Je n'ai pas besoin d'avoir deux patients sur les bras !

À en juger par le ton du Dr Simpson, son initiative lui déplaisait souverainement. Tant pis ! Elle se justifierait plus tard. L'urgence, c'était de s'occuper de la victime.

— Kelly ? Je vais m'entretenir avec le Dr Simpson pour

l'informer de votre état. Je n'en ai pas pour longtemps. Après, je reviens près de vous. D'accord ?

— OK.

Elle se faufila jusqu'à la banquette arrière dont elle escalada le dossier pour atteindre la fenêtre. Elle ne put réprimer un frisson. Un vent glacial s'engouffrait par l'ouverture. Elle glissa prudemment la tête à l'extérieur.

— Pourriez-vous me passer une minerve, une écharpe de contention pour maintenir l'épaule gauche en place, des ciseaux ou un couteau pour trancher la ceinture de sécurité, et ma combinaison ? demanda-t-elle d'une traite à la personne campée devant Jeff Banks.

Tout à coup, elle eut l'impression que son cœur cessait de battre.

L'homme portait un masque en néoprène et une tenue polaire identique à celle des autres, mais cette façon de pencher légèrement la tête sur le côté, elle l'aurait reconnue entre mille. Leurs regards se rencontrèrent, et elle sut qu'elle ne se trompait pas : *c'était bien lui.*

Sous le coup de l'émotion, elle sentit une boule se former dans sa gorge, puis sa conscience professionnelle prit le dessus. L'heure n'était pas au sentimentalisme.

Comme son interlocuteur tardait à réagir, elle adopta un ton plus autoritaire.

— Nous perdons des minutes précieuses. Il me faut une minerve, une écharpe de contention et des ciseaux ou un couteau, répéta-t-elle, incapable de déchiffrer l'expression de Carter derrière son masque.

Carter se décida enfin à agir. Il saisit la doudoune et la passa d'un geste brusque à travers la fenêtre, que quelqu'un avait entre-temps débarrassée des morceaux de verre coupants.

Helena s'empressa de l'enfiler.

Il était temps, son corps s'était refroidi, et ses muscles commençaient à se tétaniser.

— Kelly souffre d'une commotion cérébrale et probablement

d'une fracture à l'épaule gauche. Elle présente par ailleurs une entaille à la mâchoire.

Carter accusa réception de ces informations d'un simple mouvement de la tête, avant de lui transférer le matériel médical requis.

— On va redresser le véhicule. Ce sera plus facile ensuite d'extraire Kelly.

Il lui tendit un couteau à cran d'arrêt. Ses doigts gantés se refermèrent sur les siens et les maintinrent prisonniers un instant.

— Cette lame est extrêmement tranchante, Helena. Fais très attention si tu dois t'en servir.

Il l'avait reconnue. Aurait-il témoigné autant de sollicitude s'il avait eu affaire à quelqu'un d'autre, ou la considérait-il toujours comme la jeune fille fragile de Chicago ?

— Pas de souci. J'ai manipulé des objets plus dangereux.

Sans attendre, elle retourna s'occuper de Kelly.

Une fois la minerve et l'attelle en place, elle se cala dans le siège passager, dont elle boucla la ceinture de sécurité.

— Nous sommes prêtes ! lança-t-elle.

— Helena, sors de là ! lui enjoignit Carter.

Elle perçut une nette tension dans sa voix.

— Pas question ! Je reste avec elle pendant l'opération. Comme ça, je pourrai intervenir à tout moment.

— C'est à moi de le faire. Je viens.

Elle entendit du remue-ménage à l'arrière du camion. Lorsqu'elle se retourna, elle se retrouva nez à nez avec Carter. Son regard avait une dureté qu'elle ne lui connaissait pas. Il trahissait aussi une réelle inquiétude.

— Carter, je peux parfaitement me débrouiller seule. S'il te plaît, descends. Nous perdons un temps précieux.

Combien de fois allait-elle devoir le répéter ?

Elle n'entendit pas – il valait sans doute mieux pas – ce qu'il grommela derrière son masque avant de s'exécuter.

Elle prit doucement la main de Kelly dans la sienne pour la réconforter.

— Encore un mauvais moment à passer, puis vous serez transférée à la clinique.

Kelly étouffa une plainte lorsque le véhicule se mit à osciller.

— Essayez de vous détendre. Fermez les yeux et respirez calmement.

Un conseil que Helena elle-même s'efforça d'appliquer pour tenter de garder le contrôle de ses émotions.

Le Dr Simpson n'était autre que *son* Carter Simpson ! Le hasard avait voulu qu'ils se retrouvent au bout du monde. Quelle coïncidence extraordinaire ! Fallait-il y voir un signe du destin ? Ils allaient travailler ensemble pendant neuf mois. Neuf mois durant lesquels elle le côtoierait tous les jours…

Cette perspective lui donnait le vertige.

Carter regarda Helena placer la radio de l'épaule de Kelly Jenkins sur le négatoscope.

Il avait éprouvé un sacré choc en voyant le visage de Helena s'encadrer dans la fenêtre du véhicule accidenté. Il avait toujours du mal à le croire.

Helena est ici, à la base Amundsen-Scott Pôle Sud !

S'il ne craignait pas de se ridiculiser, il se pincerait pour s'assurer qu'il ne rêvait pas. Ce genre de concours de circonstances se produisait dans les films ringards, pas dans la vraie vie…

Le temps s'était montré particulièrement clément pour Helena. La ravissante ado de l'époque était devenue une femme d'une beauté renversante. Elle avait coupé ses longs cheveux pour adopter une coupe à la garçonne qui lui seyait à merveille. Cette coiffure n'était certainement pas du goût de sa mère, ni le petit clou en diamant qui ornait sa narine. Ce qui n'avait pas changé, en revanche, c'était le vert jade de ses yeux et sa bouche sensuelle qui appelait les baisers…

Il s'efforça de se concentrer sur l'examen de la radio.

Il avait intérêt à se reprendre, mais cela ne changerait rien à la situation. Il avait beau tenter de s'en convaincre, il savait que cet hiver ne ressemblerait à aucun autre. Les battements erratiques de son cœur suffisaient à le lui prouver. Pour la première fois depuis qu'il avait rompu ses fiançailles avec Laura, il avait le sentiment étrange de se trouver à la croisée des chemins.

Après cette douloureuse épreuve, il s'était juré de ne plus jamais s'écarter de la voie qu'il avait choisie : la solitude. Et voilà que, contre toute attente, un passé plus lointain lui sautait au visage. Il allait passer neuf mois en vase clos avec Helena…

Et alors ? Il suffisait qu'ils se bornent à des rapports professionnels, comme tous les membres de la station de recherche. Helena Mathews était son binôme professionnel, point final.

Sauf que…

Il bloqua net la pensée qui risquait de l'entraîner là où il n'avait aucune envie de s'aventurer. Il avait tourné la page longtemps auparavant, et il ne reviendrait pas en arrière.

— Je ne vois pas de fracture. Et toi, Carter ?

La façon qu'elle avait de prononcer son prénom déclencha une vague d'émotions dans les recoins obscurs de son âme. Une bouffée de nostalgie lui étreignit la gorge.

Le mal du pays… Il y avait tant d'années qu'il ne s'était pas senti chez lui, tant d'années qu'il était déraciné. Depuis qu'il avait découvert le vrai visage de sa mère.

Durant quelque temps, aux côtés de Laura, il avait eu l'impression de posséder de nouveau un foyer. Mais, là encore, ce n'était qu'une illusion. Alors, pour se préserver, il s'était convaincu qu'il n'en avait pas besoin. Il avait tout misé sur sa carrière, avec succès. Il avait même appris à surmonter la mélancolie qui l'envahissait parfois au souvenir de Chicago et des personnes qu'il chérissait avant l'implosion de sa cellule familialc.

— Pourquoi fronces-tu autant les sourcils ? Quelque chose m'a échappé sur la radio ?

Helena se rapprocha, et il sentit une fragrance reconnaissable entre toutes : celle de son shampoing à la noix de coco.

— Non, rien. Tu as raison : ni fracture ni déchirure des tendons.

— Tant mieux, car j'imagine que pratiquer une opération chirurgicale ici, ce n'est pas ce qu'il y a de plus simple.

Elle ne croyait pas si bien dire. En cas d'urgence, il disposait néanmoins des équipements nécessaires et de contacts avec des spécialistes pour le guider. Par chance, il n'avait pas encore eu l'occasion de les utiliser.

— Exact, dit-il, les yeux fixés sur l'écran lumineux pour éviter d'affronter le regard de Helena.

En son for intérieur, il se traita de lâche.

— Nous garderons Kelly en observation à la clinique pendant les prochaines vingt-quatre heures, voire plus selon l'évolution du traumatisme crânien.

— Alors, pourquoi cette mine renfrognée ? Finalement, tout est bien qui finit bien. L'état de Kelly est stable, et les mécaniciens pensent pouvoir réparer le camion.

Bien entendu, elle n'avait pas manqué de percevoir à quel point il était tendu. Elle avait un don pour lire en l'autre et adapter sa propre attitude afin de lui faciliter les choses. Chez elle, accompagner tenait de l'instinct.

Sa mère et son ex-fiancée avaient dissimulé mensonges et trahisons derrière leur apparente gentillesse. Bien qu'il ait la conviction qu'il n'en était pas de même pour Helena, il éprouvait une méfiance de principe. Pas question de baisser sa garde. Il entretenait avec ses collègues des rapports cordiaux, mais il ne recherchait pas leur compagnie, et aucun d'eux ne se serait avisé de commenter ses expressions faciales. Malgré leurs souvenirs communs, Helena devrait apprendre à respecter la distance qu'il mettait entre lui et les autres.

Elle humecta sa lèvre inférieure, et il sentit son pouls s'accélérer.

— On m'a avertie que tu étais plutôt du genre ronchon, mais la situation étant sous contrôle, il n'y a pas lieu de t'inquiéter à ce point. À moins que ce ne soit la nouvelle infirmière qui te pose problème ? Si c'est le cas, autant en parler tout de suite.

Pris au dépourvu par sa franchise, il réfléchit à la meilleure formulation pour ne pas la blesser.

— J'avoue avoir eu un choc en t'apercevant.

Un doux euphémisme pour dire qu'il n'imaginait pas ce qui avait pu l'amener aux confins du globe, et qu'en la revoyant il éprouvait des émotions aussi violentes que contradictoires.

Une ombre furtive assombrit le beau regard couleur de jade, puis, très vite, Helena se ressaisit et lui sourit.

— Si chacun de nous y met du sien, je suis certaine que nous formerons un tandem efficace. D'après mes anciens collègues, je suis quelqu'un avec qui il est plutôt facile de travailler. Il te suffit de m'expliquer ce que tu attends de moi.

Elle lui adressa un salut militaire afin de détendre l'atmosphère. Pourtant, il aurait juré qu'elle aussi ressentait une certaine appréhension à l'idée de cette collaboration.

Ainsi, elle n'avait pas perdu son réflexe de cacher ses états d'âme derrière un sourire. Déjà, quinze ans auparavant, cette façon qu'elle avait de museler ses émotions pour ne pas inquiéter sa famille lui déplaisait. À présent, elle l'horripilait. Pourquoi diable les gens ne disaient-ils pas franchement ce qu'ils avaient sur le cœur ? Pourquoi Helena ne pouvait-elle pas être elle-même tout simplement ?

Ils étaient des adultes, maintenant, plus des adolescents en proie aux premiers émois sentimentaux. Il avait fermé la porte sur tous ces souvenirs et n'entendait pas la rouvrir. Pour autant, une partie de lui-même ne pouvait s'empêcher de s'interroger : que serait-il arrivé s'ils s'étaient embrassés, s'il était allé au rendez-vous au café, s'il avait répondu à ses appels ?

— Kelly va rater la séance de cinéma de ce soir, dit-il, désireux d'aiguiller la conversation vers un terrain plus sûr.

— À mon avis, elle a déjà vu le film programmé ce soir. Il s'agit d'un grand classique, rétorqua Helena en rangeant la radio.

— J'ai glané toutes les informations disponibles, ajouta-t-elle devant son air surpris. Après qu'un recruteur du Centre de médecine polaire est venu présenter cette mission à l'équipe des urgences du Mercy Hospital dont je faisais partie, je me suis renseignée sur la base antarctique Amundsen-Scott Pôle Sud, et ce que j'ai appris m'a fascinée. J'ai donc envoyé mon curriculum vitæ. Je ne pensais pas que ma candidature serait retenue, mais deux points ont dû jouer en ma faveur : mon expérience d'infirmière contractuelle auprès du ministère de la Défense – j'ai été envoyée en Irak – et ma disponibilité quasi immédiate.

Il n'en croyait pas ses oreilles. La douce, la fragile Helena parachutée dans une zone de conflit armé ? Cela dépassait l'imagination !

Qui était la Helena Mathews qu'il avait devant lui ?

Il ravala sa question et concentra son attention sur le pansement maculé de sang sur sa joue.

Son premier stigmate du pôle.

La plupart des gens se foulaient une cheville ou se fracturaient le coccyx en glissant sur la glace. Elle, elle s'était blessée en portant secours à une personne accidentée au mépris de sa propre sécurité, et il hésitait entre la réprobation et l'admiration.

— Cette coupure nécessite un point de suture, dit-il.

Instinctivement, Helena porta la main à son pansement. Elle retint néanmoins son geste juste avant que ses doigts ne touchent la compresse. Des bactéries, et la plaie s'infecterait. Elle fit la moue. Craignait-elle que la blessure ne lui laisse une balafre ?

— D'accord, finit-elle par répondre avec un soupir de résignation. Ensuite, tu me montreras la clinique en détail ? J'ai mis un temps fou à trouver ce dont tu avais besoin pour soigner Kelly.

Sa réponse claqua comme une balle de fusil.

— Non.

C'était le premier jour de Helena à la base antarctique. Il fallait qu'elle en profite pour s'installer et qu'elle assiste à la séance de cinéma. Une excellente occasion de lier connaissance avec les membres des différentes équipes.

Il assurerait la garde. De toute façon, il ne participait jamais à ces soirées, de sorte que les autres avaient cessé de solliciter sa présence. Il partageait son temps entre la clinique et sa chambre. Une existence monotone dont il se satisfaisait.

Ce ne serait pas le cas de Helena. Savoir que la jeune femme passerait son temps libre en compagnie d'autres que lui le soulageait dans une large mesure. Ainsi, elle aurait moins la tentation de le soumettre à un interrogatoire sur les raisons de sa soudaine disparition.

— Je suis ici pour travailler, Carter, dit-elle comme si elle lisait dans ses pensées.

— Pour l'instant, occupons-nous de cette blessure.

Tandis qu'elle s'asseyait sur la table d'examen, il sortit son kit de suture et se frictionna les mains avec une solution hydroalcoolique. Puis il ôta le pansement et appliqua un gel anesthésiant autour de la zone sensible.

— Tu viens d'arriver, Helena. Prends le temps de souffler un peu. Défais tes bagages et va voir le film avec les autres. Cela te permettra de les rencontrer.

Et à lui d'avoir un peu de répit pour réfléchir à la meilleure manière de gérer la situation.

Elle le fixait de ses grands yeux verts.

— Tu sais, j'ai apporté le strict minimum.

Surtout, ne pas se laisser attendrir.

— Dans ce cas, tu n'as qu'à te reposer dans ta chambre avant la soirée cinéma. Ne t'inquiète pas, je veillerai sur Kelly. Les gardes, ça me connaît. Ensuite, nous établirons un planning pour nous les répartir.

— Entendu. Mais je compte sur toi pour une visite guidée de la clinique dès demain matin.

Il enfila des gants chirurgicaux.

— Promis. Et maintenant, cesse de parler et de bouger, je vais te recoudre.

Trois points de suture suffirent à refermer la plaie.

— Première blessure de guerre moins de douze heures après avoir atterri. Bravo, tu détiens le record ! déclara-t-il en examinant son œuvre. Mais rassure-toi, la cicatrice finira par s'estomper.

Il vit ses traits se crisper.

— Ce ne sera pas la première, répliqua-t-elle sur un ton étonnamment sec, en se levant.

Elle prit sa valise, que quelqu'un avait déchargée de la soute du LC-130 et déposée dans l'entrée de la clinique.

— Merci pour les soins, et à demain, ajouta-t-elle sans se retourner avant de franchir la porte.

Après son départ, la salle lui parut étrangement vide.

À l'image de sa vie.

3.

Helena recula pour éviter que Carter ne s'empare du carton qu'elle avait dans les bras.

— Merci, mais je peux le porter.

Cela faisait maintenant trois jours qu'ils travaillaient ensemble, trois jours qu'il la surprotégeait en lui épargnant ce qu'il estimait être des corvées, trois jours qu'il la traitait plus comme une employée inefficace que comme une collègue à part entière.

Elle avait fui Chicago pour ne plus voir de regards soucieux posés sur elle. Elle ne supporterait pas que Carter se comporte vis-à-vis d'elle comme ses parents.

Par ailleurs, les rares fois où elle avait tenté d'engager la conversation sur un sujet autre que professionnel, elle n'avait eu droit qu'à des réponses monosyllabiques : Carter se refermait dans sa coquille.

Que s'était-il passé au cours des quinze dernières années qui l'ait changé à ce point ?

Certes, son arrivée à la base lui avait causé un choc, mais la surprise était réciproque. Elle non plus ne s'attendait pas à le retrouver au pôle Sud. Elle s'était bien gardée d'en informer Owen dans l'e-mail qu'elle lui avait envoyé pour le rassurer sur son sort. Il lui aurait posé des tas de questions auxquelles elle n'aurait pas su répondre.

L'homme qui se tenait devant elle n'avait pas grand-chose de commun avec le Carter de ses souvenirs, celui dont elle avait longtemps recherché le nom dans les revues médicales et qui s'invitait encore dans ses rêves quand son subconscient décidait de la tourmenter.

Physiquement, bien sûr, il lui ressemblait. Mais il avait pris de la carrure, et sa chevelure autrefois coupée court s'apparentait maintenant à une crinière de boucles brunes indomptables, ce qui lui donnait un charme fou.

— Te comportais-tu de la même manière avec les infirmières qui m'ont précédée ?

À son rictus, elle devina que sa question le contrariait.

La Helena d'avant aurait essayé de se rattraper par une plaisanterie, un sourire, voire une excuse. Cependant, elle aussi avait changé depuis qu'elle avait cessé de se conformer aux attentes de sa famille. Et tant pis si cela mettait Carter mal à l'aise. Ou tant mieux ! Car c'était en le bousculant qu'elle réussirait peut-être à ouvrir une brèche dans le rempart qu'il avait érigé entre lui et les autres, à rétablir entre eux un niveau de communication qui rende leur collaboration constructive.

Il poussa un soupir.

— Non, parce qu'elles…

Il s'interrompit brusquement.

Elle sentit sa gorge se nouer.

Que s'apprêtait-il à dire ? Qu'il les jugeait plus qualifiées ? Qu'il accordait moins de crédibilité à la fragile sœur jumelle de son ami d'enfance ?

Il l'avait pourtant encouragée lorsqu'elle avait décidé d'abandonner l'histoire de l'art pour le métier d'infirmière. Il s'était même réjoui à l'idée qu'ils aient des cours en commun. Il avait même failli l'embrasser… avant de se volatiliser.

Mais tout ça, c'était de l'histoire ancienne.

— Puisque nous devons travailler ensemble pendant neuf mois, je te saurais gré de me considérer comme une adulte responsable et de me juger sur mes qualités professionnelles.

Les débuts s'étaient avérés décevants, mais cette mission au pôle Sud n'en restait pas moins une aventure exceptionnelle, et l'occasion unique de prouver à ses parents qu'elle n'était pas aussi « fragilisée » qu'ils s'obstinaient à le penser. Personne ne s'apitoierait plus sur son sort ou sa santé prétendument délicate. Elle était forte, elle avait un caractère bien trempé outre sa gentillesse naturelle, et elle entendait le démontrer à quiconque en douterait ! Qui plus est, elle s'était forgé une certaine philosophie après son expérience sur le terrain en Irak et l'accident qui avait failli lui coûter la vie : la vie est un cadeau dont il faut profiter chaque jour.

Face au mutisme de Carter, elle se décida à le pousser dans ses derniers retranchements. Autant en avoir le cœur net.

— Est-ce que tu crains que je ne sois pas à la hauteur ?

Il se frotta le menton, signe chez lui de réflexion intense. Manifestement, il doutait de sa capacité à assumer ce job.

Cette constatation la mortifia.

D'accord, elle manquait de pratique en milieu polaire, alors que lui en était à son troisième hiver. Toutefois, elle avait jusque-là effectué un parcours sans faute, dans une zone de conflit puis dans un service d'urgences en pleine crise sanitaire. Le travail qui lui était demandé ici s'apparentait à un jeu d'enfants comparé à ses précédentes missions. D'autres avant Carter avaient manqué de confiance en ses compétences, et, hormis ses parents et son ex-fiancé, elle leur avait vite démontré qu'ils se trompaient à son sujet.

Cependant, la réticence de Carter à lui répondre réveillait de vieux démons.

Et si finalement, malgré toute sa bonne volonté et son courage, elle échouait ?

Elle repoussa le doute insidieux qui s'insinuait régulièrement en elle depuis que Kevin l'avait quittée.

— Je n'écarte pas cette hypothèse, déclara enfin Carter, d'un ton aussi tranchant que son regard.

Cette réponse lui fit l'effet d'une douche froide.

Elle aurait pourtant dû s'y attendre. Carter jouait toujours franc-jeu, un peu trop de l'avis de certains. Si vous souhaitiez connaître son opinion sur vous, il suffisait de la lui demander, et il vous la livrait sans détour. Il s'enorgueillissait de ce trait de caractère, hérité selon lui de son père.

Mais elle avait toujours pensé qu'il s'agissait plutôt d'une réaction contre sa mère, une femme très douée pour la dissimulation et qui avait tendance à présenter les choses sous le jour qui lui convenait le mieux.

— Personne n'est à l'abri du syndrome mental d'hivernage, ajouta-t-il plus doucement, même des gens qui se sont préparés durant des mois avant de venir ici. Or, toi, tu assures ce remplacement au pied levé.

Elle s'était renseignée sur les troubles du comportement susceptibles d'atteindre les participants à des missions scientifiques dans des régions polaires. Ce syndrome se traduisait par différents symptômes allant de l'anxiété à la passivité en passant par la phase intermédiaire de l'irritabilité, voire de l'agressivité. Jusqu'alors, il n'existait aucun moyen avéré de détecter les individus les plus à risque. Quoi qu'il en soit, elle n'en souffrait pas pour l'instant, et ce n'était pas le fait de porter un carton qui le déclencherait.

Prenant sur elle, elle réussit à répondre d'un ton égal alors qu'elle brûlait d'envie de lui rétorquer qu'il surréagissait.

— J'apprécie ta franchise, Carter, mais je crois réunir les qualités requises pour ce job. Je ne suis plus la jeune fille que tu as connue.

— C'est clair !

Ce commentaire avait certainement échappé à Carter, car elle le vit pincer les lèvres, puis afficher une expression peinée.

Deux hivers déjà que la réputation d'ours mal léché lui collait à la peau. À la longue, cela devait lui peser. D'autant qu'il n'était pas grincheux mais distant. Il tenait les autres à l'écart, y compris elle.

— Tout va bien, Carter ? s'enquit-elle dans un accès de spontanéité.

Elle fit un pas vers lui, et il recula.

— Tu es une excellente infirmière, Helena. Je n'ai aucun doute là-dessus. Sinon, ta candidature n'aurait pas été retenue. Je… Je dois vérifier quelque chose dans mon bureau, grommela-t-il en battant en retraite.

Elle hocha la tête d'un air entendu.

À chaque fois qu'elle lui avait demandé comment il allait

ou qu'elle avait tenté d'orienter la conversation vers un sujet extraprofessionnel, il s'était réfugié dans la pièce minuscule qui lui servait de bureau. Huit fois en trois jours, elle les avait comptées.

Poussant un soupir, elle se replongea dans l'inventaire de la pharmacie, qui l'avait occupée la majeure partie de la journée. Tout en répertoriant les dernières boîtes de médicaments, elle ne put s'empêcher de ruminer la situation.

Elle était venue ici en toute connaissance de cause. Elle savait que le médecin de la station de recherche était d'un abord difficile. Elle s'était promis de passer outre. Ce qu'elle ignorait, en revanche, c'était que le médecin en question n'était autre que Carter, l'ami d'enfance d'Owen.

Elle ne pouvait pas juste faire comme si de rien n'était. Cela lui prendrait peut-être tout l'hiver, mais elle réussirait à percer son armure.

— Helena… ?

La plainte provenait de l'entrée de la clinique.

Elle s'y précipita et découvrit Bodhi Larson, un solide gaillard qu'elle avait rencontré lors de la soirée cinéma, appuyé contre le chambranle de la porte, affreusement pâle et sur le point de s'évanouir.

— Bodhi !

Celui-ci grimaça de douleur et fut saisi d'un spasme. Elle attrapa une cuvette à la volée. Il était temps !

— Désolé, marmonna-t-il.

— Il n'y a pas de quoi. J'en ai vu d'autres.

Elle lui sourit.

— À quand remontent les premières nausées ?

— Ce matin.

Elle le conduisit sans attendre au dortoir de la clinique et l'aida à s'allonger.

— Que se passe-t-il ? s'enquit Carter en s'approchant.

— J'ai failli vomir sur les chaussures de Helena, gémit Bodhi, les mains crispées sur son ventre. Heureusement qu'elle a eu un bon réflexe. Bon sang, ces crampes me font un mal de chien !

— D'autres symptômes ?

Bodhi grimaça de nouveau.

— J'ai l'impression qu'on me tord les boyaux, et j'ai la diarrhée.

Il inspira profondément et se recroquevilla en position fœtale.

Helena n'avait pas suivi des études médicales aussi poussées que Carter, mais elle se sentait de taille de gérer la plupart des problèmes médicaux auxquels ils risquaient de se trouver confrontés cet hiver. Elle appliqua le thermomètre sur le front de leur patient.

— Ça va, vous n'avez pas de température.

Elle contrôla ensuite sa tension artérielle.

— 12/8. C'est parfait.

— Je pense qu'il s'agit d'un simple trouble digestif. Par mesure de précaution, nous allons néanmoins vous garder ici jusqu'à demain, déclara Carter.

Il la consulta du regard, et elle hocha la tête.

Bodhi présentait tous les symptômes de la gastro-entérite, une maladie ayant pour principal danger une déshydratation sévère du patient.

— C'est douloureux, mais sans gravité, précisa-t-elle. Ce qu'il vous faut avant tout, c'est du repos. Ensuite, je vous apporterai une boisson énergétique pour éviter la déshydratation.

— Je ne crois pas que j'arriverai à avaler quoi que ce soit.

— Nous verrons ça une fois que vous aurez fait un petit somme.

Et elle éteignit la lampe située au-dessus de la tête de lit.

Carter se contenta de valider ses décisions d'un hochement de tête avant de tourner les talons et de s'enfermer de nouveau dans son bureau.

Elle aurait dû s'en moquer, mais elle ne put s'empêcher d'éprouver un pincement au cœur.

Elle demeura aux côtés de Bodhi jusqu'à ce qu'il finisse par s'assoupir.

Avant de finir l'inventaire, elle fit des étirements pour chasser la raideur qu'elle ressentait depuis le matin au niveau des épaules et de la nuque.

Il aurait été commode d'attribuer cette tension à l'inconfort de la literie, mais elle savait qu'il n'en était rien. Certes, sa chambre était tout juste assez spacieuse pour accueillir un lit simple, une table de nuit, une penderie et un petit placard où elle avait rangé le peu d'effets personnels qu'elle avait apportés. Toutefois, le matelas était d'une qualité irréprochable. La douleur musculaire était donc liée au stress.

Un stress causé par l'attitude de Carter à son égard…

— Helena ?

Elle sursauta à la voix de l'homme de ses pensées, comme prise en faute.

— Je termine la liste des fournitures, répondit-elle sans se retourner. Que puis-je faire pour toi ?

— Rien. Je veux juste te parler.

— De quoi ?

— Je te dois des excuses.

Alors seulement, elle se tourna vers lui.

Il avait les bras croisés, et une ride profonde lui barrait le front.

— Pour quelle raison ? lança-t-elle avec défi. Pour la froideur que tu me témoignes ? Pour avoir exprimé des doutes sur ma capacité à assurer cette mission ? Ou pour t'être volatilisé il y a quinze ans sans un mot d'explication ?

Elle s'était rongé les sangs durant des semaines, des mois. D'autant que le Dr Simpson avait refusé de leur dire où se trouvait son fils. Peut-être l'ignorait-il réellement ? Et elle n'avait pas réussi à apporter à Owen le réconfort dont il avait besoin alors que leurs appels et leurs SMS restaient sans réponse. Or, durant tout ce temps, Carter construisait sa vie sans se préoccuper des dégâts occasionnés par sa disparition soudaine. Il était devenu médecin, le métier qui l'avait toujours fasciné.

Cependant, l'homme qui se tenait devant elle semblait tout sauf comblé. Il portait une blessure profonde en lui, et, bien que frustrée par ces années de silence, elle payerait cher pour savoir ce qu'il lui était arrivé.

— Helena, tu n'es plus la jeune fille douce et docile qui se pliait à la volonté de ses parents et s'évertuait à ne froisser quiconque. Je m'en réjouis. Je suis désolé de m'être montré désagréable avec toi. L'un de mes collègues a eu le syndrome mental d'hivernage. Il avait pourtant un caractère solide, et je n'aurais jamais imaginé qu'il cède à de telles crises d'angoisse. J'en ai aussi rencontré qui s'épanouissaient ici. J'aurais dû me concentrer sur eux et non sur le dépressif. Je ne suis décidément pas d'un naturel optimiste.

— Tu l'étais, pourtant.

Elle sut qu'elle venait de commettre une bévue en voyant le regard de Carter se durcir.

— Tu n'es pas la seule à avoir changé.

Sur ces mots, il tourna les talons, la laissant avec une multitude d'interrogations et une seule certitude : Carter souffrait intérieurement. Quel secret inavouable cachait-il ?

— Docteur Simpson !

L'appel plaintif provenait de l'entrée de la clinique. Appuyée contre le mur, le teint livide, Olivia Rickson se tenait le ventre. Helena se précipita vers elle, mais Carter fut plus prompt. Soutenant la jeune femme, il la conduisit jusqu'au dortoir.

Désormais, il ne leur restait plus que deux lits disponibles…

Quand la sonnerie du réveil retentit, Carter eut toutes les peines du monde à s'extraire de son lit.

Il se sentait encore fourbu après la longue garde de la veille, au cours de laquelle il avait fait l'impasse sur le dîner, la fatigue l'emportant sur la faim. Il enfila une blouse stérile par-dessus ses vêtements et se rendit directement au cabinet médical.

La tension accumulée au cours de ces six premiers jours de cohabitation lui coupait l'appétit. L'hiver promettait d'être plus mouvementé que les deux précédents.

Il étira les bras vers le plafond dans l'espoir de décontracter ses muscles.

Il n'avait pourtant pas à se plaindre. Il faisait partie des privilégiés. Il disposait en effet de l'une des chambres les plus spacieuses de la base, avec un lit double, une table sur laquelle trônait son échiquier et, summum du luxe, une petite bibliothèque où s'alignaient assez de livres pour occuper ses moments de loisir. Autre avantage, elle se trouvait juste à côté de la clinique, ce qui lui permettait d'être instantanément à pied d'œuvre en cas d'urgence.

Or, les urgences n'avaient pas manqué. Helena et lui avaient soigné près du tiers des effectifs de la station de recherche en l'espace d'une semaine à peine. Face à la rapidité de propagation du virus, ils avaient dû interdire les rassemblements et demander à chacun de s'isoler quand il n'était pas de service.

Ils n'avaient pas encore identifié l'origine de l'infection virale. Faute de place au cabinet médical, la grande majorité des malades restait cloîtrée dans leur chambre, et Helena et lui leur rendaient des visites quotidiennes. Deux lits de camp complétaient les quatre lits de la clinique pour accueillir les patients présentant un risque important de déshydratation.

Le jour où Bodhi et Olivia étaient tombés malades, des symptômes similaires s'étaient manifestés chez quatre autres personnes, puis huit autres le lendemain, et neuf supplémentaires les deux jours suivants.

Quand il pénétra dans la clinique, il rencontra le regard exténué de Helena. Celle-ci fit un geste las en direction du dortoir, où les patients étaient installés aussi confortablement que possible malgré l'exiguïté de la pièce. La bonne nouvelle, c'était qu'aucun nouveau cas ne s'était déclaré depuis la veille au soir.

Il jeta d'abord un coup d'œil à Erik, un astronome participant au programme *Event Horizon Telescope*.

Quarante-huit heures plus tôt, il avait fallu le réhydrater par intraveineuse. Une chance qu'il n'en ait plus besoin, car l'idée de taper dans les réserves alors que la saison commençait tout juste avait quelque chose d'angoissant.

L'estomac de Carter se rappela à son bon souvenir par quelques gargouillis sonores qui alarmèrent aussitôt Helena.

— Ça va ? s'enquit-elle d'une voix inquiète.

Sans doute craignait-elle que l'épidémie l'ait frappé à son tour.

Durant la semaine qui venait de s'écouler, elle n'avait cessé de le surprendre et de l'impressionner. Malgré le manque de sommeil, elle débordait d'énergie et affichait une humeur égale. Il s'en voulait d'avoir douté de sa résistance.

Elle lui avait toujours paru en meilleure santé que sa famille ne le laissait entendre. En revanche, il se rappelait parfaitement que, au collège, elle avait été hospitalisée pendant près d'un mois, une infection des voies aériennes supérieures ayant dégénéré en pneumonie. Il se souvenait aussi qu'Owen lui rendait visite tous les jours. Tout comme ses parents, il avait toujours eu tendance à surprotéger sa sœur jumelle.

La fragile Helena. Pas si fragile que ça, en réalité !

Et lui, il se comportait exactement de la même manière en s'obstinant à lui épargner les tâches potentiellement pénibles, comme de porter des cartons.

Pourquoi lui réservait-il un traitement particulier ?

Parce que son cœur se mettait à battre plus fort lorsqu'elle s'approchait de lui ? Parce que son attitude vis-à-vis de lui ou de leurs patients renforçait l'attraction qu'elle exerçait sur lui ? Parce qu'elle l'intriguait et qu'il mourait d'envie de lui poser un tas de questions sur sa vie personnelle au cours des quinze dernières années ?

Probablement pour toutes ces raisons. Depuis que Helena avait resurgi dans son univers, il se sentait à la fois plus joyeux, mais aussi moins lucide.

Il la vit se masser la nuque.

Elle avait l'air épuisé, mais elle était faite pour le métier d'infirmière. Il se réjouissait de profiter de sa présence, même pour un temps limité. Elle parvenait à alléger le poids de sa solitude. Quant au reste, il préférait éviter d'y penser. Il se contenterait du plaisir de travailler avec elle. De toute façon, il n'avait pas le droit d'espérer davantage de leur relation.

La jeune femme l'observait d'un regard vigilant.

La grande majorité des professionnels de santé se montraient bienveillants vis-à-vis de leurs patients, mais chez Helena, cela allait au-delà, comme si elle s'estimait investie de la mission de soulager toute la misère du monde. Elle ne se bornait pas à les interroger sur ce qu'ils ressentaient, elle leur posait aussi des questions d'ordre plus privé afin d'établir un contact personnel. Elle avait toujours autant besoin d'aider les autres.

Son estomac se fit de nouveau entendre.

— Carter ? Tu es sûr que ça va ? répéta-t-elle.

— Je n'avais pas faim ce matin en me levant, alors je n'ai pas pris de petit déjeuner. En réalité, je n'ai rien mangé depuis hier midi, finit-il par avouer.

En fait, la sollicitude de Helena lui faisait un bien fou. Personne ne s'était sincèrement soucié de son bien-être depuis une quinzaine d'années. Pas même Laura, qui se contentait d'un « Ça va bien, merci » sans chercher à creuser davantage. Ce signal aurait dû l'alerter, mais il se sentait si seul à l'époque qu'il s'était persuadé que tout allait pour le mieux entre eux.

La solitude épargne de cruelles déceptions amoureuses. Une leçon qu'il n'était pas près d'oublier.

Helena ouvrit un tiroir et lui tendit deux barres de céréales. Le simple frôlement de ses doigts lui fit l'effet d'une décharge électrique, comme à chaque fois qu'ils se touchaient involontairement.

Il avait intérêt à se ressaisir. Sinon, il courrait droit à la catastrophe. Depuis la rupture de ses fiançailles, il avait collaboré avec bon nombre d'infirmières, toutes qualifiées et pour certaines très séduisantes, mais il n'avait éprouvé pour aucune d'elles une réelle attirance. L'infidélité de Laura avec Brian avait dû le vacciner.

Comment son collègue avait-il pu lui mentir à ce point, plaisanter avec lui, partager des soirées festives et des confidences, alors qu'il couchait avec sa fiancée ? Carter ne cessait de se reprocher son manque de clairvoyance.

Lorsqu'il avait découvert le pot aux roses et s'était expliqué avec Laura, celle-ci lui avait brandi sous le nez une coupure de presse. Il y figurait en compagnie de son père à l'occasion d'une remise de prix pour un concours de sciences. « Je ne suis pas la seule à cacher des choses ! » avait-elle déclaré pour se dédouaner.

La vue de cette photographie, où son père arborait un sourire radieux montrant à quel point il était fier de lui, l'avait bouleversé.

Comment envisager un avenir commun avec une personne qui l'avait trahi, comme sa mère avait trompé son père ? Il avait rompu avec Laura bien qu'elle l'ait supplié de lui accorder une seconde chance. De même, il avait éjecté Brian de sa vie. Il avait postulé auprès du Centre de médecine polaire… et il s'était renfermé davantage dans sa coquille. Depuis, il avait surmonté sa peine et sa rancune, mais cette nouvelle épreuve l'avait encore un peu plus endurci.

Sa mère et sa fiancée n'étaient pas dignes de confiance. Son père dont il se sentait si proche l'avait chassé de la maison familiale après avoir appris qu'il n'était pas son fils biologique. Brian avait eu une liaison avec Laura. Le prix à payer était trop élevé pour que l'amour, quelle qu'en soit la nature, vaille la peine d'être vécu.

— Si cela ne suffit pas à calmer ton estomac, sache qu'il y en a plein dans le placard. J'ai demandé à Martha si elle pouvait nous fournir quelque chose à grignoter, l'épidémie nous obligeant parfois à sauter un repas, et elle m'a apporté une boîte complète de barres de céréales. « La contribution de l'équipe des cuisiniers », a-t-elle déclaré. Mais motus et bouche cousue ! A priori, elle n'a mis personne d'autre au courant.

L'intervention de Helena interrompit le cours de ses pensées, une chance. Ressasser le passé ne servait à rien, sinon à le déprimer.

— Bien joué ! commenta-t-il. D'habitude, Martha surveille

de très près la consommation des vivres, et elle ne se laisse pas facilement amadouer.

Il sourit devant la mine victorieuse de Helena.

La générosité de Martha à son égard ne l'étonnait pas, personne ne résistait longtemps au charme et à la gentillesse de Helena. Une grande qualité, tant que cette empathie était sincère, et non utilisée pour abuser l'entourage.

— Merci ! Dis-moi, tu as dormi depuis que je suis venue assurer la relève ? Tu as de sacrés cernes sous les yeux.

— Comme une souche, mentit-il.

Elle haussa les sourcils, l'air sceptique, mais s'abstint de tout commentaire.

Elle l'avait connu avant qu'il ne dresse un rempart entre lui et les autres. Ce rempart présentait semblait-il une brèche, car il avait par moments l'impression qu'elle sondait le fond de son âme.

Ils avaient été tellement occupés durant cette semaine qu'ils n'avaient pas eu le temps de se parler, sinon pour faire le point sur l'état de santé de leurs patients. Mais dans quelques jours l'épidémie de gastro-entérite ne serait plus qu'un mauvais souvenir, et la situation reviendrait à la normale, ce qui signifiait qu'ils disposeraient de périodes de relative oisiveté. Réussirait-il alors à maintenir la distance nécessaire entre eux ? Comment réagirait-elle lorsqu'il l'encouragerait à participer aux soirées destinées à divertir les membres de la base, auxquelles lui-même n'assistait pas ? Et pourquoi éprouvait-il un pincement au cœur à l'idée qu'elle s'amuserait sans doute beaucoup mieux sans lui ? Son ancienne complicité avec Owen et elle lui manquait tant !

Helena étouffa un bâillement, et il se traita d'égoïste.

À force de se torturer l'esprit avec ses questions existentielles, il avait omis de prêter attention à son binôme, qui travaillait aussi dur que lui. Des ombres creusaient le beau regard vert, d'ordinaire si pétillant.

Helena avait assuré la quasi-totalité des gardes de nuit avec lui, sous prétexte qu'ils avaient affaire à une crise sanitaire et qu'ils ne seraient pas trop de deux pour veiller sur les malades.

— Tu devrais aller te reposer, suggéra-t-il.

— Pas la peine. C'est juste un petit coup de barre. Ça va passer.

Il n'en croyait pas un mot. Combien de fois avait-il entendu ce refrain de la part d'urgentistes qui s'obstinaient à tenir malgré leur épuisement et qui finissaient par s'effondrer au moment où l'on avait le plus besoin d'eux ?

— J'insiste, Helena.

— Je veux juste terminer ce compte rendu sur…

— Non, la coupa-t-il, veillant à ne pas élever la voix afin de ne pas réveiller les patients. Il faut aussi que tu prennes soin de toi, surtout dans ce contexte d'infection virale. Tu sais comme moi qu'un organisme fatigué offre un terrain plus favorable à l'implantation du virus.

Elle posa brièvement la main sur son épaule. Un geste anodin qui déclencha en lui une tempête d'émotions.

— Ne t'inquiète pas, Carter, je connais mes limites.

Elle fit un mouvement de tête en direction du dortoir.

— Leur état de santé s'améliore à vue d'œil. À leur réveil, je pense que nous pourrons les renvoyer dans leurs chambres avec une bouteille d'eau et une solution de réhydratation. Maintenant que l'épidémie a amorcé sa décrue, il serait peut-être temps que nous définissions ensemble notre mode de collaboration.

Il surprit une note de frustration dans son ton.

— Loin de moi l'idée de t'imposer quoi que ce soit, Helena. Tu es assez expérimentée pour savoir ce que tu fais. J'ai confiance en ton jugement.

Elle n'eut pas l'air convaincu.

Pourquoi manquait-elle d'assurance à ce point ? Elle excellait dans son travail, et son CV ferait pâlir de jalousie bon nombre de ses collègues.

Il en était là de ses réflexions, quand une douleur fulgurante lui transperça l'abdomen.

— Bon sang ! grommela-t-il en se pliant en deux.

Helena se précipita vers lui et le soutint.

— Essaie d'inspirer profondément. Cela te soulagera.

Il ne demandait pas mieux, mais il avait tellement mal qu'il doutait d'y arriver. Les spasmes lui broyaient littéralement le ventre, et il avait l'impression que ses jambes allaient céder sous lui.

— Je te raccompagne dans ta chambre. Tu y seras plus à l'aise, et elle se trouve juste à côté, je pourrai te surveiller sans problème.

Il s'apprêtait à protester lorsqu'une crampe encore plus violente lui tordit l'estomac, l'obligeant à se rendre à l'évidence : il n'était pas en état de s'occuper de qui que ce soit.

— Jackson Fatre, un scientifique du programme *Event Horizon Telescope*, parvint-il à grommeler.

— Oui, je sais, il est diplômé de médecine. Je l'ai rencontré à la soirée cinéma l'autre jour. Il m'a proposé son concours au cas où l'un de nous tomberait malade. Je le préviendrai dès que j'en aurai fini avec toi.

Au moins, elle ne serait pas seule en cas de problème.

Rassuré, il accepta qu'elle le conduise à sa chambre. Le laissant se coucher, elle s'éclipsa et revint cinq minutes après.

— Je t'apporte de l'eau minérale et un antispasmodique. Les crampes devraient s'atténuer d'ici une demi-heure. Essaie de dormir un peu et, au réveil, pense à boire…

— Je connais le protocole.

Sans paraître s'offusquer de son ton peu amène, elle remonta la couette jusque sous son menton et le fixa avec une expression qu'il ne parvint pas à déchiffrer.

— Les meilleurs médecins font les pires patients, se contenta-t-elle de dire d'une voix douce.

Après son départ, il avala le médicament, ferma les yeux et s'efforça de se détendre. Quand, enfin, il sombra dans un sommeil agité, ce fut l'image de Helena qui s'invita dans son rêve.

Helena, et une lueur d'espoir.

4.

Helena s'étira, la fatigue commençant à se faire sérieusement sentir.

La journée avait été longue, mais plutôt calme. Aucun nouveau cas de gastro-entérite ne s'était présenté à part Carter, et le dortoir de la clinique s'était vidé, ses occupants étant partis achever leur convalescence dans leurs appartements. Elle s'était débrouillée seule, sans avoir besoin de faire appel aux services de Jackson Fatre. Elle avait même pu s'accorder une sieste éclair, assise à son bureau.

En l'absence de Carter, elle assurerait la garde de nuit. Lorsqu'il serait rétabli, ils pourraient définir ensemble le planning. Peut-être obtiendrait-elle aussi quelques réponses aux questions qu'elle se posait à son sujet.

Elle inscrivit son numéro de chambre sur un papier qu'elle scotcha à la porte de la clinique avant de verrouiller celle-ci à double tour. En passant devant la chambre de Carter, elle s'arrêta.

Elle était déjà allée le voir à deux reprises, à midi et lors de sa tournée de l'après-midi. À chaque fois, elle l'avait trouvé dans son lit, en train de se reposer. Apprécierait-il une troisième visite ? Elle en doutait. Elle n'avait pas exagéré en affirmant que les meilleurs médecins font les pires malades. Avec tout autre patient, elle n'aurait pas hésité une seconde, d'autant que, durant les premières vingt-quatre heures, le virus s'était montré particulièrement virulent…

S'il ne s'agissait pas de Carter, elle ne tergiverserait pas !

Elle tourna la poignée de la porte et fit un pas dans la pièce plongée dans l'obscurité.

Indécise, elle demeura immobile, l'oreille aux aguets, n'osant pas utiliser la lampe de son téléphone portable, de peur de réveiller Carter.

Bon sang, elle n'allait pas rester plantée là toute la nuit !

En postulant pour cette mission, elle avait choisi l'aventure, mais elle ne s'attendait pas à une première semaine aussi mouvementée, et encore moins à retrouver Carter !

L'épidémie ne leur avait pas laissé beaucoup de répit mais, durant les brèves parenthèses de calme, elle avait plus d'une fois surpris son regard posé sur elle, ce qui n'avait pas manqué de la troubler.

Au fond d'elle-même, elle n'avait cessé d'espérer qu'un jour il referait surface avec une explication plausible à sa disparition soudaine et l'envie de l'inviter de nouveau à prendre un café, invitation que cette fois il honorerait…

Beaucoup de changements s'étaient opérés en elle en l'espace de quinze ans, à commencer par cette cicatrice qui lui barrait l'abdomen et qui avait suscité une grimace horrifiée chez les rares personnes à qui elle l'avait montrée…

— Regarde-moi, papa, marmonna Carter, *s'il te plaît.*

Elle sursauta. Ces mots prononcés d'une voix plaintive l'incitèrent à s'approcher du lit.

— Carter ? murmura-t-elle.

Pas de réponse.

Elle posa la main sur son front et constata qu'il n'avait pas de température.

— Je n'y suis pour rien, gémit-il dans son cauchemar.

Il y avait une telle détresse dans sa voix qu'elle se décida à mettre un terme à son supplice. Elle alluma la lampe de chevet et répéta son prénom avec plus de fermeté.

En vain. Il semblait prisonnier de ce mauvais rêve.

— Maman nous a menti à tous les deux… Regarde-moi… Je suis quand même ton fils.

Elle se figea tandis qu'un déclic se produisait dans son cerveau.

La séparation soudaine du couple Simpson. La mise en vente

de leur maison. La brutalité avec laquelle le Dr Simpson lui avait répondu qu'il se fichait éperdument de savoir où se trouvait Carter… Les pièces du puzzle s'emboîtaient parfaitement.

— Carter !

Il ouvrit les yeux, et elle posa la main sur son épaule pour l'empêcher de se redresser d'un coup, ce qui risquerait de lui déclencher de nouvelles crampes d'estomac.

— Tu as eu un cauchemar, dit-elle sur un ton apaisant.

Encore perdu dans les limbes du sommeil, il la dévisagea d'un regard désorienté. Puis son visage s'éclaira d'un sourire lorsqu'il la reconnut.

— Helena ! Tu m'as tellement manqué !

L'espace d'un instant, elle revit le jeune homme spontané qui aimait rire et s'amuser, et son cœur se serra.

— Toi aussi, tu m'as manqué. Tu as eu un cauchemar, répéta-t-elle.

Le sourire s'effaça aussitôt, et elle retrouva le Carter distant et sombre.

— Est-ce que j'ai parlé ? s'enquit-il sèchement.

Elle jugea plus prudent de rester évasive.

— Tu n'as pas dit grand-chose. Tu semblais t'adresser à… à quelqu'un.

Il l'examina d'un œil circonspect, comme s'il cherchait à démêler le vrai du faux.

— Je déteste le manque de franchise.

Elle ne cilla pas.

Elle non plus n'aimait pas les mensonges, sauf s'ils ne portaient pas à conséquence et permettaient de sauver la face de l'autre. En l'occurrence, Carter n'était pas en état de se livrer à des confidences. Il devait se concentrer sur son rétablissement, et non sur le secret qu'il aurait pu divulguer durant son sommeil. Ils aborderaient le sujet plus tard.

— Moi aussi. Personne n'apprécie l'hypocrisie.

— Si, ma mère…

Il s'interrompit.

Elle avait toujours senti que sa mère avait tendance à

déformer la vérité. Elle avait même parfois eu l'impression que celle-ci jouait un rôle. Peut-être voyait-elle sa vie comme un scénario de film ?

Les êtres humains sont des créatures complexes, à la fois douées d'empathie, capables de faire du mal et d'éprouver du remords. Ainsi, Kevin avait eu honte de sa réaction de rejet devant la cicatrice qui lui barrait le ventre, honte des nuits qu'il avait passées dans les bras d'une autre quand Helena était rentrée, marquée à jamais par les stigmates de la guerre. Cela prouvait quoi ? Qu'il n'était pas un monstre.

— Il y a des qualités en chacun de nous. Il suffit de savoir chercher.

Chez certains, il fallait chercher longtemps, mais elle se garda de partager cette pensée.

— Oh ! toi, tu trouves toujours des excuses à tout le monde ! lâcha-t-il avec une pointe d'agressivité. Même à ceux qui tentent de te mettre des bâtons dans les roues. Tes parents, par exemple. Ont-ils fini par approuver ton choix professionnel ? Acceptent-ils de te savoir si loin de chez eux, dans une région du globe aussi inhospitalière ?

Elle aurait aimé pouvoir river son clou à cet homme plein d'amertume, mais l'honnêteté l'en empêcha.

— Pas encore, répondit-elle, non sans réticence.

— Et pourtant, tu exerces ce métier qui te tient tant à cœur depuis des années. Tu as un curriculum vitæ impressionnant. Tu as travaillé dans de prestigieux services de soins intensifs. Tu as prolongé de six mois ta mission d'un an en Irak…

— En réalité…

Durant ces six mois supplémentaires, elle avait mené unc tout autre bataille. Une lutte contre la mort, puis un combat pour récupérer des forces physiques et, ensuite, pour se reconstruire psychologiquement et accepter les changements irréversibles dont son engagement avait marqué son corps. Tout cela, elle l'avait expliqué de vive voix lors de son recrutement, mais elle ne l'avait pas indiqué noir sur blanc. Qui aurait eu envie de crier cela sur les toits ?

Inconscient de la double peine qu'il lui infligeait, Carter poursuivit sur sa lancée, lui coupant la parole.

— Et malgré ces preuves de courage et de compétence, tes parents préféreraient que tu aies abdiqué et opté pour un emploi plus en adéquation avec ta constitution supposée fragile.

— En effet, ils préféreraient cela, admit-elle, trop fatiguée pour entamer une joute verbale qu'elle n'était pas sûre de pouvoir gérer.

— Il arrive que les personnes censées vouloir notre bonheur ne se préoccupent en fait que d'elles-mêmes !

Le ton de Carter exprimait un trop-plein d'émotions. Le barrage qu'il avait érigé menaçait de céder.

— Je refuse de raviver les blessures du passé, dit-elle.

Un pieux mensonge. Pourquoi se serait-elle aventurée aux confins du globe si ce n'était pour démontrer sa valeur aux autres, et notamment à sa famille ?

L'heure n'était pas à l'introspection. D'autant qu'elle en voulait à Carter d'avoir sciemment touché une corde sensible. Il cherchait manifestement à la pousser dans ses retranchements pour mieux se dérober.

Elle ne lui offrirait pas ce plaisir.

Malgré elle, elle posa la main sur son front comme pour contrôler sa température, alors qu'en réalité elle ne résistait pas à l'envie de le toucher bien qu'il soit d'une humeur de dogue.

— Pas de fièvre. A priori, le virus n'a pas été trop méchant avec toi. Encore vingt-quatre heures, et tu pourras revenir à la clinique. Je repasserai te voir demain.

— Helena…

Elle perçut du remords dans sa voix.

— Bonne nuit, Carter. Repose-toi.

Et elle s'éclipsa avant qu'il n'ait eu le temps d'ajouter quoi que ce soit.

Il avait besoin de s'épancher, c'était une évidence. Mais, ce soir, elle ne se sentait pas en état d'accueillir ses confidences, et il y avait fort à parier que, une fois rétabli, il aurait regretté d'avoir baissé sa garde.

Lorsque Carter franchit le seuil de la clinique, il y avait vingt-quatre heures qu'il ne présentait plus aucun symptôme viral, douze qu'il n'avait pas vu Helena... Et presque quarante-huit heures qu'elle l'avait surpris en plein cauchemar.

Elle avait prétendu qu'il n'avait pas dit grand-chose. Si c'était le cas, tant mieux, mais c'était toujours le même cauchemar qui se répétait en boucle quand il était stressé ou malade. Celui de son dernier jour à la maison, à Chicago.

Soulagée de ne plus avoir à mentir et de tourner une page de sa vie qui, selon elle, avait duré trop longtemps, sa mère ne s'était guère souciée de l'effet que cette révélation pouvait avoir sur lui. Elle avait contacté un avocat pour négocier son divorce et, comme il était légalement adulte, elle avait estimé qu'elle n'avait désormais plus à jouer son rôle maternel.

Malgré ses démonstrations d'affection en public, elle ne s'était pas vraiment comportée comme une mère, et il ne s'était jamais senti très proche d'elle. Il lui avait fallu dix-huit ans pour en comprendre la raison : il représentait le plus gros mensonge qu'elle ait servi à son mari.

En revanche, il avait aimé et admiré son père sans réserve. Il le suivait partout, s'efforçant d'imiter son exemple. À dix ans, il connaissait le nom de tous les os du squelette humain et aspirait à devenir chirurgien pour que le Dr Simpson soit fier de lui. Une carrière qu'il aurait sans doute embrassée si son père ne lui avait pas tourné le dos, l'accusant d'être responsable de la destruction de leur famille.

Et il l'était certainement, à cause de ce maudit test ADN.

Pourtant, il était avant tout une victime. Comme s'il avait prémédité ce qui était arrivé !

Drake Simpson ne s'était ensuite manifesté qu'une fois, par un e-mail se résumant à une seule ligne :

« Il y a une chose dont je souhaiterais que nous discutions. »

Carter n'avait pas donné suite. À en juger par le ton sec et autoritaire du message, son père n'avait pas l'intention de lui présenter des excuses ni de se réconcilier avec lui.

Cependant, il avait beau avoir souffert d'une profonde

injustice de la vie, il n'avait pas à s'en prendre à Helena. Il s'en voulait d'avoir agressé celle-ci en l'interrogeant sur ses rapports familiaux.

La plupart des parents n'auraient pas considéré son choix professionnel comme un acte de rébellion, mais les Mathews n'avaient cessé de surprotéger leur fille. Ils auraient préféré qu'elle renonce à sa vocation et ne s'envole pas du nid.

Comment avaient-ils pu ne pas se rendre compte que Helena était faite pour ce métier ? Elle était généreuse, compréhensive, avait un jugement sûr ainsi que l'art et la manière d'affirmer son autorité tout en douceur auprès des patients récalcitrants. C'était une infirmière hors pair, une amie fiable – il n'avait pas oublié les moments partagés durant leur jeunesse – et une femme…

Il stoppa net le cours de ses pensées, qui risquaient de l'entraîner dans une voie trop dangereuse.

Il avait la troublante impression de se trouver à la croisée des chemins. En se réfugiant dans la solitude, il s'était forgé un équilibre un peu bancal, certes, mais vivable, du moins jusqu'à l'arrivée de Helena à la base. Depuis la trahison de Laura, il n'avait pas éprouvé le besoin d'une compagnie féminine pérenne. Il se contentait d'aventures sans lendemain avec des femmes qui, comme lui, ne tiraient pas de plans sur la comète et fuyaient toute forme d'engagement.

Helena n'avait pas ce profil. Au contraire, elle s'investissait dans son rapport aux autres, qu'il s'agisse des patients, du personnel, des chercheurs… Et même du médecin grincheux. Partout où elle allait, elle apportait la lumière.

Les recoins de son âme à lui étaient trop sombres. Cependant, ce n'était pas une raison pour se comporter de façon inamicale avec elle. D'autant qu'elle avait veillé sur lui avec une grande gentillesse et géré la clinique à la perfection en son absence. Il s'en était pris à elle parce qu'elle connaissait le Carter d'avant et qu'elle l'avait entendu marmonner dans son sommeil, voilà pourquoi ! C'était curieux, la propension qu'ont les gens – il ne s'excluait pas du lot – à déverser leur mauvaise humeur sur ceux qui leur sont le plus proches et qu'ils devraient au contraire préserver.

Son père l'avait traité ainsi, et il ne répéterait pas cette erreur. Helena méritait qu'il lui témoigne de la sympathie, même s'il préférait oublier que leur amitié d'autrefois lui manquait.

C'est dans cet état d'esprit qu'il pénétra dans la salle de consultation où Helena avait un bureau dans un coin.

Il la trouva assise devant l'ordinateur, concentrée sur son travail, et, profitant de ce qu'elle ne l'avait pas entendu entrer, il se permit de l'observer un instant.

Elle avait embelli avec les années, tout en conservant son charme et sa fraîcheur. Il n'en revenait toujours pas qu'elle soit ici, en chair et en os. À la perspective de se retrouver confiné avec elle pour neuf mois, il sentait malgré lui son cœur se gonfler d'allégresse.

C'était bien là le problème !

Elle dut percevoir sa présence, car elle tourna la tête, et il vit se succéder dans son regard expressif toutes sortes d'émotions avant qu'elle ne lui adresse un sourire hésitant.

Pas étonnant, vu la manière dont il s'était comporté.

— Comment te sens-tu ?

— Nettement mieux.

Il s'approcha et prit une profonde inspiration avant d'ajouter :

— Je te prie d'accepter mes excuses. J'ai été très indélicat. Je n'aurais pas dû aborder le sujet de tes parents.

Elle rabattit l'écran de son portable et le regarda droit dans les yeux.

— Effectivement.

Il n'y avait aucune animosité dans son ton, mais il nota le changement qui s'était opéré en elle au cours des quinze dernières années : la Helena d'avant aurait eu un sourire ou un mot de réconfort. Plus maintenant.

— Je suis sincèrement désolé. Je pourrais imputer mon attitude au stress des jours précédents ou au virus, mais ce serait malhonnête de ma part. En réalité, je ne suis toujours pas remis du choc que me cause ta venue à Amundsen-Scott.

— Moi non plus, je ne m'attendais pas à te rencontrer ici, Carter. Cependant, à la différence de toi, je me réjouis de ces retrouvailles. De toute façon, nous ne pouvons rien changer à la situation, alors autant l'admettre et en tirer le meilleur parti possible, au lieu de te retrancher dans le mutisme.

Elle avait raison, mais c'était plus facile à dire qu'à faire.

Il inspira profondément, s'efforçant de se détendre.

Il avait le pressentiment que son isolement savamment orchestré ne tarderait pas à voler en éclats… Et la certitude qu'il ne parviendrait pas à maintenir ses distances vis-à-vis de Helena comme il l'avait fait avec les infirmières qui l'avaient précédée. Aussi, mieux valait jouer d'emblée cartes sur table et lui fixer les limites à ne pas franchir.

— Je te préviens, je refuse de parler de Chicago ou des raisons de mon départ précipité. Es-tu d'accord avec ça ?

Visiblement perplexe, elle fronça les sourcils.

— Sur le principe, oui. Néanmoins, il risque de se passer beaucoup de choses en neuf mois. Je te promets de ne pas aborder ces sujets tant que tu ne seras pas prêt.

— Tu ne peux rien pour moi, Helena.

Il aurait tellement préféré se tromper !

— Toujours aussi têtu, à ce que je vois, rétorqua-t-elle avec une grimace amusée. Ne t'inquiète pas, je ne te harcèlerai pas avec mes questions. Il semble que, toi comme moi, nous ayons vécu des expériences marquantes au cours des quinze dernières années.

Il remarqua le mouvement instinctif de la main de Helena en direction de son abdomen.

— Si tu n'es plus le même, moi non plus, ajouta-t-elle. Concentrons-nous plutôt sur le présent. Que dirais-tu de cosigner un article avec moi ?

— Un article ? répéta-t-il, déstabilisé par ce brusque changement de sujet.

Elle rouvrit son ordinateur portable et le tourna vers lui.

Sur l'écran s'affichait un document intitulé : *Épidémie virale en milieu polaire confiné : traçage des contacts.*

Sous le titre figuraient un ensemble de notes ainsi qu'un graphique.

Comment avait-elle trouvé le temps ?

— Il t'arrive de dormir ? s'enquit-il.

— Oui. La fin de l'épidémie m'a laissé des moments de répit. Je n'aime pas rester inactive, alors j'en ai profité pour coucher quelques idées par écrit. Tu le sais, l'oisiveté est la mère de tous les vices.

Il se rappelait avoir souvent entendu cette maxime dans la bouche de Mme Mathews. Ainsi, Helena ne s'était pas complètement libérée du poids de son éducation. Tout comme lui…

— Et puis, ça ne sert à rien de refaire l'inventaire trois fois par semaine.

Il se surprit à rire.

— Je veux bien te donner un coup de main pour rédiger le papier, mais je ne souhaite pas le cosigner.

L'incrédulité se peignit sur le visage de Helena.

Il comprenait son scepticisme. Autrefois, il aurait sauté sur l'occasion. Il avait toujours rêvé de publier des études dans des revues faisant référence dans le monde médical.

Sauf que, maintenant, cela ne le tentait plus. Son père épluchait toutes les publications médicales ou presque. À l'inverse de la plupart de ses confrères, il ne se contentait pas de lire les articles se rapportant à sa spécialité afin de se tenir informé des dernières évolutions. Il s'intéressait à quasiment tous les domaines.

Carter avait coupé les ponts avec lui. Voilà pourquoi il ne voulait pas que son nom apparaisse dans l'un de ces périodiques. C'eût été fournir au Dr Drake Simpson un moyen de le retrouver.

À supposer qu'il en ait envie… Dans un coin de son cœur, il conservait cet espoir ténu. Or l'espoir, même infime, risquait d'engendrer une nouvelle déception.

Il crut bon de justifier sa décision.

— Tu as fait l'essentiel du boulot en rassemblant ces notes, et c'est toi qui en as eu l'idée. Je ne demande pas mieux que de t'aider, bien sûr, mais cet article doit rester ton œuvre.

— De toute façon, rien ne presse, rétorqua Helena en se mordillant la lèvre. Voyons d'abord où cela nous mène, nous aviserons le moment venu.

— Entendu, s'empressa-t-il de répondre, désireux de clore ce sujet un peu trop sensible à son goût. Il existe un moyen complémentaire pour occuper nos loisirs. Tu joues toujours aux échecs ?

La moue dépitée de Helena se transforma en un sourire radieux. La jeune femme bondit de sa chaise, se précipita vers son sac à dos suspendu au portemanteau et en sortit un mini-échiquier de voyage.

— Il ne me quitte jamais !

Sa joie et sa spontanéité ravivèrent en lui des souvenirs nostalgiques. Cette époque insouciante où la compagnie des jumeaux illuminait son quotidien, si lointaine désormais. Pourtant, l'étincelle brillait toujours au fond de lui. À force de volonté il avait réussi à l'étouffer jusqu'à présent, mais la présence de Helena à ses côtés risquait fort de compromettre ses efforts.

5.

Carter hocha la tête à la lecture du texte apparaissant sur l'écran de l'ordinateur.

— Je suggère d'inclure dans l'introduction l'historique retraçant l'évolution de l'épidémie depuis son point de départ. Cela montrera que la contagion aurait échappé à tout contrôle si nous n'avions pas mis en place très rapidement un système de traçage des contacts.

Leurs têtes penchées vers l'écran étaient si proches que Helena pouvait sentir le shampoing au bois de santal de Carter, un parfum resté gravé dans sa mémoire.

Beaucoup de choses avaient changé, mais Carter utilisait toujours le même shampoing, et il se frottait toujours le menton quand il était plongé dans une profonde réflexion. Qu'elle se rappelle autant de détails au sujet de celui qui avait disparu de sa vie quinze ans durant la troublait. Certes, ils avaient été amis, mais le noyau dur de leur petite bande, c'étaient Owen et Carter. Ces deux-là étaient inséparables. Ils l'intégraient à leurs activités uniquement quand elle n'avait pas de copine pour lui tenir compagnie.

Leur relation avait pris un tour différent après leurs études secondaires. Le soir où elle avait frappé à la porte de la chambre universitaire des garçons, son manuel d'anatomie sous le bras, avait marqué un tournant décisif.

Elle avait des centaines de souvenirs agréables impliquant Carter. Pourquoi celui-ci était-il le plus mémorable ? Peut-être parce que, ce soir-là, elle avait vraiment cru – et encore plus espéré – que Carter allait l'embrasser… jusqu'à l'irruption d'Owen dans la pièce.

Elle se massa la nuque, consciente de la proximité de sa main avec celle de Carter, lequel se tenait derrière elle, appuyé au dossier de sa chaise de bureau. Il aurait suffi d'un rien pour qu'elles se touchent.

Elle chassa aussitôt cette pensée peu propice à la concentration.

Elle n'était plus la jeune fille amoureuse du meilleur ami de son frère. À présent, ils étaient de simples collègues partageant un projet d'étude commun. Elle n'en frémit pas moins quand les doigts de Carter lui effleurèrent l'épaule, sans doute par inadvertance.

— Helena ? Oublie ma proposition si elle ne te plaît pas. C'est ton article, après tout.

Il vint se placer à côté d'elle comme pour mieux capter son attention.

— Si tu le dis ! s'exclama-t-elle, moqueuse, en lui donnant une petite tape sur la cuisse du revers de la main.

Mauvaise idée ! Ce geste anodin suffit à lui embraser les sens.

Au fil des semaines, le besoin de contact physique avec lui devenait de plus en plus pressant. Elle justifiait cela par le fait que la solitude de Carter la peinait et lui donnait envie de le réconforter. En réalité, elle n'était pas dupe.

Quoi qu'il en soit, elle n'avait pas manqué de noter sa réaction de repli systématique dès que les patients parlaient de leur famille et la façon dont il s'éclipsait de la réunion hebdomadaire quand le directeur répartissait entre les membres de la base les temps de communication téléphonique par satellite réservés aux appels personnels. À ces occasions, il semblait souffrir encore plus de son isolement.

Par chance, il ne parut pas avoir remarqué son trouble.

— Moi, je ne suis que ton humble assistant, ajouta-t-il sur le ton de la plaisanterie.

— Ta contribution va bien au-delà. Je ne comprends pas pourquoi tu souhaites rester en retrait. Tu as toujours voulu…

— Ah, je crois que nous avons une visite.

Elle retint un soupir d'exaspération.

De toute façon, Carter ne l'aurait pas entendu, car il se dirigeait déjà vers l'entrée de la clinique, espérant sans nul doute qu'un patient se matérialise pour excuser cette interruption.

Dès qu'elle insistait pour qu'il accepte de cosigner l'article, il inventait un prétexte pour se défiler. Il avait d'ores et déjà éliminé le passé comme sujet de conversation potentielle, et maintenant il refusait que son nom figure comme coauteur de l'article auquel il contribuait pourtant dans une large mesure. De quoi allaient-ils bien pouvoir parler dans quatre ou cinq mois lorsqu'ils auraient épuisé le répertoire des banalités d'usage ?

Cette fois, Carter avait dit vrai. Letitia franchit le seuil de la clinique, le visage baigné de larmes.

Carter allait au-devant de la climatologue, mais celle-ci l'ignora et adressa un regard implorant à Helena.

— Letitia ? Que se passe-t-il ?

— Je me suis tordu l'annulaire il y a six mois. Depuis, il reste enflé et me fait parfois souffrir.

La lèvre inférieure de la jeune femme se mit à trembler, et des larmes roulèrent de nouveau sur ses joues.

Carter prit la main gauche qu'elle tendait.

— C'est vrai, l'articulation est légèrement gonflée. Après une foulure, elle ne retrouve pas toujours sa taille normale. Toutefois, vous ne devriez plus avoir mal au bout de six mois, car…

Helena choisit de l'interrompre. Le coup d'œil plein de détresse que Letitia avait lancé à sa bague de fiançailles ne lui avait pas échappé. La blessure dont souffrait Letitia ne se guérirait pas avec une pommade anti-inflammatoire et un bandage, mais avec le temps.

— Carter, je te propose de m'en occuper.

Elle ne se rappelait que trop le besoin impérieux d'ôter sa propre bague en apprenant l'infidélité de Kevin. Quand celui-ci lui avait avoué la vérité, elle avait eu l'impression que le bijou lui comprimait atrocement le doigt. Elle avait dû forcer parce qu'il refusait de glisser, et elle s'était blessée.

— Avez-vous essayé avec du savon ?

Elle surprit l'expression interloquée de Carter qui, pourtant, ne pipa mot.

— Oui, mais je n'y arrive pas. Je ne supporte plus de la porter.

Elle ne put retenir un sanglot, puis un autre.

— Désolée de vous importuner avec mes états d'âme, hoqueta-t-elle.

Helena s'approcha et la prit dans ses bras.

— Inutile de vous excuser. Quand mes fiançailles ont été rompues, moi aussi, je n'avais qu'une idée en tête : enlever cette maudite bague !

Cet aveu lui valut un regard appuyé de la part de Carter.

Elle évoquait rarement cet épisode de sa vie qui avait anéanti son rêve de fonder un foyer. Toutefois, Letitia avait besoin de savoir que quelqu'un, dans cette station de recherche isolée au bout du monde, comprenait exactement ce qu'elle endurait. Helena s'était sentie si vide au début, trahie, à la dérive, sans rien ni personne à qui ou à quoi se raccrocher. Elle avait eu le sentiment que le problème venait d'elle et de son corps abîmé, de son incapacité à être celle qu'attendait Kevin.

La rupture de fiançailles s'avère souvent aussi difficile à surmonter qu'un divorce, car elle survient de façon plus brutale et devient aussitôt définitive, sans recours aux avocats et aux longues tractations juridiques. On se retrouve seule du jour au lendemain, avec le cœur en miettes et des tas de souvenirs de jours heureux à remiser dans les oubliettes.

Elle murmura des paroles apaisantes à la climatologue qui, la tête contre son épaule, s'abandonnait à son chagrin.

Il s'agissait de platitudes, mais elle savait que, dans le flou qui entoure le deuil des sentiments, Letitia entendait ce témoignage de sympathie et de solidarité féminine.

Au bout de quelques minutes, les pleurs finirent par se tarir. Entre-temps, Carter s'était éclipsé pour aller chercher du fil dentaire qu'il montra discrètement à Helena.

— Je vous promets que votre peine va s'estomper. Je sais que cela vous paraît difficile à croire pour le moment, mais, croyez-en mon expérience, vous comprendrez tôt ou tard qu'un homme capable de vous blesser à ce point ne méritait pas votre amour. Alors, on l'enlève, cette bague ?

Letitia contempla le bijou un instant.

— Oui. Je ne veux plus rien avoir à faire avec ce sale menteur !

La détermination de son ton était de bon augure. Elle s'en remettrait avant la fin de sa mission hivernale.

— Helena a raison, il faut laisser le temps au temps, déclara Carter d'une voix douce. Nous allons essayer la technique du fil dentaire. Elle marche, dans la plupart des cas.

— Je pensais que vous couperiez la bague avec un genre de pinces.

— Ce type de méthode radicale, c'est surtout bon pour le cinéma ! J'admets que le fil dentaire n'a rien de spectaculaire ou d'excitant, n'en déplaise aux dentistes ! ajouta-t-il avec un clin d'œil.

Letitia eut un petit rire nerveux.

— Et si vous ne réussissez pas à la retirer ?

— Ça ne s'est encore jamais produit. Le cas échéant, j'emploierai les grands moyens. Mais ne vous inquiétez pas, j'ai l'habitude. Aucun risque que je vous coupe le doigt. Vous pourrez ensuite expédier les fragments à votre ex, si le cœur vous en dit !

Il accompagna sa dernière phrase d'un large sourire de connivence.

— Pourquoi pas ? répliqua Letitia le plus sérieusement du monde. Comme ça, je suis sûre qu'il n'ira pas l'offrir à…

Elle s'interrompit, et un nouveau flot de larmes déborda de ses paupières.

— Inutile de tergiverser, reprit-elle quand elle se fut calmée. Débarrassez-moi de ce truc.

Le « truc » en question était une très belle bague en or blanc surmontée d'un gros diamant.

— Entendu.

Carter lui enduisit le doigt d'une lotion huileuse, introduisit le fil sous l'anneau puis l'enroula autour de l'annulaire. Tout en procédant avec des gestes doux et précis, il se mit à lui poser des questions afin de détourner son attention.

— Comment progressent vos recherches, cette année ? L'analyse des échantillons de glace polaire que vous avez prélevés il y a deux semaines a-t-elle donné les résultats escomptés ? ajouta-t-il comme Letitia ne répondait pas.

— Oui, au-delà de nos espérances, finit-elle par déclarer.

Puis, tandis qu'elle se lançait dans des explications scientifiques détaillées auxquelles Helena ne comprit pas grand-chose, Carter fit glisser le bijou le long du doigt en déroulant le fil. Toute à son exposé, la climatologue se rendit à peine compte que la bague avait franchi l'obstacle de l'articulation.

Helena ne put qu'admirer la manière dont il s'y était pris. Carter avait beau se fermer aux autres sur le plan personnel, il faisait preuve vis-à-vis de ses patients d'un remarquable sens de la psychologie.

— Et voilà !

Il déposa le bijou dans la paume de Letitia qui, instinctivement, referma la main sur ce symbole de fidélité devenu désormais celui de la trahison.

Dans les films, il y a souvent une scène où l'on voit l'héroïne trompée se gaver de crème glacée, pleurer toutes les larmes de son corps, puis se remettre aussi vite de sa déception sentimentale.

Dans la vraie vie, songea Helena avec amertume, l'épreuve s'avérait nettement plus longue et douloureuse.

— Si vous avez besoin de parler ou de quoi que ce soit, je serai toujours disponible pour vous, dit-elle.

Letitia lui adressa un pâle sourire de gratitude.

— Merci à tous les deux. Je vais regagner ma chambre et essayer de…

Les mots moururent dans sa bouche, mais les larmes ne jaillirent pas.

— Merci, répéta-t-elle avant de tourner les talons.

Helena la regarda s'éloigner et se promit de lui rendre une

petite visite au cours des prochains jours afin de s'assurer qu'elle remontait la pente.

Bien qu'elle ne soit pas diplômée en psychothérapie, elle avait suivi des cours dans le domaine de la santé mentale, et il était possible en cas de nécessité d'organiser pour les employés de la base en situation de détresse psychologique une vidéoconférence avec un professionnel.

Carter soupira, manifestement éprouvé par cette consultation.

— Ce n'était pas réellement de notre ressort, mais nous nous en sommes bien sortis, déclara-t-il en croisant les bras.

— Le travail aux urgences nous enseigne qu'un problème physique cache souvent un trouble de nature psychique.

— Exact.

Dans un service d'urgences, on ne savait jamais à quoi s'attendre. Il y arrivait des blessés ou des malades entre la vie et la mort, mais aussi des personnes en proie à une crise de panique, voire de démence. Le personnel soignant urgentiste devait s'adapter ou changer de métier.

— On se remet à bosser sur l'article ? proposa Carter en s'approchant du bureau.

Il se tenait de nouveau si près qu'elle sentit son rythme cardiaque s'accélérer.

Qu'est-ce qui n'allait pas chez elle ?

Elle fixa son ordinateur portable dont elle avait rabattu l'écran puis jeta un coup d'œil en direction de l'horloge.

— Il sera bientôt l'heure de dîner. Je propose que nous remettions cela à un autre jour, répondit-elle à regret.

Elle jugeait préférable pour son propre équilibre d'éviter de prolonger ces moments de promiscuité avec Carter. Et pourtant, elle détestait l'instant où ils fermaient la clinique et suspendaient à la porte l'affiche indiquant les coordonnées de celui des deux qui assurerait la garde de nuit avant de se séparer. Elle savait alors qu'ils ne se reverraient pas avant le lendemain matin car, selon un rituel a priori immuable, Carter faisait un saut à la cafétéria pour se composer un plateau-repas qu'il consommait dans sa chambre.

Même à l'heure des repas, il ne se mêlait pas aux autres !

Pourquoi, même isolé aux confins de la Terre, se réfugiait-il dans la solitude, et comment parvenait-il à supporter une telle existence ? Existait-il un moyen de le tirer de cet enfermement ?

— As-tu un projet particulier pour ce soir ? s'enquit-il en se tournant vers elle après avoir verrouillé la porte.

Prise de court, elle dut se contrôler pour ne rien laisser paraître de sa stupéfaction.

— Non, rien de spécial, finit-elle par répondre.

De toute façon, elle était de garde cette nuit, ce qui l'empêchait de participer à une quelconque soirée. Non pas qu'il y en ait tant que ça d'organisées à la station Amundsen-Scott, où chacun se concentrait en priorité sur l'accomplissement de sa mission.

— Ça te dirait de disputer une partie d'échecs ?

Elle sentit son cœur s'emballer dans sa poitrine.

— Volontiers, dit-elle avec empressement, tout en se traitant intérieurement d'idiote.

Un sourire illumina le beau visage de Carter.

— Super. Alors, rendez-vous dans ma chambre à 20 heures.

Sur ces mots, il tourna les talons, la laissant fébrile.

20 heures. Elle disposait d'une heure et demie pour dîner et remettre de l'ordre dans ses idées.

Carter inspecta sa chambre, satisfait.

Il avait passé la dernière demi-heure à ranger les quelques affaires qui traînaient et faire un brin de ménage. Plus pour s'occuper l'esprit que par réelle nécessité, car il était plutôt ordonné. Époussetés, l'échiquier et ses pièces trônaient sur la table. Faute d'espace, les deux chaises autour étaient un peu trop rapprochées. Peut-être aurait-il mieux valu qu'il donne rendez-vous à Helena dans la salle de jeux commune… Ou qu'il s'abstienne de lui proposer cette partie d'échecs.

Une fois n'était pas coutume, il avait cédé à une impulsion. Il avait conscience de jouer avec le feu, mais il ne regrettait ni son invitation ni le choix du lieu. Jusqu'à présent, ils ne s'étaient pas rencontrés en dehors de la clinique, et ce soir, il n'avait pas envie de partager Helena. Celle-ci jouissait d'une grande popularité parmi le personnel de la base. Cet engouement, elle le devait autant à sa générosité et sa gaieté naturelles qu'au fait qu'elle n'avait pas hésité, à peine descendue de l'avion, à se faufiler dans le camion accidenté pour porter les premiers secours à la conductrice, ou qu'elle avait soigné près du tiers des membres de la station lors de l'épidémie de gastro-entérite. Chacun se plaisait en sa compagnie, et il ne faisait pas exception à la règle.

Sur ce plan, du moins, elle n'avait pas changé. Toujours aussi charmante, souriante, serviable… Et plus ravissante que jamais.

Mais cette dernière considération n'avait pas lieu d'être ! Il s'agissait simplement d'un rendez-vous entre deux passionnés d'échecs, deux amis qui s'étaient perdus de vue depuis longtemps et que le hasard avait réunis. Alors, non, il ne laisserait pas son imagination s'aventurer sur un terrain dangereux !

Même s'il se réjouissait de voir Helena tous les jours – et ce, pendant encore plusieurs mois –, de collaborer à son projet d'article, ou d'échanger avec elle, tant que la conversation ne dérivait pas vers des sujets trop personnels. Même s'il la trouvait encore plus désirable à trente-cinq ans qu'à dix-huit.

Depuis qu'elle était réapparue dans son existence, il se surprenait le matin à surveiller la porte d'entrée de la clinique, à guetter le moindre bruit annonciateur de son arrivée, les sens en alerte.

Sa réaction le déconcertait. Il s'efforçait de se convaincre qu'il pourrait à tout moment retourner à son mode de vie d'avant, redevenir un ermite. Malheureusement, ce contact quotidien avait semé en lui une petite graine d'espoir, laquelle avait germé au fil des jours. Il aurait bien voulu stopper sa croissance, mais il ignorait comment s'y prendre. Car plus il redécouvrait Helena, plus il brûlait d'envie d'en savoir plus sur elle.

D'après ce qu'il venait d'apprendre, elle avait subi une

déception amoureuse qu'elle avait eu du mal à surmonter. Comme lui. Sauf qu'elle n'avait pas réagi en se repliant sur elle-même. Au contraire, elle avait continué d'aller vers tous ceux qui sollicitaient son soutien.

Lorsqu'elle avait serré Letitia dans ses bras pour lui apporter du réconfort, il avait éprouvé malgré lui une pointe de jalousie. Un sentiment d'autant plus ridicule et déplacé qu'ils étaient collègues. Théoriquement parlant, il était même le chef de l'équipe médicale, non qu'il y ait entre eux un rapport hiérarchique puisqu'ils dépendaient tous deux du directeur de la base, mais du fait de ses trois ans d'ancienneté sur le site.

Un coup frappé à la porte interrompit le cours de ses pensées. Son estomac se contracta et émit un borborygme.

Était-ce sous le coup de l'émotion, ou parce qu'il avait une fois de plus sauté le repas ?

Il ouvrit et ne put s'empêcher d'être frappé par l'éclat des prunelles vert jade qui se braquèrent sur lui.

Helena avait troqué sa tenue de travail contre un jean et une chemise ample en flanelle violette.

L'estomac de Carter protesta plus bruyamment encore que la fois précédente.

— Désolé, il a oublié les bonnes manières, dit-il en posant la main sur son ventre.

Helena l'observa d'un air amusé.

— À l'entendre, j'ai comme l'impression que tu n'es pas allé à la cafétéria. D'ailleurs, je ne t'y ai pas croisé.

— J'avoue. Je n'ai pas vu le temps passer. Heureusement, j'ai une petite réserve de crackers et de barres chocolatées dans mon placard. Cela devrait le réduire au silence pendant quelque temps et éviter qu'il nous déconcentre durant la partie.

— J'ai mieux, déclara-t-elle en brandissant un sac en papier qu'elle avait caché derrière son dos. Tu as intérêt à reprendre des forces avant que je t'écrase aux échecs ! Sucres lents pour soutenir ton effort de concentration.

Une alléchante odeur de pâtes au pesto lui chatouilla les narines.

— C'est pour moi ?

Il avait perdu l'habitude d'attentions de ce genre.

Ne pas s'emballer. Il s'agissait d'un geste amical, rien de plus.

— Tu sais bien que j'ai tendance à me prendre pour mère Teresa ! J'adore chouchouter les autres.

Il était si troublé qu'il en oublia de la remercier. Il s'effaça pour la laisser entrer, conscient que sa carapace commençait à se fissurer dangereusement. À ce rythme-là, elle ne résisterait plus très longtemps.

Cependant, même Helena ne réussirait pas à réparer les dégâts qu'il avait subis.

Il déglutit péniblement et, afin de se donner une contenance, souleva le couvercle de la boîte isotherme.

— Mange d'abord, nous jouerons ensuite. Il ne sera pas dit que j'aurai profité de la faiblesse de mon adversaire pour le battre à plate couture !

Il ne se fit pas prier, et dévora les pâtes en un clin d'œil.

— Et maintenant, passons aux choses sérieuses, déclara Helena. Tu préfères les pièces noires ou les blanches ?

Il s'en fichait éperdument. Dans sa chambre dont le lit occupait un bon quart de l'espace disponible, leur tête-à-tête prenait un tour intime, et son corps rassasié aspirait désormais à autre chose… Quelque chose d'interdit. Il lui suffirait de tendre le bras pour la toucher. Or, il mourait d'envie de la toucher, de la serrer contre lui, de l'embrasser. Ce qu'il aurait certainement fait quinze ans plus tôt si Owen ne l'avait pas stoppé net dans son élan…

Par chance – en était-ce vraiment une ? –, Helena ne semblait pas avoir conscience de son trouble.

— Peu importe.

Elle prit place devant les pièces blanches.

— Owen a une prédilection pour les noires, dit-elle en guise d'explication. Alors, j'ai pris l'habitude de jouer avec les blanches.

— Tu t'es toujours pliée à la volonté d'autrui.

Cette remarque lui avait échappé. Devant l'expression peinée de Helena, il la regretta aussitôt.

— Primo, nous parlons de mon frère jumeau. Secundo, ce n'est pas comme s'il avait exigé de moi un sacrifice immense. Et tertio, je ne vois pas ce qu'il y a de répréhensible à s'employer à faire plaisir.

Elle avança un premier pion puis leva son regard vers lui.

— Je n'ai pas l'intention de me quereller avec toi, ce soir.

— Oui, tu as raison. Excuse-moi. Et merci pour les pâtes.

Il s'assit en face d'elle et joua à son tour.

— Je t'en prie. En revanche, nous serions ravis que tu te joignes à nous de temps en temps pour le dîner.

Il sentit l'aiguillon de la jalousie lui piquer le cœur.

— Nous ?

Quel idiot ! Sa possessivité était ridicule. Helena ne lui appartenait pas. Il n'avait aucun droit sur elle et ne pouvait revendiquer le moindre monopole. Par ailleurs, il l'avait lui-même encouragée à lier connaissance avec les autres.

— Le personnel de la base.

Elle déplaça l'un des chevaux blancs.

— Soit une trentaine de personnes, fit-il observer, les yeux braqués sur l'échiquier.

— Trente-deux très exactement, en nous incluant dans le lot. Auxquelles s'ajoutent vingt-trois scientifiques, ce qui nous donne un effectif total de cinquante-cinq. J'ai eu l'occasion de dîner avec chacune d'entre elles, hormis quelques chercheurs… et toi ! Mis à part ton repas de ce soir, bien entendu.

Il lui adressa un sourire.

— Pourquoi ? Parce qu'un repas digne de ce nom comprend un dessert ? rétorqua-t-il du tac au tac.

Elle éclata d'un rire joyeux et communicatif, le même qu'il y a quinze ans.

— Monsieur est servi ! s'exclama-t-elle en plongeant la main dans le sac en papier.

Elle exhiba fièrement deux cookies aux éclats de noix de macadamia et aux pépites de chocolat blanc.

Il en eut l'eau à la bouche. La cuisine n'en préparait pas souvent durant la saison d'hiver.

— On partage.

— Non, mange les deux. J'ai déjà eu un dessert et, si mes souvenirs sont bons, ce sont tes biscuits favoris. Je me rappelle que tu les préférais même à un gâteau d'anniversaire ! Profites-en parce qu'il paraît que le chef n'en refera pas avant un bon moment.

Quelle délicate attention ! Il n'en revenait pas qu'elle se remémore ce genre de détails après tout ce temps.

— J'insiste pour que tu en prennes un.

— Dans ce cas, aux vieilles amitiés ! lança-t-elle avant de croquer dans son cookie. Cela me rappelle nos goûters à la sortie de la piscine municipale.

Il sentit sa gorge se serrer.

Il n'évoquait jamais ce passé avec quiconque. Il l'avait relégué depuis des années au fin fond de sa mémoire, et voilà que la présence de Helena suffisait à le faire resurgir, et avec lui la nostalgie de ce qui n'était plus.

— Elle a fermé il y a deux ans, continuait Helena. Sans doute parce que de nombreuses maisons ont désormais leur propre piscine. Owen en a installé une dans son jardin. Ses enfants y passent leurs journées, l'été.

D'un geste instinctif, il tendit la main vers son visage pour écarter la mèche blonde qui s'obstinait à lui tomber devant les yeux, malgré les tentatives répétées de la jeune femme pour la repousser. Ce simple contact eut pour effet de raviver les braises d'un feu qui, bien qu'il refuse de se l'avouer, couvait depuis près de deux décennies.

Helena ne se déroba pas, et, l'espace d'un instant, il s'imagina en train de l'embrasser.

Elle avait une bouche faite pour le baiser, si tentante qu'elle mettait sa libido à rude épreuve.

Elle pencha la tête sur le côté et l'examina, songeuse.

À quoi pensait-elle ? S'interrogeait-elle, elle aussi, sur ce qu'il serait advenu de leurs vies si ce fameux baiser avait eu lieu autrefois ?

Avant qu'il ait eu le loisir de s'appesantir sur la question, elle reporta son attention sur l'échiquier. Il vit alors ses lèvres s'étirer en un sourire malicieux.

— Échec et mat ! annonça-t-elle d'un ton triomphant en plaçant sa dame devant le roi noir.

— Bravo, déclara-t-il, beau joueur. Je me suis laissé avoir comme un bleu.

Il lui serra la main et la retint prisonnière un peu plus longtemps que nécessaire.

— J'aime bien ta coiffure…

Bon sang, quel imbécile ! Qu'est-ce qu'il lui prenait de sortir une pareille ineptie ?

— Elle est beaucoup plus moderne que tes tresses d'avant, ajouta-t-il, s'enferrant davantage. Enfin, je veux juste dire qu'elle te met en valeur.

— Merci, Carter. En réalité, c'est le fruit d'une réaction un peu stéréotypée. Lorsque Kevin et moi avons rompu nos fiançailles, il y a deux ans, j'ai éprouvé le besoin de changer de tête. J'ai attrapé une paire de ciseaux, et j'ai coupé ! Contre toute attente, le résultat m'a plu. Une opinion que ma mère n'a pas partagée, elle ne s'est pas gênée pour m'en informer.

— Elle critique toujours tes choix ?

Une fois de plus, il aurait mieux fait de tenir sa langue. Cependant, il le pensait sincèrement. Les Mathews avaient une chance inouïe d'avoir une telle fille. Pourquoi s'obstinaient-ils à s'opposer à ses décisions ?

— Elle finira par les accepter, rétorqua Helena, avec un mélange de conviction et d'espoir dans le ton.

Il n'en ressentit que plus fort le pessimisme et le fatalisme qui l'habitaient depuis des années.

— Je te le souhaite. D'autant que je ne vois pas ce que tes parents pourraient te reprocher. Tu es parfaite.

Les traits de Helena se crispèrent.

— S'il te plaît, ne dis pas ça.

— Pourquoi ? C'est la vérité.

Elle se mordilla nerveusement la lèvre.

— Kevin ne cessait de me le répéter, jusqu'au jour où… La perfection, ça n'existe qu'à travers le regard de l'autre, et ça ne dure jamais bien longtemps.

La tristesse dans sa voix lui transperça le cœur.

— Helena…

— Cela ne fait rien. Tu ne pouvais pas savoir que tu touchais une corde sensible.

Elle lui offrit un pâle sourire, et il s'en voulut encore plus de sa maladresse involontaire. Alors, par solidarité, il lui raconta ses propres déboires sentimentaux.

— Je comprends ce que tu éprouves. Mon ex-fiancée m'a trompé avec un ami. Brian et moi avions fait notre internat ensemble et travaillions dans le même hôpital. Je ne m'attendais vraiment pas à cette double trahison. Laura me reprochait d'être inaccessible. Dans le fond, elle n'avait pas complètement tort.

— Ce n'est pas une raison valable, protesta Helena.

Elle entrelaça ses doigts au sien, et il se rendit compte alors qu'il ne lui avait toujours pas lâché la main.

Cela acheva de le troubler.

— Et ton ex, il avait une raison valable ?

— Oui.

Elle n'en dit pas plus, mais une ombre voila son regard.

— Pardonne-moi. Je ne voulais pas me montrer indiscret. D'ordinaire, je ne suis pas aussi loquace, et je pose très peu de questions.

Elle eut une grimace cocasse.

— Tu peux me poser les questions que tu veux, docteur Simpson, si cela permet de briser la glacc ! Simplement, je me réserve le droit de ne pas répondre à toutes. Prêt pour une deuxième partie et une nouvelle défaite ?

Sur ces mots, elle retira sa main et entreprit de replacer les pièces blanches sur l'échiquier.

6.

Un bruit se fit entendre du côté du hall d'entrée.

Carter pivota dans cette direction, l'oreille aux aguets, mais Helena ne franchit pas le seuil de la clinique.

Ayant assuré la garde de nuit, elle ne viendrait pas avant un bon quart d'heure.

Déçu, il reporta son attention sur l'e-mail de Keith.

Il avait passé une nuit agitée. Quand il avait réussi à s'assoupir, il avait rêvé qu'il se penchait par-dessus le jeu d'échecs pour embrasser Helena. Le scénario se terminait toujours de la même manière : au dernier moment, juste avant que leurs lèvres ne s'effleurent, il battait en retraite. Un songe déconcertant, frustrant et peu propice à un sommeil réparateur.

Pour la énième fois, son cerveau le rappela à l'ordre : il s'était juré de ne pas approcher Helena de trop près et de la traiter comme les infirmières qui l'avaient précédée. Il semblait néanmoins que son cœur en eut décidé autrement.

— Bonjour ! lança d'un ton enjoué Helena. Tu es là depuis longtemps ?

Plongé dans ses pensées, il ne l'avait pas entendue arriver. Il sursauta et se tourna vers elle.

— Plus d'une heure.

— Je parie que tu as encore sauté le petit déjeuner.

Elle fronça les sourcils et agita l'index afin de marquer sa désapprobation.

Il ne put s'empêcher de sourire. Enfant, déjà, elle faisait souvent ce geste, ce qui les amusait, Owen et lui, car Helena ne se fâchait jamais durablement contre personne.

— Je ne sais pas comment tu peux jeûner. Moi, j'ai tout le temps faim.

De fait, elle tenait à la main un smoothie et un muffin à la myrtille.

— C'est le lieu qui veut ça. Ceux qui, comme nous, travaillent dans le bâtiment principal doivent consommer cinq cents calories de plus par jour pour conserver leur poids normal, et ceux qui effectuent des tâches physiques, une ration quotidienne de six mille calories.

Il ne cessait de répéter depuis trois ans que, dans ces conditions extrêmes, le corps a besoin d'un régime adapté pour fournir l'énergie nécessaire et se maintenir à une température adéquate. Il convenait donc de s'alimenter en conséquence – un conseil qu'il ne suivait pas forcément.

— Je me souviens de l'avoir lu dans la brochure de présentation. Tu ne t'en rends vraiment compte qu'une fois sur place.

Helena posa son gobelet et son gâteau, et s'appuya sur le bureau, les doigts à quelques centimètres des siens.

Et s'il envoyait valser son sacro-saint principe de précaution et tentait sa chance ? Son pouls s'accéléra quand elle se pencha vers lui pour jeter un coup d'œil sur l'écran de l'ordinateur, avant de se redresser brusquement.

— Oh ! excuse-moi ! Je croyais que tu révisais notre article. Je ne voulais pas être indiscrète.

— Pas de problème. Il n'y a rien de confidentiel, c'est juste un message de Keith.

Chaque matin ou presque, il trouvait Helena en train de rédiger des notes pour compléter l'article en question. Ils consacraient alors une demi-heure à les passer en revue et, lorsque leur charge de travail le permettait, quelques heures dans la journée. Il aimait ces tête-à-tête studieux que personne ne venait interrompre.

Le projet avançait plus vite que s'ils ne s'étaient pas trouvés au pôle Sud, coupés de toute civilisation. Ici, le nombre de malades potentiels s'avérait restreint et les tâches annexes incombant à l'équipe soignante – inventaire, rédaction de rapports, paperasserie et autres corvées administratives – étaient limitées. De toute façon, pour lui, ce qui comptait, c'était de passer le plus de temps possible avec Helena, et l'étude lui en fournissait le prétexte.

Et dire que, il y avait quelques semaines à peine, il se complaisait dans la solitude !

— Que veut le directeur du Centre de médecine polaire ?

Elle attrapa son bloc-notes et entreprit de noter ses priorités de la journée.

La liste commençait toujours par : « Faire du bien à quelqu'un », mais elle ne cochait jamais cet item, estimant qu'elle devrait toujours en faire plus. Voilà qui résumait parfaitement sa mentalité. Si davantage de gens pouvaient partager cet état d'esprit, le monde tournerait plus rond.

— Keith souhaitait s'assurer que je ne malmène pas trop la nouvelle infirmière.

Il lui adressa un clin d'œil de connivence avant d'ajouter :

— J'ai la réputation d'être grincheux, il paraît.

— J'en ai effectivement entendu parler, répondit Helena avec un sourire. Je m'attendais à trouver un ours mal léché, au lieu de quoi j'ai redécouvert un ami de longue date qui m'avait beaucoup manqué.

La gorge nouée, il déglutit péniblement.

Cette déclaration simple et sincère lui mettait du baume au cœur, mais faisait resurgir un sentiment de culpabilité. Il avait quitté Chicago sans un mot pour Owen ni pour Helena, et il n'avait jamais répondu à leurs messages.

Ils n'auraient pas manqué de lui demander une explication et, à l'époque – comme aujourd'hui, d'ailleurs –, il se sentait incapable de leur avouer qu'avec un malheureux test ADN, il avait fait éclater la vérité au sein d'une famille en apparence unie mais gangrenée par les faux-semblants. Incapable de leur avouer que sa mère s'était détournée de lui et que son père l'avait chassé. Pour prendre un nouveau départ, il n'avait vu qu'une solution : faire table rase du passé.

Il avait échoué. Le passé le hantait toujours, il était même venu le débusquer aux confins du monde, en la personne de Helena. Helena avec qui il se devait, à son tour, d'être honnête.

— Toi aussi, tu m'as terriblement manqué, et je suis heureux de t'avoir retrouvée.

Elle lui adressa une moue taquine.

— Essaierais-tu de m'amadouer pour me refiler une corvée ou me demander une faveur ?

— Pas du tout. Je me réjouis vraiment de ta présence et de notre collaboration.

— Carter…

Sa façon unique de prononcer son prénom produisait sur lui le même effet qu'il y avait quinze ans. Elle lui donnait envie de la prendre dans ses bras, de la serrer contre lui, de l'embrasser…

Peut-être n'aurait-il pas résisté à la tentation si, comme quinze ans auparavant, ils n'avaient pas été interrompus par une arrivée inopinée.

— Letitia ?

Helena se précipita au-devant de la climatologue qui, une main plaquée sur son abdomen, grimaçait de douleur.

— Avez-vous eu des nausées ? s'enquit Carter, craignant une résurgence de l'épidémie de gastro-entérite.

— Non, mais la douleur est si aiguë que j'ai l'impression de recevoir des coups de poignard dans le bas du ventre. Je crois qu'il s'agit d'un kyste ovarien.

— Vous en avez déjà eu ?

— Oui, trois, répondit la jeune femme tandis que Helena la guidait jusqu'à la table d'auscultation.

— Est-ce que l'un d'eux s'est déjà rompu ?

— Non…

Soulagé, Carter signifia d'un regard à Helena de poursuivre l'interrogatoire médical.

Les patientes étaient souvent plus à l'aise pour discuter de leurs problèmes gynécologiques avec une femme. Il en profita pour aller chercher l'échographe.

La plupart des kystes ovariens disparaissaient spontanément.

Bien que ce cas reste rare, une rupture pouvait provoquer des saignements et nécessiter une intervention chirurgicale d'urgence. Or, la clinique n'était pas équipée pour ce type d'opération.

— Mais j'ai eu une grave infection à un ovaire, précisa Letitia, qui luttait visiblement pour ne pas éclater en sanglots, et il a fallu me l'enlever, de sorte que je n'en ai plus qu'un. Ma gynécologue m'a assuré que cela ne m'empêcherait pas d'avoir des enfants. Mark, lui, m'a annoncé qu'il préférait ne pas courir ce risque. Du moins, c'est l'excuse qu'il m'a fournie après que ma sœur l'a surpris au restaurant en compagnie d'une autre femme.

Les larmes se mirent à ruisseler sur ses joues.

— Je suis désolé, murmura Carter d'une voix compatissante. Utiliser un tel prétexte pour rompre, c'est cruel et lâche. Une façon indigne de rejeter sur vous la responsabilité de l'échec de votre couple. Votre ex ne vous méritait pas, Letitia.

— Alors, vous me confirmez que je pourrai être mère ?

Il y avait tant d'espérance dans le ton de la jeune femme qu'il n'eut pas le cœur de lui annoncer que cette ablation réduisait sensiblement ses chances de maternité. Cependant, en sa qualité de médecin, il ne pouvait pas lui insuffler de faux espoirs.

Il choisit ses mots avec le plus grand soin.

— La fertilité est un domaine scientifique où subsistent de nombreuses inconnues. Certaines femmes n'ayant qu'un seul ovaire procréent sans difficulté. D'autres ayant les deux n'y parviennent pas.

Il lui tendit un mouchoir en papier.

— Merci, et désolée de me donner encore en spectacle.

— Vous n'avez pas à vous excuser. Vous traversez une période éprouvante. J'aimerais pouvoir éliminer toutes vos craintes, mais ce ne serait pas honnête de ma part.

— Il existe différentes façons de devenir mère, intervint Helena, qui était restée étrangement silencieuse depuis quelques minutes.

Il perçut une fêlure dans sa voix.

Elle prit la sonde.

— Voyons un peu de quoi il retourne, déclara-t-elle.

Elle appliqua du gel sur le ventre de Letitia puis promena la sonde sur la zone à examiner.

Facile à localiser, le kyste mesurait moins de quatre centimètres. Une excellente nouvelle, car ceux d'une taille supérieure présentaient davantage de risques de se rompre et de nécessiter une intervention chirurgicale.

Il en éprouva un vif soulagement, de même que Helena, à en juger par le léger soupir qu'il l'entendit pousser.

— Vous avez raison, il y a bien un kyste, de deux centimètres et demi, déclara-t-il en indiquant sur l'écran la petite grosseur située à la base de l'ovaire. Il devrait disparaître spontanément, mais je tiens à vous examiner dans trois mois pour m'assurer qu'il n'a pas grossi. D'ici là, si vous avez une quelconque inquiétude ou la moindre douleur, revenez me voir.

Letitia posa la main sur son abdomen.

— Ma cicatrice le dégoûtait.

Elle avait dit cela d'une voix très basse, comme si elle se parlait à elle-même.

La marque était pourtant à peine visible. D'ici quelques mois, elle aurait blanchi et complètement disparu.

— Elle est minuscule. Si vous ne l'aviez pas signalée, je ne l'aurais pas remarquée. Ce n'est pas comme si une vilaine balafre vous barrait tout le ventre…

Il vit Helena se figer et blêmir. Il l'interrogea du regard, mais elle détourna la tête.

Elle paraissait tendue à l'extrême et clignait des paupières. Pour refouler des larmes ?

Sans le vouloir, il l'avait manifestement blessée.

— Évitez de porter des charges trop lourdes, ajouta-t-il, troublé. Nous allons vous donner un antalgique.

Letitia se redressa.

— Je n'avais encore jamais songé à la maternité jusqu'à cette ablation de l'ovaire. Depuis, je me dis que je raterais dans une certaine mesure ma vie de femme si je ne pouvais pas avoir d'enfants. J'aimerais tant fonder une famille un jour !

— Rien de plus naturel.

Lui-même n'envisageait pas cette hypothèse. Cela ne faisait pas partie de ses projets. Avec une mère à l'instinct maternel factice et un père dont l'amour était fonction du lien du sang, il avait franchement de quoi être échaudé !

— Pensez-vous qu'en discuter avec un psychothérapeute vous aiderait à surmonter votre stress ? Vous n'avez pas besoin de me répondre tout de suite, mais réfléchissez-y.

— Cela ne pourrait que vous faire du bien, renchérit Helena, sortant de son mutisme. Aborder avec un professionnel votre sentiment d'échec dû à la rupture de vos fiançailles, à vos soucis de fertilité et à la perte de féminité en raison de cette cicatrice vous permettrait de l'évacuer plus rapidement.

« Perte de féminité » ? À cause d'une malheureuse incision dont on ne voyait quasiment plus la trace ?

— Je suis d'accord pour essayer.

— Parfait, déclara Carter, notant que, une fois de plus, Helena avait vu juste. Dans ce cas, je vais prévenir le Dr Martinez et vous envoyer le lien pour la télé-consultation.

— Merci à tous les deux du fond du cœur.

Deux minutes plus tard, Letitia avait quitté la clinique.

Carter rangea l'échographe.

— Je n'aurais jamais imaginé qu'une si petite cicatrice puisse provoquer un tel trouble psychologique, observa-t-il prudemment.

— Pour la personne directement concernée, le stigmate est tout sauf anodin. Surtout lorsqu'un proche émet des remarques, comme son ex-fiancé, manifestement.

Il perçut de l'amertume dans le ton de Helena.

— Helena ?

Elle gardait les yeux obstinément baissés, comme si un fossé s'était creusé entre eux.

Désireux de dissiper la tension, il décida de changer de sujet.

— Tu te souviens de nos aventures imaginaires ?

Elle lui sourit.

— Bien sûr. Tu avais un faible pour les invasions d'extra-terrestres, tandis qu'Owen préférait la chasse aux fantômes.

— Quant à toi, tu inventais toujours un scénario selon lequel nous devions protéger contre les loups un nouveau-né dont la mère était morte en couches.

Elle se mordilla la lèvre, et son visage s'assombrit de nouveau.

Il venait de commettre une nouvelle gaffe !

Déstabilisé, il chercha vainement un moyen de se rattraper.

— Je vais faire l'inventaire des médicaments, décréta alors Helena.

Il se garda de lui rappeler qu'ils s'étaient acquittés de cette tâche hebdomadaire trois jours plus tôt. De toute évidence, Helena avait besoin d'être seule.

Helena s'était cloîtrée durant la majeure partie de la journée dans le local faisant office de pharmacie.

Elle savait gré à Carter d'avoir respecté son besoin de solitude, encore qu'une part d'elle-même aurait préféré qu'il vienne prendre de ses nouvelles.

Le cas échéant, elle aurait dû lui fournir une explication. Or, elle ne parvenait pas à y voir clair parmi les émotions contradictoires qui se télescopaient en elle. Pas question de lui avouer sa déception de la veille au soir. Elle avait tellement cru, tellement espéré qu'il l'embrasse ! Et la chaleur de son accueil, ce matin, semblait indiquer que leur relation évoluait dans le bon sens.

Cette perspective la ravissait et la terrifiait tout à la fois. D'autant qu'il avait eu cette remarque destinée à rassurer Letitia, mais qui lui avait fait l'effet d'une douche froide, lui rappelant qu'avec cette « vilaine balafre en travers du ventre », pour reprendre sa formulation, elle inspirait beaucoup moins le désir.

Debout devant le miroir de sa petite penderie, elle souleva les pans de sa chemise.

La cicatrice lui parut plus hideuse que jamais. Et encore, elle n'en voyait que les deux tiers ! La déchirure avait été causée par un morceau de métal qui lui avait pénétré profondément dans les chairs quand son véhicule avait effectué plusieurs tonneaux.

C'était du moins ce qu'on lui avait expliqué à l'hôpital. L'accident et l'enchaînement des événements par la suite se perdaient dans les limbes de sa mémoire. Plongée dans un état comateux dont elle n'émergeait que sporadiquement, elle avait le vague souvenir de lumières qui lui blessaient la rétine et de bruits qu'elle n'arrivait pas à identifier. En revanche, elle se rappelait parfaitement l'intensité de la douleur qui montait par vagues successives lorsque la dose de morphine cessait de produire ses effets.

La souffrance avait fini par refluer, mais la marque était restée, indélébile.

Sentant les larmes lui piquer les paupières, elle s'efforça de chasser ses idées noires.

D'ordinaire, elle réussissait à les reléguer au fond de sa mémoire, mais depuis quelques semaines celles-ci avaient tendance à surgir à l'improviste, et toujours quand elle pensait à Carter.

Après tout, il ne s'agissait que d'une cicatrice. Carter avait prodigué beaucoup de douceur et de réconfort à Letitia. Pourquoi agirait-il différemment à son égard ?

Elle souleva davantage sa chemise.

Même ainsi, elle ne la voyait pas en totalité, l'extrémité gauche se dissimulant sous la ceinture de son jean. Il aurait fallu qu'elle se déshabille complètement. Or, elle évitait soigneusement de croiser son reflet dans le miroir lorsqu'elle était nue.

Le problème, c'était que la cicatrice de la climatologue était bien plus discrète que la sienne…

Suffit ! Elle devenait ridicule !

Elle rabattit les pans de sa chemise.

Elle n'avait pas un corps parfait, et alors ? Un homme qui l'aimerait pour ce qu'elle était n'en tiendrait pas compte. C'était hélas ce qu'elle avait pensé au sujet de Kevin. Elle avait cru que son ex-fiancé, apparemment éperdu d'amour pour elle, serait si heureux qu'elle ait survécu qu'il accorderait peu d'importance aux séquelles physiques de l'accident.

L'alarme de son téléphone portable la rappela à la réalité : c'était l'heure du dîner.

Elle s'efforça de se composer un visage plus joyeux. En vain. En fait, elle n'avait envie de rencontrer personne. Personne, à part Carter…

Cependant, il y avait fort à parier que, fidèle à son habitude, il ne passerait à la cafétéria qu'en coup de vent.

Elle s'étendit sur son lit et prit son livre, ignorant les protestations de son estomac. Elle s'offrirait un petit déjeuner pantagruélique demain matin, et si jamais elle ne tenait pas jusque-là, elle pourrait toujours grignoter une ou deux barres de céréales de sa réserve dans le placard.

Un coup frappé à la porte la tira de sa lecture.

20 h 30. Elle n'était pas de garde ce soir. Peut-être était-ce Letitia qui souhaitait s'entretenir avec elle en privé ?

L'espace d'une seconde, elle espéra qu'il s'agissait de Carter qui, ne l'ayant pas aperçue au réfectoire, s'inquiétait de son sort. Mais c'était impossible ! Il ne se rendait jamais au restaurant de la base, se contentant d'un plateau-repas qu'il emportait dans sa chambre.

Elle ouvrit la porte.

— Carter ? Je ne m'attendais pas à ta visite !

— Je t'ai monté de quoi dîner, répondit-il.

Il lui tendit une boîte isotherme semblable à celle qu'elle lui avait apportée la veille.

Elle eut l'eau à la bouche en découvrant à l'intérieur une côte d'agneau accompagnée de petits légumes, et une salade de fruits.

— Merci beaucoup. Comment as-tu deviné que je ne descendrais pas ?

— Nous t'avons attendue jusqu'à 19 h 30. Ne te voyant pas arriver, j'ai expliqué aux autres que la journée avait été longue et que tu préférais sans doute te reposer.

Elle tombait des nues.

— Tu t'es joint à l'équipe pour le dîner ?

— Oui, une fois n'est pas coutume !

Elle éprouvait une immense frustration d'avoir raté ce moment. Au lieu de s'apitoyer sur son sort, elle aurait mieux fait de se secouer.

— Je suis désolée de m'être comportée ainsi aujourd'hui. Mon attitude a dû te paraître bizarre. C'est juste que…

Elle laissa sa phrase en suspens, ne se sentant pas prête à expliquer ses états d'âme.

— Pas de problème. D'habitude, c'est plutôt moi, le taciturne de service.

Il s'installa sur l'unique chaise tandis qu'elle s'asseyait sur le bord de son lit et commençait à manger.

— Et puis, cela m'a donné l'occasion de jouer les bons Samaritains, ajouta-t-il. Depuis que je te connais – nous avions six ans à l'époque –, tu as toujours assumé ce rôle. Chez toi, c'est comme une seconde nature. Tu n'as pas ton pareil pour rendre les gens heureux. Tu es tellement… parfaite. Je sais que tu n'aimes pas ce qualificatif, mais aucun autre ne me vient à l'esprit pour te définir.

En réalité, elle détestait ce mot. « Parfaite », elle l'avait été longtemps aux yeux des autres, jusqu'à ce qu'elle se rebelle et qu'elle suive sa propre voie, jusqu'à ce qu'une pointe de métal détruise son abdomen…

— Je suis loin de l'être, Carter. Cette Helena-là n'existe plus.

Il plongea son regard dans le sien.

— Où est ta cicatrice ?

Sous l'effet de la surprise, elle lâcha sa fourchette.

— Je…

Il se mit debout, enleva la boîte isotherme posée sur ses genoux et posa le tout sur la table de nuit.

— J'ai remarqué ta réaction devant celle de Letitia. Tu avais l'air de comprendre exactement ce qu'elle ressentait. J'ai aussi noté que tu avais blêmi quand j'ai parlé de « vilaine balafre ».

Il lui prit les mains, l'obligea à se lever et, du doigt, lui caressa la joue à l'endroit où elle s'était blessée en portant secours à Kelly. Puis il l'attira contre lui.

— Le jour de ton arrivée, en parlant de cette coupure, tu as dit qu'il ne s'agissait pas de ta première cicatrice. Où est l'autre ?

C'était tellement bon de nicher sa tête au creux de son épaule !

— J'ai eu un accident en Irak, avoua-t-elle d'une voix blanche. Un véhicule nous a foncé dessus. Mon chauffeur a donné un grand coup de volant pour éviter la collision, et notre 4x4 a effectué plusieurs tonneaux. Un morceau de métal aiguisé comme un poignard m'a déchiré l'abdomen.

Prenant son courage à deux mains, elle s'écarta et souleva légèrement sa chemise.

Contrairement à sa mère ou à Kevin, Carter n'eut aucun mouvement de recul. Il ne cilla même pas, se contentant de demander d'un ton égal :

— Elle va d'où à où ?

— Du bas de la hanche gauche à la base de la cage thoracique du côté droit. La blessure s'est infectée, et j'ai subi de nombreuses interventions chirurgicales. Y compris une hystérectomie totale. Après cela, mon fiancé ne m'a plus regardée comme une femme ni touchée. Il a utilisé cette excuse pour justifier son infidélité. J'ai regagné le domicile de mes parents le temps de ma convalescence. J'ai mis longtemps à me remuscler après ces longs mois d'hospitalisation. Alors, tu vois, la Helena d'aujourd'hui est loin d'être parfaite.

Bien que cette confession lui coûte, elle n'éprouvait étrangement aucune honte devant Carter. Elle ne décelait pas le moindre dégoût dans son regard. En revanche, ses traits s'étaient durcis.

Il n'avait aucune raison de lui en vouloir, mais la fin d'un mythe, celui de la beauté idéale, peut susciter d'étranges réactions chez un homme. Elle en avait fait l'amère expérience avec Kevin.

— Tu es en colère.

Carter n'essaya pas de nier.

— C'est vrai, je suis furieux. Pas contre toi, bien sûr, mais contre ceux qui, sachant la terrible épreuve que tu as endurée, t'ont estimée diminuée. Tu es l'une des personnes les plus fortes qu'il m'ait été donné de rencontrer, Helena. Et tu es toujours aussi belle à mes yeux, peut-être plus encore qu'avant.

Il lui caressa la joue avec une tendresse qui la bouleversa.

— Embrasse-moi, s'entendit-elle lui demander.

Ces mots libérateurs qu'elle n'avait pas osé prononcer quinze ans auparavant et qu'elle avait de nouveau retenus la veille au soir s'échappaient du plus profond de son âme.

Il glissa une main derrière sa nuque tandis que son autre bras s'enroulait autour de sa taille.

Elle s'abandonna contre lui, et lorsque leurs lèvres s'unirent, que leurs langues se trouvèrent, elle eut enfin, après tant d'années, la confirmation de ce qu'elle avait toujours pressenti : leurs bouches étaient faites l'une pour l'autre.

Le baiser devint plus ardent, et elle sentit les doigts de Carter se faufiler sous sa chemise. Alors, malgré elle, elle se figea. Carter retira aussitôt sa main. Il s'écarta et lui offrit un sourire d'excuse avant de déposer un baiser sur le bout de son nez.

— Pardonne-moi si je brûle un peu les étapes, mais j'ai envie de toi, Helena, murmura-t-il. Je te désire depuis des semaines, des années, pour être tout à fait honnête. Mais à toi de décider si, oui ou non, tu souhaites que les choses aillent plus loin entre nous.

Le cœur battant à tout rompre, elle chassa ses doutes.

— La réponse est oui.

7.

Craignant de se raviser, Helena déboutonna sa chemise en flanelle et la laissa tomber à terre. Un frisson la parcourut malgré la chaleur qui régnait dans la chambre. Elle scruta le visage de Carter, s'attendant à ce qu'il change d'avis en découvrant l'ampleur des dégâts.

Mais, dans les prunelles sombres, elle ne lut que de la passion.

— Tu es magnifique.

— Carter…

Il plaqua sa bouche contre la sienne pour couper court à toute objection.

Elle sentit le désir monter, balayant sa nervosité… Enfin, presque, car, quand sa main s'aventura vers son abdomen, elle ne put s'empêcher de tressaillir. Alors, il s'écarta et la contempla sans cesser de la caresser. Ses doigts ne s'approchèrent pas de la cicatrice. C'était comme si cette marque indélébile n'existait pas.

— Si tu préfères que je m'en aille, dis-le-moi maintenant, murmura-t-il d'une voix rauque.

— Reste, s'il te plaît.

Et pour mieux le convaincre, elle se débarrassa de son soutien-gorge.

L'expression admirative de Carter en découvrant sa poitrine gonfla son cœur de gratitude. Pourtant, la situation était étrange. Ils s'étaient connus très jeunes, avaient éprouvé une attirance mutuelle dès l'adolescence, puis s'étaient perdus de vue pendant une quinzaine d'années pour se retrouver par un concours de circonstances extraordinaire. C'était comme si tout recommençait, comme si la passion qui les poussait l'un vers l'autre avait effacé cette longue séparation. Elle, qui ne s'était dénudée devant personne durant près de deux ans, ne ressentait aucune gêne devant le regard d'une sincérité absolue de Carter.

Carter déposa une pluie de baisers sur son décolleté, sur ses seins mais sans s'y attarder, puis plus bas encore, faisant naître des milliers de frissons dans leur sillage. Elle frémit quand il s'agenouilla devant elle et entreprit de déboutonner son jean. Les jambes flageolantes, elle acheva de l'ôter. Pour la première fois depuis l'accident, elle ne redoutait pas de dénuder son ventre.

Carter posa les lèvres sur son nombril puis descendit jusqu'au triangle de dentelle protégeant son intimité. Alors, il leva les yeux vers elle et, le regard rivé au sien, il fit glisser le sous-vêtement le long de ses hanches jusqu'aux chevilles. Puis ses doigts effleurèrent la peau sensible de l'intérieur de ses cuisses tandis que sa bouche suivait le même chemin, remontant avec une lenteur délibérée sans cependant atteindre son sexe.

Les paupières mi-closes, elle ne put retenir un gémissement de frustration et écarta les jambes en une invite silencieuse.

— Patience, murmura-t-il. Cette scène, je l'ai imaginée dans mes rêves les plus érotiques pendant quinze ans.

Elle ouvrit les yeux, surprise par cet aveu.

Elle n'eut pas le loisir de s'interroger davantage, car toutes ses pensées s'évanouirent alors que Carter pressait doucement son pouce sur le petit bouton de chair avant de le titiller avec la langue. Elle ne songea plus qu'à l'imminence de la délivrance. Elle résistait encore quand il introduisit un doigt en elle. Alors, les vagues successives du plaisir la submergèrent, de plus en plus intenses, et elle explosa.

En entendant Helena gémir de plaisir, Carter sentit son désir grimper de plusieurs degrés, et son membre durcit à en devenir douloureux. Il se releva et la souleva dans ses bras, se délectant de l'extase qu'il lisait sur son beau visage. Quand il la déposa sur le lit, elle émergea lentement de son état de transe.

— Il n'y a pas de raison que tu sois encore habillé, dit-elle en se redressant.

Il la laissa déboutonner sa chemise, mais quand sa main menue s'approcha de la ceinture de son jean, il interrompit son geste. Il avait terriblement envie d'elle, mais il savait que, une fois nus tous les deux, il ne pourrait plus se contrôler très longtemps.

— Pas encore, ma douce.

Il prit ses seins dans la coupe de ses mains et happa les pointes érigées entre ses lèvres, savourant les soupirs de volupté que suscitait cette caresse. N'était le désir qui le consumait, il aurait pu passer la nuit à rendre hommage à la sensualité du corps de Helena. Il voulait graver dans sa mémoire ces instants précieux, le souvenir de la douceur de sa peau sous ses doigts, de son sourire de béatitude après l'orgasme.

— Je te veux, maintenant ! protesta-t-elle.

— Tes désirs sont des ordres, ma chérie.

Il leva les mains en signe de reddition.

D'une main fébrile, elle ouvrit sa braguette, puis baissa son jean et son caleçon, libérant son sexe tendu à l'extrême. Tandis qu'il achevait de se débarrasser de ses vêtements, il la vit ouvrir le tiroir de la table de nuit et en sortir un contraceptif – par mesure de précaution, il y en avait dans chaque chambre de la base. Elle déchira le sachet et se mit à lui enfiler le préservatif.

L'érotisme de cette scène le fit vibrer d'impatience.

Puis Helena bascula sur le matelas et s'étendit, offerte.

Alors, n'y tenant plus, il la rejoignit et prit pleinement possession de celle qu'il désirait depuis toujours.

La lampe de luminothérapie s'alluma doucement, programmée pour marquer le début d'une nouvelle journée.

Carter ne dormait pas. Il laissait son esprit vagabonder à

sa guise en écoutant le souffle régulier de Helena, assoupie dans ses bras.

Le lit n'était pas franchement adapté à deux personnes, de sorte qu'ils avaient passé la nuit étroitement enlacés.

Il fit courir ses doigts le long du dos nu de la jeune femme qui sourit dans son sommeil, et son cœur s'emplit de bonheur.

Il avait tant de souvenirs communs avec les jumeaux Mathews ! Leurs séances à la piscine municipale, leurs parties de chasse aux extraterrestres dans le jardin, leurs tournois d'échecs. Owen et lui avaient été inséparables durant tant d'années. Mais lorsqu'il repensait à cette époque, c'étaient les moments partagés avec Helena qui prenaient le pas sur les autres, leurs conversations à bâtons rompus à l'occasion du petit déjeuner quand Owen n'était pas encore réveillé. Lors de leur premier trimestre universitaire, par une sorte d'accord tacite, ils avaient multiplié les occasions de se retrouver en tête à tête. Il avait apprécié chacun de ces instants, mais il ne mesurait pas alors combien ils étaient précieux.

Comment leur relation aurait-elle évolué s'il n'était pas parti du jour au lendemain ?

Sans doute de la même façon qu'aujourd'hui car, sans l'irruption d'Owen, il aurait embrassé Helena. À quoi aurait ressemblé son existence s'il n'avait pas détruit sa famille en révélant bien malgré lui le mensonge de sa mère ?

La question surgit brutalement, et, comme chaque fois qu'il songeait à cet épisode de sa vie, il sentit sa gorge se nouer douloureusement.

Il avait beau s'évertuer à l'enfouir au plus profond de lui, le passé le poursuivait sans répit, ce passé dont il n'avait pas parlé à Helena. En fait, il avait même systématiquement esquivé le sujet quand elle avait tenté de l'aborder.

De l'index, il suivit le tracé de la cicatrice.

Il était médecin généraliste, pas chirurgien, mais durant toute son enfance et son adolescence il avait entendu son père commenter les progrès de la chirurgie, et il avait commencé à lire des revues spécialisées dès l'âge de seize ans, articles dont il débattait ensuite avec l'homme auquel, à l'époque, il vouait une admiration sans borne. Aussi savait-il qu'une marque de cette nature résultait d'un traumatisme tel que c'était un miracle que Helena ait survécu.

Le monde avait failli perdre une belle âme, et il n'en avait pas eu conscience. Tous ces messages non expédiés, tout ce temps perdu. Pour autant, il n'avait jamais regretté son choix de quitter Chicago, seul moyen pour lui de se reconstruire... Jusqu'à ce que Helena descende du LC-130.

Il déposa un baiser léger sur les cheveux de celle-ci, respirant avec bonheur son parfum.

Ils n'avaient pas discuté de ce qu'il se passerait ensuite. Helena s'était endormie dans ses bras presque aussitôt. Cependant, une chose était sûre : il refusait de la perdre une seconde fois.

Il l'embrassa sur le bout du nez et caressa son corps à la peau soyeuse.

Elle poussa un petit gémissement de volupté, s'étira et ouvrit les yeux.

— Bonjour, Carter, murmura-t-elle d'un ton où perçait une pointe d'incertitude.

— Bonjour, ma douce.

Il la serra plus fort contre lui, savourant ce moment de félicité. « Félicité », un terme qu'il avait rayé de son vocabulaire et un sentiment qu'il avait refoulé par peur d'une nouvelle déception.

Ce fut pourtant du bonheur qu'il éprouva quand la bouche de Helena se colla à la sienne et que sa main s'aventura au creux de ses reins, rallumant un désir dont il ignorait s'il parviendrait à l'assouvir un jour.

Carter observait Helena qui, assise à son bureau, très concentrée, révisait la conclusion de l'article qu'ils avaient coécrit.

En l'espace de quatre semaines, elle avait bouleversé le cours de sa vie. Ou peut-être l'avait-elle remis dans le droit chemin ? Quoi qu'il en soit, il se sentait heureux, vraiment heureux, pour la première fois depuis de longues années.

Il s'approcha et l'embrassa dans le cou.

— À force de fixer cet écran, tu vas finir par loucher !

— Encore une ou deux petites retouches, et le texte sera au point.

Il lui emprisonna les mains.

— Laisse-le reposer quelques jours avant la relecture finale. Ensuite, nous choisirons la revue à laquelle le proposer.

Rayonnante, elle se tourna vers lui.

Se lasserait-il, un jour, de ce sourire qui illuminait son visage ?

— Nous ?

Il y avait tant d'espoir dans sa voix qu'il n'eut pas le cœur de doucher son enthousiasme.

Il ne cosignerait pas l'article. Sur ce point, il n'avait pas changé d'avis, mais il n'avait pas envie de gâcher sa joie.

— Tu penses à un titre en particulier ? s'enquit-elle.

— Pourquoi pas *Médecine préventive* ? Le sujet dont nous traitons est pile dans la cible.

— Et si jamais ils refusent de le publier ?

— Dans ce cas, tant pis pour eux ! répondit-il d'un ton désinvolte. Nous en trouverons un autre tout aussi renommé. Ce ne sont pas les magazines spécialisés qui manquent dans le domaine.

Helena se leva et, se hissant sur la pointe des pieds, l'embrassa sur la joue.

— C'est ce que j'espérais entendre. Carter Simpson et Helena Mathews, coauteurs d'un article qui fait date dans l'histoire de la médecine polaire ! Qui aurait imaginé, en nous voyant jouer ensemble dans le bac à sable, que nous formerions une telle équipe de choc ?

— Ne t'enflamme pas, répondit-il en riant. Par ailleurs, nous n'avons jamais joué ensemble dans un bac à sable. Nous avions six ans quand nous nous sommes connus !

— Quel rabat-joie ! Qu'à cela ne tienne, nous nous rattraperons en rentrant. Une petite escapade sur une belle plage exotique où nous construirons un immense château de sable. Qu'en dis-tu ?

Il se garda de la contredire, mais la perspective du retour lui noua l'estomac. Helena retournerait-elle s'installer à Chicago ?

La réponse s'imposa à son esprit : oui, à coup sûr.

Il préféra l'ignorer. Après tout, il leur restait plusieurs mois à passer ensemble d'ici la fin de l'hiver dans l'Antarctique. Qui sait comment les choses évolueraient durant ce laps de temps ?

Il éprouva néanmoins le besoin de s'isoler.

— Nous n'avons quasiment plus d'antalgiques en stock dans la pharmacie. Je vais en chercher à la réserve.

— Pas étonnant. Il y a eu une étonnante recrudescence de maux de tête et de douleurs articulaires cette semaine. À croire que tout le monde s'est donné le mot !

— Ce sont les effets du confinement et de l'absence de lumière naturelle. Ces manifestations s'accentueront au fil des mois. Je n'en ai pas pour longtemps. À tout à l'heure.

— Vous êtes sûre que ça ne posera pas de problème ? s'enquit Helena à voix basse. Il aime tellement les cookies.

— Absolument certaine, rétorqua Ella, la cuisinière en chef de la base. Je commande toujours des provisions supplémentaires pour fêter les occasions spéciales. D'autant que je dispose d'un budget supérieur lors de la saison hivernale. Bien manger, cela permet de remonter un moral en berne quand, dehors, il fait un froid glacial et nuit vingt-quatre heures sur vingt-quatre. Mais pourquoi chuchotez-vous ? Il n'y a quc nous deux dans cette pièce.

Helena jeta un coup d'œil en direction de l'entrée de la clinique.

Carter était parti depuis une vingtaine de minutes, il n'allait plus tarder à revenir de la réserve. Or, elle voulait que ce soit vraiment une surprise. Son anniversaire n'aurait lieu que dans deux mois, mais ici où tout était planifié avec une rigueur quasi militaire, il fallait s'y prendre à l'avance pour organiser un événement.

— Ce sera bien la première fois que nous célébrerons quelque chose en l'honneur du Dr Simpson, lui qui d'ordinaire ne se mêle jamais aux autres. Je vous félicite de lui avoir soufflé cette idée.

— En réalité, il n'est pas au courant.

— Une surprise ! s'exclama Ella. Espérons que l'initiative sera appréciée à sa juste valeur…

— Que manigancez-vous avec ces airs de conspiratrices ? demanda Carter, que ni l'une ni l'autre n'avaient entendu entrer.

Helena se figea sur place. Par chance, la cuisinière en chef ne perdit rien de son aplomb légendaire.

— Après tout, on peut bien le mettre dans la confidence, n'est-ce pas, Helena ? Nous envisageons une petite fête surprise pour marquer la fin de la première moitié de la saison.

— Super ! Vous pouvez compter sur ma présence.

Helena échangea un regard de connivence avec Ella.

Carter détestait les mensonges. Celui-ci n'en était pas vraiment un, mais elle ne pouvait s'empêcher d'éprouver une sourde inquiétude.

Chaque chose en son temps, se dit-elle pour se rassurer.

8.

Une bouffée de désir envahit Helena tandis que le souffle de Carter lui caressait la nuque. Penché au-dessus d'elle, il relisait la dernière mouture du texte.

Depuis que la nature de leur relation avait changé, un mois et demi plus tôt, les moments qu'ils partageaient étaient un enchantement. Pourtant, il subsistait entre eux une zone d'ombre. Ils passaient chaque nuit ensemble. Elle découvrait peu à peu les caresses qui faisaient vibrer Carter, un apprentissage qui l'emplissait de bonheur. Par moments, ils restaient étendus côte à côte, main dans la main, se contentant de parler. Cependant, jamais ils n'évoquaient le passé.

Carter ne lui avait pas encore dévoilé la raison de sa disparition subite, quinze ans auparavant, ni l'origine de cette blessure profonde qu'il portait en lui. Les rares fois où elle tentait de revenir sur les mots qu'il avait prononcés durant son sommeil, Carter s'esquivait, voire la rembarrait.

Elle lui avait promis de ne plus aborder le sujet tant qu'il ne se sentirait pas prêt, mais cet engagement datait d'avant qu'ils aient fait l'amour et qu'il ait constaté le traumatisme infligé à son corps et à son âme par son accident et son ex-fiancé. Elle s'était livrée à lui sans réserve, et elle avait du mal à accepter qu'il lui cache encore une partie de lui-même.

Le simple fait de se confier accomplit souvent des miracles, mais parviendrait-elle à le libérer de son fardeau ?

— Pourquoi fronces-tu les sourcils ? As-tu repéré une coquille que nous aurions oubliée ?

Elle s'appliqua à chasser son inquiétude.

— Non, aucune. De toute façon, j'ai lu ce document un si

grand nombre de fois que je ne suis plus capable de prendre du recul.

Elle lui adressa un sourire forcé, manifestement peu convaincant, car Carter se redressa et croisa les bras, sa posture habituelle de repli.

Elle dut prendre sur elle pour refouler sa peine et sa frustration. Les sentiments qu'ils éprouvaient l'un pour l'autre étaient relativement nouveaux, même si, pour sa part, elle avait l'impression d'avoir toujours aimé Carter. Depuis leur flirt, tous deux avaient suivi des parcours différents et vécu une relation sentimentale sérieuse, bien que soldée par un échec dans les deux cas.

— Alors, qu'est-ce qui te chiffonne ? Parle-m'en, il ne doit pas y avoir de mensonges ou de non-dits entre nous.

Encore cette exigence de sincérité et de franchise qui, chez lui, avait un petit côté obsessionnel !

Elle appréciait ce trait de caractère, mais elle ne pouvait s'empêcher de songer que Carter lui-même ne disait pas tout.

— Il existe pourtant un non-dit de ta part. Dès que je prononce le nom de Chicago, tu te fermes complètement.

Elle regretta aussitôt ses paroles en voyant son visage s'assombrir.

— Chacun a droit à son jardin secret, répliqua-t-il sèchement, et tu m'as promis de ne pas me questionner à ce sujet.

Une rectification s'imposait.

— Je t'ai effectivement promis de ne pas insister tant que tu ne serais pas prêt à me répondre.

— Cela ne risque pas de se produire de sitôt, Helena. Cela n'arrivera sans doute jamais. Mieux vaut te faire une raison.

— Difficile, sachant que tu as disparu du jour au lendemain de nos écrans radar. Owen et moi t'avons cherché longtemps. Si le hasard ne nous avait pas réunis, aurais-tu essayé de renouer le contact ?

Carter souffrait, et elle s'en voulait de le pousser ainsi dans ses derniers retranchements. Cependant, elle avait besoin d'en avoir le cœur net, pour déterminer si leur histoire ne se poursuivrait pas au-delà d'un hiver polaire ou si elle augurait un avenir commun.

— Non, et je n'ai pas la moindre intention de retourner à Chicago, ni de discuter de cette décision avec quiconque. J'ai tourné définitivement la page. Tu n'as pas à en savoir plus. Alors, inutile de t'obstiner !

Sauf qu'il se trompait : il n'avait pas tourné définitivement la page comme il le prétendait. Le passé continuait de le hanter et de durcir son âme.

— Dans ce cas, qu'est-ce que l'avenir nous réserve, Carter ?

La question lui avait échappé.

Il détourna le regard, et la tension entre eux grimpa d'un cran.

Elle avait conscience que, par ces mots, elle venait de lui avouer implicitement son amour, son désir de construire une relation durable. Peut-être devait-elle lui accorder plus de temps ? Mais que se passerait-il s'il s'entêtait dans son mutisme ? Son amour pour lui résisterait-il à ce manque de confiance ?

Elle n'eut pas le loisir de s'interroger davantage.

— Docteur Simpson ? Helena ?

Niel Hurst, le responsable de la gestion des entrepôts, venait de faire irruption dans la clinique, soutenant un membre de son équipe, Pietro Faelks.

Celui-ci avait une serviette tachée de sang enroulée autour de l'avant-bras.

— Pietro n'a rien trouvé de plus astucieux que de danser la gigue sur le sol gelé.

— Mon fils a remporté le tournoi de tir à l'arc du Vermont dans sa catégorie, expliqua Pietro avec une fierté manifeste.

— Son beau-fils, crut bon de préciser Niel.

— Ça t'amuse de remuer la boue ? répliqua sèchement Pietro. Je considère Matteo comme mon fils, un point c'est tout.

— Quand je pense que tu te lamentais à longueur de journée, l'hiver dernier ! Bon, je vous le laisse.

— Désolé, Doc, grommela Pietro, une fois son supérieur hiérarchique parti.

— Pas de problème, mon vieux. Je sais ce que vous avez enduré.

Carter se lava soigneusement les mains avant d'enfiler une paire de gants stériles. Helena, que cette passe d'armes avait intriguée, l'imita puis, avec des gestes très doux, elle entreprit d'ôter la serviette, espérant que ce bandage de fortune n'avait pas introduit de bactéries dans la blessure.

— J'admets que j'étais très remonté contre mon ex, murmura Pietro, mais ce n'est quand même pas la faute de mon gosse si sa mère a eu une aventure et a « oublié » de m'en parler. J'aurais peut-être dû m'en douter. Maintenant, il est bien plus grand que moi… Et beaucoup plus intelligent.

Elle fit la grimace en découvrant l'ampleur des dégâts.

Il faudrait une bonne vingtaine de points de suture, et il y avait fort à parier que le patient conserverait une cicatrice bien visible. Par ailleurs, à en juger par la position du majeur et de l'annulaire, il s'était fracturé les deux doigts en plusieurs endroits.

— Le moins que l'on puisse dire, c'est que vous n'y êtes pas allé de main morte, déclara-t-elle, avant de s'écarter pour que Carter examine la plaie.

Sa plaisanterie arracha un sourire à Pietro.

— Matteo avait six ans quand il s'est mis au tir à l'arc. Je lui ai offert son premier arc. J'aurais tellement aimé assister à sa victoire ! Mais les missions hivernales à la base rapportent pas mal d'argent, et avec le divorce…

Il étouffa un gémissement de douleur quand Carter lui souleva légèrement le bras.

— Bref, je suis super fier de lui. Vos patients sont-ils toujours aussi bavards, Helena ?

— Certains, oui. Ils finissent même parfois par me confier quelques anecdotes croustillantes.

— À vous aussi, Doc ?

— Rarement. Helena, pourrais-tu aller me chercher un flacon de lidocaïne, une seringue, le kit de suture et une attelle de doigt, s'il te plaît ?

Elle s'exécuta, étonnée par le manque de loquacité de Carter. D'ordinaire, il se montrait plus avenant quand il soignait un patient. Sans doute était-il encore contrarié par leur discussion précédente.

Lorsqu'elle lui eut rapporté les produits demandés, il remplit la seringue.

— La piqûre risque de vous faire un peu mal, déclara-t-il. Maintenant, racontez-nous comment cet accident s'est produit.

— Mon ex-femme m'a envoyé la vidéo de l'exploit de Matteo. En plein dans le mille !

Helena sourit.

Avait-elle jamais suscité autant d'admiration chez son propre père ? Quand celui-ci posait son regard sur elle, elle y lisait certes de l'amour, mais aussi une inquiétude permanente.

Un jour, peut-être…

— Ce gamin est vraiment bourré de talent. J'étais tellement heureux de sa prouesse que je ne tenais plus en place. Et voilà le résultat ! Matteo et moi n'avons pas le même ADN, mais ça ne m'empêche pas d'éprouver pour lui une véritable fierté paternelle.

Le rictus de Carter acheva de plonger Helena dans une profonde perplexité.

— Je vais dormir dans ma chambre, déclara Helena en attrapant son sac à dos, lequel contenait quelques magazines et un livre.

Le tremblement dans sa voix n'échappa pas à Carter.

Au cours du dernier mois et demi, elle n'avait pas lu beaucoup, tout leur temps libre étant consacré à la rédaction de l'article. Elle avait d'ailleurs soumis la version définitive à plusieurs revues spécialisées pas plus tard que cet après-midi.

À force d'insistance de sa part à lui, elle avait accepté qu'il ne cosigne pas le texte. Elle avait promis de ne pas mentionner son nom. De toute évidence, elle n'avait pas compris la raison d'une telle exigence. Lui-même la jugeait un peu ridicule, car il aurait fallu un fichu concours de circonstances pour que son père tombe par hasard sur cet article, à supposer qu'il soit publié. Le cas échéant, cela ne se produirait vraisemblablement pas avant un bon bout de temps.

L'avenir.

Quand Helena l'avait évoqué, il s'était esquivé une fois de plus.

Leur mission hivernale à la base antarctique Amundsen-Scott Pôle Sud ne s'achèverait que dans six mois, mais il avait l'impression que l'échéance se rapprochait à grands pas. La suite, il ne l'envisageait pas sans Helena. Pour lui, c'était une évidence. Cependant, cela supposait de lui raconter ce qu'il s'était passé quinze ans auparavant, et il ne s'en sentait pas le courage. D'autant que la réaction de Pietro Faelks venait de ressusciter en lui des émotions dont la violence le bouleversait.

L'hiver précédent, Pietro avait découvert que l'enfant à qui il avait donné son nom n'était pas son fils biologique. Matteo avait dû subir une opération du genou, et l'analyse de son groupe sanguin avait révélé la tromperie. Pour autant, Pietro n'avait pas retourné sa rancune contre l'adolescent. Au contraire, il n'avait eu de cesse que de le rassurer sur l'amour qu'il lui portait. Carter le savait car, pour l'occasion, il avait fait une entorse à la règle et proposé à Faelks d'utiliser la ligne téléphonique de la clinique pour parler à son fils.

À ce souvenir, il sentit son cœur se serrer.

Lui n'avait pas eu cette chance. Son père l'avait renié. Pourquoi ce rejet brutal et définitif ? Il avait eu beau tourner et retourner la question dans tous les sens, il n'avait pas trouvé la réponse. De guerre lasse, il avait fini par abandonner.

— Carter ?

La voix de Helena le tira de ses pensées.

— Je ne te harcèlerai plus. Libre à toi de te mentir à toi-même. Cependant, n'espère pas me convaincre que tu as tiré un trait sur ton passé. Si je peux…

Elle s'interrompit. Un voile de tristesse assombrit son regard vert jade.

Il aurait dû dire quelque chose, mais les mots lui manquaient. Son cerveau refusait de fonctionner.

Elle secoua la tête et se dirigea vers la sortie.

— Bonne nuit, Carter.

Avant qu'il ait pu prononcer la moindre parole, elle avait disparu.

Abattu, il s'assit lourdement et prit sa tête entre ses mains.

Se mentait-il à lui-même ? Il l'ignorait. En revanche, une chose était sûre : par manque de courage et par entêtement, il risquait de perdre la femme de sa vie.

Car il en avait désormais l'absolue conviction : Helena Mathews était celle avec qui il voulait vivre jusqu'à la fin de ses jours. Il était tombé – ou plutôt retombé – amoureux d'elle. Son cœur, son âme, son corps, il aimait tout d'elle.

Elle s'était livrée à lui, et lui était demeuré replié sur lui-même, verrouillé à double tour comme s'il se méfiait, alors qu'elle lui avait tendu la main à plusieurs reprises. Les revers devaient enrichir la personnalité, pas l'endurcir. C'est ainsi que Helena avait réagi face à l'épreuve. Pourquoi pas lui ? Pourquoi se complaisait-il à ressasser ce qu'il ne pouvait pas changer ?

De nouveau, il avait le sentiment de se trouver à la croisée des chemins : soit il se libérait de son fardeau, soit il renonçait à l'élue de son cœur. Aucune autre voie ne s'offrait à lui.

Soudain, un déclic se produisit, et il sut enfin ce qu'il lui restait à faire.

Helena arpentait sa chambre, encore que ce soit un bien grand mot alors qu'il n'y avait que dix pas entre la porte et le mur du fond, distance qu'elle avait parcourue un nombre incalculable de fois en l'espace de vingt minutes ! Elle se sentait incapable de tenir en place et se faisait l'effet d'un lion en cage.

Pas question de rejoindre les autres à la cafétéria dans cet état de nervosité. La station de recherche fonctionnait comme un village. Tout se savait très vite, et son agitation ne serait pas passée inaperçue. Jusqu'à présent, personne ne l'avait interrogée sur la nature de ses rapports avec Carter Simpson, mais elle se doutait que des rumeurs circulaient. Les secrets ne faisaient pas long feu dans une communauté aussi restreinte et, qui plus est, fonctionnant en vase clos.

Elle s'était attendue à ce que Carter proteste lorsqu'elle lui avait assené qu'il se mentait à lui-même. Mais, là encore, il n'avait pas réagi, se murant dans ce mutisme qui commençait à lui taper sérieusement sur les nerfs. Il n'avait même pas tenté de la retenir et l'avait laissée partir sans un mot.

Elle ne pouvait cependant s'empêcher de s'en vouloir d'avoir provoqué cette fracture entre eux. Devait-elle pour autant accepter qu'il lui cache un épisode de sa vie, si douloureux soit-il, qui avait causé tant de dommages collatéraux, à commencer par la fin brutale d'une longue amitié ?

D'un geste brusque, elle essuya la grosse larme qui roulait sur sa joue.

Non ! Impossible de construire une relation durable avec un homme incapable de lui ouvrir son cœur. Quitte à en souffrir, mieux valait rompre avant de trop s'engager affectivement.

Elle eut un petit rire amer.

Quelle hypocrite ! Elle avait déjà franchi le point de non-retour, elle le savait pertinemment !

Des coups frappés à la porte la firent sursauter.

— Helena ?

Carter !

Elle s'empressa de se tamponner les yeux.

À quoi bon ? S'il était venu lui annoncer que tout était fini entre eux, il y aurait d'autres pleurs…

— Helena, répéta-t-il d'une voix pressante trahissant une certaine angoisse, je t'en prie, ma chérie, ouvre-moi !

« Ma chérie » ? Elle entrevit une lueur d'espoir.

Elle inspira profondément, ouvrit la porte et s'effaça pour le laisser entrer.

Carter se rua à l'intérieur comme s'il avait le diable à ses trousses, se retourna d'un bloc et planta son regard dans le sien.

— Voilà : mon père biologique est l'un des nombreux amants de ma mère. J'ai été conçu lors d'un tournage. J'ai découvert la vérité à l'occasion du test ADN réalisé dans le cadre de nos cours d'anatomie. Mon père officiel a décrété qu'il ne voulait plus jamais nous revoir, ma mère et moi, et il nous a flanqués dehors. Ma mère a refusé de quitter le domicile conjugal. Moi, j'ai fait ma valise, et je suis parti. Ni l'un ni l'autre n'ont cherché à me retenir.

Il avait débité sa tirade d'une seule traite.

Abasourdie, elle avait gardé la main crispée sur la poignée de la porte, qu'elle avait tout de même eu la présence d'esprit de refermer.

— Ma mère a toujours raconté des histoires. Elle menait sa vie comme s'il s'agissait d'un scénario, comme s'il suffisait de hurler « Coupez ! » pour rembobiner le film et interrompre une scène qui ne lui convenait pas. De tous ses mensonges, celui me concernant a été le pire. Elle m'en a terriblement voulu d'avoir involontairement découvert le pot aux roses.

Il reprit son souffle.

— En résumé, j'ai détruit ma famille, conclut-il. Depuis, mon père et moi ne nous sommes plus jamais adressé la parole.

Bouleversée, elle prenait progressivement conscience du poids qu'il portait sur les épaules depuis tant d'années et de l'injustice de la situation.

— Tu n'y es pour rien, dit-elle doucement. S'il y a une personne innocente dans cette affaire, c'est bien toi.

Elle l'entoura de ses bras.

Carter laissa échapper un sanglot et la serra contre lui, cherchant du réconfort dans leur étreinte avant de reprendre son récit.

— Toute mon enfance, je me suis employé à faire la fierté de mon père, et j'y suis arrivé. Mais après, il n'a même plus voulu me regarder. Je ne savais pas comment vous expliquer, à Owen et toi, ce que j'avais découvert. J'étais sous le choc. Qui étais-je vraiment ? Je l'ignorais. J'avais perdu tout repère. Alors, j'ai décidé de couper les ponts avec ma vie d'avant, le temps de me reconstruire. L'université de Boston m'a admis en cours d'année, et j'ai pu bénéficier d'une bourse. Pour boucler les fins de mois, je cumulais les petits boulots… Aujourd'hui encore, je me demande parfois qui je suis réellement.

Elle se hissa sur la pointe des pieds et l'embrassa avec la tendresse de l'amie qu'elle n'avait jamais cessé d'être et avec la passion de l'amante qu'elle était devenue.

— Moi, je peux te répondre, Carter. Tu es Carter Simpson, le Dr Carter Simpson, un excellent médecin, un homme merveilleux et un bon joueur d'échecs – encore que pas assez pour me battre !

Sa plaisanterie lui valut un petit rire.

— Bien que tu aies l'impression inverse, tu es le même qu'avant, avec quelques années de plus et beaucoup plus d'expérience.

Elle avait du mal à concevoir ce par quoi Carter était passé. Ses parents n'approuvaient certes pas ses choix professionnels et s'obstinaient à ne pas reconnaître sa force de caractère, mais ils avaient toujours répondu présents quand elle avait eu besoin d'eux.

— Je suis désolée pour la façon dont ton père t'a traité. D'un autre côté, je meurs d'envie de te botter les fesses !

La stupéfaction se peignit sur le visage de Carter.

— Eh bien, oui ! Car si, au lieu de fuir, tu nous avais expliqué ce qu'il t'arrivait, Owen et moi aurions pu t'aider. À nous trois, nous aurions trouvé une solution. Tu aurais pu t'installer chez nous et poursuivre tes études à Chicago. Tu n'avais pas besoin de t'enfermer dans ta solitude.

Il lui caressa la joue et l'embrassa sur le bout du nez.

— À présent, je ne suis plus seul, murmura-t-il avant de s'emparer de ses lèvres.

Elle sentit son cœur se gonfler d'allégresse en songeant à la preuve de confiance qu'il venait de lui donner. Cela signifiait qu'ils avaient un avenir ensemble, ailleurs qu'au pôle Sud.

Elle s'abandonna à l'ardeur de ses baisers qui s'égaraient dans l'échancrure de son chemisier, tandis que le désir chassait ses dernières incertitudes.

— Mais qu'est-ce que tu fais ? s'enquit Carter en voyant Helena plier un bandana à la façon d'un bandeau.

Elle lui adressa une grimace taquine.

— Bande-toi les yeux. Ce soir, je te réserve une surprise.

— Une surprise ?

Aujourd'hui s'achevait la première moitié de la mission hivernale à la base Amundsen-Scott. Cette journée correspondait aussi à son anniversaire.

Helena le lui avait souhaité ce matin, lorsqu'ils s'étaient réveillés blottis l'un contre l'autre. Pour célébrer l'événement, ils avaient refait l'amour. Il n'aurait pu rêver plus beau cadeau.

Grâce à elle, la carapace de glace autour de son cœur fondait comme neige au soleil. Désormais, il participait à la vie sociale de la station de recherche. Il se joignait aux autres résidents pour le dîner et participait aux soirées. Cela lui avait permis de lier vraiment connaissance avec bon nombre d'entre eux, qui n'hésitaient pas désormais à lui rendre visite à la clinique sans pour autant avoir besoin de soins médicaux.

Ces changements le réjouissaient et contribuaient à tenir à distance les fantômes du passé.

— Fais-moi confiance, insista Helena.

— Je te fais entièrement confiance, se surprit-il à répondre.

Et c'était sincère. Depuis qu'il avait partagé son secret avec elle quelques semaines auparavant, il n'était plus le même homme.

— Très bien. Dans ce cas, mets le bandeau, s'il te plaît !

Il obtempéra.

— Super ! s'exclama-t-elle gaiement en lui déposant un baiser furtif sur les lèvres.

Il voulut l'attraper, mais elle s'esquiva.

— Non, non ! Ce n'est pas ainsi que j'ai l'intention de te surprendre.

— Dommage ! Mais ce n'est que partie remise.

Elle le guida à travers le dédale de couloirs tandis qu'il souriait intérieurement.

Ce qu'elle ignorait, c'est qu'au bout de deux hivers et demi ici, il connaissait chaque recoin de la base. Il devinait donc vite qu'elle le conduisait à la cafétéria.

Des effluves appétissants ne tardèrent pas à le lui confirmer.

— Nous y sommes, déclara Helena en lui ôtant le bandeau.

Une table ronde dressée pour deux convives occupait le centre du réfectoire.

Un doute désagréable s'insinua dans son esprit.

— Je croyais que tu avais prévu une fête collective pour inaugurer la seconde moitié de la saison hivernale ?

— Elle aura bien lieu, mais vendredi. Pour ce soir, j'ai organisé en cachette un dîner en tête à tête. Tu ne m'en veux pas ?

Il perçut un soupçon d'inquiétude dans sa voix. Elle savait qu'il détestait les mensonges par-dessus tout.

Il chassa ses vieux démons et s'empressa de la rassurer.

— Comment t'en vouloir, ma chérie ? Simplement, je m'étonne qu'il n'y ait pas eu quelqu'un pour vendre la mèche.

— En dehors de moi et des cuisiniers, personne n'est au courant. C'est pour cette raison que nous dînons plus tôt que d'habitude. Au menu, tes plats favoris : rôti de bœuf, gratin dauphinois et cookies aux pépites de chocolat blanc ! Il faudra que je m'exerce à en faire pour plus tard, quand nous…

Elle s'interrompit et devint rouge de confusion.

— Oh ! pardon ! Je me laisse emporter par mon incorrigible optimisme !

Elle prit une profonde inspiration avant d'ajouter :

— Puisque tu hais les cachotteries, autant que tu le saches : je t'aime, Carter Simpson, et je ne demanderais pas mieux que de te confectionner tes biscuits préférés jusqu'à la fin de tes jours.

— Moi aussi, je t'aime, ma chérie. De tout mon cœur et de toute mon âme.

9.

Helena éprouva une sourde angoisse à la lecture de l'e-mail.

Le message se résumait à quatre lignes et pas plus d'une cinquantaine de mots. Quatre lignes qui risquaient fort d'ébranler l'équilibre de Carter, sans oublier leur relation.

Le Dr Drake Simpson demandait des nouvelles de son fils et faisait part de son désir de lui parler. Il avait retrouvé sa trace parce qu'elle avait ajouté Carter Simpson comme auteur de l'article qu'ils avaient coécrit… Ce qu'elle s'était bien gardée de dire à l'intéressé.

Elle s'efforça de respirer calmement pour évacuer sa nervosité.

Elle avait voulu lui réserver une surprise, dans l'hypothèse où le texte retiendrait l'attention d'un éditeur. Après tout, il avait largement contribué à sa rédaction et, depuis l'âge de seize ans, il rêvait de voir son nom figurer dans une revue médicale sérieuse.

Apprécierait-il l'initiative ?

Elle n'en était plus aussi sûre, à en juger par sa première réaction quand elle lui avait organisé un dîner d'anniversaire à son insu. Quand il avait ôté le bandeau, elle avait décelé dans son regard une lueur de contrariété. Il s'était très vite repris, et ils avaient passé ensuite une soirée merveilleuse, mais son attitude initiale lui restait gravée dans la mémoire.

Le courriel de Drake Simpson était arrivé moins d'une heure après celui du journal *Médecine préventive* l'informant qu'ils souhaitaient publier son étude. Au comble de l'excitation, elle avait aussitôt transféré ledit message à Owen. Son frère jumeau lui avait adressé ses félicitations presque instantanément et avait exigé qu'elle lui envoie sur-le-champ une copie de son œuvre. Ce qu'elle avait fait. Aussi, quand le signal sonore indiquant la réception d'un nouveau message avait retenti, elle avait pensé qu'Owen lui transmettait ses commentaires. Quelle n'avait pas été sa stupéfaction en découvrant l'identité de son correspondant.

C'était à n'y rien comprendre ! Comment Drake Simpson avait-il eu vent d'un article avant même sa parution ?

D'après Carter, son père se fichait éperdument de savoir ce qu'il était devenu. Toutefois, quinze ans s'étaient écoulés depuis qu'il l'avait flanqué à la porte. Et si Drake désirait réparer cette cruelle injustice ?

Elle en était là de sa réflexion quand, le sourire aux lèvres, Carter pénétra dans la clinique.

— Bonjour, ma chérie, lança-t-il d'une voix guillerette.

— Bonjour ? Nous nous sommes vus il y a moins d'une heure ! répondit-elle sur le ton de la plaisanterie, en prenant soin de rabattre l'écran de son ordinateur portable.

Il se pencha vers elle pour l'embrasser dans le cou.

— Tu t'es volatilisée juste après le petit déjeuner.

— Avoue plutôt que tu ne t'es pas rendu compte de mon départ tellement tu étais occupé à discuter avec Holden Summers. Je te trouve bien bavard depuis quelque temps.

— Je le reconnais. Je ne m'étais pas rendu compte à quel point les contacts humains me manquaient jusqu'à ce que tu te mettes en tête de me tirer de mon isolement. D'ailleurs, je ne me rappelle pas si je l'ai déjà fait, mais je t'en remercie du fond du cœur.

— Je t'en prie.

Elle inspira profondément pour se donner du courage.

Il ne servait à rien de repousser le moment de la confrontation. Inutile de tergiverser, elle *devait* annoncer la nouvelle à Carter.

— J'ai quelque chose à te dire. J'ai reçu un…

— Aidez-moi… Je n'arrive plus à respirer…

Joseph Bales fit irruption dans la clinique en titubant. Il se tenait la poitrine et haletait.

Carter se précipita au-devant de lui et l'escorta jusqu'à

la table d'examen, tandis qu'elle s'empressait d'approcher l'électrocardiographe ainsi que le défibrillateur en cas d'arrêt cardiaque.

— Essayez d'inspirer et d'expirer le plus calmement possible, déclara Carter en montrant l'exemple au patient.

— Je ne peux pas, gémit celui-ci. Je veux rentrer chez moi.

En réalité, il ne souffrait pas de détresse respiratoire. Son cerveau lui envoyait ce signal parce que son organisme était proche de l'hyperventilation, un symptôme typique de la crise de panique. Souvent, les gens la confondaient avec une attaque cardiaque. Quoi qu'il en soit, la situation risquait d'avoir des conséquences graves si Carter ne parvenait pas à calmer suffisamment le patient pour qu'il retrouve un rythme respiratoire normal.

Helena échangea un regard entendu avec Carter.

— Ma maison me manque aussi, dit-elle d'une voix apaisante, tout en plaçant les électrodes. Connaissez-vous la ville de Chicago ?

Il secoua la tête en signe de dénégation.

— Là-bas, les immeubles sont vertigineux et les vents sournois. Aucun parapluie n'y résiste, de sorte que les habitants ont renoncé à s'en équiper. Quand il pleut, ils rentrent la tête dans les épaules. Et chez vous, c'est comment ?

Du coin de l'œil, elle surveillait le moniteur. Le rythme cardiaque était un peu trop rapide, mais rien d'alarmant.

— Plat… Je suis originaire de l'Ohio… Mes parents y vivent toujours. Il y a des années que je n'y suis pas retourné… Il faut dire qu'il n'y a pas beaucoup de travail pour les astrophysiciens, à Troy. L'endroit est surtout connu pour son festival de la fraise qui a… lieu tous les ans. Il y a si longtemps que je n'ai pas mangé un beignet à la fraise bien moelleux et sucré !

À mesure qu'il évoquait ses souvenirs, Joseph se détendait, et son rythme respiratoire revenait à la normale.

— Je pense que la crise est passée, déclara Carter, manifestement soulagé. Il s'agissait en fait d'une attaque de panique.

— Je me sens complètement idiot. Je suis désolé de vous

avoir dérangé pour ça. Mais j'ai vraiment cru que ma dernière heure était arrivée.

— Ne vous excusez pas, Joseph. Ce genre de trouble présente des symptômes assez similaires à ceux d'une crise cardiaque. Dès que vous ressentez des problèmes d'ordre respiratoire, il convient de solliciter un avis médical. En tout cas, vous m'avez mis l'eau à la bouche avec vos beignets à la fraise. Pour ma part, je me rappelle les bretzels que je dégustais dans ma ville natale. J'avais un faible pour ceux à l'oignon. Ils ne donnent pas très bonne haleine, mais ils sont succulents, salés et croustillants à souhait.

Carter éprouvait-il lui aussi le mal du pays ? s'interrogea-t-elle.

Ils n'avaient pas encore discuté de leurs projets communs ou respectifs. Avait-il l'intention de retourner à Chicago à la fin de leur mission ? Celle-ci ne représentait qu'une parenthèse de vie à l'écart du reste du monde, un séjour temporaire. En aucun cas, il n'était possible d'envisager de s'installer au pôle Sud.

Elle l'observa tandis qu'il prodiguait des conseils à Joseph, lui expliquant comment évaluer son niveau de stress et l'invitant à passer à la clinique chaque jour de la semaine suivante pour un contrôle.

L'angoisse la saisit de nouveau à la perspective de lui parler du e-mail de Drake Simpson. Comment allait-il réagir ?

Elle se rassura en songeant que leur amour, sincère et réciproque, leur permettrait de surmonter cette épreuve.

Tout allait s'arranger. *Il le fallait.*

— À moi aussi, les bretzels de chez Oliver me manquent, dit Helena tandis qu'ils fermaient la clinique. En revanche, je n'ai jamais compris comment Owen et toi pouviez en engloutir autant à l'oignon.

Carter l'enlaça par la taille, et elle se laissa aller contre lui.

— Je me rappelle que tu avais une prédilection pour ceux à la cannelle et au sucre.

Il l'embrassa dans le cou.

— À quoi est dû ce soupir ? Au souvenir des bretzels ou à ce baiser ?

— Et pourquoi pas aux deux ? répondit-elle en lui effleurant la joue du bout du doigt.

Comme il s'apprêtait à s'emparer de ses lèvres, elle s'esquiva avec un petit rire qui lui parut forcé.

Il percevait une tension en elle. À bien y réfléchir, cette impression ne l'avait pas quitté de la journée.

— Il faudra absolument que nous fassions un pèlerinage chez Oliver. Et à la pizzeria Stan. Je n'ai jamais mangé d'aussi bonnes pizzas aux quatre fromages.

Elle plongea son regard dans le sien, comme si elle y cherchait la réponse à la question qu'elle n'avait pas formulée. Une question qu'il devinait et redoutait.

Les souvenirs affluèrent et, dans leur sillage, la peine, la mélancolie, la rancune. Il aimait sa ville natale, il en rêvait parfois, mais il n'y remettrait pas les pieds, il se l'était juré.

Alors, autant mettre les choses au point sans attendre pour éviter tout éventuel malentendu.

— Ce sera sans moi.

Une ombre voila l'éclat de ses iris.

— Est-ce à cause de tes parents ? Carter…

Il préféra l'interrompre. Il n'avait pas envie de se lancer dans ce genre de discussion. Il ne retournerait pas à Chicago, et c'était non négociable. Même Helena et son pouvoir de persuasion légendaire ne parviendraient pas à le faire revenir sur sa décision.

— Ma mère vit maintenant à New York. Elle m'a envoyé un e-mail pour m'aviser de son déménagement alors que je travaillais encore à Boston. Il n'y avait pas un mot d'excuse. Elle voulait juste m'informer qu'elle y était heureuse. Elle est née et a grandi là-bas. Elle en a toujours voulu à mon père d'avoir installé son cabinet à Chicago. Elle m'a convié à lui rendre visite.

— C'est bien de sa part, d'avoir fait le premier pas. Tu y es allé ?

— Non. Toutefois, j'ai conservé ses coordonnées.

— Et si ton père cherchait à renouer le contact ? s'enquit Helena d'une voix mal assurée.

Il ne lui en avait pas encore parlé, mais il avait également reçu un courriel de son père dans lequel celui-ci le priait de le joindre, sans préciser à quel sujet. Son message était on ne peut plus laconique. Il n'y avait pas non plus donné suite. Il avait beau se sentir déraciné et orphelin, il avait trop souffert pour courir un tel risque.

Mieux valait se concentrer sur l'avenir. Et l'avenir, c'était Helena. Peut-être parviendrait-il à la convaincre de le suivre à Boston ? Elle restait certes très attachée à Chicago, mais cela ne l'avait pas empêchée d'aller en Irak et de signer pour une mission de neuf mois au pôle Sud dans des conditions extrêmes. Alors, pourquoi pas le Massachusetts ou ailleurs ? Il était prêt à s'établir n'importe où, du moment qu'ils étaient ensemble. N'importe où, sauf à Chicago.

— Il y a aussi d'excellents bretzels à Boston. Par ailleurs, j'ai travaillé quelques mois dans le Michigan. La région des Grands Lacs est d'une beauté à couper le souffle. Sinon, pourquoi n'irions-nous pas au Texas, histoire de vérifier si les tacos sont aussi bons que le prétendent les habitants ?

Haussant les épaules, elle ouvrit la porte de sa chambre.

— Je ne doute pas que ces endroits soient super et leurs spécialités culinaires savoureuses. Néanmoins, ce n'est pas chez nous. Je me disais que, à la fin de notre mission, nous pourrions peut-être rentrer à Chicago. Du moins pour une brève visite, afin de prouver à mes parents que…

— S'ils n'ont toujours pas assimilé, après le courage que tu as démontré, que leur fille est une femme forte et déterminée, je crains qu'ils ne l'intègrent jamais. Il serait grand temps que tu cesses de te bercer d'illusions à leur sujet.

Devant son air peiné, il regretta ses paroles.

— Excuse-moi, ma chérie. Je voulais juste dire…

— C'est bon, j'ai compris, répliqua-t-elle d'une voix tremblante. Inutile d'enfoncer le couteau dans la plaie. Tu ne crois pas que mes parents m'accepteront un jour telle que je suis, et tu n'as pas l'intention de retourner à Chicago avec moi, même pour une brève visite. C'est bien cela ?

Navré, il se contenta de hocher la tête. Il voulut prendre Helena dans ses bras, mais elle se déroba.

— Tes parents pourront venir nous voir, déclara-t-il dans une ultime tentative pour se rattraper. En revanche, pas mon père.

— Et si l'envie lui en prenait ?

Il sentit sa gorge se nouer douloureusement.

— Cela m'étonnerait beaucoup. De toute façon, le cas échéant, je m'y opposerais. Après la manière dont il m'a traité, je refuse d'avoir le moindre contact avec lui. Drake Simpson n'a plus aucun droit de regard sur mon existence.

— Je vois, murmura Helena, fuyant son regard.

Que se passait-il ? Il avait l'impression qu'elle lui cachait quelque chose. Serait-elle en train de lui mentir ?

Il se ressaisit aussitôt.

Il l'avait déjà insultée à plusieurs reprises en l'espace de vingt minutes, il n'allait pas, en plus, céder à la paranoïa !

Dans son cœur, le mal du pays le disputait à la nécessité de se protéger, de ne pas mettre en péril l'équilibre encore précaire qu'il avait réussi à se forger. Il avait décidé une bonne fois pour toutes de ne plus remettre les pieds à Chicago, et il s'y tiendrait coûte que coûte.

À l'époque, bien sûr, il n'imaginait pas retrouver Helena et être confronté à un tel dilemme. La vie réserve parfois de sacrées surprises…

— Moi, je ne me suis jamais vue vivre ailleurs qu'à Chicago, dit celle-ci comme si elle se parlait à elle-même. J'appartiens à cette ville.

Cette déclaration ne le surprit pas. Après s'être avoué leur amour, ils avaient évoqué leur avenir commun, mais uniquement dans des termes vagues jusqu'à présent. De nouveau, il avait le sentiment de se trouver à la croisée des chemins. Cependant, pour la première fois depuis que Helena avait débarqué à la base, il ne savait pas quelle voie choisir. Il ne voulait pas perdre Helena, sans pour autant être prêt à revenir sur sa décision concernant Chicago.

— Je t'aime, ma chérie.

— Moi aussi, je t'aime, répondit-elle avec un sourire qui manquait de spontanéité. Nous avons encore quatre mois pour réfléchir.

Une peur sournoise l'envahit.

Quatre mois, c'était à la fois long et très court, compte tenu de l'enjeu. Parviendrait-il à la convaincre ? Si seulement il avait une baguette magique pour arrêter la course du temps !

— Oui, tu as raison.

— Au fait, j'ai oublié de te dire que j'ai reçu un e-mail de la revue *Médecine préventive*, ce matin. Ils souhaitent publier notre article.

— Génial ! s'exclama-t-il en la serrant dans ses bras. En revanche, ce n'est pas *notre* article, mais *ton* article.

— À ce propos, je dois…

Il l'interrompit avec un baiser.

— Et si nous allions à la cafétéria partager cette excellente nouvelle avec les autres ?

— Bonne idée, mais…

— Il n'y a pas de « mais » !

Convaincu que ce succès était de bon augure, il l'attrapa par la main et l'entraîna à sa suite.

10.

Helena relut l'e-mail de Drake Simpson pour la vingtième fois en trois jours.

Elle ne s'était toujours pas résolue à le supprimer ni à en parler à Carter. Trois jours déjà qu'elle se torturait l'esprit, ne sachant ce qu'elle devait faire et craignant que cette nouvelle ne ravive de vieilles blessures mal cicatrisées.

Carter n'avait pas l'intention de renouer avec son père, et il semblait fermement déterminé à ignorer toute éventuelle tentative de rapprochement. Elle comprenait en partie sa décision, bien que plus encline à la réconciliation qu'à la rancune. Cependant, chacun pouvait changer.

Elle s'accrochait à cette conviction comme à une bouée de sauvetage.

Elle reporta son attention sur le message arrivé le matin dans sa boîte de réception.

Sa mère lui avait transféré une offre d'emploi : un pédiatre de Chicago cherchait une infirmière débutante pour l'assister.

Certes, la pédiatrie l'intéressait, mais elle n'était plus une novice. Elle possédait le diplôme le plus élevé en matière de soins infirmiers, ainsi qu'une solide expérience des urgences. Deux « détails » que sa mère feignait d'ignorer.

Après s'être enquise de sa santé – son sujet de prédilection, la concernant ! –, elle l'exhortait à répondre à cette annonce plutôt que de se porter candidate pour une troisième mission dangereuse.

Helena tritura nerveusement son collier.

« Une troisième mission dangereuse. »

La seule à avoir représenté un danger réel était celle en

Irak. Elle n'était pas près de l'oublier, elle en garderait les séquelles à vie. Pour autant, un accident de voiture pouvait survenir n'importe où, elle en savait quelque chose ! Pas un jour ne s'écoulait au service des urgences de Chicago sans qu'affluent des victimes d'accidents de la route. Bien que basé au bout du monde, son poste actuel ne comportait aucun risque particulier pour sa santé ou sa sécurité.

Mais à quoi bon s'escrimer à convaincre ses parents, qui ne rêvaient pour elle que d'un job lénifiant à deux pas de chez eux ? Ils la considéraient toujours comme le bébé fragile et minuscule qu'elle était à sa naissance et qui avait passé les premières semaines de son existence dans une unité de soins intensifs néonatals.

Ils devraient justement comprendre qu'elle était une battante. Par deux fois, à la maternité puis à l'hôpital en Allemagne, elle avait failli mourir, et par deux fois, elle avait survécu. Autant se rendre à l'évidence : ils ne cesseraient jamais de s'inquiéter pour elle ni de vouloir la couver.

Aussi étouffants soient-ils, ils étaient ses parents, et elle les aimait. De même qu'elle aimait Chicago… et Carter.

Avec lui, elle serait heureuse n'importe où. Mais supporterait-elle à la longue de n'effectuer que des visites éclair à Chicago sans que l'homme de sa vie l'accompagne ?

En son for intérieur, elle en doutait, et cette incertitude la retenait d'accepter l'avenir que Carter lui proposait.

Malgré ses défauts, sa famille comptait beaucoup pour elle. Ils accueilleraient Carter à bras ouverts, comme un fils, comme un frère… À condition qu'il leur en donne l'occasion.

Ce fut ce moment que choisit l'intéressé pour pénétrer dans la clinique. Il la salua brièvement, ce qui la peina, avant de se diriger vers le local de la pharmacie.

Entre eux, les choses avaient changé imperceptiblement. Carter avait baissé sa garde, mais elle sentait confusément que, à la moindre erreur de sa part, il se réfugierait de nouveau sous son armure.

Le mercredi était le jour de l'inventaire. La liste devait être fournie à Keith en fin de journée. Celui-ci les contacterait ensuite par téléconférence en fin de semaine pour passer en revue les besoins. Bien sûr, la rigueur de l'hiver interdisait tout approvisionnement, mais ils devaient s'assurer que la première livraison comporte en priorité les produits menacés de rupture de stock. Par ailleurs, il convenait d'affiner les prévisions pour l'hiver suivant.

L'hiver suivant…

Elle jeta un coup d'œil chargé d'appréhension en direction de la pharmacie dont Carter avait refermé la porte.

C'était son troisième hiver au pôle Sud. Pensait-il en effectuer un quatrième ? Le cas échéant, y aurait-il un cinquième, puis un sixième ?

Pour sa part, elle jugeait cette mission très enrichissante à plus d'un titre, mais elle n'entendait pas renouveler l'expérience. Désormais, elle aspirait à poser ses valises, de préférence à Chicago. Elle avait envie de voir ses neveux et nièces grandir et de partager des moments heureux avec sa famille.

Balayant du regard le décor impersonnel de la clinique, elle sentit les larmes lui monter aux yeux.

Impossible d'imaginer fonder un foyer ici. Il ne s'agissait que d'une étape qui, par définition, était temporaire et devait le rester. Elle avait atteint son objectif et fait ses preuves dans une région de la planète encore plus lointaine que l'Irak, plus exactement, aux confins du globe.

Carter sortit du local de la pharmacie, sa tablette à la main. Il lui sourit, mais son visage exprimait la même réserve qu'au début de leur collaboration.

Elle eut un pincement au cœur en songeant qu'il se repliait de nouveau sur lui-même.

Comment y remédier ? Elle n'en savait rien.

— Le stock est encore assez bien pourvu, déclara-t-il. Et pour cause : en dehors des dix premiers jours, la saison a été plutôt calme. Croisons les doigts pour qu'il en soit ainsi jusqu'à la fin.

— C'est vrai. Je n'avais encore jamais travaillé à un rythme aussi peu soutenu.

— Il faut que tu t'attendes à ce que Keith te propose de rempiler avec moi l'hiver prochain.

Elle se figea.

— Parce que tu as l'intention de continuer ce job ?

Ce qu'elle redoutait venait de se produire. Elle avait néanmoins espéré qu'ils en discuteraient ensemble au préalable.

— Helena…

Il s'approcha comme s'il désirait la prendre dans ses bras, mais elle battit en retraite.

— Tu as déjà donné ton accord ?

Il se massa la nuque, signe d'un certain embarras.

— Pas officiellement.

Elle n'arrivait pas à le croire. Il aurait pu au moins l'informer de sa décision, notamment hier soir lorsqu'elle avait évoqué leur retour à Chicago !

— « Pas officiellement » ? Quand comptais-tu m'en parler ? Neuf mois, ce n'est pas rien !

Il poussa un soupir.

— J'apprécie vraiment ce job. Qui plus est, il est assez bien payé pour me permettre de rester en congé le reste de l'année. Pense aux voyages que nous pourrions faire en trois mois, aux endroits que nous pourrions visiter.

— Pas Chicago, en tout cas.

— Helena… Nous sommes grassement payés, ce qui représente un avantage non négligeable, insista-t-il.

Bon sang ! Se serait-elle trompée sur toute la ligne ?

Elle se fichait pas mal de l'aspect financier. Elle ne s'était pas portée volontaire pour cette mission dans le but d'arrondir son compte en banque !

— En vrai, qu'attends-tu de la vie ?

Le voyant hésiter, elle leva la main.

— Ne réponds pas tout de suite, dit-elle d'une voix étranglée. Prends le temps de réfléchir à la question, de réfléchir *sérieusement*. Parce que l'avenir n'est pas à Amundsen-Scott.

— Toi aussi, réfléchis. Nous mènerions une existence originale et fantastique !

Il affichait un enthousiasme qu'elle était loin d'éprouver.

— Probablement, mais ici, ce n'est ni chez moi ni chez toi.

Elle le vit se rembrunir.

— « Chez moi » ? Cette expression n'a pas la même signification pour moi que pour toi. Tout bien considéré, je n'ai plus vraiment de « chez-moi » depuis une quinzaine d'années. En revanche, une chose est sûre : je t'aime, et je ne veux pas te perdre.

— Je sais, Carter. Toutefois, si nos visions divergent à ce point…

Elle se retint d'ajouter que leur amour n'y résisterait pas.

Heureusement, car elle aurait sans doute éclaté en sanglots.

— Inutile de prendre une décision maintenant. Nous avons encore du temps devant nous. D'accord ? déclara-t-il d'un ton presque suppliant.

Elle acquiesça d'un hochement de tête.

Mais quelques jours de délai supplémentaires ne changeraient rien à l'affaire ; elle en avait la conviction.

« Qu'attends-tu de la vie ? »

La question trottait dans la tête de Carter tandis qu'il relisait ses notes en prévision de la téléconférence avec Keith. Cela faisait maintenant quarante-huit heures que Helena la lui avait posée, et il n'avait toujours pas la réponse.

Au cours des trois dernières années, il s'était juste organisé pour travailler neuf mois par an à la base antarctique Amundsen-Scott Pôle Sud pour éviter d'avoir à méditer sur ce qu'il voulait vraiment faire de sa vie.

Ne se cachait-il pas, aux confins du globe ? Que fuyait-il en se réfugiant ici ?

Il déglutit péniblement tandis que son cerveau et son cœur lui envoyaient des messages contradictoires.

Il aurait dû discuter de la prochaine mission avec Helena.

Il en avait eu l'occasion quand ils avaient évoqué l'avenir. Cependant, il avait pris soin de rester évasif sur le sujet, voire de l'esquiver.

Alors, que voulait-il réellement ?

Cela ne devrait pas être aussi difficile de prendre une décision. Sauf que la dernière fois qu'il avait eu un projet, l'infidélité de son ex l'avait anéanti. À trop forger d'espoir, on s'exposait à connaître des lendemains qui déchantent.

Abattu, il se massa les tempes.

— Ça n'a pas l'air d'aller très fort, dit Helena, qu'il n'avait pas entendue entrer.

Elle lui déposa un baiser léger sur le front.

La veille, elle s'était plainte d'une migraine et avait demandé à ne pas travailler. Ce qu'il avait accepté, suspectant qu'il n'était pas étranger à l'apparition de ce mal de tête, du moins en partie. La journée sans elle lui avait paru très longue et monotone.

Elle était son double, son âme sœur. Il l'aimait comme il n'avait jamais aimé personne. Si ce lien était rompu, il risquait de partir à la dérive. Il ne s'imaginait plus vivre sans elle. Le problème, c'était qu'il n'était pas en mesure de satisfaire son désir de s'installer à Chicago.

— Tu te sens mieux ?

— Oui, merci. Sommes-nous prêts pour la téléconférence ?

La réunion avec Keith devait débuter dans quelques minutes.

— Oui.

Il mourait d'envie de la prendre dans ses bras pour combler la distance qui les séparait, comme si son souhait à elle de poser ses valises à Chicago et son refus catégorique à lui d'envisager une telle hypothèse n'étaient pas inconciliables.

— Il faut vraiment que ce soit à Chicago ?

La question lui avait échappé, et, contre toute attente, il vit un sourire se dessiner sur les lèvres de Helena. Le premier sourire spontané depuis plusieurs jours.

Son cœur se gonfla d'espoir. Finalement, tout n'était peut-être pas fichu.

— Pas forcément, répondit-elle, non sans une certaine hésitation.

Il décela une lueur de nostalgie dans son regard.

Cette tristesse, il l'avait déjà remarquée dans l'expression de sa mère quand elle parlait de New York, sa ville natale. Cette femme n'était pas exemplaire – un doux euphémisme pour la qualifier –, mais elle était très attachée à sa famille et souffrait de cet éloignement. Elle leur rendait visite régulièrement, souvent sans son mari. Le couple n'aurait-il pas été plus heureux si elle n'avait pas eu à se plier à la volonté de son époux ?

Le bip signalant le début de la téléconférence interrompit le cours de ses pensées.

Helena et lui s'assirent devant l'écran de l'ordinateur.

— Bonjour, Carter. Bonjour, Helena, je suis ravi de vous voir !

Helena adressa à Keith un signe de la main pour le saluer.

Fidèle à son habitude, le directeur du Centre de médecine polaire ne tarda pas à entrer dans le vif du sujet.

— J'ai passé en revue l'inventaire et vos projections pour l'hiver prochain. Je n'ai rien trouvé à redire, tout est parfait. Je voulais par ailleurs vous féliciter tous les deux pour votre article, ajouta-t-il en brandissant une liasse de papiers. Il est d'une grande qualité.

Carter sourit. Ils n'étaient pas les premiers de la base Amundsen-Scott à publier une étude scientifique inspirée de leur expérience au pôle Sud. En revanche, ils étaient les seuls jusqu'alors à avoir reçu l'accord de l'éditeur avant la fin de leur mission. Cette grande première l'emplissait de fierté, au point qu'il en aurait presque souhaité avoir cosigné l'article.

— Helena y a consacré beaucoup de temps et de réflexion.

— Je comprends mieux qu'elle figure comme auteur principal.

— « Comme auteur principal » ?

Il jeta un regard interloqué à Helena, dont les joues s'empourprèrent.

— J'ai essayé de t'en parler à plusieurs reprises, bredouilla-t-elle entre ses dents.

Sentant la moutarde lui monter au nez, il reporta son attention sur Keith. Le numéro de *Médecine préventive* n'étant pas encore paru, il avait encore la possibilité de demander que son nom soit supprimé. Cependant, en agissant ainsi, il prenait le risque que l'éditeur décide de ne plus publier l'étude de peur qu'il s'oppose au contenu. Il ne pouvait décemment pas faire un coup pareil à Helena, même si elle lui avait menti.

— En tout cas, c'est du beau boulot, bravo ! J'espère que cela vous aura donné envie d'en rédiger un autre l'hiver prochain, Carter.

— Comment ? fit Helena. Je croyais que tu n'avais pas encore accepté une nouvelle mission !

Sa réaction le prit de court.

Il n'avait pas officiellement signé de contrat. Toutefois, lorsque Keith lui avait proposé de rempiler quelques semaines auparavant, il lui avait spontanément répondu par l'affirmative. Il aurait dû jouer franc-jeu avec Helena, mais le sujet étant source de tensions entre eux, il avait préféré rester discret. À présent, il se reprochait sa lâcheté.

— Je serais ravi que vous fassiez de nouveau équipe avec le Dr Simpson, Helena, déclara le directeur, inconscient de ce qui se jouait à des milliers de kilomètres de lui.

— Je... Je ne sais trop quoi dire, répliqua-t-elle, évitant soigneusement de regarder Keith.

— Autre chose ? s'enquit Carter, désireux d'en finir au plus vite avec cet entretien plus qu'embarrassant.

— Oui, un dernier point. Un certain Dr Drake Simpson m'a contacté ce matin pour me demander votre adresse de messagerie électronique.

Carter sentit son sang se glacer.

Son père cherchait à le joindre par l'intermédiaire de sa hiérarchie. Pourquoi maintenant, après tout ce temps ?

En jetant un coup d'œil oblique à Helena, il constata que, d'écarlate, le visage de celle-ci était devenu livide.

— En règle générale, poursuivit Keith, je transmets ce genre d'informations sans trop me poser de questions. Néanmoins, le Dr Simpson ayant précisé qu'il avait déjà écrit à Helena et n'avait pas obtenu de réponse de sa part, j'ai jugé plus prudent de vous en aviser au préalable.

Carter eut l'impression de sombrer dans un puits sans fond. En l'espace de cinq minutes, il avait appris que Helena lui avait menti par omission à deux reprises.

Quels autres secrets dissimulait-elle ?

— Je vous remercie. Ne faites rien, je vais m'en occuper.

— Très bien. Il ne me reste plus qu'à vous saluer. Rendez-vous le mois prochain pour notre dernière téléconférence de la saison.

Quand le directeur du Centre de médecine polaire eut raccroché, Carter, furieux, se tourna vers Helena.

— C'est fini, décréta-t-il, l'estomac affreusement noué.

Helena crut que ses jambes allaient se dérober sous elle.

Elle regarda fixement l'homme qu'elle aimait tandis que, dans son cœur, la colère et la confusion le disputaient à la douleur.

Ils avaient tous deux commis des erreurs la semaine précédente en taisant à l'autre des informations dont ils auraient mieux fait de discuter ensemble. Mais de là à rompre !

— Carter…

— Tu m'as menti, Helena.

— C'est faux ! Lorsque nous avons commencé ce projet d'article, je t'ai dit que je te mentionnerais comme coauteur si tu le méritais. Dans mon esprit, il ne s'agissait pas d'une plaisanterie, et ta contribution m'a été précieuse. J'aurais dû t'en parler, je l'admets, mais chaque fois que j'ai essayé, tu t'es arrangé pour faire dévier la conversation. Ne pas te citer aurait été malhonnête de ma part. Dans ma grande naïveté, je croyais que, en définitive, tu serais fier de voir ton nom dans une revue médicale de renom. Tu en rêvais, autrefois.

— Et concernant mon père ? s'enquit-il d'une voix dure.

Elle leva le menton, dans une attitude de défi.

— Appelle cela de la lâcheté si ça te chante.

Elle avait passé sa vie à essayer de rendre les autres heureux, et voilà que cela se retournait contre elle. D'accord, elle avait commis une bévue, mais en toute bonne foi, et elle ne laisserait pas Carter piétiner son honneur.

— L'autre jour, quand je t'ai demandé comment tu réagirais si ton père cherchait à renouer, tu m'as répondu que tu refuserais d'avoir le moindre contact avec lui, qu'il n'avait plus aucun droit de regard sur ton existence. En ne te parlant pas de son e-mail, j'ai simplement voulu te protéger.

— Les mensonges par omission n'en sont pas moins des mensonges. Je n'ai pas besoin que tu te mêles de mes affaires, Helena, ni que tu décides à ma place.

Elle eut l'impression que son cœur se déchirait dans sa poitrine.

— Si tu estimes que je me suis « mêlée de tes affaires », pour reprendre ton expression, alors, tu as raison : nous n'avons plus rien à faire ensemble.

Elle refoula à grand-peine les larmes qui lui brûlaient les paupières. Son monde s'écroulait, une fois encore. Tous ses espoirs venaient de voler en éclats. Carter s'était renfermé de nouveau dans sa coquille, la chassant de son univers.

— Tu ne peux pas fuir toi-même certaines discussions et m'accuser ensuite de mensonge par omission. C'est totalement injuste. Tu brandis la franchise telle une arme afin de tenir les autres à distance.

— Quant à toi, jeta Carter, ton envie de faire plaisir est telle qu'on est en droit de se demander si ce n'est pas un moyen d'éviter de te confronter à tes propres hantises. À part ton choix de carrière, ta mission en Irak et celle-ci au pôle Sud, tu as toujours mené ta vie en fonction de tierces personnes.

— Tu as sans doute raison, et il est temps que cela cesse, rétorqua-t-elle. À chacun son truc. Toi, tu as choisi de fuir de chez toi, et tu ne sembles pas plus épanoui pour autant. Tu te caches ici en espérant que le passé ne te rattrape pas. Or, s'il y a bien une réaction à laquelle je ne m'abaisserai jamais, c'est fuir.

À en juger par le rictus de Carter, l'argument fit mouche. Il ouvrit la bouche, mais aucun son n'en sortit.

— Au revoir, Carter.

Elle saisit son sac à dos, pressée de franchir la porte de la clinique avant que les larmes trop longtemps contenues ne se mettent à déborder.

Ils allaient devoir se côtoyer et collaborer encore plusieurs semaines, mais entre eux, ce ne serait plus jamais pareil. Quelque chose s'était brisé, et elle ne savait pas comment le réparer.

À supposer qu'elle en ait envie.

11.

Carter poussa un profond soupir.

La clinique était désespérément vide. Depuis deux jours, Helena ne s'y attardait plus. Elle s'en allait aussitôt sa permanence assurée, à l'exemple des infirmières qui l'avaient précédée.

Jusqu'alors, le silence n'avait jamais dérangé Carter. Ou plus exactement, il s'y était accoutumé. Sinon, Helena n'aurait pas réussi à l'en tirer aussi facilement.

Pour la énième fois, il jeta un coup d'œil en direction de la porte d'entrée, se doutant néanmoins que personne ne la franchirait, et a fortiori pas la femme qui occupait toutes ses pensées. Pendant un moment, il avait vraiment cru que le bonheur était à portée de main, mais elle avait tout gâché avec ses cachotteries.

Pourquoi lui avait-elle menti ? Cela ne lui ressemblait pas.

La réponse s'imposa à son esprit.

Parce que lui-même n'avait rien voulu entendre à propos de la signature de l'article ou de son père.

Sa conscience le torturait depuis quelque temps, lui reprochant sa psychorigidité.

Sa messagerie électronique lui signala l'arrivée d'un nouvel e-mail.

Celui-ci émanait de Keith et contenait le fichier relatif à son prochain contrat de travail.

Le cœur lourd, il ouvrit le document et le parcourut.

Les termes étaient strictement identiques à ceux des trois précédents contrats. Il cliqua sur la zone correspondant à la signature électronique. Une boîte de dialogue apparut à l'écran, lui demandant de confirmer son accord définitif.

Il hésita.

Son cerveau tentait de forcer sa main à accomplir le geste décisif, mais son cœur s'y refusait.

Il avait négocié le renouvellement de sa mission à l'insu de Helena, en dépit du tour intime qu'avait pris leur relation et sachant que celle-ci souhaitait rentrer dans sa ville natale.

Qu'attendait-il vraiment de la vie ?

Elle lui avait posé la question et l'avait invité à y réfléchir très sérieusement, mais il n'était pas allé jusqu'au bout de son raisonnement. Pourquoi ?

Il ouvrit un nouveau document et inscrivit presque malgré lui :

Parce que ce que je souhaite par-dessus tout, c'est retourner à Chicago et être accepté.

Malheureusement, retourner à Chicago était au-dessus de ses forces. Quant au fait d'être accepté, il l'avait été par Helena, qu'il avait accusée de mensonges et de se mêler de ses affaires. Or, tout cela, elle l'avait fait avec de bonnes intentions.

Il ferma le fichier du contrat.

Il informerait Keith qu'il n'effectuerait pas de quatrième hiver au pôle Sud. Il avait apprécié l'expérience, mais Helena avait raison. Ici, il fuyait la réalité.

Le signal sonore indiquant la réception d'un message se manifesta de nouveau.

Il sentit son rythme cardiaque s'accélérer en découvrant l'identité de l'expéditeur de l'e-mail : Drake Simpson !

Il s'apprêtait à le supprimer dans la foulée, quand il songea que, en agissant ainsi, il se comporterait en lâche.

La gorge nouée, il prit connaissance du message de son père.

« Carter,

J'espère que tu liras ces quelques lignes. Il y a plusieurs années, j'ai contacté de nombreux éditeurs de presse pour leur demander de me prévenir si jamais tu publiais un article. Lorsque Richard m'a envoyé celui que tu as cosigné avec Helena et que j'ai déniché ta photo sur le site Internet du Centre de médecine polaire, j'ai littéralement sauté de joie. Je t'avais enfin retrouvé !

J'aurais préféré te dire d'une autre manière combien je suis désolé de ce qu'il s'est passé. Il y a quelques années, je t'ai adressé un bref courriel en priant le ciel que tu me contactes et me donnes ainsi l'opportunité de te présenter mes excuses de vive voix. Tu ne l'as pas fait. Je comprendrais que tu ne veuilles plus me parler ni me voir. Je l'ai mérité par mon attitude inqualifiable à ton encontre.

Cette période de ma vie a été particulièrement sombre, ce qui ne me dédouane pas pour autant. Je ne me pardonnerai jamais de t'avoir chassé de la maison, de *notre* maison. Sache néanmoins que je t'aime et que je suis très fier de toi.

Si, un jour, il te prend l'envie de me rendre visite, n'hésite pas, ma porte te sera grande ouverte.

Ton père qui t'aime. »

Carter retint difficilement les larmes qui lui brûlaient les paupières.

Helena serait tellement heureuse…

Sans sa détermination, sa patience et sa volonté de le libérer de la forteresse dans laquelle il s'était retranché, rien de tout cela ne se serait produit. Il devait lui parler sans attendre, solliciter une seconde chance avant qu'il ne soit trop tard. Il se leva du bureau, puis se ravisa.

À sa place, Helena répondrait tout d'abord à son père… Et enverrait aussi un petit message à sa mère dont il avait conservé les coordonnées.

Il consulta la pendule.

C'était l'heure du dîner, mais peu importe. Ce n'était pas le premier qu'il manquerait, ni sans doute le dernier.

Pour la quatrième fois en l'espace de vingt minutes, Helena jeta un coup d'œil en direction de la porte de la cafétéria, soupira et reporta son regard sur les carreaux de faïence tristes à mourir qui tapissaient les murs de la salle.

Carter n'avait partagé aucun repas avec le reste de l'équipe depuis qu'ils avaient rompu, et au cours des deux derniers jours il ne lui avait quasiment pas adressé la parole.

Elle s'en voulait de ne pas avoir tenté de renouer le dialogue. Cependant, il lui avait reproché de se mêler de ses affaires, et elle s'était juré de limiter leur communication à son strict minimum. Une décision qui la mettait au supplice. En son for intérieur, elle reconnaissait qu'elle avait outrepassé ses droits en ajoutant le nom de Carter en bas de l'article sans en parler à l'intéressé. Elle supposait que son refus de le cosigner avait quelque chose à voir avec le Dr Drake Simpson, qui lisait toutes les revues médicales qui lui tombaient sous la main. Son initiative partait d'une bonne intention, mais avec le recul, elle comprenait qu'elle avait agi par égoïsme, sans tenir compte des desiderata de Carter.

Elle se mordilla la lèvre nerveusement.

Tandis qu'elle restait plongée dans ses pensées, les sièges autour d'elle s'étaient libérés, ses voisins regagnant leurs appartements pour vaquer à leurs occupations. Il ne restait plus grand monde dans le réfectoire.

Ironie du sort, la publication de l'étude avait néanmoins eu un effet très positif : elle avait reçu un message d'Owen lui demandant d'appeler leurs parents, et elle avait pu utiliser le téléphone satellite de la base pour s'entretenir avec eux. La durée des communications pour motifs personnels étant limitée, la conversation avait été brève. Ni son père ni sa mère ne s'étaient éternisés sur sa santé. Ils souhaitaient la joindre pour lui dire combien ils étaient fiers d'elle et la féliciter pour son article.

Une victoire qui avait néanmoins un arrière-goût amer.

Elle poussa un soupir.

Savait-elle seulement ce qu'elle attendait de la vie ?

Oui !

La réponse, simple et dévastatrice, s'imposa : elle désirait que ses parents la reconnaissent pour ce qu'elle était, et elle avait atteint son objectif. Désormais, ils ne la considéreraient plus comme un petit être chétif qui avait survécu de justesse, mais comme une femme déterminée et entreprenante. Toutefois, cela ne lui suffisait pas. Elle voulait aussi et avant tout partager son existence avec Carter. Son véritable port d'attache, c'était lui. Où qu'elle se trouve, à Chicago ou ailleurs, elle réussirait à être heureuse à partir du moment où ils seraient ensemble. Même ici, aux confins du globe, dans cette station de recherche perdue au bout du monde !

L'amour n'allait pas sans quelques compromis de part et d'autre. Avec le temps, il y avait fort à parier que Carter finirait par accepter de retourner à Chicago pour de brefs séjours. Elle avait décelé de la nostalgie dans son regard à l'évocation du nom de leur ville natale.

Au moment où elle se levait et s'apprêtait à débarrasser son couvert, elle entendit quelqu'un hurler d'une voix stridente :

— Non, je n'ai absolument pas dit ça !

Elle reconnut la voix de Joseph Bales, l'astrophysicien originaire de l'Ohio. Puis le fracas d'une pile d'assiettes qui se brise résonna dans la cafétéria quasiment déserte.

Elle attira discrètement l'attention de Kelly.

— Allez chercher le Dr Simpson. Vite ! Demandez-lui d'apporter un sédatif.

Joseph continuait de vociférer, et des verres lancés à toute volée vinrent se fracasser contre le mur.

— Et prévenez la sécurité, ajouta-t-elle avant que la responsable des approvisionnements ne s'éclipse.

Le syndrome mental d'hivernage pouvait provoquer des réactions d'agressivité. Les lampes de luminothérapie contribuaient à soutenir le moral, mais certains résistaient moins bien au stress. C'était manifestement le cas de Joseph, bien qu'il n'en soit pas à son premier séjour à la base Amundsen-Scott Pôle Sud.

L'air hagard, l'astrophysicien serrait maintenant dans son poing un couteau à steak.

Au cours de sa mission en Irak, elle en avait vu plus d'un craquer et se comporter comme des forcenés. En réalité, ils représentaient une menace plus pour eux-mêmes que pour les autres.

Elle s'approcha prudemment de lui, les mains levées pour signifier qu'elle ne lui voulait aucun mal.

— Pouvez-vous m'expliquer ce qu'il vous arrive ? s'enquit-elle de son ton le plus apaisant.

— Le Dr Englewood prétend que ma théorie ne tient pas la route, répondit-il d'une voix pleine de rancune.

Elle entendit la porte de la cafétéria s'ouvrir.

Du coin de l'œil, elle aperçut Carter.

Il avait dû courir, car il semblait essoufflé.

Elle se sentit aussitôt plus rassurée. Il avait déjà eu affaire à des crises liées au syndrome mental d'hivernage et saurait sans aucun doute régler le problème avec douceur et fermeté.

— Je vous préviens, restez où vous êtes, docteur Simpson, gronda l'astrophysicien.

Sans prendre en compte la mise en garde, Carter avança à pas lents.

— Que se passe-t-il, Joseph ?

Helena jugea bon d'intervenir, car il fallait à tout prix monopoliser l'attention de Joseph afin que Carter puisse approcher assez pour administrer le contenu de la seringue qu'elle devinait dans sa main droite.

— Un désaccord avec le Dr Englewood au sujet d'une expérience scientifique. C'est bien cela, Joseph ?

— Oui, c'est exactement ça.

— Sur quoi le Dr Englewood se fonde-t-il pour remettre votre thèse en question ? demanda-t-elle.

Elle n'y connaissait absolument rien en astrophysique et craignait que le chercheur juge inutile de fournir des détails à une novice de son espèce.

Elle avait vu juste : sa tentative de diversion échoua lamentablement. Découvrant Carter à un mètre de lui, Joseph, les nerfs à vif, sursauta et leva son couteau.

Carter bondit, lui planta l'aiguille dans le bras et injecta le sédatif avant de battre en retraite. Pas assez vite, cependant.

Horrifiée, elle vit le sang maculer son polo au niveau de l'abdomen.

— Carter ? murmura-t-elle d'une voix atone.

Livide, il plaqua la paume de sa main sur son ventre pour comprimer la plaie et prévenir l'hémorragie.

— Ça va, ne t'inquiète pas.

Luttant pour ne pas céder à la panique, elle inspira profondément.

— Désolé, Doc, marmonna Joseph d'une voix pâteuse. J'ai la tête qui tourne. Je crois que je vais m'évanouir.

Il lâcha le couteau et s'appuya contre le rebord d'une table.

C'est alors que les renforts firent irruption dans la salle.

Elle saisit l'occasion pour se précipiter vers l'astrophysicien. D'un coup de pied, elle envoya valdinguer l'arme et retint Joseph pour éviter qu'il ne chute trop lourdement sur le sol.

— Le docteur vous a injecté du dropéridol. Cela va vous permettre de vous détendre.

Mais Joseph ne l'entendait déjà plus.

— Hal, ajouta-t-elle à l'intention du chef de la sécurité, pourriez-vous apporter une civière pour M. Bales, s'il vous plaît, et une seconde pour le Dr Simpson.

Celui-ci s'apprêtait à protester, mais elle l'interrompit.

— Tu n'es pas en état de bouger. Je vais m'occuper de toi, que tu le veuilles ou non, et tu vas te laisser faire.

Son ton péremptoire lui valut un sourire, qui se transforma aussitôt en une grimace. Quoiqu'il s'efforce de donner le change, Carter souffrait.

Elle l'aida à s'asseoir et, avec des gestes précautionneux, souleva le polo.

Par chance, la lame n'avait pas atteint d'organes vitaux. En revanche, la coupure nécessiterait une bonne douzaine de points de suture, dont plusieurs sous-cutanés.

— Je t'aime, Helena. Le moment est mal choisi, je le sais, mais j'avais besoin de te le dire.

— Moi aussi, je t'aime. Toutefois, si tu t'obstines à vouloir marcher, tu auras droit au même traitement que Joseph. Assez d'héroïsme pour la journée !

— Je m'incline devant ton autorité, murmura-t-il, épuisé.

— Tu garderas certainement une cicatrice, chuchota Helena, bien qu'elle ne risque pas de réveiller Joseph, profondément endormi deux lits plus loin.

Il avait fallu pas moins de vingt-cinq points de suture pour refermer la plaie. En posant l'aiguille sur le plateau en inox, elle s'aperçut que ses doigts tremblaient.

Après toutes ces péripéties, son corps commençait à lâcher prise.

Carter lui prit la main et l'attira vers lui.

Elle s'étendit à son côté en veillant à ne pas toucher l'endroit de la blessure et posa la tête sur son épaule.

— Excuse-moi, ma chérie. J'ai été injuste avec toi. Tu avais raison, j'ai passé ces quinze dernières années à fuir. Merci de m'avoir ouvert les yeux. Parviendras-tu à me pardonner un jour ?

— C'est déjà le cas, déclara-t-elle d'une voix étranglée par l'émotion. Moi aussi, je te dois des excuses. Sous prétexte de te protéger, j'ai décidé à ta place, sans tenir compte de ce que tu souhaitais vraiment. C'est précisément ce que j'ai tant reproché à mes parents de faire vis-à-vis de moi. Cela ne se reproduira pas, je te le promets.

— Alors je t'absous, répondit-il avec un petit rire qui lui arracha une grimace de douleur. Reste la question de savoir où nous vivrons.

— Où tu voudras, Carter. Si tu tiens à effectuer une mission hivernale supplémentaire ici, je t'accompagnerai. Mais pas plus d'une. Jure-moi qu'ensuite nous poserons nos valises quelque part… Même si ce n'est pas à Chicago.

Il l'embrassa sur le front avec une tendresse qui lui mit du baume au cœur.

— J'ai envoyé cet après-midi un e-mail à Keith pour

l'informer que je ne donnerai pas suite à son offre. Il est temps que je cède ce poste à quelqu'un d'autre.

— Comment ? s'exclama-t-elle. Rien ne t'y oblige !

— J'y ai mûrement réfléchi, et je ne suis plus sûr d'avoir envie de passer un quatrième hiver ici. Et puis, j'ai une seconde bonne nouvelle à t'annoncer : quand je pense à l'endroit où je pourrais me sentir vraiment chez moi, c'est Chicago qui me vient spontanément à l'esprit. Alors, puisque tu y tiens tant, nous nous y installerons. Avec toi à mes côtés, je suis prêt à relever le défi.

Elle eut l'impression que son cœur allait exploser de joie. Si Carter n'avait pas reçu un coup de couteau dans le ventre deux heures plus tôt, elle se serait volontiers jetée sur lui pour lui témoigner sa gratitude.

— Si tu savais comme cela me touche ! Néanmoins, je m'en voudrais de profiter de ton état de faiblesse pour t'extorquer une promesse définitive. Je te propose d'en reparler demain, à tête reposée.

— Je reconnais bien là ta sagesse légendaire ! Cependant, n'aie crainte : je ne changerai pas d'avis, ni demain ni plus tard.

Épilogue

La vue du panneau « Vendu » donnait à Helena envie de hurler de joie. Cette ravissante demeure mitoyenne en briques rouges dans un quartier tranquille de Chicago était désormais la sienne et celle de Carter, celle qui accueillerait leur futur bonheur. Ou, du moins, elle le deviendrait après la signature chez le notaire prévue un peu plus tard dans l'après-midi.

Elle se projetait complètement dans cette maison. Elle se voyait déjà en train de planter des fleurs dans les jolies jardinières que Carter et elle avaient repérées dans un magasin de bricolage la veille au soir. À l'origine, ils s'y étaient rendus pour choisir la couleur de la peinture destinée à rafraîchir la décoration des toilettes du rez-de-chaussée. Finalement, ils y étaient restés deux bonnes heures, à discuter avec animation de leurs projets de rénovation.

Elle tapa des pieds pour se réchauffer.

Pourvu que Carter ne tarde pas trop ! Elle était frigorifiée. Prenant des airs mystérieux, il lui avait donné rendez-vous ici après sa garde à l'hôpital afin qu'ils aillent ensemble à l'étude.

Elle consulta sa montre.

Carter avait un quart d'heure de retard, ce qui ne lui ressemblait pas.

Elle sortait son téléphone portable de sa poche quand il surgit à côté d'elle.

— Me voilà ! s'exclama-t-il. Pardon de t'avoir fait attendre.

Depuis qu'il s'était réconcilié avec ses parents, il était beaucoup plus détendu. Bien sûr, leur relation ne serait plus jamais comme avant, mais, les années passant, les blessures finiraient peut-être par s'estomper.

Il l'emprisonna dans ses bras et l'embrassa.

— Oh ! Tu as le bout du nez gelé… Et les lèvres aussi. Et…

— Arrête ! protesta-t-elle en riant. Nous n'avons pas le temps.

— Une minute, s'il te plaît. Avant d'aller signer l'acte de vente, je dois m'acquitter d'une mission plus importante encore.

— De quoi s'agit-il ? s'enquit-elle, intriguée. Je te conseille de faire vite, car, à mon avis, il va bientôt pleuvoir.

Carter posa un genou à terre et extirpa un écrin à bijou de la poche de son manteau.

— De te demander ta main. Helena Mathews, veux-tu m'épouser ?

Elle contempla l'homme de sa vie, la gorge nouée par l'émotion.

— Alors, tu me réponds ? Cette position n'est pas vraiment confortable !

Elle lui offrit un sourire radieux.

— Oui, Carter Simpson. Oui, je veux t'épouser.

EMILY FORBES

Un fiancé inattendu

Traduction française de
CHRYSTELLE POULAIN

BLANCHE

HARLEQUIN

Titre original :
GEORGIE'S BIG GREEK WEDDING?

Ce roman a déjà été publié en 2017.

1.

Josh émergea des vagues en s'ébrouant vigoureusement. Il resta encore un instant dans l'eau, offrant son visage à la caresse du soleil. D'une main, il retira ensuite ses palmes puis son masque tandis que, de l'autre, il prenait appui sur le ponton de bois. La bouteille d'oxygène accrochée à son dos le déséquilibrait, mais, après deux cents plongées, il avait acquis la bonne technique pour se mettre debout. Il se hissa donc sans effort sur la plateforme, posa son équipement au sol, et consulta son chronomètre.

Il avait effectué une bonne plongée, tant au niveau de la profondeur que du temps passé sous l'eau. Rien d'exceptionnel cependant : il avait déjà fait mieux. Et surtout, il avait déjà vu des choses plus intéressantes : pour cette première plongée matinale, il n'avait rien croisé de spectaculaire, hormis un énorme mérou qu'il s'était amusé à suivre.

Dire qu'il s'était réjoui de pouvoir découvrir la Grande Barrière de corail, ici à Cairns, au Queensland du Nord ! Cette perspective avait adouci un peu son départ de Brisbane et son arrivée dans cette ville où il ne connaissait personne. Mais si l'océan lui-même n'était pas à la hauteur, qu'allait-il lui rester ?

Avec son statut de capitale régionale, Cairns ne pouvait en aucun cas rivaliser avec Brisbane, une cité de deux millions d'habitants, toujours en mouvement et qui offrait un confort de vie inégalé. Il y avait exercé pendant deux ans et demi, travaillant comme un fou pour obtenir un poste à responsabilités. Et au moment où il s'était cru sur le point d'aboutir, voilà que, d'un coup, sa hiérarchie avait décidé de l'envoyer pour six mois dans cette contrée inconnue !

On souhaitait de lui une dernière « expérience pratique » avant de lui donner ce travail, avait expliqué son chef de service. Étant jeune, il avait encore besoin de se confronter au terrain, avait ajouté le Dr Bright.

Sans doute. Mais ici, au bout du monde…

Allons, inutile de ressasser, songea-t-il, tout en rangeant son matériel dans son sac. Autant voir le bon côté de la situation puisque, de toute manière, il n'avait pas le choix, et essayer de tirer le meilleur parti de ce séjour.

Il enleva sa combinaison de plongée, enfila un T-shirt, puis ébouriffa sa chevelure pour la sécher. Oui, vivre ici serait pour lui l'occasion de prendre du bon temps et de découvrir autre chose. Ces six mois passeraient vite et ne pouvaient qu'être positifs sur le plan professionnel.

Oui, plus que jamais, il devait garder en tête ses objectifs. Et si tout se passait bien, cette étape constituerait le dernier tremplin vers la brillante carrière dont il rêvait…

Georgie s'agrippa au rebord du ponton pour se hisser sur les planches gorgées d'eau salée. Puis elle s'assit, les pieds dans l'eau, visage au vent. Après une heure de baignade dans les vagues tièdes d'Agincourt Reef, la brise lui paraissait presque fraîche, mais elle tempérait agréablement la caresse brûlante du soleil.

Après avoir retiré son masque et son tuba, Georgie observa un moment la foule des promeneurs qui, en ce dimanche, avaient pris la plage d'assaut. L'heure du déjeuner était passée depuis longtemps, et son estomac commençait à lui rappeler qu'elle n'avait pas fait honneur au buffet proposé par le plagiste. Elle avait préféré nager en toute quiétude, mais maintenant, elle mourait de faim !

Elle se mit debout, ôta son gilet de sauvetage et le déposa dans le bac de rangement installé au bout de la plateforme. Depuis qu'elle était sortie de l'eau, elle cherchait des yeux son frère Stephen et sa petite amie, Anna, venus de Melbourne pour le week-end, faire de la plongée sous-marine. Apparemment, leur groupe n'était pas rentré et elle se félicita d'avoir décliné leur proposition de les accompagner.

Autant Georgie aimait explorer les eaux peu profondes, autant elle redoutait de s'aventurer plus loin, vers le noir et l'inconnu. Elle n'avait en fait nulle envie d'effectuer son baptême des grands fonds, encore moins aux abords de cet îlot minuscule au cœur de l'océan Pacifique, desservi par des catamarans privés pendant la saison touristique. L'endroit offrait des paysages à couper le souffle, mais il donnait aussi l'impression d'être perdu au milieu de nulle part !

Amusée, elle détailla les gestes gauches des plongeurs qui, revenus à la surface, bataillaient pour se débarrasser de leur matériel. S'ils évoluaient sous l'eau avec une grâce infinie, sur la terre ferme, c'était une autre histoire. Leurs bouteilles d'oxygène semblaient peser une tonne et ils avaient un mal fou à les enlever. Non, décidément, cet attirail n'était pas pour elle !

Elle repéra néanmoins un homme, à l'extrémité nord du ponton, qui se détachait du lot. Il était en train de se déséquiper avec une telle élégance que les bouteilles ne paraissaient pas plus lourdes qu'un sac de couchage, et lorsqu'il les retira, elle remarqua la ligne mince, mais ferme, de ses bras bronzés.

Lorsqu'il se défit de sa combinaison de plongée noire, révélant un dos hâlé et musclé, Georgie remarqua deux fossettes remarquablement sexy à la lisière de son caleçon, décoré du drapeau australien. Puis il ébouriffa ses cheveux dorés coupés court, avant d'enfiler un T-shirt d'un geste souple et nonchalant.

Si seulement elle avait eu plus de courage ! Avec un moniteur aussi séduisant, peut-être aurait-clle révisé son opinion sur les fonds marins…

— Au secours ! Au secours ! À l'aide !

Les appels de détresse, émis par une voix féminine depuis la mer, firent sursauter Georgie. Pivotant d'un geste réflexe, elle aperçut une femme d'âge mûr à environ cinquante mètres de distance. La malheureuse agitait un bras tandis que, de l'autre, elle soutenait un homme.

Du coin de l'œil, Georgie vit l'inconnu retirer son T-shirt à la vitesse de l'éclair, et se jeter à l'eau. Il se dirigea vers la femme d'un crawl puissant, alors que deux sauveteurs accouraient depuis le poste principal. L'un d'eux apportait une mallette de premiers soins ; l'autre décrocha un gilet orange du rail aménagé sur la plateforme et le glissa sous son bras, avant de plonger à son tour.

Voir ces hommes en action galvanisa Georgie. En quelques secondes, elle rejoignit le bout du ponton, se frayant tant bien que mal un chemin entre les touristes pétrifiés. D'ici une minute ou deux, on aurait peut-être besoin d'elle…

Déjà, le séduisant plongeur arrivait près des nageurs en détresse. Il se positionna derrière l'homme qui coulait, plaça une main sous son menton et, sans effort apparent, se remit à nager avec lui.

La femme essaya de suivre, mais elle était hors d'haleine, visiblement épuisée. Le secouriste qui avait sauté la rejoignit, lui enfila le gilet d'un mouvement rapide, avant de la tirer vers le ponton.

Dès qu'ils furent suffisamment près, le second sauveteur, resté sur la plateforme, attrapa l'infortuné touriste sous les aisselles, le remonta, et l'allongea sur les planches.

— Douleurs thoraciques, dit l'homme qui l'avait ramené d'une voix profonde. Probable aspiration d'eau salée.

Qui était-il pour user de termes médicaux ? Ce vocabulaire était-il familier des plongeurs ?

Perplexe, Georgie le regarda prendre appui sur la rambarde pour sortir de l'eau. Ses muscles puissants saillaient sous sa peau lisse et bronzée. Cet homme avait une condition physique exceptionnelle : il venait de produire un effort important, et il n'était même pas essoufflé !

Elle continua de l'observer pendant qu'il mettait le malheureux baigneur en position latérale de sécurité. Son visage était largement à la hauteur du reste, se dit-elle, troublée. Ses traits virils s'harmonisaient parfaitement avec son corps taillé à la serpe. Il avait des lèvres pleines et sensuelles, une mâchoire bien modelée, un nez droit, des sourcils finement arqués… Il était beau à couper le souffle !

— Faites évacuer les gens pour que ce monsieur puisse être au calme, s'il vous plaît, dit-il aux secouristes. Il faut éviter que son cœur ne reçoive un afflux de sang supplémentaire. Il est assez stressé comme cela.

À cause de son équipement et de sa tenue fantaisiste, Georgie avait cru que cet homme était un vacancier, mais elle avait fait fausse route : il s'exprimait avec une pointe d'accent australien caractéristique. En tout cas, d'où qu'il vienne, il appartenait sûrement au corps médical.

Ce constat la ramena d'un coup à l'urgence de la situation : elle s'était rapprochée pour se rendre utile, pas pour se pâmer devant un apollon en maillot de bain !

Elle se posta près du secouriste qui avait apporté la trousse médicale.

— Auriez-vous des serviettes quelque part, pour que nous puissions sécher et réchauffer cet homme ? demanda-t-elle.

— Oui, je vais en chercher. J'en ai pour une minute.

Tandis qu'il s'éloignait, elle s'accroupit près de l'inconnu.

— Je suis infirmière urgentiste, dit-elle. Puis-je vous aider ?

Il acquiesça, mais sans relever la tête. Il était toujours penché sur le patient.

— Ne vous inquiétez pas, monsieur, dit-il à l'adresse de ce dernier. Je suis médecin. Cette personne et moi allons vous dispenser les premiers soins.

Après avoir rassuré le malade, il se redressa légèrement, puis, se tournant vers Georgie, il plongea son regard dans le sien. Elle reçut un choc en découvrant des prunelles grises lumineuses, à l'éclat presque métallique, qui paraissaient la sonder.

— Pouvez-vous me dire de quel matériel nous disposons, s'il vous plaît, mademoiselle ?

— Bien sûr.

Elle commença à inspecter la trousse de secours, tout en

demeurant attentive aux paroles échangées entre le patient et le médecin.

— Décrivez-moi votre douleur, monsieur, demandait celui-ci. J'ai besoin de comprendre ce qui se passe.

— J'ai eu l'impression… qu'on me donnait… un grand coup de poing dans l'estomac.

L'homme, très essoufflé, parlait avec peine, s'exprimant avec un fort accent britannique. Il s'agissait probablement d'un touriste qui allait garder un cuisant souvenir de sa visite à Cairns !

— Avez-vous déjà eu mal dans la poitrine ? s'enquit encore l'inconnu, ses longs doigts pressés sur le pouls du malade, les yeux rivés à son chronomètre de plongée.

À ce moment précis, la femme qui se trouvait dans l'eau — sans doute l'épouse du patient —, s'avança.

— Le cardiologue de Nigel a dit qu'il faisait de l'angine de poitrine, docteur.

Le médecin se tourna vers elle.

— Suit-il un traitement ?

— Il prend des cachets depuis deux ans.

— Les avez-vous ici ?

La femme secoua la tête, l'air navré.

— Non. Nous les avons oubliés à l'hôtel.

Génial, se dit Georgie. Les comprimés devaient être bien au chaud dans un tiroir, là où ils n'avaient aucune chance de servir à qui que ce soit ! Le regard du médecin indiquait clairement qu'il pensait la même chose.

Elle reporta son attention sur la mallette médicale, laquelle ne contenait pas grand-chose hormis des crèmes, des pansements et des compresses.

— Il n'y a rien pour nous là-dedans, marmonna-t-elle.

— Je m'en doutais.

Avisant le secouriste qui apportait une pile de serviettes, Georgie lui demanda de les donner à l'autre sauveteur afin que celui-ci frictionne le malade.

— J'ai encore besoin de vous, ajouta-t-elle. Y a-t-il une armoire à pharmacie quelque part ?

— Oui, nous stockons certains médicaments de première nécessité. Le mieux serait que vous m'accompagniez. Vous prendrez ce qu'il vous faut là-bas.

Elle suivit le jeune homme. Ils longèrent la plage en courant, si bien qu'il leur fallut moins de deux minutes pour atteindre la minuscule pièce attenante au poste principal qui tenait lieu d'infirmerie.

À l'intérieur, Georgie repéra immédiatement une bouteille d'oxygène rangée contre le mur. Elle la décrocha de son support tandis que son guide ouvrait l'armoire à pharmacie, puis, à son invite, inspectait le contenu de la boîte.

Par chance, celle-ci contenait un spray de trinitrine à administrer par voie sublinguale. Cette molécule servait à la fois à dilater les vaisseaux et à réduire la pression à l'intérieur du cœur. Elle prit donc la petite bombe, et un masque pour administrer l'oxygène, après quoi elle repartit au pas de charge.

Le jeune médecin était resté près du patient. Quand elle s'agenouilla à côté de lui, elle nota que sa peau exhalait une subtile odeur d'air marin et d'eau salée, ce qui provoqua en elle une sensation de chaleur totalement incongrue. Elle dut déployer de gros efforts pour rester concentrée.

— Quels sont les symptômes ? s'enquit-elle.

— Pouls irrégulier, un peu rapide. Essoufflement, mais c'est normal puisqu'il venait de fournir un effort. Douleurs thoraciques du côté gauche, sans extension aux extrémités. Il n'y a pas eu d'aggravation depuis qu'on l'a sorti de l'eau.

— Angine de poitrine ?

— Très probablement.

— J'ai trouvé un spray, annonça-t-elle.

Il avança la main pour prendre la bombe, et elle s'émut de nouveau, troublée par la musculature discrète de son avant-bras couvert d'un léger duvet blond… Mais que lui arrivait-il donc ? En tant qu'infirmière urgentiste, son devoir était de rester concentrée au contraire, prête à intervenir rapidement !

Dans le cas présent, cela ne semblait pas nécessaire cependant… Elle ignorait la spécialité de ce médecin, mais il savait parfaitement administrer de la trinitrine par voie buccale, ce qui n'était pas le cas de tout le monde. Au fond, il n'avait nul besoin d'elle.

De manière inattendue, elle en éprouva un léger agacement. Et son irritation monta d'un cran lorsqu'elle se rendit compte que l'épouse du patient les fixait avec angoisse. Pendant qu'elle-même cherchait des médicaments, son « binôme » improvisé n'avait-il pas rassuré cette pauvre femme ? C'était pourtant son rôle !

— Je vais contacter le SSAQ, le Service de secours aériens du Queensland, déclara-t-elle d'un ton sec. Je doute qu'il faille l'évacuer par hélicoptère, mais il vaut mieux assurer…

Sur ces mots, elle se leva et vint près de la femme, qui semblait de plus en plus anxieuse.

— Ne vous tracassez pas, madame, dit-elle gentiment. Nous surveillons votre mari de près et, pour l'instant, il n'y a pas d'aggravation. Avec le spray que nous lui avons donné, plus le masque à oxygène, son état devrait s'améliorer d'ici une quinzaine de minutes.

— Et s'il ne va pas mieux ? répondit la femme d'une voix tremblante. Qu'allons-nous faire ? Nous sommes au milieu de l'océan !

— Je vais alerter les secours aériens pour qu'un hélicoptère se tienne prêt à décoller. Mais il s'agit d'une pure précaution. À mon avis, nous n'en aurons pas besoin.

Elle s'abstint de préciser que, travaillant elle-même pour le SSAQ, elle connaissait la procédure par cœur. La règle d'or était de ne jamais assommer les gens avec des détails inutiles. Il fallait aller à l'essentiel et désamorcer les réactions de panique.

Georgie demanda quelques renseignements pratiques à Mme Keener — c'était le nom du patient —, à savoir l'âge de Nigel, ses antécédents médicaux, s'il souffrait d'allergies connues, etc. Quand elle eut toutes les informations, elle prit son portable et appela le centre de coordination des secours à

Brisbane. À chaque besoin d'intervention, cette tour de contrôle se chargeait de trouver l'appareil le plus proche et donnait l'ordre de décoller. Dans ce cas précis, il était probable que la base de Cairns, où Georgie travaillait, soit mise à contribution. Ou alors, on ferait appel à l'équipage de Townsville si le pilote pouvait se rendre disponible plus vite.

Son appel transmis, elle retourna auprès de Nigel pour vérifier que l'état de ce dernier s'améliorait. C'était apparemment le cas.

— Il respire mieux, confirma le jeune médecin, toujours agenouillé au sol. Les douleurs thoraciques régressent.

— Donc, vous pensez qu'un transfert par voie maritime est envisageable ?

— Combien de temps cela prendra-t-il ?

Elle fronça les sourcils, perplexe. Pourquoi cette question ? N'était-il pas venu en catamaran ?

— Environ une heure trente, mais le prochain bateau ne part que dans cinquante minutes. Nous devrons donc changer notre fusil d'épaule en cas de problème. J'ai contacté le SSAQ, ils se tiennent prêts à intervenir.

De manière inattendue, le médecin se leva.

— Puis-je vous parler en particulier, mademoiselle ?

L'étonnement de Georgie s'accrut. Elle ne voyait pas la nécessité d'un entretien confidentiel car tout paraissait en ordre. Néanmoins, comme il tendait une main pour l'aider à se mettre debout, elle la prit sans réfléchir.

À l'instant où leurs doigts se touchèrent, une violente décharge électrique la parcourut de la tête aux pieds. Elle inspira à fond, sous le choc. Son cœur s'était mis à battre la chamade, assailli par une émotion aussi violente qu'imprévisible.

C'était sûrement à cause du soleil, de la chaleur et du stress qu'elle venait de vivre, se dit-elle abasourdie. En tout cas, elle ne voyait pas d'autre explication.

Par chance, il la libéra et elle le suivit jusqu'au bout du ponton. Heureusement qu'il la précédait en lui tournant le dos ! Au moins ne pouvait-il remarquer ses joues enflammées !

Elle avait recouvré assez de self-control pour l'affronter lorsqu'il pivota vers elle. Elle s'accouda à la rambarde.

— Cela vous poserait-il problème de surveiller le patient et, le cas échéant, de demander une évacuation aérienne ? s'enquit-il.

De plus en plus étonnée, elle le fixa.

— Mais… non. Bien sûr que non.

— Je suis venu ici par le service régulier d'hélicoptères, et pendant que vous étiez à l'infirmerie, j'ai reçu un SMS. La compagnie m'informait que le vol retour avait été légèrement avancé. Je décolle dans dix minutes, précisa-t-il, jetant un coup d'œil sur sa montre en parlant. Mais je peux très bien différer mon départ et rentrer par bateau si cela vous embête de gérer le patient toute seule.

Tout s'expliquait ! Elle comprenait mieux maintenant !

En revanche, elle trouvait l'attitude du médecin un peu vexante. Certes, il ne la connaissait pas, mais doutait-il de ses capacités au point d'hésiter à lui faire confiance ?

— Ça ira, merci, répondit-elle d'un ton froid. J'ai l'habitude des situations difficiles. Ne vous inquiétez pas, je me débrouillerai avec le SSAQ. Vous pouvez partir.

Et elle pourrait enfin travailler en paix, pensa-t-elle, les nerfs en pelote. Elle se concentrerait beaucoup mieux dès qu'il aurait disparu de son champ de vision !

Il acquiesça d'un bref mouvement de tête.

— Très bien. Dans ce cas, merci et… bon courage.

— Au revoir.

Elle retourna auprès de Nigel et pria les secouristes d'organiser le transfert. Pendant que ceux-ci installaient le malade sur un brancard, elle pivota vers le bout du ponton, où le médecin était allé récupérer ses affaires. Il lui adressa un signe de la main, avant de descendre sur la plage en direction de l'héliport.

Elle lui rendit son salut, le cœur étrangement serré. Il y avait peu de chances qu'ils se revoient un jour, songea-t-elle, partagée entre le soulagement et la déception. Elle ne savait pas qui il était ni d'où il venait. Elle ne connaissait même pas son nom !

2.

Ce lundi matin, le soleil brillait déjà haut dans un ciel sans nuages quand Georgie gara sa petite voiture sur le parking du SSAQ, situé dans l'enceinte de l'aéroport de Cairns. Il était tout juste 7 h 45, mais la chaleur promettait d'être étouffante : elle se sentait moite alors qu'elle venait de prendre sa douche.

Elle tira machinalement sur son débardeur de coton blanc, espérant y faire passer un petit courant d'air. En vain ! ! Après dix mois passés sous ces latitudes tropicales, elle avait encore du mal à s'adapter, ayant toujours vécu dans la région plus tempérée de Melbourne.

S'il était une chose que Georgie ne regrettait pas en revanche, c'était son intégration dans l'équipe du SSAQ. Depuis son arrivée, elle s'était forgé une expérience professionnelle indéniable, qui compensait les inconvénients du climat.

Et puis au fond, vivre ici était plutôt agréable. Il y avait la côte, des paysages sublimes, la plage qui permettait parfois de faire des rencontres insolites… comme la veille, lorsqu'elle avait croisé la route de ce médecin qui lui avait fait si forte impression.

Elle avait repensé à lui plusieurs fois pendant la soirée, sans pouvoir déterminer ce qui l'emportait en elle, de la curiosité ou de l'agacement, car elle avait trouvé son attitude un peu arrogante. Quoi qu'il en fût, il l'avait suffisamment marquée, pour qu'elle le cherche du regard dans les rues de Cairns, lorsqu'elle était sortie dîner avec son frère et sa belle-sœur.

Bien sûr, elle ne l'avait pas croisé. Il s'agissait probablement d'un touriste qu'elle n'avait aucune chance de revoir. Une idée qui, de manière étrange, lui laissait encore un arrière-goût de déception…

Georgie secoua la tête avec vigueur, balayant cette pensée dérangeante. Elle prenait son service dans dix minutes, et avait franchement mieux à faire que gamberger sur un inconnu !

Traversant le tarmac d'un pas énergique, elle explora son sac à main dans l'espoir d'y trouver un chouchou. Elle n'avait pas eu le temps de se coiffer ce matin-là, mais laisser flotter ses cheveux sur ses épaules n'était pas la meilleure façon de lutter contre la chaleur !

Après avoir déniché l'élastique en question, elle rassembla sa lourde chevelure ébène, se fit une queue-de-cheval, et reprit son chemin. L'hélicoptère flambant neuf du SSAQ — un modèle dernier cri que le service avait reçu quelques semaines plus tôt — était posé un peu plus loin, signe que l'équipe de nuit était rentrée. Le service avait-il été calme ou, au contraire, agité ? Elle allait vite le savoir.

Elle poussa la porte vitrée du bâtiment ancien en bois blanc, qui abritait la base. La climatisation tournait déjà et une bienfaisante sensation de fraîcheur la saisit dès qu'elle fut à l'intérieur.

En chantonnant, elle se dirigea vers la réception, qui servait de « tour de contrôle » pour toutes les interventions. Louise, l'opératrice, l'accueillit d'un sourire chaleureux.

— Salut, Georgie ! En forme ?

— Bonjour, Lou ! Oui, ça va et toi ? Pas trop débordée ?

— Non, c'est plutôt le contraire, répondit Louise une petite blonde dynamique d'une cinquantaine d'années, dont le regard bleu pétillait derrière ses lunettes de myope. Pour le moment, tout est calme. Les gars viennent de finir un TIH.

Les TIH — l'abréviation de Tansfert intrahospitalier — s'effectuaient en général par voie aérienne dans cette région où les distances d'une ville à l'autre étaient très importantes. Même s'ils n'avaient rien de passionnant, ils représentaient une part non négligeable des interventions, en semaine comme le week-end.

— Tu voudrais une info plus intéressante à te mettre sous la dent ? la taquina Louise, qui connaissait son goût pour l'action. J'ai justement quelque chose pour toi : notre nouvel urgentiste est arrivé. Il commence ce matin. Et tu as été désignée pour lui expliquer le fonctionnement du service !

— Super, merci du cadeau ! Il s'appelle Josh Wetherly et il vient de Brisbane, c'est cela ?

— Exactement. D'après son CV, ce type a une super-expérience. Et cerise sur le gâteau, il est… renversant, ajouta Louise, l'air émerveillé. Tu ne vas pas regretter de l'avoir sur les talons aujourd'hui. À ta place, je lui proposerais même une petite visite de Cairns après le travail…

Georgie leva les yeux au plafond. Voilà que Louise recommençait à vouloir la caser !

Non qu'elle eût quelque chose de personnel contre le mariage. Ses propres parents formaient un couple très uni et elle espérait bien connaître cette félicité un jour. Mais pas dans l'immédiat. À vingt-sept ans, elle estimait avoir encore des choses à accomplir avant de fonder une famille.

Et en attendant, elle n'avait pas besoin d'une autre figure maternelle pour lui chercher un mari. Sa propre mère s'y employait déjà assez comme cela !

Si elle avait quitté Melbourne, c'était d'ailleurs, en partie, pour échapper à cette pression de plus en plus lourde. Sans grand succès, hélas. Même à distance, ses parents continuaient de lui « envoyer » des fils d'amis ou de vagues connaissances, avec qui elle devait dîner car la politesse l'exigeait…

Mais si Louise s'y mettait aussi, où allait-on ? Que ce Dr Wetherly ressemble à un acteur de cinéma ou non importait peu : elle n'avait pas l'intention de jouer les guides touristiques pour lui, ni pour quiconque du reste !

Elle s'apprêtait à riposter avec humour, quand le téléphone sonna. Louise prit la communication, puis attrapa son bloc.

— Hm… oui, d'accord. On s'en occupe, dit la réceptionniste tout en griffonnant des notes.

Le centre de coordination de Brisbane, situé à mille quatre

cents kilomètres de là, venait sans doute de recevoir une demande d'intervention pour leur secteur. La base de Cairns couvrait un rayon de quatre ou cinq cents kilomètres autour de la ville, îles du Pacifique comprises, d'où la nécessité d'intervenir par hélicoptère en cas d'urgence vitale.

— Qu'est-ce qu'on a ? demanda Georgie dès que sa collègue eut raccroché.

— Une petite fille de quatre mois en détresse respiratoire à l'hôpital de Tully. Ils veulent la transférer chez nous. Je vais prévenir Pat.

— O.K. Je vais me mettre en tenue et chercher le Dr Wetherly.

Le temps que Louise contacte Pat, le pilote, et que celui-ci prépare son appareil, il faudrait environ quinze minutes avant que l'équipe puisse décoller. C'était largement suffisant pour Georgie, qui avait l'habitude de démarrer au quart de tour. Un départ aussi matinal, en revanche, ne serait pas idéal pour le nouveau médecin : il devrait plonger dans le bain rapidement. Elle espérait donc qu'il saurait se montrer réactif et honorer sa réputation d'urgentiste efficace.

Laissant le comptoir d'accueil sur sa droite, elle traversa le hall en direction du vestiaire, une pièce commune aux hommes et aux femmes car les locaux minuscules du SSAQ n'avaient pas permis d'en aménager deux. Les plus pudiques allaient donc se changer aux toilettes, tandis que les autres s'abritaient derrière leurs portes de casier. Il ne fallait d'ailleurs pas cent sept ans pour revêtir un uniforme, et le formalisme n'était pas de mise chez des gens « tout-terrain » comme eux !

Lorsqu'elle poussa la porte, elle découvrit sans surprise les membres de l'équipe de nuit, quasiment prêts à repartir. Sean, le médecin de garde, était déjà presque habillé et se séchait vigoureusement les cheveux. Marty, l'infirmier, avait sorti son casque de moto de son placard, dont il était en train de fermer le cadenas.

— Bonjour, les gars, dit-elle d'un ton gai.

— Salut, Georgie !

— Salut, miss !

Marty avait répondu le dernier. Lorsqu'il s'avança vers elle pour l'embrasser sur la joue, elle découvrit un troisième homme, de dos et torse nu, dans le fond de la pièce. Il portait déjà le pantalon gris d'uniforme, et s'apprêtait à enfiler la chemise bleu marine réglementaire.

Sa peau bronzée et ses épaules musclées éveillèrent en elle une sensation familière sans qu'elle comprît pourquoi. Puis elle remarqua deux fossettes au creux de ses reins et sentit soudain son pouls s'accélérer.

Était-il possible... ?

Quand il pivota, elle laissa son regard remonter sur des abdominaux parfaits, surmontés de pectoraux qui ne l'étaient pas moins. Elle n'avait nul besoin de voir son visage pour savoir qui il était, et néanmoins, elle reçut le même choc que la veille en découvrant l'éclat de ses prunelles grises.

— Bonjour. Etes-vous... le Dr Wetherly ? s'enquit-elle, consternée d'entendre sa voix trembler.

Il enfila sa chemise sans la boutonner, tout en marchant vers elle.

— Gagné ! répondit-il en souriant. Et vous ?

Elle inspira à fond et fit à son tour quelques pas en avant.

— Georgie Carides. Enchantée, docteur.

— Appelez-moi Josh, s'il vous plaît.

De nouveau, elle fut frappée par sa haute taille. Maintenant qu'elle se trouvait près de lui, ses yeux se posaient naturellement sur son torse viril, et elle s'obligea à lever la tête ainsi que l'exigeait la politesse.

Elle constata, mortifiée, qu'il la dévisageait avec un certain amusement. Quelle idiote elle faisait ! Il lui tendait la main depuis un moment déjà mais, perturbée comme elle l'était, elle n'avait toujours pas eu le réflexe de la serrer !

De plus en plus troublée, elle plaça sa paume dans celle du médecin... et comme sur le ponton, la veille, reçut un choc violent, inexplicable... Elle respirait de manière saccadée, son cœur battait la chamade, et le pire, c'est qu'elle n'y pouvait rien !

— Je suis content de vous revoir, déclara Josh Wetherly,

et, à son air malicieux, elle eut l'impression qu'il lisait en elle comme dans un livre ouvert.

Après l'avoir relâchée, il boutonna rapidement sa chemise. Elle se sentait d'autant plus mal à l'aise qu'il paraissait parfaitement calme et détendu.

— Le monde est petit, ajouta-t-il, souriant toujours.

— Oui… En effet.

— Vous vous connaissez, tous les deux ?

La voix de Marty dans son dos la fit sursauter. Sous le choc de ses retrouvailles avec l'homme qui l'avait tant troublée la veille, elle avait oublié ses deux coéquipiers.

— Nous… nous sommes rencontrés hier, bredouilla-t-elle.

— Dans des circonstances plutôt mouvementées, précisa Josh.

Pendant qu'il évoquait brièvement le sauvetage du nageur anglais, elle demeura muette, tentant de recouvrer ses esprits.

— Donc, vous avez vu notre Georgie à l'œuvre ! commenta Marty lorsque Josh se tut à son tour. Vous êtes entre de bonnes mains avec elle. C'est une super-infirmière.

— Parce que nous allons travailler ensemble aujourd'hui ?

Georgie se sentit rougir sous le regard intense du médecin. Grâce au ciel, elle avait la peau mate et avec un peu de chance, il ne remarquerait rien !

— Je suis de garde pour la journée, expliqua-t-elle de son ton le plus professionnel. Nous devons aller chercher un bébé de quatre mois à l'hôpital de Tully et l'héliporter vers Cairns. C'est une petite fille, elle est en détresse respiratoire, aussi vos collègues ont demandé une surveillance spécialisée. Pat, notre pilote, sera prêt à décoller dans moins de dix minutes.

— Nous avons refait le plein de l'hélico, intervint Marty. Tout est en ordre. Bon courage pour votre première intervention, Josh.

— Merci beaucoup.

Après le départ de Marty et Sean, Josh se tourna vers elle.

— Alors, vous avez tiré à la courte paille et c'est tombé sur vous ? demanda-t-il, taquin.

— Que… Comment ?

— Je parle de la « corvée du nouveau » ! Vous allez avoir le redoutable honneur de tout m'expliquer, de me surveiller… C'est génial, non ?

Elle s'esclaffa.

— Sincèrement, cela ne me dérange pas. Au contraire, c'est même mieux : je vais vous faire prendre tout de suite de bonnes habitudes !

Chose qui, si elle en croyait le CV du médecin, ne serait pas difficile. Elle s'étonnait du reste qu'un homme si jeune — il ne devait guère avoir plus de trente ans — possède déjà de telles références !

Réalisant brusquement qu'elle le fixait, elle se détourna, gênée, et ouvrit son casier.

— Je vous attends dehors, dit Josh.

Elle opina sans un mot. La délicatesse dont il faisait preuve était salutaire car elle ne pouvait s'empêcher de penser… qu'il l'avait vue en maillot de bain, la veille ! Bien sûr, à la plage, c'était normal. Mais maintenant qu'elle y songeait, son Bikini noir n'avait pas dû cacher grand-chose de ses formes !

— Attendez ! Louise… notre réceptionniste… pourra sûrement vous en apprendre plus au sujet du transfert, marmonna-t-elle, furieuse de ses propres réactions. Elle doit avoir le numéro de téléphone du médecin qui nous confie le bébé. Vous pourriez peut-être l'appeler pour obtenir des précisions ?

— Bonne idée, je vais m'arrêter à l'accueil en passant. À tout de suite.

Josh se dirigea vers la porte du vestiaire d'un pas vif, luttant contre la tentation de se retourner. Puis il emprunta le couloir, tout à la surprise de ses retrouvailles avec la séduisante inconnue de la plage.

Entendre la voix de Georgie Carides quelques minutes plus tôt, lui avait causé un choc. Ensuite, l'étonnement avait cédé la place à l'excitation lorsqu'il avait appris qu'ils allaient prendre l'hélicoptère ensemble. Travailler avec une jolie femme représentait un atout certain dans ce métier difficile, et plus il y pensait, plus il trouvait la jeune infirmière attirante.

Elle lui avait fait si forte impression la veille, qu'il aurait pu dessiner ses traits de mémoire, une fois rentré chez lui. Elle avait un visage ovale à la symétrie parfaite, mis en valeur ce matin-là par une queue-de-cheval qui accentuait ses pommettes bronzées et son cou de statue grecque. Des yeux noirs incroyablement expressifs, un petit nez droit, une bouche pulpeuse achevaient de lui conférer un charme dont elle ne semblait pas avoir conscience.

Quand elle souriait, elle paraissait illuminée de l'intérieur, au point qu'il avait du mal à détacher son regard de son ravissant visage. Elle avait de jolies dents blanches, égales, qui offraient un contraste spectaculaire avec sa peau mate. Ce sourire la rendait tout simplement irrésistible !

De manière logique, il avait voulu se conduire en gentleman en la laissant seule pour se changer puisqu'ils ne se connaissaient pas. Mais il avait eu la plus grande difficulté à quitter la pièce, car le souvenir du Bikini noir qu'elle portait la veille lui était revenu en mémoire tel un flash.

Certes, il l'avait rencontrée dans des circonstances particulières. Pourtant, malgré le fait qu'ils aient dû secourir un patient, il se rappelait chaque détail, chaque courbe de son corps : sa poitrine haute et menue, sa taille déliée, ses fesses rondes, ses jambes fines…

Non, décidément, il n'aurait pas pu rester là, à lui faire la conversation pendant qu'elle mettait son uniforme. Il n'aurait pas eu la force de détourner les yeux… Or, il était venu à Cairns pour enrichir son expérience professionnelle, et pas pour autre chose !

Mélanger travail et plaisir lui semblait une équation dangereuse qu'il avait toujours pris soin d'éviter. Il n'allait pas tomber dans ce piège ici, si séduisante que soit sa nouvelle collègue !

Mieux vaudrait qu'il garde ses objectifs en tête pendant les six prochains mois pour s'épargner des ennuis, et atteindre enfin son but.

Après le départ de Josh, Georgie troqua rapidement son débardeur contre la chemise bleue sur laquelle était cousu l'écusson « infirmière ». Puis elle retira sa jupe en jean, pour enfiler son pantalon d'uniforme ainsi que des socquettes de coton blanc. En lassant ses boots montantes, elle s'aperçut que ses mains tremblaient, et soupira. Jamais elle ne s'était sentie aussi nerveuse face à un collègue, quel qu'il fût.

D'ailleurs, ce n'était pas Josh en lui-même qui la dérangeait, mais plutôt les réactions incontrôlables qu'il suscitait en elle. Il lui arrivait souvent de croiser des hommes séduisants, tant dans le cadre professionnel qu'à l'extérieur, jamais jusqu'ici, elle n'en avait rencontré un qui lui fasse un tel effet.

La veille, elle avait attribué sa réaction au stress provoqué par le sauvetage de Nigel Keener. Ce matin, hélas, ce n'était plus plausible. Force était d'admettre qu'il y avait une autre raison, et que cette raison s'appelait Josh Wetherly.

Réussirait-elle à collaborer avec lui de manière efficace ? En réalité, elle n'avait guère le choix. Il lui faudrait s'appuyer sur son expérience, et surtout, ne pas se détourner du terrain professionnel.

Elle était une infirmière qualifiée, Josh un médecin de valeur. Il y avait donc toutes les chances que leur association donne de bons résultats à condition qu'elle garde la tête froide et se concentre sur son travail. Un effort d'autant plus nécessaire que, des deux, c'était elle qui avait la meilleure connaissance du terrain et des interventions périlleuses.

Pratiquer la médecine d'urgence au sein d'un hôpital, avec tout le matériel sous la main, était déjà en soi un travail délicat. Les choses se compliquaient franchement lorsqu'il fallait se déplacer dans des zones difficiles d'accès, pour récupérer des malades ou des blessés que l'on devait stabiliser avant de les installer dans l'hélicoptère.

En aucun cas elle ne pouvait se laisser distraire. La santé des patients était en jeu.

Inspirant à fond, elle verrouilla son casier, puis sortit du vestiaire. Elle retrouva Josh sur le tarmac, près de l'hélicoptère, en train de bavarder avec Isaac, le mécanicien, qui effectuait les dernières vérifications de l'appareil. Pat, lui, s'entretenait par téléphone portable avec le centre de Brisbane.

— Tout est en ordre. On peut y aller, annonça le pilote à la fin de la communication.

Avant de monter à bord, Georgie jeta un coup d'œil sur Josh. Il semblait détendu, mais soucieux malgré tout. Elle lui demanda :

— Ça ira ?

— Oui. Ne vous inquiétez pas, j'ai déjà volé. J'ai effectué quelques transferts intrahospitaliers, mais jamais encore de sauvetage sur le terrain.

C'était donc une chance qu'ils commencent par un TIH plutôt que par une mission difficile. Le pire viendrait en son temps, elle n'en doutait pas !

Elle laissa Josh s'installer le premier dans l'hélicoptère, avant de grimper derrière lui et de refermer la porte, verrouillant le loquet de sécurité. Le médecin savait enfiler son harnais, l'ajuster et le fermer sans peine, constata-t-elle avec plaisir. Ce qui était logique d'ailleurs, puisque tout urgentiste envoyé en missions extérieures devait suivre une formation spéciale pour pouvoir réagir en cas d'amerrissage forcé.

Quand Pat mit le moteur en marche, les pales commencèrent à tourner, rendant toute conversation impossible. Georgie prit le casque posé sur son accoudoir et l'ajusta sur sa tête, imitée par Josh. De la sorte, ils pourraient dialoguer pendant le vol et aussi, bien sûr, communiquer avec le pilote en cas de besoin.

Dans un fracas, l'appareil quitta le sol en tanguant. Georgie se retrouva collée à Josh, qui occupait le siège voisin du sien à l'arrière de la cabine. Coincée entre lui et la paroi exiguë, elle sentait jouer la musculature ferme de sa cuisse, percevant la chaleur de sa peau sous le tissu de l'uniforme.

Elle essaya de se ressaisir. Jamais elle n'avait réagi de manière aussi viscérale, à un contact physique. C'était comme si son corps reconnaissait celui de Josh et la poussait vers lui alors qu'ils étaient de parfaits étrangers l'un pour l'autre.

Ses genoux tremblaient, ses mains étaient devenues moites. Malheureusement, elle ne pouvait pas s'écarter car le matériel médical et les brancards stockés autour d'eux ne lui laissaient aucune marge de manœuvre.

Que ne s'était-elle assise toute seule dans la partie avant ! Si elle avait réfléchi cinq secondes, elle aurait dû se douter qu'un homme aussi grand et imposant se retrouverait plaqué contre elle au décollage !

Dès que Pat eut redressé la barre, elle se redressa avec un sourire gêné.

— Désolée…

Josh eut un sourire malicieux.

— Il n'y a pas de problème.

La lueur provocante qui dansait dans son regard gris acheva de lui tourner la tête. Elle eut soudain très chaud et faillit demander à Isaac de monter la climatisation, mais s'en abstint. Si elle continuait ainsi, elle allait se rendre ridicule !

— Je suppose que tout s'est bien passé hier, avec Nigel ? lui demanda Josh.

Il paraissait à l'aise, détendu, comme si leur proximité physique ne le perturbait pas le moins du monde. Elle allait devoir se calmer, et vite.

— Oui, le transfert s'est déroulé sans encombre, répondit-elle d'un ton neutre. Je suis allée le voir à l'hôpital ce matin. Ils s'apprêtaient à le laisser sortir.

— Vous connaissez bien le personnel sur place, j'imagine ?

— Cairns est une petite ville. Dans notre milieu, tout le monde connaît tout le monde, répondit-elle en souriant. D'ailleurs, une grande partie des médecins qui se trouvent là-bas travaillent aussi pour le SSAQ. Prendrez-vous des gardes à l'hôpital ?

— Quelques-unes, mais je veux surtout aller sur le terrain. Je suis conscient que, par rapport à un service d'urgences classique, le travail va me paraître plus compliqué.

Cette fois, Georgie se détendit complètement. Ce sujet était sa spécialité. Évoquer leurs missions avec Josh lui permettrait de rester focalisée sur le domaine professionnel, ce qui était son objectif.

— Les secours en milieu difficile nous obligent à pratiquer tous les aspects de la médecine, expliqua-t-elle. Souvent, nous manquons de matériel et nous devons parer au plus pressé avec les moyens du bord. Non seulement il faut être réactif, mais polyvalent. Il vous arrivera de jouer le rôle d'anesthésiste ou même de chirurgien si les circonstances l'exigent.

— Une chance que j'aime les défis ! répliqua-t-il en souriant.

Ils passèrent le reste du vol à échafauder des hypothèses sur ce qui les attendait à Tully. Josh avait contacté le médecin de garde sur place pendant que Georgie se changeait, et, malheureusement, son collègue ne s'était guère montré optimiste à propos du bébé, prénommé Carrie.

— Vérifions le contenu de notre mallette, suggéra Josh. Je sais que les hôpitaux régionaux possèdent un équipement de base, mais pas forcément le matériel spécialisé, comme le kit de réanimation pédiatrique dont nous pourrions avoir besoin.

— Bien vu ! Mieux vaut envisager tous les scénarios.

Tandis que Josh inspectait la sacoche — et lui demandait de rajouter certains éléments au fur et à mesure —, elle constata qu'il faisait preuve de méthode et de logique. Des qualités qui, certes, n'avaient rien d'étonnant pour un urgentiste, mais qui la rassurèrent. S'il montrait le même sens pratique sur le terrain, ils avaient toutes les chances de former une très bonne équipe !

Ils venaient de terminer leurs préparatifs quand Pat entama ses manœuvres d'approche. Le terrain de cricket qui servait de piste d'atterrissage se situait à environ un kilomètre de l'hôpital de Tully. Sitôt l'hélicoptère posé, ils descendirent sur la pelouse et coururent vers l'ambulance qui les attendait.

Quelques minutes plus tard, James, le médecin de garde, les accueillait à l'entrée de l'hôpital. Georgie effectua rapidement les présentations, après quoi ils le suivirent à l'intérieur, jusqu'à la chambre où on avait installé le berceau de la petite Carrie.

— Elle a quatre mois, mais comme elle est née deux mois avant terme, son « âge réel » est de neuf semaines, expliqua

James. Sa famille est aborigène, ils vivent dans le bush. C'est la troisième fois qu'elle est hospitalisée pour des problèmes respiratoires depuis sa naissance. Les deux premières fois, nous avons rétabli la situation et elle a pu repartir avec sa mère, mais là, cela s'est avéré impossible. Nous n'arrivons pas à faire remonter la saturation en oxygène. Au contraire, elle continue de chuter.

Georgie et Josh pivotèrent en même temps vers les écrans de contrôle. Sans surprise, ils purent constater que le rythme cardiaque était plutôt lent pour un bébé, avec 98 pulsations par minute. La saturation en oxygène atteignait à peine les 88 %, un seuil alarmant s'il en était.

L'équipe médicale avait placé un masque sur le visage de la fillette pour l'aider à respirer, mais cette solution ne suffirait pas à la tirer d'affaire. La pauvre était inerte et sa poitrine se soulevait à peine.

— J'ai alerté Brisbane quand j'ai vu que son état ne s'améliorait pas, dit James. Il faut l'intuber, et je n'ai pas le matériel nécessaire sous la main.

— Nous nous en doutions, répondit Georgie. Ne t'inquiète pas, on prend le relais.

— Trouvez-moi un laryngoscope droit, taille un, s'il vous plaît, demanda Josh. Et un tube endotrachéal de 2,5 millimètres.

— Tout de suite.

Elle explora la sacoche qu'ils avaient apportée, localisant très vite le matériel requis… Elle sortit alors les éléments de leur emballage avant de les tendre au médecin qui, déjà, s'était positionné derrière la tête de lit pour cette intervention délicate.

En quelques secondes, il logea la sonde minuscule dans la trachée de Carrie. Le nourrisson était si faible qu'il n'opposa aucune résistance.

— C'est bon, nous y sommes, annonça Josh.

Georgie fixa le tube avec un morceau de sparadrap, puis le relia à un ballonnet. Elle devrait pomper de l'air pour l'envoyer dans les poumons de Carrie pendant le trajet du retour, en espérant que cette manœuvre suffirait à la maintenir en vie.

Le cœur battant, elle pressa le ballonnet, une fois, puis deux, puis trois. À chaque insufflation, la poitrine du bébé se souleva puis retomba, signe que la manœuvre avait réussi. Josh venait de réaliser un travail d'orfèvre incroyablement précis, et sa dextérité la laissait sans voix.

— Bravo, dit-elle d'un ton admiratif. Bien joué !

Le sourire obtenu en réponse, lui donna une multitude de petits frissons. Josh avait la tête d'un gamin qui vient de décrocher le pompon à la fête foraine, et elle sourit à son tour.

Voilà une journée qui commençait bien ! D'ici quelques minutes, Carrie serait installée dans l'hélicoptère, direction Cairns où l'équipe de réanimation néonatale l'attendait. Cette première intervention avec Josh s'était déroulée à merveille. À en juger par le professionnalisme dont il faisait preuve, travailler avec lui serait un plaisir et même une chance.

Le plus difficile restait pourtant à accomplir : elle devrait maintenir ses distances et veiller à ce que son étrange attirance pour lui ne perturbe pas cette collaboration qui s'annonçait fructueuse.

Oui, tel serait bien le défi à relever dans les semaines à venir. À elle de démontrer qu'elle en était capable.

3.

Si la journée avait bien commencé pour Josh, la suite s'avéra malheureusement plus difficile.

En début d'après-midi, le centre opérationnel de Brisbane avait alerté la base pour une urgence de terrain, à une centaine de kilomètres de là. Il n'avait donc pas attendu longtemps pour sa première intervention en extérieur, laquelle venait, hélas, de se terminer par un drame.

Le jeune homme de vingt-deux ans, prénommé Gus, qu'ils étaient venus prendre en charge suite à un accident de 4x4, était décédé de ses blessures peu après leur arrivée. Il présentait des lésions trop importantes à la tête et la colonne vertébrale. Georgie et lui n'avaient rien pu faire pour le ranimer.

Et maintenant, dans l'hélicoptère qui les ramenait vers Cairns, Josh se sentait vide, perdu, impuissant. Seigneur ! Que fabriquait-il ici ?

S'il avait choisi la médecine, c'était pour exercer dans un hôpital de pointe, avec les meilleurs équipements à disposition et la possibilité de pratiquer des radios ou de transférer les gens vers un spécialiste quand cela s'avérait nécessaire. Il n'avait en aucun cas prévu de venir sauver des vies sur des pistes poussiéreuses, écrasées de soleil, au milieu de nulle part. Et d'ailleurs, il n'avait pas sauvé la vie de Gus.

En toute honnêteté, Josh devait admettre qu'une hospitalisation du patient, même rapide, n'aurait rien changé. Il n'aurait pas fait mieux à Brisbane, dans son élément. Mais au moins se serait-il senti plus à l'aise, alors qu'ici…

La joue appuyée contre la vitre de l'hélicoptère, il s'absorba dans la contemplation des collines quasi désertiques qui défilaient en contrebas. Georgie était assise près de lui, mais il ne voulait pas la regarder ni parler de ce sauvetage désastreux.

Elle respectait d'ailleurs son silence, ce dont il lui savait gré. À sa place, beaucoup de collègues auraient tenté d'engager la conversation, pas elle. Elle semblait avoir perçu son état d'esprit.

Ils n'échangèrent pas un mot jusqu'à leur arrivée à Cairns, dont on distinguait à présent les premiers buildings. Après leur retour, Josh devrait remplir un rapport d'intervention, signer un certificat de décès. Il n'aurait pu imaginer pire démarrage pour son premier jour.

Inspirant à fond, il étira légèrement les épaules dans l'espoir de détendre ses muscles. C'est alors qu'il sentit la main de Georgie se poser sur la sienne. Les doigts fuselés de la jeune femme se mêlèrent aux siens, et il les pressa, envahi d'une douce sensation de chaleur.

Jusqu'à ce qu'elle le touche, il n'avait pas réalisé à quel point il avait froid malgré le soleil écrasant. Et maintenant, ce contact inattendu le réchauffait, lui procurant un immense réconfort.

— Ça va ? demanda-t-elle gentiment.

Il soupira de nouveau, puis tourna la tête vers elle.

— Ça va aller. Il faudra bien.

— Nous avons fait notre maximum. C'était sans espoir.

— Si vous le dites…

Cet événement tragique le poussait à remettre beaucoup de choses en question. Au travail, il aimait contrôler les situations, avoir la maîtrise totale de ce qu'il faisait. Mais ici, au SSAQ, c'était impossible.

Peut-être n'était-il pas fait pour ce type de missions ? Et s'il ne se montrait pas à la hauteur ? Il risquait de mettre des vies en péril !

— Nous sommes là pour sauver des gens, marmonna-t-il.

— Mais nous ne pouvons malheureusement sauver tout le monde, Josh !

Georgie avait raison, bien sûr. D'ailleurs, il avait déjà perdu des patients : c'était la dure loi des urgences. Sauf qu'ici, dans ces conditions difficiles, cette loi paraissait plus impitoyable encore.

La jeune femme resserra son étreinte sur ses doigts.

— C'était une mauvaise journée, cela arrive de temps en temps, dit-elle d'une voix douce. Cela ira mieux demain.

— Je l'espère…

Ils demeurèrent silencieux pendant que Pat entamait ses manœuvres d'approche, puis posait l'hélicoptère sur le tarmac. Quand il coupa le moteur, Georgie se pencha en avant, vers la cabine.

— On mange chez moi ce soir, les gars ?

Tandis que Pat et Isaac la remerciaient et acceptaient sans se faire prier, Josh ne dit mot, déçu de ne pas avoir été invité. Au fond, c'était normal puisque Georgie et lui ne se connaissaient pas, mais, bizarrement, il était un peu vexé de se retrouver exclu.

Allons, ce n'était pas bien grave. Du reste, il avait encore du pain sur la planche. Dans un premier temps, il faudrait reconstituer les réserves de matériel médical pour que l'équipe suivante puisse décoller au plus vite en cas d'urgence. Ensuite, il aurait toute sa paperasse à liquider.

Avant de descendre, il prit deux boîtes pour les emporter à la base. Georgie l'imita et le suivit vers le local technique, où ils s'attelèrent à renouveler leurs fournitures.

— Les gars passent à la maison ce soir, dit-elle. Aimeriez-vous dîner avec nous ?

Saisi d'étonnement, il referma d'un geste brusque le couvercle de la valisette qu'il venait de remplir.

— Non, merci, répondit-il, tout en se maudissant, car son instinct lui soufflait d'accepter. C'est gentil, mais je ne voudrais pas m'imposer.

— Arrêtez ! protesta-t-elle. D'abord, vous ne vous imposerez en rien puisque je vous invite. Ensuite, c'est devenu une tradition dans l'équipe, de prendre un verre ou de manger ensemble après une journée difficile. On ne va pas vous laisser repartir tout seul. Quand on vit des moments pénibles, il n'y a rien de pire que de se retrouver en tête à tête avec ses pensées.

— Mais…

— Il n'y a pas de « mais » ! Vous allez vous joindre à nous.

— Si vous êtes sûre que cela ne vous dérange pas…

— Sûre et certaine.

— Dans ce cas… j'accepte avec plaisir. Merci beaucoup.

Une soirée chez Georgie lui paraissait infiniment plus tentante qu'un dîner au restaurant de l'hôtel, suivi d'une heure de lecture ou de télévision. Il aurait été gêné que la jeune femme l'invite par « obligation », mais elle semblait sincère et il songea qu'il aurait été plus impoli qu'autre chose de s'obstiner dans son refus, d'autant qu'il brûlait de mieux la connaître.

Encore maintenant, alors qu'elle portait sa tenue de travail, il la revoyait, mince, séduisante et bronzée dans son Bikini noir. Il avait beau juger ces pensées totalement incongrues au regard des circonstances — on ne s'égarait pas ainsi avec une collègue —, c'était plus fort que lui.

Peut-être, à y bien réfléchir, aurait-il mieux fait de tenir bon et de refuser. Mais il était trop tard…

— Que puis-je apporter ? demanda-t-il.

— Rien du tout ! Mon réfrigérateur est plein. J'ai l'habitude de nourrir les gens, c'est une seconde nature chez moi, ajouta-t-elle en riant.

Isaac, qui venait d'entrer dans la pièce, opina avec ferveur.

— Georgie ne plaisante pas ! commenta le mécanicien. C'est la meilleure cuisinière que je connaisse. Aucun restaurateur de Cairns ne lui arrive à la cheville.

Elle haussa les épaules, désinvolte.

— Je suis grecque, expliqua-t-elle. Dans mon pays, cuisiner est un sport national.

De nouveau, elle eut ce sourire éclatant, qui procura aussitôt à Josh une intense sensation de bien-être. Il n'aurait pas besoin de passer beaucoup de temps en sa compagnie pour se sentir mieux. Non qu'il pût oublier le jeune homme qui avait perdu la vie cet après-midi-là : c'était impossible. Mais, pendant une heure ou deux, peut-être réussirait-il à penser à autre chose.

— On se voit tout à l'heure ? s'enquit Isaac, le tirant de ses réflexions.

Ce fut Georgie qui répondit à sa place :

— Oui, il va se joindre à nous.

— Alors, à plus tard !

— À plus tard, répliqua Josh un peu distraitement, tant son esprit était pris par Georgie.

Après le départ du mécanicien, elle se tourna vers lui.

— Je suppose qu'il vous reste des formalités à boucler, dit-elle.

— Oui, je dois remplir les papiers administratifs, répondit-il en soupirant à cette idée.

Elle le considéra avec un air de profonde sympathie.

— Allez, courage ! Moi, j'ai prévu de me doucher ici avant de rentrer. Nous devrions avoir fini à peu près en même temps. Etes-vous venu en voiture ?

Il opina.

— Je me suis garé sur le parking de la base.

— Excellent. Nous partirons ensemble.

Trois quarts d'heure plus tard, il fut soulagé de pouvoir enfin monter dans son coupé sport pour suivre la berline bleue de Georgie. Avant que la jeune femme ne s'installe au volant, il avait eu le temps de remarquer sa tresse impeccable, encore humide de la douche, et, maintenant, tandis qu'ils longeaient les rues de Cairns, il pensait encore à elle.

À son grand désarroi, il la voyait nue, l'eau ruisselant sur son corps gracile. Sa lourde chevelure noire, toute moussante de shampoing, retombait sur ses épaules, cascadant jusqu'à ses reins, à la lisière de fesses rondes et fermes qu'il devinait parfaites…

Allons, mais que lui arrivait-il donc ?! D'abord, il n'avait jamais vu les cheveux de Georgie détachés, mais toujours noués en queue-de-cheval, et puis, et surtout, il n'avait pas à fantasmer sur lesdits cheveux, ni sur le reste d'ailleurs !

Georgie était une collègue avec qui il devait entretenir une stricte relation professionnelle. Il était ici pour se perfectionner et non pour batifoler avec une jeune personne qu'il connaissait depuis vingt-quatre heures, et... qu'il ne reverrait plus à la fin de sa mission.

Il inspira à fond et se concentra sur sa conduite. Laisser son esprit divaguer alors qu'il se trouvait en pleine circulation, dans une ville étrangère, était en plus le meilleur moyen d'avoir un accident. Il ne lui manquerait plus que cela pour clore la journée en beauté !

Heureusement, l'épreuve se termina rapidement car Georgie habitait un quartier proche de l'hôpital. Il se gara bientôt derrière elle dans une allée gravillonnée serpentant au cœur d'un jardin parfaitement entretenu, devant une maison de taille imposante.

Construite sur pilotis dans le plus pur style du Queensland, la demeure de bois clair offrait une vision agréable et chaleureuse. Elle paraissait néanmoins beaucoup trop grande pour une personne seule, et Josh se demanda si Georgie la partageait avec quelqu'un. Après tout, elle n'avait jamais dit être célibataire...

Il lui emboîta le pas sur la passerelle de planches brutes qui, tenant lieu d'escalier extérieur, desservait les pièces principales de l'habitation situées à l'étage. Dès qu'ils furent dans la cuisine, il posa la question qui lui brûlait les lèvres :

— C'est un véritable château, ici ! Etes-vous... en colocation ?

— Non, du tout. J'ai loué une grande maison, sachant que mes parents et ma famille viendraient souvent me voir.

— Donc, ils habitent loin ?

— À Melbourne, ma ville natale. J'y ai fait mes études. D'ailleurs, j'y ai toujours vécu jusqu'à récemment.

Georgie ouvrit la porte du réfrigérateur et commença à en inventorier le contenu, tout en poursuivant ses explications :

— Comme je souhaitais enrichir mon expérience professionnelle, j'ai signé un contrat d'un an avec le SSAQ. Je suis arrivée il y a dix mois.

Son service s'achèverait donc bientôt, se dit-il avec une

pointe de regret. Raison de plus, s'il en fallait encore une, pour ne pas s'intéresser à elle de trop près…

— Depuis mon arrivée, mes parents et trois de mes frères m'ont déjà rendu visite, continua Georgie, interrompant le cours de ses réflexions.

— Trois de vos frères ? Mais combien en avez-vous ?

— Seulement quatre, répondit-elle, hilare.

Elle s'amusait de sa mine stupéfaite, c'était évident, mais cela ne le dérangeait pas qu'elle rie de lui, au contraire. Sa gaieté lui faisait un bien fou après cette dure journée.

— Vu votre… vu ta tête, je suppose que tu n'as pas une aussi grande famille ? demanda-t-elle.

Le tutoiement était venu assez naturellement à Georgie, et il en fut heureux, d'autant que dans un milieu comme le leur, le formalisme n'était pas de mise.

— Non, je n'ai qu'un frère.

Comme il n'avait pas envie d'en parler, il se dépêcha de changer de sujet :

— Puis-je te donner un coup de main ? Surtout, dis-moi s'il y a quelque chose à faire.

Elle sortit deux bières du réfrigérateur et les posa sur le comptoir, devant lui.

— Ouvre-les, si tu veux bien. Il y a un décapsuleur dans le tiroir. Ensuite, tu pourras aller chercher un filet d'oignons, ajouta-t-elle, avec un geste de la main en direction d'un garde-manger. Moi, je vais émincer de l'agneau et des légumes pour préparer un *yiros*.

— Une de tes spécialités ? Hm ! J'ai hâte de goûter ça.

Le temps qu'il récupère les oignons, elle avait pris deux chopes dans un placard, ainsi que des couteaux et des planches à découper. Il servit les bières, lui en tendit une et entrechoqua son verre contre le sien.

— Santé ! dit-il.

Il but quelques gorgées qui étanchèrent sa soif, après quoi il se mit en devoir d'émincer les oignons, tandis que Georgie découpait la viande et les légumes en petits morceaux. Sitôt qu'ils eurent fini, elle brancha le gril et jeta les ingrédients sur la plaque.

— Et voilà le travail ! Maintenant, il n'y a plus qu'à surveiller tout ça pendant que je mitonne la sauce.

— Mais quelle organisation ! Tu es un véritable chef, tu as dû être à bonne école ! Où te places-tu dans la fratrie ? interrogea-t-il.

— Je suis la dernière, et aussi la seule fille.

— Waouh ! Garçon manqué ou petite princesse ?

D'un coup de spatule vigoureux, elle remua sa préparation, puis le regarda en haussant les sourcils.

— À ton avis ?

— Garçon manqué…

Elle éclata d'un rire léger.

— Ça semblerait le plus logique pour une infirmière urgentiste. Mais en réalité, je n'étais pas très casse-cou. Mes frères étaient trop protecteurs pour me laisser prendre des risques.

Georgie commença à préparer sa sauce à la crème et aux épices, non sans avoir sorti assiettes, verres et couverts pour qu'il puisse mettre la table. Il appréciait vraiment son naturel, sa décontraction et le fait qu'elle le traite comme un égal. C'était précisément ce dont il avait besoin.

— As-tu beaucoup de différence d'âge avec tes frères ? questionna-t-il, curieux.

— Oui, je suis le bébé de la famille. Stephen, le plus jeune, a trente-quatre ans, moi vingt-sept ; les jumeaux, Alek et Paul, ont trente-sept ans et Tony, mon frère aîné, trente-neuf.

— Tiens, c'est drôle, j'ai l'âge de Stephen, commenta-t-il en souriant.

Il s'apprêtait à lui demander quelle éducation elle avait reçue en tant que fille « unique », mais l'arrivée de Pat et d'Isaac l'en empêcha. Georgie leur offrit des bières, et la conversation roula un moment sur leur triste expédition de l'après-midi.

Contre toute attente, ce « débriefing » improvisé fit du bien à Josh. Mais au fond, il n'y avait pas de quoi s'étonner. En tant que médecin, il savait combien la communication était primordiale quand une équipe vivait un drame.

— Gus allait se fiancer, dit Isaac, évoquant le jeune homme décédé dans l'accident. Je l'ai su par l'autre passager du 4x4. Je plains cette pauvre fille de tout mon cœur. J'ignore ce que je deviendrais si je perdais Lani dans de telles circonstances.

— Isaac se marie dans trois semaines, expliqua Georgie.

— Ah, d'accord, murmura Josh. Je comprends. Et toi, Pat ?

— Je suis divorcé et très content de l'être ! répondit ce dernier.

— Il fait comme si, en tout cas, intervint Georgie en secouant la tête.

— Tout le monde n'a pas ton âme solitaire, miss Carides ! s'exclama Pat.

C'était plus qu'il n'en fallait pour titiller la curiosité de Josh.

— Tu serais une célibataire endurcie, Georgie ? demanda-t-il avec un doux sourire.

L'embarras de la jeune femme lui fit comprendre qu'il avait touché un point sensible. D'ailleurs, elle demeura muette et ce fut Pat qui prit la parole.

— Je souhaite bonne chance au malheureux qui osera lui faire la cour ! s'exclama le pilote.

— Ah bon ? Pourquoi ?

— Il aura intérêt à se tenir à carreau. Elle a quatre frères pour la surveiller…

— Pat n'a pas tort, marmonna Georgie, qui semblait de plus en plus gênée.

Elle se tourna vers le gril, l'éteignit, puis fit glisser la viande et les légumes dans un plat de service.

— Installez-vous à table…

Quand ils furent assis, elle apporta le *yiros*, qui se dégustait sur du pain pita blanc, avec la fameuse sauce parfumée. Puis elle prit place en face de Josh.

— Lani, la fiancée d'Isaac, est infirmière à l'hôpital, dit-elle. Tu devrais donc bientôt la rencontrer, Josh.

Elle avait volontairement détourné la conversation. Pour quelle raison ? Mystère…

— Tu vas assurer des gardes aux urgences ? demanda Isaac.
— Oui. J'y serai une ou deux fois par semaine.
— Lani travaille aux soins intensifs. Préviens-moi le jour où tu commenceras là-bas. Je te la présenterai. Elle pourra faire le relais avec les collègues sur place, si tu veux.
Josh approuva, ravi.
— Excellente idée. C'est génial de connaître du monde lorsqu'on débarque quelque part. On gagne un temps fou.
Finalement, avec des gens aussi sympathiques autour de lui, les six prochains mois allaient peut-être passer plus vite qu'il ne l'avait craint, songea-t-il. Tout le problème serait de résister au charme dévastateur de Georgie…
Rien qu'à sentir son parfum suave — un mélange envoûtant de cannelle et de miel —, il avait envie de se rapprocher d'elle, de lui parler à l'oreille, de dénouer sa tresse pour voir enfin ses cheveux soyeux flotter librement sur ses épaules…
— Tout le monde boira du café avec le baklava ?
La voix douce de la jeune femme le ramena à la réalité. Il se rendit compte qu'il avait manqué une partie de la discussion, trop absorbé qu'il était par ses pensées. Le repas se terminait et il avait flotté sur un nuage !
— Oui, merci, murmura-t-il.
En fins connaisseurs, Pat et Isaac prirent deux parts de dessert chacun. Ils burent leur café, après quoi ils se levèrent d'un même mouvement.
— Désolé, Georgie, mais il faut que je file, s'excusa Isaac. Lani termine à 22 heures et je dois passer la prendre à l'hôpital.
— Et moi, je décolle tôt demain matin, renchérit Pat. J'effectue un test de sécurité en vol avant le début du service. Je vais vite aller me coucher pour être en forme.
Tandis que les deux hommes remerciaient leur hôtesse, Josh se leva aussi. Mais Georgie l'obligea à se rasseoir d'une pression sur l'épaule.
— Tu n'as mangé qu'un morceau de baklava, dit-elle. Je vais me vexer si tu n'en reprends pas.
Sans lui laisser le temps de réagir, elle emplit de nouveau

son assiette et lui servit une seconde tasse de café. Il accepta sans se faire prier, peu pressé qu'il était de rejoindre sa chambre d'hôtel, confortable certes, mais un peu triste et sans charme.

Il salua Pat et Isaac, puis recommença à manger tandis que Georgie les raccompagnait. Lorsqu'elle revint, il lui sourit avec chaleur.

— Merci infiniment pour ton accueil, dit-il. Grâce à toi, je découvre les charmes de l'hospitalité à la grecque !

— Tout le plaisir est pour moi, mon bon monsieur…

Il la regarda un moment en silence, puis finit par demander :

— Tu ne t'ennuies pas à Cairns ? J'ai l'impression que tu viens d'une famille unie. Cela a dû te faire bizarre de partir…

Elle baissa le regard et, comme précédemment, il vit que ce sujet la mettait mal à l'aise.

— J'ai pesé le pour et le contre, mais je voulais découvrir autre chose sur le plan professionnel, expliqua-t-elle.

Et sans doute sur un plan plus personnel aussi, mais si tel était le cas, elle n'en dirait rien. Il devrait attendre de la connaître mieux pour confirmer cette intuition.

Depuis le début de la soirée, Georgie s'était sentie troublée mais aussi un peu gênée. Elle avait l'impression que Josh s'interrogeait sur les motifs de sa venue au Queensland.

Sans doute avait-il compris qu'il existait des causes privées, plus profondes que ses aspirations professionnelles. Néanmoins, elle ne s'imaginait pas lui raconter sa vie alors qu'ils se connaissaient à peine. Comment aurait-elle pu lui expliquer qu'elle avait eu besoin de souffler et d'échapper à la pression parentale ?

Depuis sa naissance, elle avait fait ce qu'on attendait d'elle : la petite fille sage était devenue une étudiante modèle, et maintenant, son père et sa mère la poussaient à se marier et à fonder une famille. Dans leur scénario idéal, elle allait finir par épouser un jeune homme simple, sérieux, appartenant à leur cercle de connaissances.

Sauf qu'elle avait envie d'autre chose.

Pour avoir une chance de s'épanouir, elle n'avait trouvé d'autre solution que de quitter son cocon, certes rassurant, mais aussi étouffant. Elle espérait ainsi découvrir qui elle était et ce qu'elle voulait…

Et non, décidément, elle ne pouvait pas parler de cela à Josh. Ses états d'âme ne le concernaient en rien !

— À Melbourne, on effectue peu de secours aériens, enchaîna-t-elle, préférant s'en tenir au terrain médical. Les hôpitaux sont facilement accessibles par la route puisqu'il n'y a pas de grands espaces comme au Queensland. Donc, il aurait manqué une corde à mon arc si je n'étais pas venue travailler au SSAQ.

— En dix mois, tu as dû apprendre pas mal de choses ?

— Oh ! Que oui ! Même si les conditions d'intervention sont dures, je n'ai jamais regretté d'avoir pris ce poste.

— Et que fais-tu de ton temps libre ?

— Tu veux dire, quand je ne joue pas les guides touristiques pour les membres de ma famille ?

Il eut un sourire amusé.

— Oui, quand tu es vraiment, vraiment seule. Ce week-end, par exemple, tu étais à la plage…

— … mais pas seule ! J'accompagnais mon frère Stephen et sa fiancée qui étaient venus faire de la plongée. Tu ne les as pas vus, ils étaient dans l'eau quand nous avons sauvé Nigel.

— Ah bon ?! Pourquoi n'étais-tu pas avec eux ?

— J'étais censée faire mon baptême des grands fonds, mais… j'ai renoncé à la dernière minute. J'ai manqué de courage.

Cette fois, Josh éclata de rire.

— Tu as eu tort. La vie est faite pour être vécue ! déclara-t-il. Il faut parfois se lancer sans trop réfléchir…

— Sauf que l'atterrissage n'est pas garanti ! Vu le nombre de casse-cou que je soigne, je suis bien placée pour le savoir. Or, crois-le ou non, je compte devenir centenaire.

— Tu prends quand même un petit risque de temps en

temps, non ? Là d'où tu viens, les gens skient l'hiver, ou alors, ils essaient le saut à l'élastique en Nouvelle-Zélande…

— Je n'ai pas besoin de ça ! Descendre d'un hélicoptère le long d'un filin au-dessus de la mer déchaînée, comme cela m'est déjà arrivé, suffit à mon bonheur.

— Là, tu marques un point ! admit-il. Mais il existe des manières beaucoup plus amusantes de se faire peur, comme… nager près des grands requins blancs en Afrique du Sud ou pratiquer le ski hors-piste en France.

— Ce que tu as fait, bien sûr ?

— Oui !

Elle secoua la tête.

— Je te laisse les sports extrêmes. La vie est trop précieuse pour risquer de la perdre.

— J'en suis conscient, rassure-toi. C'est juste… qu'il faut essayer d'en profiter. Plus jeune, j'avais du mal à être raisonnable, mais je me suis calmé avec l'âge. Je connais mes limites. Si tu acceptais de m'accompagner dans une de mes « expéditions », tu n'aurais rien à craindre.

— Hm.

— Laisse-toi tenter, pour une fois…

Le sourire dévastateur de Josh lui évoqua un autre genre de tentation, qu'elle s'empressa de chasser de son esprit. Cet homme incarnait l'aventure et le danger dans toute leur splendeur. À elle de rester sur ses gardes…

— Que proposes-tu ? s'enquit-elle, essayant d'afficher un air impassible.

— Une initiation au ski nautique ?

— Hors de question !

— Ou alors, je pourrais t'accompagner pour ce fameux baptême de plongée qui t'effraie tant…

Elle réfléchit une minute. Si elle avait renoncé la veille, il était peu probable qu'elle change d'avis, même pour ses beaux yeux.

— Franchement, cela ne me dit rien.

Josh poussa un soupir faussement exaspéré.

— Mademoiselle est difficile ! Voyons… Le rafting te plairait-il davantage ?

— Hm… peut-être.

— Excellent ! Adjugé, vendu !

— J'ai dit « peut-être », répliqua-t-elle, pesant sur les mots.

— Et moi, je considère ta réponse comme un « oui » définitif !

Trop fatiguée pour argumenter, elle étouffa un bâillement. Josh s'en aperçut et se mit debout en s'étirant. Dans le mouvement, son T-shirt se releva, découvrant un ventre plat et bronzé. Elle détourna les yeux avec empressement.

— Merci beaucoup de m'avoir invité, Georgie. Tu avais raison, cela m'a fait du bien de passer la soirée avec vous. Tout seul, j'aurais ruminé.

Et voilà, elle était libérée de son charme, ou presque, car il n'était pas encore parti. Une joie soudaine l'envahit et elle s'en voulut aussitôt. Il fallait absolument qu'elle se reprenne, se dit-elle. Sinon, à ce train-là, chaque minute en compagnie de Josh allait devenir une épreuve de force !

Elle se leva pour l'escorter dans le couloir, jusqu'au ponton de bois qui descendait vers le jardin.

— Mais… de rien, murmura-t-elle. Cela m'a fait plaisir. Tu reviens quand tu veux.

— C'est gentil, mais la prochaine fois, c'est moi qui régale. Tant que je n'aurai pas emménagé dans mon appartement de fonction, je vais avoir du mal à me mettre aux fourneaux. En revanche, j'aimerais t'inviter au restaurant si tu es d'accord.

— Oui, bien sûr. J'en serai ravie.

Et elle l'était vraiment. La perspective d'une soirée en tête à tête avec Josh l'emplissait déjà d'une excitation sans bornes.

Ils descendirent la passerelle, puis il sortit une petite télécommande de sa poche pour déverrouiller son coupé sport.

— On fixe une date demain ? proposa-t-il.

— Ça marche.

Comme il ouvrait sa portière, elle crut qu'il allait monter en voiture, mais, soudain, il se pencha et l'embrassa sur la joue.

Un contact furtif, qui suffit pourtant à la faire frissonner de la tête aux pieds.

Elle prit un air détaché et le regarda partir comme si de rien n'était. Il l'avait embrassée pour la remercier, rien de plus. De même que son invitation à dîner n'était sûrement qu'un simple geste de reconnaissance.

Josh était un collègue, point à la ligne. Et elle avait intérêt à s'en souvenir sérieusement si elle voulait s'éviter les problèmes ! !

4.

À peine arrivée dans les locaux du SSAQ, le lendemain matin, Georgie tomba sur Josh.

Louise n'était pas encore là et elle avait traversé le hall pour rejoindre directement la salle commune. À travers la baie vitrée, elle le découvrit donc, assis au bureau, la tête dans une main, les muscles de son bras gauche saillant sous son T-shirt gris. Ses mèches blondes ébouriffées, son air d'intense concentration laissaient supposer qu'il travaillait depuis un petit moment déjà.

À sa vue, son cœur se mit à battre à tout rompre, et elle fut surprise une nouvelle fois par l'intensité de ses propres réactions.

La veille, elle avait longuement pensé à lui avant de s'endormir. Ensuite, il avait été la première personne qui lui était venue à l'esprit au réveil. Et pendant tout le trajet jusqu'à la base, elle avait imaginé leurs retrouvailles avec une impatience troublante.

Dès son plus jeune âge, elle avait eu l'habitude de vivre entourée d'hommes. À la maison, elle avait grandi au milieu de ses frères et de leurs amis, toujours plus nombreux à l'époque de l'adolescence. Et maintenant, au travail, il lui arrivait souvent d'être la seule femme dans des équipes d'intervention essentiellement masculines.

Mais jamais, au grand jamais, elle n'avait ressenti un pareil tumulte intérieur.

Elle connaissait Josh depuis un peu plus d'une journée, et voilà que, déjà, elle avait l'impression qu'un lien invisible les unissait. C'était ridicule, absurde, mais elle n'y pouvait rien.

Inspirant à fond, elle poussa la porte du bureau et entra.

— Bonjour, dit-elle d'un ton enjoué.

Josh releva la tête et passa une main dans ses cheveux en bataille. Il sembla se détendre aussitôt et lui sourit avec chaleur.

— Bonjour Georgie. Ça va ? Je suis content de te voir. Tu tombes à pic !

— Ah bon ? Pourquoi ?

— J'aimerais que tu jettes un coup d'œil sur mon compte rendu, et que tu me dises s'il y a des choses à ajouter. Tu as cinq minutes ?

— Oui, bien sûr.

Il s'agissait du rapport concernant l'accident de Gus, que Josh n'avait pas tout à fait bouclé la veille. Elle prit donc place à ses côtés à la table de travail, et se mit à lire attentivement.

— C'est parfait, déclara-t-elle après avoir achevé sa lecture. As-tu besoin que je le contresigne ?

— Oui, s'il te plaît.

Quand il lui tendit son stylo, leurs mains se frôlèrent, et elle s'efforça d'ignorer la délicieuse sensation que lui procurait ce bref contact. De même, une demi-heure plus tard, dans l'hélicoptère, elle fit de son mieux pour oublier l'effet produit par sa proximité.

Certes, son eau de toilette citronnée titillait ses sens. Certes, elle réagissait au simple contact de sa cuisse contre la sienne. Mais elle ne devait en aucun cas oublier sa mission. La survie des patients dépendait pour une grande part du degré de concentration du personnel soignant.

Elle ferait une piètre infirmière si elle perdait de vue ce point essentiel !

Lorsqu'ils pénétrèrent dans la salle de soins de l'hôpital d'Ingham, peu avant 10 heures, elle rctrouva heureusement son calme et tous ses réflexes. Ils avaient été appelés pour prendre en charge un jeune homme d'une trentaine d'années, Kevin Morgan, lequel venait d'avoir un accident de la route. Sa moto avait dérapé sur une route glissante et avait fini sa trajectoire contre un arbre. Heureusement, il portait un casque, mais il s'en était fallu de peu qu'il ne perde la vie, et son état nécessitait un transfert rapide vers Cairns.

— La colonne vertébrale est touchée, expliqua le médecin de garde. Il a en plus cinq côtes cassées, qui ont provoqué un hémothorax. Nous lui avons posé des drains thoraciques, mais il faut l'évacuer au plus vite.

— Nous prenons le relais, ne vous inquiétez pas, répondit Josh d'un ton calme.

Il procéda à une évaluation rapide des blessures, secondé par Georgie que l'état du patient préoccupait. Un hémothorax — on désignait ainsi un épanchement de sang dans la cavité pleurale — était très dangereux.

— Tu ne penses pas qu'il faudrait l'intuber au cas où ? demanda-t-elle.

— J'étais justement en train de me poser la question. À quelle distance sommes-nous de Cairns, au juste ?

— Deux cents kilomètres. Nous allons passer près d'une heure dans l'hélicoptère avec lui. Si jamais les choses tournent mal là-haut, nous devrons nous poser ou alors l'intuber en vol. Il se pourrait…

Elle n'eut pas besoin d'achever sa phrase pour que Josh comprenne. Après le drame qu'ils avaient connu la veille, ils n'avaient pas besoin d'une deuxième catastrophe. Mieux valait prendre toutes les précautions, et tant mieux si elles s'avéraient superflues.

— Tu as raison, dit Josh. Je vais lui administrer un anesthésique léger pour qu'il ne se débatte pas pendant l'intubation.

Dès que le patient fut sous sédatif, il la pria de sortir le matériel nécessaire. Puis, de la même manière qu'il avait intubé la petite Carrie, il réalisa cette manœuvre délicate avec une habileté confondante, et en un temps record.

Vingt minutes environ s'étaient écoulées lorsqu'ils remontèrent à bord, avec Kevin sous monitoring, sanglé sur son brancard. Ils s'assirent chacun d'un côté de la civière, Georgie ayant pris place près de la machine.

Au bout de quelques instants, elle entendit un « bip » s'élever. Puis l'alarme du respirateur sonna. Aussitôt, elle scruta l'écran de contrôle.

— Tension 12/6. Saturation en oxygène, 95 %. Ça commence à chuter. Le respirateur fonctionne, donc il doit y avoir un problème au niveau du drain, conclut-elle, en appuyant sur « reset » afin qu'ils puissent mieux contrôler les chiffres.

Dans la position où ils se trouvaient, le drain arrivait à peu près au niveau du genou de Josh. Il le prit doucement, le remua. Aucun flux ne se produisit au niveau de la poche.

— Soit il est bloqué, soit Kevin fait un double hémothorax, dit-il.

Si le sang avait afflué de manière trop abondante dans la cavité pleurale, il se pouvait que le tube relié à la poche soit obstrué par un caillot et ne remplisse plus sa fonction.

Josh s'empara d'un scalpel dans la trousse posée près de lui. Il élargit l'incision sur la poitrine de Kevin, après quoi il introduisit l'index dans le trou, cherchant à éliminer un éventuel bouchon. Sans succès.

Quelques instants plus tard, l'alarme retentissait de nouveau.

— Saturation, 94 %. Il a les lèvres bleues, énonça Georgie d'une voix tendue.

— Je vais lui injecter une autre dose d'anesthésique, dit Josh. Il se pourrait qu'il commence à se réveiller, et que son corps lutte contre le drain.

Tandis qu'il préparait la seringue, elle remit une nouvelle fois les compteurs du monitoring à zéro. Elle se pencha ensuite sur le patient et lui souleva les paupières.

— Pupilles égales et réactives. Je n'y comprends rien. On va le perdre si on ne résout pas le problème !

Elle avait déjà connu des situations critiques, mais voir mourir deux patients en deux jours serait difficile à supporter. Josh aussi, aurait bien du mal à s'en remettre…

— S'il s'en sort, je promets de te suivre dans l'expédition de ton choix, où tu voudras, quand tu voudras, dit-elle d'un ton pressant. Allez, allez…

Josh haussa les sourcils.

— J'en prends bonne note. Et il va s'en sortir.

Avec des gestes sûrs, il fit passer le produit dans la perfusion. Ils attendirent quelques minutes, mais rien ne se produisit.

— Alors, mon gars, que se passe-t-il ? marmonna Josh. Je vais devoir inciser davantage, ajouta-t-il.

Le bras de Kevin était collé le long de son flanc droit. Cela n'avait pas empêché Josh d'élargir le trou, mais là, il aurait besoin de plus d'espace pour manœuvrer.

Avec douceur, il bougea le membre inerte. Aussitôt, le sang commença à affluer dans la poche du drain.

— Oh non, ce n'est pas vrai ! s'exclama-t-il.

— Le bras de Kevin comprimait le tube ! renchérit Georgie. Je n'y crois pas !

Josh se rejeta en arrière et poussa un profond soupir, l'œil rivé au monitoring. La tension artérielle était remontée à 13,5/7 et la saturation en oxygène s'améliorait. La crise se terminait, mais Georgie était encore sur des charbons ardents.

— On a frôlé la catastrophe, murmura-t-elle.

— Nous aurions tout fait pour éviter cette catastrophe. Après celle d'hier, je ne l'aurais pas supporté.

Comme elle en avait eu l'intuition, le décès de Gus, la veille, avait profondément affecté Josh.

— La plupart du temps, nous intervenons dans des circonstances difficiles, dit-elle d'une voix douce. Même si c'est dur à admettre, certaines personnes ne peuvent pas être sauvées. Mais aujourd'hui, grâce à toi, Kevin va survivre.

Josh eut l'air dubitatif.

— Mais si, c'est grâce à toi. Ou grâce à nous si tu préfères, insista-t-elle. Je ne comprends pas ce qui te chagrine.

— Je suis venu ici pour acquérir plus d'expérience de terrain, mais ce n'est pas la seule raison, expliqua-t-il, en passant une main nerveuse dans ses cheveux. À mon retour à Brisbane, on va me confier la direction d'un service d'urgences. Je dois prouver que je suis capable d'intervenir, et de faire intervenir mes équipes, dans n'importe quelle situation. Je me demande si je vais être à la hauteur…

— Bien sûr que tu vas l'être ! Dans notre milieu, avoir

quelques doutes et se remettre en question est une excellente chose. C'est même une preuve de professionnalisme ! Mais n'oublie pas que nous sommes aussi tributaires d'éléments extérieurs. Prends le cas de Kevin : c'est lui qui a décidé de sortir à moto, alors qu'il pleuvait et que la route était glissante. Personne ne peut être rendu responsable. Et nous pouvons vraiment nous réjouir de l'avoir sauvé.

Josh ferma les paupières, les rouvrit, soupira.

— Tu as raison, admit-il. Mais nous autres scientifiques, avons toujours du mal à accepter ces « éléments extérieurs ».

— Voilà pourquoi j'essaie d'éviter les sports dangereux. J'ai vu trop de gens se blesser en courant des risques inutiles.

Au moment où elle achevait sa phrase, elle prit conscience, mais trop tard, qu'elle avait fait une promesse à Josh, quelques minutes plus tôt. Et à voir la tête de ce dernier, ses paroles n'étaient pas tombées dans l'oreille d'un sourd !

— Tu ne t'en tireras pas comme ça, décréta-t-il.

Son regard pétillait de malice, à présent, et elle leva les yeux au plafond. Elle pourrait au moins se féliciter de l'avoir détourné de ses idées sombres, même si c'était à ses propres dépens… !

— Je vais être magnanime, je te laisse le choix : jet-ski, plongée sous-marine, ou rafting, poursuivit-il d'un ton malicieux.

— Va pour le rafting, maugréa-t-elle. Tu sais bien que le reste est inenvisageable.

— Pour l'instant…

— C'est cela. Cause toujours…

Ils échangèrent un sourire complice, et elle sentit ses muscles se détendre d'un coup. La tension des minutes précédentes cédait à un soulagement, mêlé d'une certaine excitation à l'idée de passer une journée entière avec Josh.

Certes, le rafting était bien la dernière activité qu'elle aurait elle-même choisie, mais tant pis. Le fait que Kevin ait survécu à son accident valait bien un petit sacrifice.

Décidément, les journées se suivaient et ne se ressemblaient pas. Et c'était tant mieux !

Plusieurs jours s'écoulèrent sans que Josh reparle de l'expédition rafting.

On était vendredi, à présent, et depuis le sauvetage de Kevin, la semaine s'était déroulée de manière assez calme. Josh avait commencé à prendre ses marques. Chaque matin, Georgie se réjouissait à la perspective de travailler en sa compagnie tant il se montrait compétent, agréable et efficace.

Ce jour-là, néanmoins, elle devrait faire sans lui puisqu'il effectuait sa première garde aux urgences de l'hôpital. Elle allait de nouveau collaborer avec Sean — un jeune médecin anglais récemment débarqué en Australie avec femme et enfants —, et même si elle l'appréciait beaucoup, les choses seraient très différentes.

Si elle voulait se montrer honnête, force était de reconnaître que ses rapports avec Josh dépassaient le simple cadre professionnel. Elle avait beau vouloir maintenir ses distances, ils se rapprochaient tous les jours un peu plus et cette symbiose, cette étrange alchimie entre eux allait bien au-delà d'une bonne complicité de terrain.

Comme elle disposait de quelques minutes avant de prendre son service, elle s'installa dans la salle commune pour lire le journal. Le téléphone sonna presque immédiatement. Elle traversa la pièce pour décrocher et reconnut la voix de Louise dans le combiné.

— Georgie ? J'ai Josh en ligne pour toi. Je te le passe.

— Ah… merci.

Elle entendit des « bip » de tonalité et inspira à fond. Même si elle n'avait fait que quelques pas, elle avait le souffle court comme si elle avait couru un cent mètres !

Paupières mi-closes, elle s'efforça de retrouver son calme.

— Allô ?

Le timbre grave, sensuel de Josh à l'autre bout du fil lui procura une joie sans mélange.

— Bonjour, dit-elle d'un ton gai. Tu es déjà à l'hôpital ?

— Oui, j'ai commencé à 6 heures. Tout va bien, c'est tranquille pour l'instant. J'ai déjà rendu visite à la petite Carrie.

— Super ! Comment va-t-elle ?

— Plutôt bien. Depuis que nous l'avons ramenée de Tully, son état s'améliore. Les examens ont montré qu'elle n'a aucune malformation du système respiratoire. Elle est juste fragile, sans doute parce qu'elle est née avant terme. Mais si les choses continuent à progresser à ce rythme, elle devrait sortir d'ici quarante-huit heures.

— Tant mieux, je suis contente ! Voilà une journée qui commence bien.

— Je ne me plains pas, répliqua Josh, un sourire dans la voix. Mais tu sais, je trouve un peu bizarre d'être là. Je m'ennuie de vous autres… et il n'y a pas beaucoup d'action.

Georgie demeura quelques instants silencieuse. Se pouvait-il qu'il partage son état d'esprit ? Qu'elle lui manque autant qu'il lui manquait ?

Non, il devait dire cela par gentillesse !

— Rassure-toi, tu ne loupes pas grand-chose ce matin. C'est le calme plat, répondit-elle d'un ton léger.

— En tout cas, j'aimerais bien que tu puisses terminer tôt.

— Pourquoi donc ? interrogea-t-elle, sentant son cœur battre plus vite.

— Parce que je dois récupérer les clés de mon appartement à l'heure du déjeuner. Il est meublé, mais je veux y mettre ma patte, et j'avais pensé que, si tu étais d'accord, nous pourrions aller faire du shopping en fin d'après-midi. J'aurais grand besoin d'un avis féminin avant de me lancer dans la décoration. Et, bien sûr, je t'inviterai à dîner pour te remercier…

Georgie s'apprêtait à répondre oui sans réfléchir, quand elle se rappela brusquement qu'elle n'était pas libre ! Elle avait accepté un dîner de longue date avec un ami d'Alek, son frère aîné — une corvée de plus —, et décommander serait de la dernière impolitesse.

— Je suis désolée, j'ai quelque chose de prévu ce soir. On en reparle demain si tu veux ? ajouta-t-elle, car ils assuraient ensemble la garde du week-end.

Pourvu qu'il n'ait pas l'impression qu'elle refusait de sortir avec lui ! S'il savait…

— Pas de problème, répondit-il, et sa bonne humeur la rasséréna un peu. À demain, Georgie. Bonne journée.

— Bonne journée à toi aussi. Et bon courage.

Elle raccrocha, le moral terni par la perspective de cette soirée qui l'enchantait d'autant moins qu'elle aurait pu la passer avec Josh. Mais ce n'était que partie remise, songea-t-elle pour se consoler. Elle avait la ferme intention de dîner avec lui à la première occasion.

Depuis qu'il en avait parlé, elle n'attendait d'ailleurs que cela.

— Salut, miss ! Alors, ce rendez-vous ?

À peine Georgie avait-elle poussé la porte du SSAQ, le lendemain matin, que Louise commença à la bombarder de questions. La secrétaire la dévisageait avec curiosité, et elle soupira. Elle n'avait aucune envie de s'étendre sur cette soirée désastreuse, mais Louise s'obstinait à jouer les confidentes et elle n'osait se dérober.

Elle s'accouda au comptoir en grimaçant.

— Comme prévu, c'était mortel. J'aurais vraiment préféré une séance d'épilation à la cire plutôt que la conversation de ce Yanis ! Cette fois, trop, c'est trop ! Crois-le si tu veux, mais j'ai pris une bonne résolution : je n'accepterai plus aucun rendez-vous « arrangé » avec Pierre, Paul ou Jacques. D'ailleurs, je ne veux plus sortir avec qui que ce soit. Le célibat me convient parfaitement.

— Quoi ? Qu'est-ce que j'entends ? Tu as refusé mon invitation pour aller dîner avec un inconnu ?

La voix de Josh dans son dos la fit sursauter. Elle pivota, les joues en feu, et se troubla davantage encore lorsqu'il vint s'accouder à la réception, à quelques centimètres d'elle.

— Bonjour, mesdames, enchaîna-t-il sans la quitter des yeux. On en apprend de belles, de bon matin…

— Salut, Josh, répondit Louise, très gaie tout à coup.

— Salut, marmonna Georgie. Désolée pour hier soir, mais Yanis et moi avions pris date depuis longtemps.

— Tu ne m'avais pas dit que tu avais reçu une proposition plus intéressante, la taquina Louise.

Georgie haussa les épaules, faussement désinvolte.

— Josh voulait que je l'aide pour la déco de son appartement. Rien ne presse, nous ferons cela plus tard. Si j'avais annulé mon dîner, Alek m'aurait harcelée jusqu'à ce que je fixe une nouvelle date.

— Ton frère ? répéta Josh, l'air intrigué.

Voilà, on y était. Il allait comprendre quel enfer elle vivait depuis que ses proches avaient décidé de la « caser » à tout prix.

— Yanis est un ami d'Alek. Il vient d'être muté à Cairns et mon frère a pensé... qu'il me plairait peut-être, expliqua-t-elle d'une voix mourante.

Josh éclata d'un rire sonore. Ses yeux gris pétillaient comme jamais.

— Pourquoi ton frère veut-il te trouver un petit ami ? Qu'est-ce qui cloche chez toi ? s'enquit-il, riant toujours.

— Je ne te permets pas ! Il n'y a rien qui cloche ! s'écria-t-elle, mi-amusée, mi-vexée.

— Si vraiment tu cherches un copain, il doit y avoir des dizaines de gars qui ne demanderaient que cela... Rien que chez nous, je pense à Marty, ou à Pat. D'après mes informations, il vient de rompre avec sa fiancée...

— Arrête tout de suite ! Même si je n'ai rien contre les écarts d'âge, Pat a plus de quarante ans ! Quant à Marty... il a la réputation de courir après tout ce qui porte jupon. Ça ne m'étonne pas que son amie en ait eu assez, d'ailleurs ! Et de toute manière, il faudrait vraiment que je sois désespérée pour sortir avec un collègue. J'ai entendu trop de discussions sur les « filles » pour courir le risque de devenir le principal sujet des conversations de couloir !

Cela lui était arrivé une fois, et elle s'était promis de ne plus jamais recommencer. En fait, ce qu'elle désirait par-dessus tout, c'était avoir la paix !

— Qui t'a dit que je cherchais un copain, d'abord ? Ce n'est pas le cas, ajouta-t-elle d'un ton ferme. Je suis très bien comme je suis.

— Oh ! Mais… Je pensais…

— Tu pensais me rendre service peut-être ? coupa-t-elle, ironique. Rassure-toi, je n'ai pas besoin d'aide. Ce qu'il me faudrait, en revanche, c'est… de l'occupation. Un projet qui m'absorberait tellement que ma famille n'aurait plus l'idée de me présenter n'importe qui, n'importe quand.

Elle réfléchit quelques instants, puis se frappa le front en prenant un air sérieux.

— Eurêka ! J'ai trouvé !

Josh la considéra, les yeux ronds.

— Ah oui ? Et qu'as-tu trouvé au juste ?

— Je vais leur dire que je suis trop occupée à mettre le nouveau médecin au parfum. Qu'il est tellement peu dégourdi que je dois passer tout mon temps à le briefer…

Quand elle croisa le regard de Louise, elles éclatèrent de rire en chœur. Josh les dévisageait maintenant d'un air ahuri, ce qui eut pour effet de redoubler encore leur hilarité. Il finit par lever les deux mains en secouant la tête.

— C'est bon, je me rends ! Je m'excuse de m'être mêlé de tes affaires, Georgie. Je ne recommencerai plus.

Elle eut un sourire indulgent.

— Je te taquinais, voyons. L'arroseur arrosé…

— Ouf, tout va bien, répliqua Josh, en faisant mine de s'essuyer le front. Mais sérieusement… je suis désolé que tu aies passé une mauvaise soirée.

— Oh ! Je m'en remettrai. Une ou deux petites interventions ce matin, et il n'y paraîtra plus !

Après avoir vérifié que Louise n'avait rien pour eux dans l'immédiat, ils lui souhaitèrent une bonne matinée et s'engagèrent dans le hall, en direction du vestiaire.

— Puisque tu as refusé ma compagnie hier soir, j'ai eu tout loisir de penser à toi, lança Josh.

Le cœur de Georgie s'emballa. Elle aurait dû se réjouir

d'une telle déclaration, pourtant, quelque chose l'empêcha de savourer ce qu'elle venait d'entendre. L'air mystérieux de Josh ne lui disait rien qui vaille.

Tout en marchant, il avait ouvert la fermeture de son sac, dont il sortit plusieurs brochures où l'on apercevait des paysages paradisiaques, avec rivières émeraude et végétation luxuriante. Les personnes sur les photos portaient des gilets de sauvetage et… elle se figea.

— Oh ! Je vois… Où as-tu récupéré cette littérature ?

— À l'office du tourisme de l'aéroport, répondit-il, goguenard. Tu ne croyais pas que j'allais oublier ?

— Non, aucune chance, maugréa-t-elle.

Elle prit une page sur le dessus de la pile, et commença à lire les informations.

— Pas mal… Comment allons-nous choisir ?

— Tous ces clubs offrent des prestations similaires, expliqua Josh. Mais l'hôtesse m'a recommandé celui-ci, ajouta-t-il, extirpant une brochure de son tas. Ils accueillent des touristes depuis plusieurs années et sont réputés pour leurs compétences. De plus, ils sont situés sur la rivière Tully qui présente des rapides dignes de ce nom.

Méfiante, elle jeta un coup d'œil sur le feuillet de papier glacé.

— Ce qui veut dire ?…

— … que nous ne nous ennuierons pas. Le rafting ne présente aucun intérêt si on descend un petit ruisseau à deux à l'heure ! Il faut choisir une randonnée à la journée, effectuer un grand parcours. Là, regarde…

Il lui montrait une prestation baptisée « le défi australien », et elle se figea.

— Rapides de niveaux 3 et 4, lut-elle à voix haute. Mais…

— Du calme ! Seul le niveau 6 est considéré comme « dangereux, et réservé aux professionnels ». Tu ne courras aucun danger.

Ils étaient arrivés devant le vestiaire et, avant qu'elle ait pu réagir, Josh lui entoura les épaules d'un bras. Aussitôt, une sensation de chaleur l'envahit. Mais pourquoi la troublait-il à ce point ?

— Tu seras en sécurité avec moi. Il ne t'arrivera rien.

Elle se dégagea doucement. Elle ne risquait peut-être aucune blessure physique, mais pour le reste…

— Si tu le dis…, murmura-t-elle.

Puis elle ouvrit son sac de sport et fit mine de fourrager à l'intérieur.

— Oh ! Zut, j'ai laissé mes boots dans mon coffre. J'arrive.

C'était un pur prétexte, mais là, tout de suite, elle ne s'imaginait pas entrer dans le vestiaire en même temps que Josh, le voir à moitié déshabillé, se cacher derrière sa porte de placard pour se changer. L'exercice aurait été au-dessus de ses forces.

— Prends ton temps. Nous ne sommes pas bousculés.

Josh la considérait d'un air moqueur, comme s'il avait lu dans ses pensées, et elle tourna rapidement les talons.

— Georgie ?

Elle pivota, les joues en feu.

— Oui ?

— Ça va être génial, tu verras.

5.

La semaine suivante, Georgie passa le plus clair de son temps libre derrière les fourneaux.

À la suite de leur conversation, Josh et elle étaient convenus de partir en expédition huit jours plus tard, le samedi, où ils seraient tous les deux de repos. Elle avait donc eu largement le temps de se préparer à cette sortie, qu'elle attendait néanmoins avec un mélange d'excitation et d'appréhension.

Si, d'ordinaire, cuisiner lui permettait d'évacuer son stress, cette fois, cela n'avait pas marché. Elle avait eu beau mitonner des petits plats à longueur de soirée, l'approche du week-end l'avait rendue fébrile, au point qu'elle avait même eu du mal à trouver le sommeil.

Quand elle s'éveilla, tôt le samedi matin, elle se sentait comme une pile électrique. Et lorsque Josh sonna à sa porte, à 8 heures tapantes, la vision qu'il lui offrit ne contribua pas à calmer ses nerfs. Il portait un short beige et un polo kaki, lesquels étaient non seulement parfaitement adaptés à leur sortie, mais lui allaient à la perfection.

Après avoir bu un café, ils montèrent en voiture, et elle s'efforça de fixer son regard sur la route plutôt que sur le corps bronzé et musclé de son compagnon. Il n'était pas question qu'elle sorte avec un collègue et elle devait donc résister au charme de Josh.

L'arrivée sur le lieu du rendez-vous, une heure plus tard, tomba à pic pour détourner son attention. D'autant que l'inquiétude de la descente en kayak prit vite le pas sur son attirance pour Josh.

Ce fut, en effet, avec une certaine appréhension qu'elle

monta dans le bus affrété par le club de rafting pour conduire les touristes en haut des chutes de la rivière Tully, et la vision des gilets de sauvetage, palmes et autres casques ne la rassura pas, au contraire.

Tout en enfilant son équipement, elle se tourna vers Josh.

Contrairement à elle, il paraissait très détendu et affichait la tête d'un gamin qui s'apprête à monter sur un manège à la fête foraine.

— Tu m'avais dit que c'était sans risque, marmonna-t-elle.

Il la considéra, moqueur.

— Mais oui, relax ! On enfile la tenue réglementaire par précaution, voilà tout.

Quand il avança la main pour lui ajuster son casque, elle sentit ses doigts tièdes effleurer son cou et frissonna. Seigneur ! L'effet qu'il produisait sur elle dépassait l'entendement !

Elle inspira à fond, puis se focalisa sur leurs compagnons d'aventure. Ainsi harnachés, ils offraient tous une vision un peu comique et elle songea qu'elle ne devait ressembler à rien avec son casque sur la tête. Mais, après tout, elle n'était pas venue pour un défilé de mode, et encore moins pour séduire quiconque… !

Quand tout le monde fut prêt, les guides constituèrent quatre groupes, puis donnèrent les consignes de sécurité. Les participants étaient jeunes et majoritairement étrangers, constata Georgie. Mais ils maîtrisaient bien l'anglais et n'avaient aucune difficulté à comprendre les instructions données par Daryl, le moniteur.

Après que celui-ci eut expliqué de quelle manière pagayer vers la droite, vers la gauche, et la façon d'aborder les rapides, le groupe fut invité à prendre place dans un gros radeau pneumatique amarré au ponton de bois devant eux. Georgie se retrouva assise sur le côté gauche, près d'un touriste canadien et de Daryl, tandis que Josh et un second rameur avaient été choisis pour s'installer à l'avant.

Elle aurait mille fois préféré rester avec Josh, mais elle n'avait pas eu d'autre choix que de suivre les consignes. Il y avait un équilibre des poids à respecter, et elle était de loin la plus légère de la troupe !

Quand tout le monde fut assis, Daryl se redressa et sourit à la cantonade.

— Avant de partir, n'oublions pas notre cri de guerre !

— Comment ? bredouilla Georgie, interloquée.

— Notre cri de guerre, répéta patiemment Daryl. Tous les bateaux en ont un. À certains endroits de la rivière, on fait la course. Et, bien sûr, chaque équipage essaie d'impressionner les autres en criant le plus fort. Allez, on y va : « Un pour tous…

— … Tous pour un ! » S'exclamèrent en chœur les passagers, sous le regard ahuri de Georgie.

Elle se pencha légèrement pour maugréer à l'oreille de Josh :

— Tu ne m'avais pas prévenue.

Il se tourna vers elle avec un sourire taquin.

— Oh ! Ça ? C'est une pratique courante, il n'y a pas de quoi fouetter un chat. Tu n'as jamais vu ce genre de choses ?

— Seulement dans les films, marmonna-t-elle.

— Et pendant tes séjours en Grèce ? Tu m'as dit y être allée plusieurs fois… Ils organisent pas mal de raids « nature », là-bas.

— En Grèce, je vais dans ma famille et je me balade avec mes frères ou mes cousins. C'est tout juste s'ils me laissent aller acheter le pain !

Josh éclata de rire.

— Je comprends mieux. Dans ce cas, fais-moi confiance et, pour une fois… laisse-toi aller !

Tandis que deux employés du club aidaient à mettre leur embarcation à l'eau, Daryl renouvela le jeu du « cri de guerre ». Pour ne pas avoir l'air bête, Georgie donna de la voix à l'égal des autres, ce qui lui valut deux pouces levés de la part de Josh.

Voilà, elle se mettait au diapason ! De toute manière, elle n'avait pas le choix, alors autant se détendre et profiter au maximum de cette aventure inédite.

Les choses sérieuses commencèrent peu après, lorsqu'il fallut se mettre à pagayer pour descendre les eaux de la Tully. Étant novice, elle suivit à la lettre les instructions de Daryl.

Et si elle eut quelques difficultés au début, elle trouva que, finalement, ramer n'était pas si compliqué, à condition de bien coordonner ses gestes.

Josh, lui, semblait avoir fait cela toute sa vie. Il plongeait ses pagaies dans l'eau avec une grâce puissante, apparemment sans effort. De toute évidence, il prenait plaisir à cet exercice, qu'il avait dû pratiquer souvent. Il avait l'air heureux, dans son élément, et pendant quelques secondes, elle imagina ses frères à ses côtés. Eux qui adoraient les défis et l'action s'entendraient bien avec lui, elle en était convaincue.

Au fil des minutes, Georgie sentit ses muscles se relâcher doucement. La beauté verdoyante du paysage l'apaisait de manière incroyable et elle découvrait des panoramas à couper le souffle, insoupçonnables depuis la rive.

Elle se laissa aller, s'imprégnant du calme de cette nature qu'elle adorait, mais où elle avait trop peu l'occasion de se promener. Finalement, Josh avait eu une idée merveilleuse !

Quelle ne fut pas sa surprise lorsque Daryl annonça qu'ils venaient de franchir la dernière portion de rivière avant le déjeuner ! Le club avait tout préparé pour un barbecue sur la berge, et, lorsqu'ils descendirent du bateau, elle n'eut qu'à s'installer au soleil pour goûter au calme et à la beauté des lieux.

Après le repas — délicieux au demeurant —, Josh lui proposa d'aller se rafraîchir dans l'eau avec lui.

— Mais… nous venons de manger, protesta-t-elle. On risque l'hydrocution.

— Je te sauverai, répondit-il en riant.

Elle hésita encore un peu. Son short et son T-shirt, bien éclaboussés pendant l'expédition, venaient tout juste de sécher. Elle allait remonter en bateau, mouillée… mais après tout, quelle importance puisque, dans la partie des grands rapides, elle serait trempée de toute façon ?

Après avoir remis son gilet, elle suivit Josh. À cet endroit, la rivière formait une sorte de minilac naturel, et elle avança avec précaution pour contourner un amas rocheux. Puis elle s'allongea dans l'eau sur le dos, les yeux levés vers le ciel.

Josh, à côté d'elle, se laissait paresseusement porter par le courant. Elle le vit tourner la tête vers elle, avec un sourire qui accéléra les battements de son cœur.

— Ça, c'est la vraie vie, murmura-t-il.

— Tu as raison.

Plus elle y pensait, plus elle trouvait cette journée fantastique. Ils étaient là, tous les deux, sans souci ni contrainte. Elle pouvait vraiment être elle-même, en compagnie d'un homme qui ne connaissait pas son histoire ni sa famille, et qui voulait juste passer du temps avec elle sans rien exiger en retour.

Quand Daryl les invita à rejoindre le radeau pour continuer, elle se sentait incroyablement bien. Sa confiance décuplée, elle se mit même à crier de bon cœur avec les autres et parvint à rester détendue durant les passages « délicats » !

L'approche du plus grand rapide, qui marquait la fin de la sortie, arriva trop tôt à son goût. Un autre bateau avait atteint le même stade qu'eux et le « combat » ultime s'amorçait, à grand renfort de cris, de rires et de coups de pagaie déchaînés.

En bas des chutes, on apercevait déjà le parking et la cabane en rondins qui servait de local au club. La journée se terminait, et Georgie n'en revenait pas de s'être divertie à ce point. Elle avait osé prendre des « risques », vaincre ses peurs. Il lui faudrait remercier Josh, dont l'entêtement l'avait obligée à se dépasser…

— Allez, plus vite, plus vite ! cria Daryl. « Un pour tous…

— … Tous pour un ! »

Les équipiers avant, dont Josh, étaient au coude à coude avec leurs rivaux. À l'amorce du rapide, l'instructeur donna un dernier ordre :

— À gauche, toute !

Mais les hommes du bateau voisin, plus prompts à réagir, s'engagèrent les premiers dans la descente avec des hurlements stridents. Leur équipage arriva le premier en bas dans un tourbillon d'eau…

Déjà, les vainqueurs célébraient leur succès avec leur fameux cri de guerre. Puis ils commencèrent à chanter à tue-tête, pagaies en l'air, au grand amusement de Georgie.

Porté par son enthousiasme, un jeune rameur s'était mis debout. Il esquissa un mouvement de danse, qui fit soudain tanguer le bateau. Dans la liesse générale, plus personne ne s'accrochait aux cordes fixées sur les côtés. Trois hommes basculèrent et tombèrent à l'eau sans que personne ne puisse les retenir.

Délestée d'une partie de son poids, l'embarcation en déséquilibre tournoya un moment sur elle-même en suivant le cours de la rivière. Les pagayeurs restés à bord avec l'instructeur réussirent finalement à la stabiliser, et encouragèrent de la voix et du geste les hommes tombés à l'eau à nager pour revenir à bord.

Les deux premiers y parvinrent sans difficulté car le courant était faible et l'eau peu profonde. Le troisième, en revanche, avait disparu. Georgie se crispa, avec l'intuition d'un accident imminent. Or, son instinct la trompait rarement…

— Là ! Il est là ! s'écria-t-elle soudain.

Elle avait repéré le gilet rouge du jeune homme, lequel essayait de se retenir à un gros rocher. Mais la pierre glissante l'empêchait de prendre appui et il disparaissait sous l'eau par intermittence.

— J'y vais ! cria Josh à l'intention de Daryl.

Avant que le moniteur ait pu répondre, il avait déjà plongé.

— Mais que…

Voyant l'air stupéfait de Daryl, Georgie le rassura.

— Ne vous inquiétez pas, c'est un très bon nageur et il est médecin urgentiste. Il sait ce qu'il faut faire.

Pour l'avoir vu à l'œuvre pendant le sauvetage de Nigel, elle savait pouvoir se fier à lui.

Josh avait maintenant atteint l'infortuné rameur, et commencé à le ramener vers le bord. Pendant ce temps, Daryl et son collègue guidaient les équipages pour rapprocher leurs bateaux de la rive, où ils firent descendre tout le monde.

— J'ai besoin d'un brancard ! cria Josh. Je ne peux pas le sortir de l'eau comme cela !

— Nous avons du personnel formé aux premiers secours, annonça James, le second instructeur. Je vais chercher quelqu'un.

Il courut vers la cabane en rondins située à deux cents mètres environ, aux abords du parking. Pendant que les équipiers des deux radeaux se regroupaient, médusés, Georgie se précipita vers Josh, qui était resté dans l'eau en maintenant son jeune protégé sous les bras. Il maîtrisait la situation, mais elle voulait l'aider, n'ayant pas pour habitude de rester passive lors d'un sauvetage.

— Tu vas m'aider à le mettre sur la civière, dit Josh. Il faudra faire attention. Je pense qu'il a des côtes cassées, et il s'est tordu le genou gauche. Apparemment, la colonne n'est pas touchée. Il s'appelle Ulrich.

Scrutant la rive, elle vit un jeune homme d'une vingtaine d'années et James revenir au pas de charge, portant une civière et une sacoche. Avec leur aide, Georgie et Josh parvinrent à hisser Ulrich sur le brancard, qu'ils remontèrent délicatement sur la rive.

Sans perdre une seconde, Josh s'agenouilla près du blessé pour défaire les attaches de son gilet de sauvetage. Le tissu était rembourré sur le devant et dans le dos, mais assez mince sur les côtés, aussi Georgie ne s'étonna-t-elle pas de voir une énorme contusion sous l'aisselle gauche.

Quand Josh lui souleva le coude, Ulrich grimaça de douleur.

— Votre bras vous fait souffrir ? demanda Georgie.

— N… on. Mal… à la poitrine, répondit le jeune homme d'une voix à peine audible.

Josh se débarrassa de son propre gilet de sauvetage afin d'être plus à l'aise dans ses mouvements. Puis, ouvrant la mallette d'urgence apportée par les responsables du club, il attrapa un stéthoscope et se pencha de nouveau sur Ulrich.

— Essayez d'inspirer par le nez et de souffler par la bouche, dit-il gentiment.

Lorsque Josh le pria d'inspirer plus à fond, le blessé se

plaignit de nouveau. Il s'exprimait dans un anglais irréprochable, mais avec une pointe d'accent, et Georgie supposa qu'il était allemand.

— Je sais que c'est douloureux, mais s'il vous plaît, essayez juste une fois, l'encouragea Josh avec un sourire compatissant.

Cette fois, Ulrich réussit à inspirer profondément. Le pli soucieux qui barrait le front de Josh disparut.

— Bonne entrée d'air, déclara-t-il. Ça passe bien.

Avec des côtes fracturées, le patient risquait un pneumothorax, autrement dit, un épanchement d'air dans la poitrine si un poumon était perforé. Par chance, il semblait avoir échappé à cela.

— Nous allons vous faire transporter à l'hôpital en ambulance, expliqua Josh.

Il chargea Daryl de contacter les secours pendant qu'il terminait son examen clinique. Il souleva d'abord Ulrich — qui pouvait maintenant être déplacé — afin que Georgie lui retire complètement son gilet. Ils frictionnèrent ensuite le blessé avec des serviettes et le couvrirent d'un plaid.

Satisfait, Josh se mit alors en devoir d'inspecter le genou du garçon, lequel souffrait apparemment d'une entorse. Il termina la palpation des membres, après quoi il se redressa pour prendre le portable de Daryl, resté en ligne avec l'opératrice. En quelques phrases, il fournit des détails sur l'état du blessé, puis paracheva l'organisation du transfert. Et dire qu'il doutait de ses capacités d'urgentiste ! pensa Georgie. Quelle plaisanterie ! Elle avait rarement vu une telle efficacité, associée à un tel calme.

— Peux-tu aller à la cabane et prendre mes clés de voiture dans mon casier, s'il te plaît ? demanda-t-il à Georgie. J'ai un inhalateur d'antalgique dans ma trousse, elle est sous le siège arrière.

Puis se tournant vers Ulrich :

L'ambulance n'arrivera pas avant une demi-heure. Je vais vous administrer un antidouleur en attendant. Vous n'avez pas de problèmes particuliers ? Vous n'êtes pas diabétique ?

Le patient secoua la tête.

— Très bien. Ma collègue va chercher le médicament.

Georgie se hâta vers le parking, et trouva rapidement le produit dans la voiture. Quelques minutes après l'avoir inhalé, Ulrich se sentait beaucoup mieux, ce qui rendit l'attente des secours plus supportable.

Quand l'ambulance arriva, un des amis du jeune homme monta avec lui dans le véhicule tandis que le reste du groupe se dispersait. L'aventure s'était bien terminée, mais elle aurait pu avoir des conséquences beaucoup plus fâcheuses.

— Je suppose que c'en est fini de nos expéditions ? questionna Josh avec un grand sourire. Tu ne voudras plus me croire quand je te dirai qu'une sortie est sans risque !

Georgie s'esclaffa.

— Rien ne serait arrivé si Ulrich était resté sagement assis. Pour le coup, il ne peut s'en prendre qu'à lui-même !

— Donc, tu es prête à me donner une seconde chance ?

— Disons… que j'y réfléchirai. Tout dépendra de ce que tu auras à proposer !

— Pour ce soir, j'avais juste l'intention de t'inviter à dîner. Si les émotions ne t'ont pas coupé l'appétit, bien sûr.

Elle n'hésita qu'un instant. Certes, il leur faudrait deux heures pour rentrer à Cairns et elle risquait de tomber de fatigue, mais elle n'avait pas la moindre envie de refuser pour autant.

— Avec plaisir, répondit-elle.

Le regard brillant de Josh fit aussitôt remonter l'adrénaline dans ses veines. Après cette journée mouvementée, il paraissait toujours aussi en forme et malgré les traces de terre sur ses traits virils, elle le trouvait plus séduisant que jamais. Elle devrait vraiment rester sur ses gardes… ou du moins essayer.

Cette bonne résolution s'évapora à la seconde où il lui prit la main pour l'emmener vers le parking. Elle eut soudain l'impression de flotter sur un petit nuage, très loin des contraintes du quotidien…

Quand ils montèrent en voiture, elle se crut tranquille pour un moment. Hélas, elle s'aperçut très vite qu'il n'en était rien.

Tout en conduisant, Josh lui effleurait parfois le genou, le bras, ou encore, lui jetait de brefs coups d'œil pendant qu'ils discutaient. Son trouble allait croissant au fil des kilomètres, et elle fut presque soulagée en voyant se profiler les lumières de Cairns.

Il avait été convenu que chacun irait se doucher et se changer avant le dîner. À peine arrivée chez elle, elle se précipita donc dans la salle de bains, où elle se détendit longuement sous un jet d'eau tiède.

Certes, elle appréciait chaque minute passée en compagnie de Josh. Elle le trouvait drôle, séduisant et intéressant. De plus, elle avait l'impression d'être belle et désirable dès qu'il posait les yeux sur elle. Néanmoins, malgré les sensations intenses qu'il suscitait en elle, elle devait plus que jamais rester sur la réserve.

Elle était venue à Cairns afin de mieux se connaître et découvrir ce qu'elle attendait au juste de l'existence. Avoir une relation amoureuse avec un collègue de travail n'était pas le meilleur moyen d'y parvenir… Elle laissa échapper un soupir, tout en enfilant une petite robe noire.

Par chance, il lui avait laissé le choix du restaurant. Elle lui avait donc donné rendez-vous sur l'esplanade, devant le Sandbar, un nouvel établissement à la mode qui commençait à se tailler un franc succès. Là-bas, l'ambiance ne se prêtait pas aux rendez-vous intimes. Toute la jeunesse de Cairns s'y retrouvait pour boire un verre ou dîner en terrasse, et d'ailleurs, en arrivant, ils eurent un mal fou à obtenir une table tant l'endroit était bondé.

Une serveuse les dirigea finalement vers un ponton de bois qui surplombait la mer. Ils s'installèrent et, après avoir passé commande, demeurèrent un instant silencieux, goûtant la vue splendide qui s'offrait à eux.

Quand on leur apporta l'apéritif, Josh leva son verre pour l'entrechoquer au sien.

— Aux nouvelles expériences ! dit-il, non sans malice.

Elle lui sourit.

— Merci pour cette journée, répondit-elle, sincère. J'ai trouvé notre expédition très sympa. Finalement, je suis peut-être plus aventurière que je ne veux bien le reconnaître...

Josh éclata de rire.

— Forcément ! Sinon, tu n'aurais pas choisi les urgences. Je ne comprends pas que tu aies mis tant de temps à découvrir cet aspect de ton tempérament ! !

— Que veux-tu, j'ai été élevée dans du coton, admit-elle en soupirant. Pendant que mes frères couraient à droite et à gauche, je restais le plus souvent avec ma mère et ma grand-mère. De toute façon, j'étais trop jeune pour les suivre dans leurs aventures.

— Mais maintenant, tu es une grande fille...

— Oui ! Et aujourd'hui, grâce à toi, j'ai compris que je pouvais faire des choses dont je ne me croyais pas capable. J'y ai même pris beaucoup de plaisir. Donc, vraiment, merci !

— Mais de rien. J'en suis très heureux.

Dès que la serveuse eut apporté leurs plats, ils commencèrent à manger avec appétit. L'exercice au grand air leur avait donné faim, et la nourriture, du poisson frais agrémenté de petits légumes, était simple, mais succulente.

— Je me régale, commenta Josh. Ils ont un bon chef. Pas aussi doué que toi, mais...

Elle rougit sous le compliment.

— En Grèce, la cuisine est un art que pratiquent beaucoup de gens, expliqua-t-elle.

— C'est le cas dans ta famille, visiblement ?

— Tout à fait.

— À t'entendre, tu sembles avoir reçu une éducation assez traditionnelle. Ça ne doit pas être simple de s'affirmer quand on est la petite dernière... As-tu parlé à tes parents ? Tu voulais leur demander de ne plus t'envoyer de « petits amis » potentiels, si je me souviens bien...

— Non, avoua-t-elle, gênée. J'attends le bon moment pour le leur dire avec tact. D'ailleurs, je n'ai rien contre le mariage.

Seulement… je ne suis pas prête. Comme j'ai été surprotégée, j'ai besoin de « vivre » un peu.

— Je comprends cela très bien. Je te trouve même plus courageuse que moi.

— Ah bon ? Pourquoi ?

— Parce que l'idée du mariage me terrorise. S'engager pour la vie, avec tout ce que cela implique de confiance, d'abnégation et de concessions quotidiennes, m'apparaît comme un défi gigantesque.

Elle secoua la tête en souriant.

— Surtout, ne va pas dire cela à Isaac. Il se marie dans quinze jours !

— Mais je n'ai rien contre le mariage chez les autres ! Je te donnais mon sentiment personnel. Toi, tu es née dans une famille unie. Tu as donc un a priori favorable. Ce n'est, hélas, pas le cas de tout le monde.

Il paraissait clair que Josh avait un passé bien différent du sien. Quelque chose, dans son histoire, avait dû le rendre méfiant. Mais même si elle brûlait d'en savoir plus, Georgie devina à son intonation, et aussi à son visage un peu tendu, qu'il ne se confierait pas. Il n'en avait manifestement aucune envie.

Un silence gêné tomba, heureusement interrompu par l'arrivée de la serveuse venue débarrasser leurs assiettes. Puis, au moment du dessert, la conversation roula sur leur sauvetage de l'après-midi, un sujet plus neutre, mais aussi moins passionnant au goût de Georgie.

À la fin du repas, elle songea avec une certaine tristesse que cette fabuleuse journée allait bientôt prendre fin. Elle aurait donné n'importe quoi pour la prolonger, aussi accepta-t-elle avec enthousiasme quand Josh, après avoir réglé l'addition, lui proposa d'aller marcher sur l'esplanade.

C'était un peu risqué, elle le savait, mais cela lui paraissait beaucoup moins grave, tout à coup. Elle se sentait si bien à ses côtés. Lorsqu'il lui prit la main pour traverser la rue, une vague de désir l'envahit. C'était inévitable et délicieux. Autant se rendre à l'évidence : elle était tombée sous le charme de

Josh. Ses efforts pour le considérer comme un simple collègue ne marchaient pas. Pourquoi lutter, du reste ? Elle n'avait plus envie de le quitter.

Après une flânerie bien trop courte à son goût, ils atteignirent le parking où elle avait garé sa voiture.

— Veux-tu venir boire un café chez moi ? proposa Josh d'une voix douce.

Elle hésita, tandis que tous les scénarios possibles défilaient dans son esprit.

— Non, merci, je... vais rentrer, bredouilla-t-elle. Je me lève tôt demain. J'ai des tas de choses à faire.

Même si elle mourait d'envie d'accepter, la voix de la sagesse était la plus forte. Elle se savait trop faible pour résister à Josh s'il tentait...

— C'était juste une invitation à boire un café, susurra-t-il, les yeux pétillants.

— Arrête !

Il prit un air innocent.

— Arrête quoi ?

— J'ai l'impression que tu lis dans mes pensées !

— Hm. Voyons si je lis bien...

Il plongea son regard dans le sien. Il se tenait si près qu'elle sentait sa force et sa chaleur l'envelopper comme un halo. Leurs visages se touchaient presque, et quand il se rapprocha encore, elle ne put retenir un gémissement sourd.

Pendant quelques secondes qui lui parurent une éternité, il demeura immobile, comme s'il cherchait à sonder son âme. Puis il inclina la tête et elle ferma les paupières, anticipant ce qui allait suivre.

Pourquoi nier l'évidence ? se dit-elle. Elle avait eu beau lutter, il l'avait captivée tout entière, et pour lui, désormais, elle se sentait prête à n'importe quelle folie.

6.

D'abord, ce fut un effleurement, si léger que Georgie se demanda si elle ne rêvait pas. Puis, quand Josh approfondit son baiser, elle entrouvrit instinctivement les lèvres, pour mieux s'offrir à l'enivrante caresse.

Elle se laissa aller, les paupières closes, subjuguée par l'enivrante saveur de sa bouche. Josh caressait doucement son bras nu et elle sentit les pointes de ses seins se durcir tandis qu'une onde de désir fou la traversait.

Si elle avait osé, elle aurait pris la main de Josh pour la presser sur sa poitrine. Au lieu de cela, elle se serra contre lui de toutes ses forces et l'embrassa fiévreusement. Il était tout son univers, elle ne voulait que lui, n'existait plus que pour lui…

Avec douceur, il lui effleura le dos, glissant une paume impatiente sous la fine bretelle de sa robe d'été. Alors, ce fut comme si son corps entier s'embrasait. Elle voulait plus encore, beaucoup, beaucoup plus…

Un coup de Klaxon la ramena brutalement à la réalité. Elle se redressa d'un coup, tandis que Josh s'écartait. Oh ! Non ! Ils venaient de se donner en spectacle dans un lieu public comme deux adolescents ! Elle était là, échevelée, le souffle court, et elle avait le plus grand mal à recouvrer ses esprits !

Josh lui caressa le visage avec tendresse, ses longs doigts s'attardant sur sa joue, ravivant son désir avec une intensité qui lui coupa les jambes.

— Et maintenant ? murmura-t-il. Tu ne veux toujours pas venir boire un café chez moi ?

Elle faillit accepter. Elle mourait d'envie d'aller chez lui et de prolonger ces instants magiques, mais sa raison reprit ses droits. Josh s'était montré clair pendant le dîner : il refusait toute relation sérieuse. Si elle passait la nuit avec lui, les choses en resteraient là. Or, elle n'était pas du genre à se contenter d'une aventure d'un soir.

— Je ne peux pas, répondit-elle en se dégageant.

— Pourquoi ?

— Nous venons de commettre une grosse erreur…

— Georgie ! Ce n'était qu'un baiser.

« Qu'un baiser » ! Pour lui peut-être, mais imaginait-il l'effet que leur étreinte avait produit sur elle ?

— Nous sommes collègues, dit-elle d'une voix plus ferme. J'ai pour règle d'or de ne jamais mélanger travail et vie privée.

— Jamais ? Mais au nom de quoi ?

Elle se crispa. La lutte intérieure qui se livrait en elle était trop forte. Elle secoua la tête, incapable de prononcer un mot de plus. Josh la fixa un moment, puis eut un sourire résigné.

— D'accord, d'accord… Préviens-moi au cas où tu changerais d'avis. Je te propose une relation toute simple et sans danger, une histoire sans engagement.

L'offre était tentante — et ô combien séduisante ! Malheureusement, elle ne correspondait ni à sa personnalité profonde ni à sa conception de l'amour. Elle avait beau le désirer follement, était-elle prête à changer et à voir les choses autrement ?

Ils traversèrent le parking en silence. Quand ils atteignirent sa voiture, elle déverrouilla la portière en s'efforçant de prendre un air neutre.

— Je te tiendrai au courant, dit-elle d'un ton faussement léger.

Josh inclina la tête pour l'embrasser sur les lèvres. Ce contact, pour bref qu'il fût, la renvoya aussitôt sur un petit nuage et elle dut mobiliser toute sa volonté pour se contraindre à partir.

Après avoir démarré, elle risqua un coup d'œil dans le rétroviseur intérieur. Josh n'avait pas bougé. Debout au milieu du parking, il la regardait s'éloigner, pensif.

Surtout, ne pas faire demi-tour, se dit-elle. S'obliger à

accélérer et rentrer chez elle. Voilà ce qu'elle avait de mieux à faire dans l'immédiat.

Pour le reste, elle aviserait. Mais elle était déjà sûre d'une chose : elle ne pourrait plus continuer à se mentir à propos de Josh.

Le vendredi suivant, Josh était en train de bavarder avec Louise à l'accueil lorsqu'ils virent Georgie arriver, portant plusieurs plats couverts de papier d'aluminium.

Elle poussa les portes battantes d'un coup de hanche, pénétra dans le hall, et, après les avoir gratifiés d'un bref « salut », fila vers la cuisine du personnel.

— Oh ! Oh… Elle a des ennuis, commenta Louise.

— Ah bon ? Tu crois ?

Pour autant qu'il sache, Georgie allait bien. Depuis qu'ils s'étaient embrassés, le week-end précédent, elle se montrait calme, enjouée, égale à elle-même. Lui, en revanche, se sentait perturbé à un point inimaginable.

« Ce n'est qu'un baiser », avait-il dit, jouant les indifférents. Si elle avait su !

Leur étreinte l'avait bouleversé, balayant des certitudes qu'il croyait inébranlables. Jamais, avant ce samedi, il n'avait éprouvé une telle impression d'harmonie, d'entente parfaite. Il lui semblait avoir attendu ce baiser toute sa vie…

… pour finalement s'entendre dire que rien n'était possible !

Georgie refusait de le fréquenter sous prétexte qu'ils travaillaient ensemble. Il avait bien tenté quelques allusions dans la semaine, mais en pure perte : chaque fois, elle s'était empressée de parler d'autre chose. Elle campait sur ses positions, et… il ne savait plus quoi faire.

Et voilà que maintenant, Louise évoquait des « ennuis ». Mais puisque Georgie occupait toutes ses pensées, il aurait dû s'en rendre compte, non ?

— Pourquoi dis-tu qu'il y a un problème ? demanda-t-il, perplexe.

— Parce qu'elle a cuisiné.

— Mais elle cuisine sans arrêt ! N'oublie pas que nous allons chez elle dimanche, pour l'anniversaire de Pat. Elle a sûrement voulu prendre de l'avance…

Louise secoua la tête avec impatience.

— Non, il y a autre chose, je l'ai vu tout de suite ! Va donc lui demander ce qui cloche.

La réceptionniste balayait l'air des deux mains et, pendant un instant, il crut qu'elle allait se lever, faire le tour du comptoir et le pousser !

— Bien, chef, j'y vais, acquiesça-t-il en riant.

Il exécuta un salut militaire, après quoi il traversa le hall au pas de charge, en direction de la cuisine. Georgie était en train de mettre ses plats au frais quand il pénétra dans la pièce. Elle se retourna et lui fit face.

— Coucou ! dit-il gentiment. Ça va ?

— Oui, à peu près.

Il l'observa avec plus d'attention. Georgie avait répondu d'un ton morne qui collait mal avec son dynamisme habituel. Louise avait raison : la jeune femme n'était pas dans son assiette.

Il traversa la cuisine, s'arrêta près d'elle et lui posa une main sur le bras.

— Que se passe-t-il ? Quelque chose te tracasse ?

— Mes parents arrivent demain, répondit-elle en soupirant.

Il la fixa, perplexe.

— Ça n'a pas l'air de te faire plaisir…

— Si, bien sûr, mais…

Georgie hésita, puis poursuivit :

— Ils ont l'intention de rendre visite à un couple d'amis qui habitent la région. Ces gens ont trois fils et…

— Ah, d'accord, je comprends ! Ils sont les prochains candidats sur la liste des fiancés ? Mais, au fait, je croyais que tu devais parler à tes parents…, ajouta-t-il avec un sourire de sympathie.

— Je n'ai jamais trouvé le bon moment. Par téléphone, c'est compliqué.

— Oui, je l'admets. Il doit pourtant y avoir un moyen… Eurêka, j'ai trouvé ! s'écria-t-il en se frappant le front du plat de la main.

Georgie lui lança un regard dubitatif.

— Je ne vois pas…

— C'est pourtant simple : je vais me faire passer pour ton petit ami et le tour sera joué.

— Toi ? Mais…

— Il n'y a pas de « mais » ! Tu as un problème, je te propose une solution : en me voyant avec toi, tes parents arrêteront de vouloir te caser à tout prix. Plus j'y pense et plus je suis convaincu que cela pourrait marcher.

Georgie le fixa, pensive. La suggestion de Josh n'était pas si mauvaise. Tout bien considéré, elle était même formidable. En revanche, y souscrire était impossible. Le voir jouer le rôle de « fiancé » lui mettrait à coup sûr la tête à l'envers. Elle n'avait nul besoin de cela ! Et puis, il ne connaissait pas ses parents…

— Tu es gentil mais non, merci, répondit-elle. Tu ne sais pas à quoi tu t'exposes.

Il eut un sourire malicieux.

— Oh ! J'en ai une petite idée… Mais si c'est l'affaire de quelques jours, je devrais survivre.

— Je n'en suis pas si sûre, maugréa-t-elle, de plus en plus mal à l'aise.

— Franchement, tu exagères.

La lueur amusée qui dansait dans les yeux gris ne lui échappa pas. Elle se força à soutenir son regard.

— Non, je n'exagère pas. La dernière fois que je suis sortie avec quelqu'un, tout s'est arrêté à cause de mes parents.

Josh eut tout à coup l'air beaucoup plus sérieux.

— Ils n'aimaient pas ton petit ami ? questionna-t-il.

— Si, au contraire. Ils appréciaient tellement Paul qu'ils nous voyaient déjà mariés. Ils s'étaient mis en tête de nous aider à trouver une maison, commençaient à parler d'une date pour la cérémonie… Résultat, Paul a pris peur. Il m'a dit qu'il ne se sentait pas prêt à s'engager et il a rompu.

— Oh… Je suis désolé.

— Il n'y a aucune raison. Moi non plus, je ne voulais pas que les choses aillent si vite, d'autant moins que notre histoire n'aurait certainement pas duré. Je pense que nous n'étions pas faits l'un pour l'autre. Il n'empêche que mes parents sont capables du meilleur comme du pire en ce qui me concerne. Ils ne s'en rendent pas compte, mais le mieux est souvent l'ennemi du bien. Donc, à partir de maintenant, je refuse de leur présenter qui que ce soit !

— Avec moi, ce sera différent. Puisque je ne suis pas ton petit ami, je ne risque rien. Je propose mes services à titre amical et je suis parfaitement capable de résister à la pression !

« À titre amical » ! Elle détourna la tête, blessée malgré elle, puis inspira doucement. En Theorie, le marché paraissait simple, mais Georgie savait que, pour elle, les choses allaient se compliquer si elle acceptait. Elle risquait même de perdre très vite le contrôle de la situation !

Tout bien considéré, elle préférait affronter ses parents plutôt que ses propres interrogations concernant Josh. Depuis qu'ils s'étaient embrassés, le samedi précédent, elle avait revécu ce baiser mille fois. Leur étreinte l'avait plongée dans un tourbillon d'extase et de douceur, lui ouvrant soudain des paradis inconnus, et elle ignorait quelle conduite tenir tant elle était perturbée.

Quelques instants plus tôt encore, quand Josh avait posé la main sur son bras, elle avait senti sa peau s'électriser, au point qu'elle avait dû mobiliser toute sa raison pour ne pas se trahir.

Dans ce contexte, accepter sa proposition relèverait de l'inconscience !

— Mes parents… devineront tout de suite que nous leur mentons. Ils sont très perspicaces. Crois-moi, je n'ai pas besoin d'un faux petit ami. Mais merci quand même, ajouta-t-elle pour adoucir ses propos.

Josh haussa les épaules.

— Comme tu veux. Préviens-moi si tu changes d'avis. Je serai heureux de te rendre service.

— C'est gentil.

Parce que le regard pénétrant de Josh la dérangeait, elle se détourna de nouveau.

— Bon, le devoir nous appelle ! Je vais me changer, déclara-t-elle d'un ton faussement enjoué.

— D'accord. Je bois un café et j'arrive.

Soulagée de ce répit provisoire, elle se hâta de quitter la pièce, pour se rendre au vestiaire. Une nouvelle journée de travail débutait. Le défi consisterait à oublier l'incroyable proposition de Josh… et le fait qu'elle avait été à deux doigts de l'accepter.

Le lendemain soir, Josh rentrait tout juste de la plage lorsque son portable sonna. Le nom de Georgie apparut sur l'écran, ce, à sa grande surprise car elle était la dernière personne dont il pensait avoir des nouvelles en ce samedi. Ne devait-elle pas accueillir ses parents à Cairns ?

— Allô, Josh… Excuse-moi de te déranger, mais…

La jeune femme chuchotait presque. Néanmoins, à la frénésie de son intonation, il comprit tout de suite qu'il y avait un problème.

— Georgie ? Que se passe-t-il ? Pourquoi parles-tu si bas ?

— Parce que j'ai peur que mes parents m'entendent… Écoute, j'ai quelque chose à te demander. Est-ce que… ta proposition de te faire passer pour mon petit ami tient toujours ?

— Mais… oui. Pourquoi ?

— Parce que Connor et Anastasia, les amis de mes parents, doivent nous rendre visite en début de semaine prochaine. Ils ont l'intention de venir avec un de leurs fils. Tu imagines le tableau…

Il s'esclaffa.

— Oui, très bien !

— Quand j'ai entendu cela, j'ai un peu paniqué, et je leur

ai fait comprendre… qu'il y avait maintenant quelqu'un dans ma vie. Du coup, ils s'attendent à ce que je leur présente ce quelqu'un demain, à la fête d'anniversaire de Pat.

— Une chance que tu m'aies invité ! s'exclama-t-il, hilare.

— Tu… ne m'en veux pas ?

— Bien sûr que non ! Ne t'inquiète pas, je jouerai bien mon rôle. Tu n'auras pas à te plaindre de moi.

— Oh ! Merci, merci, merci ! Tu es un vrai ami. Je te revaudrai ça. Bon, je dois te laisser, j'entends ma mère qui approche… À demain.

— À demain ! Bonne soirée.

Riant toujours, Josh raccrocha. Non seulement il n'était pas fâché, mais la perspective de la petite comédie qu'il allait jouer le mettait en joie. Après tout, il s'était spontanément proposé pour ce rôle. Et puis, se faire passer pour l'ami de Georgie ne manquerait sans doute pas de piquant.

Oui, il avait eu une excellente idée. Il avait vraiment hâte d'être au lendemain !

Ce dimanche soir, Georgie crut que son cœur s'arrêtait lorsque, de sa fenêtre, elle vit Josh se garer devant chez elle.

Ils s'étaient téléphoné brièvement dans la matinée, et avaient décidé qu'il viendrait plus tôt pour faire la connaissance de ses parents avant l'arrivée des autres invités. Puis, après ce coup de fil, elle s'était activée dans la cuisine avec sa mère, espérant dompter sa nervosité, mais en pure perte.

Son agitation était allée crescendo au fil de la journée, au point que maintenant, à 18 heures, elle avait l'impression d'être une véritable pile électrique !

Les mains crispées derrière le dos, elle guetta fébrilement son arrivée. Quand enfin elle le vit gravir les marches du portique d'entrée, elle se précipita à sa rencontre… et demeura immobile, prise de panique.

Loin de se laisser démonter, Josh la poussa à l'intérieur,

avant de lui plaquer un baiser passionné sur les lèvres qui la prit par surprise et la laissa totalement abasourdie.

— Salut, ma douce ! dit-il, avec un coup d'œil éloquent par-dessus son épaule.

— Je… Bonsoir.

Pivotant, elle se rendit compte que ses parents, plantés sur le seuil de la cuisine, n'avaient pas perdu une miette de la scène. Elle s'avança vers eux avec Josh qui la tenait par la taille.

— Du calme, lui chuchota-t-il à l'oreille comme s'il lui disait des mots tendres. Tu vas tout faire rater.

S'efforçant de sourire, elle fit les présentations. Josh agissait avec un naturel confondant. Après les rituels échanges de politesses, il alla tranquillement déposer dans la cuisine le panier qu'il avait apporté. Celui-ci contenait une bouteille de champagne pour elle, plus des fleurs pour sa mère, laquelle se montra très sensible à cette charmante attention.

Georgie commença à se détendre lorsque Josh offrit de préparer l'apéritif. Étant déjà venu chez elle, il semblait n'avoir aucun mal à se repérer dans les placards, aussi le laissa-t-elle sortir les verres, bouteilles et autres amuse-gueules avec son père, tandis que sa mère et elle mettaient la touche finale au repas.

L'aisance, la décontraction de Josh étaient stupéfiantes. Leur comédie paraissait très naturelle et elle sentait que ses parents étaient sous le charme. Ne restait plus qu'à espérer que cela dure !

Elle songea brusquement, avec un coup au cœur, que leurs collègues n'avaient pas été mis au courant de la supercherie. Qu'adviendrait-il si l'un d'eux manifestait son étonnement ou vendait la mèche ? Quelle catastrophe !

Dès qu'elle le put, elle entraîna Josh à l'écart pour lui exposer le problème.

— Ne t'inquiète pas, j'y avais pensé, répliqua-t-il avec un sourire complice. J'ai briefé Louise, qui a prévenu les autres.

Décidément, il se montrait à la hauteur, alors qu'elle-même était dépassée par les événements. Mais, à sa décharge, elle jouait gros. Lui, au contraire, n'avait rien à perdre !

Elle s'efforça néanmoins de se ressaisir lorsque les premiers invités arrivèrent. Ses parents connaissaient la plupart de ses collègues et les retrouvailles se firent dans une ambiance joyeuse et décontractée. Si elle avait pu annuler l'effet que Josh produisait sur elle, tout aurait été pour le mieux dans le meilleur des mondes !

Mais ce n'était pas aussi simple, hélas, car il prenait son rôle très au sérieux, profitant de la moindre occasion pour capturer sa main, l'embrasser ou la prendre par la taille. Il multipliait, de plus, les mots tendres et les gestes affectueux ! Une véritable torture…

N'y tenant plus, elle finit par l'appeler dans la cuisine, prétextant qu'elle avait besoin d'aide.

— Dis-moi, tu ne crois pas que tu en fais un peu trop ? demanda-t-elle.

Il la fixa, l'air innocent.

— Trop, comment ça ? Je ne vois pas…

— Oh ! Mais si, tu comprends très bien ! Tous ces regards, ces bisous…

Cette fois, il éclata de rire. Mortifiée, elle lui frappa la poitrine du plat de la main.

— Tu te moques de moi !

— Georgie… J'essaye juste de bien remplir ma mission.

— Elle est remplie, pas de problème ! Mes parents sont tombés dans le panneau. Tu peux mettre la pédale douce.

— Ne sois pas rabat-joie. Je m'amuse beaucoup, ajouta-t-il, puis il lui prit la main pour entremêler ses doigts aux siens. Les amoureux font ça tout le temps, au début. Ils se touchent sans arrêt, ils se câlinent…

Quand il porta sa paume à ses lèvres, elle réprima de justesse un soupir heureux. Qu'il aurait été facile de se laisser aller…

— Nous avons été assez démonstratifs pour aujourd'hui, murmura-t-elle.

— Parle pour toi ! Personnellement, je ne m'en lasse pas.

— Josh, arrête ! Pourrais-tu rester tranquille ? S'il te plaît…

— C'est bien la première fois qu'une jolie femme me demande une chose pareille !

Se penchant, il l'embrassa avec tendresse. Puis il la gratifia d'un clin d'œil taquin.

— Mais je te promets d'essayer…

Sans lui laisser le temps de réagir, il quitta la pièce. Elle resta un moment adossée au plan de travail, les joues brûlantes et l'esprit en ébullition, puis, après avoir inspiré plusieurs fois pour se calmer, elle se décida à rejoindre ses invités dans le salon.

Attrapant une coupe de champagne sur un plateau, elle trinqua à l'anniversaire de Pat. Après tout, c'était la soirée de son ami. En tant qu'hôtesse, elle devait montrer l'exemple et s'amuser.

Au fil de la soirée, les craintes de Georgie se dissipèrent peu à peu.

Depuis qu'elle l'en avait prié, Josh s'était fait plus discret. Elle avait donc pu recouvrer ses esprits et, avec l'aide de sa mère, s'occuper du dîner dans les règles de l'art.

Et maintenant, après avoir dégusté le gâteau, tout le monde s'attardait dehors, profitant de la tiédeur du soir. Depuis la fenêtre de la cuisine, elle aperçut Josh en grande conversation avec son père.

Le courant était parfaitement passé entre le jeune homme et ses parents. Aussi ne s'étonna-t-elle pas quand sa mère, qui l'aidait à faire la vaisselle, déclara tout à trac :

— Ton ami n'est peut-être pas grec, mais je l'aime bien. Il est vraiment très chaleureux.

— Oui… c'est vrai, bredouilla-t-elle, gênée.

Elle songea que le moment était venu d'aller le tirer des « griffes » de son père. Mais Pat et Isaac l'accaparèrent dès qu'elle sortit sur la terrasse, aussi n'eut-elle pas d'autre choix que de se consacrer à ses hôtes.

Ce fut seulement après le départ de tous les invités qu'elle parvint à se ménager un tête-à-tête avec Josh. Jouant son rôle jusqu'au bout, il avait convaincu ses parents d'aller se coucher. Ils s'étaient donc attelés au rangement tous les deux, et, à présent, soulagés d'avoir fini, buvaient un café dans le jardin.

— C'était une soirée très réussie, observa-t-il.

Elle lui sourit par-dessus sa tasse.

— Tu y as largement contribué. Merci pour ton aide.

— Mais de rien, cela m'a fait plaisir.

Après avoir bu quelques gorgées, elle risqua enfin la question qu'elle brûlait de lui poser depuis qu'ils étaient seuls.

— De quoi… avez-vous parlé avec mon père, tout à l'heure ?

Il s'esclaffa.

— De toi, bien sûr ! Ou plutôt, de ton histoire d'amour malheureuse avec Paul. Ton père m'a dit qu'il était content de te voir sourire de nouveau. Il pense que, grâce à moi, tu as oublié ce vilain garçon qui t'a brisé le cœur.

— Quoi ? Il ne m'a pas brisé le cœur ! protesta-t-elle.

— Hé là ! Tout doux ! se défendit Josh en levant les mains. Je ne fais que répéter les propos de ton père.

— Remarque, c'est un peu ma faute, avoua-t-elle en soupirant. Lorsque Paul et moi avons rompu, j'en ai rajouté dans le côté « chagrin d'amour » pour justifier mon envie de quitter Melbourne. En fait, c'était un bon prétexte pour voler de mes propres ailes sans faire de peine à ma famille. Ils n'auraient pas vraiment compris que je veuille m'éloigner d'eux…

— Donc, cela n'avait rien à voir avec Paul ?

— Rien du tout. Je voulais juste prendre un peu mes distances. Malgré ce que croient mes parents, je n'avais aucune envie de me marier avec Paul.

— Tu n'étais pas amoureuse de lui ?

— Non, et au fond de moi je le savais. D'ailleurs, à l'âge canonique de vingt-sept ans, je n'ai jamais connu le grand amour, précisa-t-elle.

Josh l'étudiait, visiblement perplexe. Elle osa une autre question :

— Toi, tu as déjà aimé quelqu'un ?

— Oui.

Une immense déception la submergea sans qu'elle comprît pourquoi. Peut-être, au fond d'elle-même, avait-elle espéré qu'ils en soient au même point ? Que lui aussi attende la rencontre qui changerait sa vie ? Mais, apparemment, il l'avait déjà faite.

Et du reste, à trente-quatre ans, quoi de plus normal ?

— Était-ce... il y a longtemps ? demanda-t-elle d'une voix un peu tremblante.

— Oui, répondit-il de nouveau. Et l'histoire s'est mal terminée.

— Ah bon ? Que s'est-il passé ?

À peine avait-elle fini sa phrase qu'elle se mordit la lèvre. Elle ne voulait surtout pas se montrer indiscrète. Simplement, les mots lui avaient échappé.

— Mon amie s'est tuée dans un accident de voiture, expliqua Josh d'un ton laconique.

— Oh ! Seigneur ! Je suis désolée.

Que n'avait-elle tourné sa langue sept fois dans sa bouche ! Elle était tellement mal à l'aise qu'elle ne savait plus quoi dire.

Elle se rappela néanmoins les propos de Josh concernant le mariage. Il n'avait pas l'intention de s'engager, avait-il dit. Était-ce à cause de cette histoire ?

— Est-ce la raison pour laquelle tu refuses de te marier ? s'enquit-elle avec douceur. Parce que tu as perdu la femme de ta vie ?

— Non, pas du tout. Quand Tricia est décédée... nous étions fiancés depuis quelques mois seulement. En fait, nous venions de rompre.

— Oh...

— Un soir, elle m'a avoué qu'elle entretenait une liaison avec Scott, mon frère.

Georgie poussa un cri de stupeur.

— Mais c'est terrible !

— Oui, *terrible* est le mot qui convient. Jusqu'alors, mon frère, qui a trois ans de plus que moi, tenait une place très importante dans ma vie. Après le divorce de nos parents, nous nous sommes rapidement retrouvés en pension. Nous étions solidaires, unis comme les cinq doigts de la main. D'où mon horreur quand j'ai découvert cette histoire sordide.

— Comment l'as-tu apprise ?

— Tricia m'en a parlé. Quelqu'un dans leur entourage l'a appris et elle a eu peur qu'à mon tour je ne découvre la vérité. Sinon, je crois qu'elle n'aurait jamais rien dit. Toujours est-il qu'à la suite de cela, nous nous sommes disputés. Cela nous arrivait souvent, à propos de tout et de rien, et la plupart du temps, c'était moi qui cédais. Mais, cette fois, toute réconciliation m'a paru impossible.

Josh marqua une pause. À l'évidence, ces souvenirs pénibles le perturbaient encore.

— Leur trahison était pour moi insupportable, poursuivit-il enfin. J'ai dit à Tricia que tout était fini, sans espoir de retour. Je n'aurais pas dû la laisser monter en voiture, énervée comme elle l'était, mais… je n'ai rien fait pour la retenir. Elle a eu un accident à quelques kilomètres de chez moi. Elle est morte sur le coup.

Parce que la douleur qu'elle sentait dans la voix de Josh lui faisait mal, Georgie se pencha et lui pressa la main.

— Tu n'es pas responsable, Josh ! Tu ne pouvais pas savoir.

— J'aurais dû avoir plus de bon sens. Tricia n'était pas en état de prendre le volant. Mais moi, aveuglé par la colère, je l'ai laissée partir.

— Quand… est-ce arrivé, au juste ?

— Il y a huit ans.

— Et tu te culpabilises toujours ?

Josh secoua la tête en soupirant.

— Plus maintenant, mais il m'a fallu des années pour admettre que je ne portais pas l'entière responsabilité de ce drame. En même temps, ma façon de voir les relations amoureuses s'est modifiée. Pour moi, s'engager avec une femme revient d'une certaine manière à perdre le contrôle de sa vie et de son destin.

— Tu exagères…

— Je ne crois pas. Avant leur séparation, mes parents se déchiraient beaucoup ; je pensais même que la plupart des familles vivaient ce genre de problèmes, et je m'étais promis de faire mieux. Quand Tricia et moi sommes sortis ensemble, j'ai voulu éviter les conflits à tout prix. J'ai mis beaucoup d'eau dans mon vin pour que cela fonctionne, sauf que…

— … cela n'a pas fonctionné, acheva-t-elle.

— Non, hélas. Nous n'étions pas faits l'un pour l'autre, je l'ai compris plus tard. Mais, en attendant, j'avais sacrifié beaucoup de choses. Je n'ai jamais revu mon frère, notamment. J'ai mis longtemps à guérir de ces blessures, et j'en suis venu à me faire une autre promesse : celle de ne jamais me retrouver dans une situation où je puisse de nouveau souffrir autant.

— Je comprends, mais chaque histoire est différente, objecta-t-elle doucement.

— Oui bien sûr. Il n'empêche que, depuis, j'évite toute relation sérieuse. Je tiens à garder la maîtrise de mon existence.

Josh termina son café, puis se leva et elle comprit que la discussion était close.

— Voilà pourquoi je suis le faux « boy friend » idéal, dit-il d'un ton léger. Tu sais que je ne risque pas de tomber amoureux de toi et de compliquer les choses.

Georgie détourna les yeux. Cette dernière phrase lui faisait mal au-delà de ce qu'elle aurait cru possible. Incapable de lui répondre, elle demeura muette, et ne réagit pas davantage quand Josh contourna la table de jardin pour se rapprocher d'elle.

Avec douceur, il attira sa tête vers lui et déposa un tendre baiser sur ses lèvres. Un acte en totale contradiction avec ses paroles, mais dont elle comprit vite le sens.

— Mets les bras autour de mon cou, Georgie, chuchota-t-il. Ta mère nous observe par la fenêtre.

Évidemment. Elle s'en serait doutée. Après ce qu'il venait de lui dire, elle ne pouvait pas s'attendre à autre chose.

Elle en éprouva une vive douleur car, pour sa part, elle lui avait déjà cédé une partie de son âme.

7.

— Mes enfants, vous êtes superbes ! Rapprochez-vous que je puisse vous prendre en photo.

Georgie grimaça un sourire, essayant de dompter les battements de son cœur. Depuis une semaine, elle avait de plus en plus de mal à croire que sa petite comédie avec Josh en était vraiment une. Et, aujourd'hui, alors qu'ils devaient aller ensemble au mariage d'Isaac et de Lani, cette impression se renforçait dangereusement.

D'abord, elle avait mis un temps fou à se préparer tant elle était nerveuse. Ensuite, Josh était arrivé, suprêmement élégant en costume gris et chemise blanche. Il l'avait embrassée avec tendresse, non sans l'avoir enveloppée d'un regard appréciateur, et elle avait aussitôt senti son cœur s'affoler.

Et maintenant c'était sa mère qui, avant le départ pour la cérémonie, tenait à immortaliser ce moment par une photo !

S'efforçant au calme, elle s'abandonna contre Josh qui avait enroulé un bras autour de sa taille. Ils devaient offrir l'image d'un couple superbe, heureux, amoureux… Si ses parents savaient ! Eux qui étaient tombés dans le piège la tête la première…

Les clichés-souvenirs pris, ils se mirent en route. La cérémonie se déroulait dans une petite église près du port, et, en arrivant, ils s'installèrent sur un banc à quelques rangées de l'autel.

Touchée par l'ambiance à la fois simple et recueillie de la messe, Georgie éprouva une émotion plus profonde encore lorsque Josh captura sa main pendant l'échange des vœux solennels. Elle aurait voulu lui chuchoter que cela n'était pas nécessaire puisque ses parents n'étaient pas là, mais elle se retint. Ce contact la rendait trop heureuse pour qu'elle ait envie d'en rompre le charme.

À la sortie de l'église, les invités se rendirent en cortège au Yacht Club, où la réception devait avoir lieu. On avait placé Georgie et Josh à table avec leurs collègues du SSAQ, et, bien que tous soient au courant de leur comédie, le « faux fiancé » s'appliqua à jouer son rôle avec beaucoup de zèle dès le début du repas. Il lui remplissait régulièrement sa coupe de champagne, tenait sa chaise quand elle se levait, et, à la moindre occasion, lui effleurait le bras ou le genou.

Perturbée, elle avait un mal fou à participer aux conversations. Aussi, n'y tenant plus, elle se tourna vers Josh dès que les mariés eurent gagné la piste de danse pour ouvrir le bal.

— Tu n'es pas obligé d'en faire autant, murmura-t-elle. Ils savent tous que nous ne sommes pas ensemble.

— Mais cela ne me dérange pas, au contraire, répliqua-t-il doucement. Comme ça, je m'imprègne mieux de mon rôle.

Il passa un bras sur le dossier de sa chaise et lui entoura les épaules. Puis il se pencha pour chuchoter à son oreille :

— En fait, cela devient une habitude…

Parcourue de frissons, elle secoua la tête. Elle ne savait pas quoi répondre et préféra demeurer silencieuse de peur de se trahir. Après tout, si cette mascarade convenait à Josh, pourquoi se poser mille questions ? Ne pouvait-elle profiter de l'instant présent au lieu de se tourmenter ?

Quand il se leva en lui tendant la main, elle la prit sans réfléchir et se mit debout. Ils demeurèrent quelques secondes immobiles, les yeux dans les yeux, puis Josh demanda :

— M'accorderez-vous cette danse, mademoiselle ?

Elle lui sourit.

— Avec plaisir.

Josh se fraya un chemin parmi la foule des danseurs, la main de Georgie dans la sienne. Toute la soirée, il avait rêvé du moment où il pourrait la serrer dans ses bras. Elle était si belle qu'il ne pouvait s'empêcher de la regarder sans cesse.

Il avait vécu le dîner dans un brouillard, obsédé par sa beauté, par sa silhouette menue mise en valeur par la robe de soie gris-bleu qu'elle portait avec tant d'élégance. Le tissu fluide sculptait chaque courbe de son corps gracile, la rendant absolument irrésistible, au point qu'il n'avait pu non plus se retenir de la toucher au-delà du raisonnable.

Tandis que l'orchestre attaquait le refrain mélodieux d'une valse, il eut soudain le sentiment d'atteindre la perfection absolue. La tête de Georgie venait de trouver naturellement sa place au creux de son épaule. Enfin, il pouvait s'enivrer de son parfum si subtil de cannelle et de miel. Enfin, il pouvait la tenir contre lui, une main au creux de son dos, alors que, de l'autre, il effleurait ses mèches soyeuses.

C'était la première fois qu'il voyait ses longs cheveux flotter sur ses épaules. Elle les avait simplement coiffés d'une barrette assortie à sa robe, et il dut résister à la tentation de la lui ôter. Quel idiot il faisait !

À bien des égards, cette comédie était en train de l'emmener en terrain aussi périlleux qu'imprévu. Plus les jours passaient, et plus il avait du mal à se persuader qu'il jouait un rôle. Le parfum de Georgie, sa voix, le contact de sa peau l'enivraient tant qu'il commençait à se prendre au jeu de leur relation factice.

Pour un homme qui refusait tout lien durable, le danger était réel. Jusqu'ici, heureusement, il avait toujours réussi à garder le contrôle de la situation. Et il le garderait tant qu'il ne perdrait pas de vue son objectif : profiter de la vie en bannissant toute contrainte.

Il s'était promis de ne pas tomber amoureux de Georgie. En revanche, rien ne l'empêchait d'essayer de la séduire.

Quand la valse s'acheva — bien trop tôt à son goût —, l'orchestre se mit à jouer un rock endiablé peu propice aux élans romantiques. Il guida la jeune femme derrière la piste, jusqu'à une petite terrasse ouverte sur la marina. Ce serait peut-être sa seule chance de lui parler en tête à tête. Sa seule chance de lui montrer combien il était fou d'elle…

— Tu es vraiment très belle, dit-il, pressant sa main.

Georgie avait la peau mate ; néanmoins, il eut la satisfaction de voir qu'elle rougissait.

— Merci…, murmura-t-elle.

À présent, il avait la certitude qu'elle partageait son attirance, qu'il existait réellement quelque chose entre eux. Oserait-il se jeter à l'eau ?

— Écoute, je… J'aimerais beaucoup que tu ne rentres pas chez toi ce soir. Je voudrais que tu restes avec moi.

Lorsqu'elle leva les yeux vers lui, il eut l'impression de se noyer dans deux lacs d'encre à la profondeur insondable.

— Pourquoi, Josh ?

À cette minute précise, il prit conscience que l'émotion qu'il éprouvait allait bien au-delà du simple désir physique. Si Georgie acceptait de venir chez lui, rien ne serait plus jamais pareil entre eux. Quoi qu'il se raconte, se promette, il risquait de ne pas sortir indemne de cette histoire. Mais il était trop tard pour reculer.

— Laisse-moi te montrer quelque chose, répondit-il.

Il captura sa main et la plaqua sur l'étoffe de sa chemise, juste au-dessus du cœur.

— Sens-tu comme il bat ?

Elle hocha la tête, et il ajouta :

— Il bat au même rythme que le tien, Georgie. Il se passe quelque chose entre nous, quelque chose de vrai, qui n'a rien à voir avec le petit scénario que nous avons monté pour tes parents. Cette fois, on ne joue plus. Il est inutile que nous nous mentions à nous-mêmes.

— Que… veux-tu que je fasse ? demanda-t-elle dans un souffle.

— Viens chez moi cette nuit. Donnons-nous une chance… de voir où cela peut nous mener.

Sa peau le brûlait sous le mince tissu de sa chemise au contact de la paume de Georgie. Il lui reprit la main, puis embrassa ses doigts fuselés l'un après l'autre, avec une lenteur délibérée.

Quand elle ferma les paupières en soupirant, il devina la lutte qui se jouait en elle. Alors, il lui releva le menton et posa tendrement sa bouche sur la sienne.

Elle n'eut pas un mouvement de recul, ne résista pas. Au contraire, elle entrouvrit les lèvres pour mieux s'offrir à la caresse de son baiser. Sa bouche était douce, tiède, délicieuse. Il l'explora sans hâte, enlaçant sa taille tandis qu'elle se pressait plus étroitement contre lui.

Il sentit les pointes de ses seins durcir contre sa poitrine, alors que son propre corps réagissait de manière non équivoque. Il allait mourir de désir, c'était sûr…

Relevant la tête, il plongea le regard dans le sien.

— Viens chez moi, répéta-t-il. Je t'en prie…

Au prix d'un effort visible, elle s'écarta.

— Non.

— Mais… pourquoi ?

— Parce que cela ne nous mènera à rien, répondit-elle en secouant la tête. Je mentirais en prétendant que je ne suis pas attirée par toi, Josh. Je sais bien qu'il y a quelque chose de spécial entre nous. Seulement… atterrir dans ton lit me paraît une mauvaise idée. Cela compliquera tout, et nous n'avons aucun besoin de cela. Nous ne sommes pas un couple. Nous faisons semblant, rappelle-toi…

— Je m'en souviens parfaitement. Et c'est bien pour cela qu'une nuit ne changerait rien. Ce n'est pas comme si on risquait de s'attacher l'un à l'autre. Enfin, tu vois ce que je veux dire.

Pour être honnête, il n'était pas sûr du tout de ce qu'il avançait, mais quelles bêtises n'aurait-il pas débitées pour convaincre Georgie !

Comme elle demeurait muette, il se mit à chercher d'autres arguments. Néanmoins, il n'eut pas le loisir de parler davantage, car la voix du maître de cérémonie s'éleva dans le haut-parleur situé au coin de la terrasse :

— Mesdames et messieurs, chers invités ! Lani et Isaac

s'apprêtent à nous abandonner car ils s'envolent vers d'autres cieux demain matin. L'heure des au revoir a sonné !

Entendant ces mots, Georgie fit quelques pas en direction de la salle. Josh la rattrapa.

— Écoute…, murmura-t-il, posant une main sur son bras.

Mais elle recula encore.

— Non, Josh, désolée. Les aventures d'une nuit, très peu pour moi.

Cette fois, il la laissa s'éloigner sans chercher à la retenir. La discussion était close. Dans cette histoire, quelqu'un avait fait preuve de bon sens, et ce quelqu'un s'appelait Georgie. Lui, au contraire, s'était montré complètement fou. Jamais il n'aurait dû lui proposer de finir la nuit chez lui. S'il avait réfléchi cinq secondes, il aurait compris à quel point c'était ridicule, et surtout dangereux.

Oui, dangereux ! Dire qu'il s'était juré de ne plus jamais prendre de risque ! Il avait vraiment frôlé la catastrophe.

En arrivant sur la passerelle de sa maison, Georgie entama un pas de danse. Elle chantonnait, revivant les minutes exquises passées à danser avec Josh.

Après leur discussion sur la terrasse et le départ des mariés, ils avaient — presque — fait comme si de rien n'était. En tout cas, Josh avait eu l'air de comprendre son point de vue et ne lui avait pas renouvelé sa proposition de venir chez lui. Pas plus qu'il ne l'avait invitée à danser de nouveau.

Ils avaient rejoint leur cercle d'amis, finissant la soirée de manière très agréable. Pourtant, que n'aurait-elle donné pour valser encore dans ses bras ! Cette pensée ne l'avait pas quittée, jusqu'à… maintenant.

Même si elle ne devait plus jamais le revoir, le souvenir de ces instants demeurerait gravé en elle…

Fredonnant toujours, elle ouvrit la porte de la cuisine. À sa grande surprise, la lumière du couloir jaillit presque aussitôt, et sa mère parut, en peignoir et chemise de nuit.

— Maman ? Je ne t'ai pas réveillée au moins ? chuchota-t-elle.

— Non, ma chérie, pas du tout. Comme ton père n'arrivait pas à dormir, je lui ai préparé une tisane. Puis je me suis recouchée, mais impossible de trouver le sommeil ! Alors, ce mariage ? Je parie que tu t'es bien amusée…

Georgie eut un sourire radieux.

— Oui, c'était super. Lani et Isaac rayonnaient de bonheur, et je peux t'assurer que leur joie était contagieuse. Nous avons fait pas mal de photos. Tu veux les voir ?

Comme sa mère acquiesçait avec enthousiasme, elle prit son appareil numérique dans son sac et l'alluma. Tous les moments phares de la cérémonie avaient été immortalisés, ainsi que la fête. À sa grande surprise, elle découvrit que quelqu'un l'avait prise en train de danser avec Josh. Elle avait le visage levé vers lui, et il la couvait d'un regard adorateur…

Pour tous ceux qui n'étaient pas au courant de la supercherie, il y avait de quoi se dire qu'ils formaient un beau couple. Ils semblaient totalement absorbés l'un par l'autre, oublieux du reste du monde…

À l'avenir, elle devrait se méfier car elle s'était laissé entraîner beaucoup plus loin qu'elle ne l'aurait voulu. Heureusement qu'elle avait résisté à la tentation d'aller chez lui !

— J'adore cette photo, commenta sa mère. Je n'avais pas réalisé que les choses étaient aussi sérieuses entre vous.

Et voilà, c'était la bonne vieille tactique : lâcher une remarque en forme de question pour essayer de lui tirer les vers du nez. Sauf que Georgie avait appris depuis longtemps à ne pas s'y laisser prendre.

Elle demeura donc muette, refusant que sa mère commence à s'imaginer toutes sortes de choses. D'ailleurs, qu'aurait-elle pu répondre ?

Après un silence qui lui sembla durer une éternité, sa mère soupira.

— Bon, je vais aller voir si ton père s'est endormi.

Quand elle reparut quelques minutes plus tard, Georgie la considéra, perplexe.

— Tout va bien ? questionna-t-elle. J'ai l'impression que tu t'inquiètes pour papa.

— Je le trouve fatigué ces temps-ci. Il dit que c'est le manque de sommeil. Franchement, je voudrais bien connaître la cause de ses insomnies. Nous n'avons aucun problème, tout va même pour le mieux depuis qu'il a pris sa retraite.

Aussitôt, la sonnette d'alarme retentit dans la tête de Georgie. En tant qu'infirmière urgentiste, elle avait l'habitude de ne rien laisser passer.

— As-tu remarqué d'autres choses ? demanda-t-elle, s'efforçant au calme pour ne pas affoler sa mère.

— Pas vraiment, il a juste tendance à fatiguer plus vite. Et depuis notre arrivée à Cairns, il est un peu essoufflé par moments. Nous avons mis cela sur le compte de la chaleur, mais je commence à me poser des questions.

— Votre médecin traitant n'a rien dit de spécial ?

— En fait... papa n'y est pas allé depuis quelques mois. Il a pris rendez-vous avant notre départ, et il doit le voir en rentrant à Melbourne.

— Excellent. À mon avis, il n'y a pas lieu de se tracasser, mais autant qu'il se fasse prescrire quelques examens pour vous rassurer tous les deux.

— Oui, tu as raison. Il dit que c'est normal, que c'est son grand âge ! ajouta sa mère avec une grimace mi-amusée, mi-inquiète. En tout cas, il est heureux de te voir casée et pressé d'être de nouveau grand-père, crois-moi !

Georgie eut un sourire embarrassé.

— J'imagine..., balbutia-t-elle.

Un peu plus tard, dans son lit, alors qu'elle bataillait pour trouver le sommeil, elle songea qu'à cette heure-ci, elle aurait pu être avec Josh. Si elle l'avait voulu, elle l'aurait accompagné à son appartement. Il l'aurait portée jusqu'à sa chambre, enlacée, déshabillée. À cette minute précise, ils seraient en train de faire l'amour, tendrement, passionnément...

Et puis après ? soupira-t-elle. Dieu, merci, elle avait bien fait de dire non ! Elle n'avait jamais cédé à la tentation du plaisir facile. Elle n'allait pas commencer avec Josh, alors qu'il lui inspirait…

Mais que lui inspirait-il au juste ? Elle était si perturbée qu'elle ne savait plus où elle en était.

Décidément, cette petite comédie avait assez duré. Elle avait la ferme intention d'y mettre un terme avant même le départ de ses parents. Les choses étaient allées trop loin et plus elle attendrait, plus la situation se compliquerait.

Or, se compliquer la vie était la dernière chose qu'elle souhaitait !

8.

Les événements de la semaine suivante reléguèrent pourtant les interrogations sentimentales de Georgie au dernier plan de ses priorités.

Après le mariage, elle avait posé quelques jours afin de faire visiter la région à ses parents ainsi qu'à leurs amis, Connor et Anastasia. Ils s'étaient notamment rendus à Kuranda, une petite ville située en zone tropicale à l'intérieur des terres. Cette destination hautement touristique était desservie par un petit train à vapeur, et les deux couples avaient particulièrement apprécié l'endroit.

Au cours de leurs diverses excursions, Georgie avait à maintes reprises observé attentivement son père, sans rien remarquer de spécial. Certes, il marchait plus lentement qu'autrefois et avait besoin de faire une sieste l'après-midi. Mais, à soixante-cinq ans, après une carrière fatigante de contremaître en maçonnerie, quoi de plus normal ?

En tout cas, il avait paru enchanté de voir sa petite chérie jouer les guides touristiques, preuve que Georgie avait tenu son rôle de fille modèle à la perfection. Et si, à présent, elle était un peu fatiguée, elle ne regrettait pas ses efforts : tout le monde paraissait content, elle avait donc atteint son but !

Néanmoins, en ce vendredi matin, force était d'admettre qu'elle n'était pas fâchée de revenir au travail. Le retour au SSAQ et à la « routine » quotidienne lui semblerait presque reposant après la prise en charge de quatre retraités aussi dynamiques qu'exigeants ! Et puis, elle allait revoir Josh. Josh, dont elle n'avait eu aucune nouvelle depuis le mariage…

Un peu déçue, elle apprit de la bouche de Louise qu'il avait été appelé aux urgences de l'hôpital tôt ce matin-là. Elle-même devait partir pour une mission en hélicoptère. Aucun espoir donc de le croiser dans la journée…

Comme d'habitude, elle s'absorba à fond dans sa tâche, avec la satisfaction de deux sauvetages « relativement » faciles à la clé. Il était donc à peine 16 heures lorsque l'équipage rejoignit l'hélicoptère après un transfert interhospitalier pédiatrique qui s'était déroulé sans encombre.

Le téléphone retentit dans la cabine alors que Pat s'apprêtait à décoller. À la grande surprise de Georgie, son camarade lui demanda de se brancher sur le canal 2 car il avait Josh en ligne pour elle.

Son cœur bondit dans sa poitrine, mais en quelques secondes, elle balaya les raisons « sentimentales » éventuelles d'un appel aussi « urgent ». Pourquoi la contacterait-il après une semaine de silence ?

— Georgie ? Tu m'entends ?

L'intonation de Josh lui parut froide, pour ne pas dire revêche. Certes, la qualité du son était mauvaise dans l'hélicoptère, mais tout de même !

— Oui. Que se passe-t-il ? répondit-elle tout aussi sèchement.

— J'ai quelque chose à te dire.

Le silence retomba pendant quelques secondes, qui parurent une éternité à Georgie.

— Il n'y a rien de grave, mais… je viens d'admettre ton père aux urgences, annonça enfin Josh.

Elle retint un petit cri, tandis que les signes avant-coureurs décrits par sa mère se mettaient à défiler dans son esprit : manque de sommeil, fatigue, essoufflement… Seigneur ! Au lieu de jouer les guides parfaits, pourquoi n'avait-elle pas pris un rendez-vous chez un généraliste de Cairns et insisté pour que son père consulte sur-le-champ ? ! Certes, elle n'avait rien remarqué de spécial, mais les propos de sa mère auraient dû l'alerter !

— Papa fait une crise cardiaque ? demanda-t-elle d'une voix tremblante.

— Je ne peux pas le confirmer. On est en train de programmer une série de tests.

— C'est… grave, n'est-ce pas ?

— Georgie, calme-toi, répondit Josh d'une voix apaisante. Il n'y a aucune raison de s'affoler. Ton père est pris en charge, nous contrôlons la situation.

Il paraissait tellement sûr de lui qu'elle se détendit un peu. Si son père s'était trouvé dans un état critique, il le lui aurait dit…

— S'il y avait quelque chose de grave, je ne te cacherais rien, ajouta-t-il comme s'il avait lu dans ses pensées. Tout ce que je peux dire pour l'instant, c'est que l'électrocardiogramme ne montre aucune arythmie. Nous cherchons donc d'où vient le problème. Où êtes-vous, toi et les gars ?

— Sur l'héliport de l'hôpital, justement. Nous venons de finir un transfert, et là, on rentre à la base. Je vais m'arranger avec les autres pour partir le plus tôt possible. Maman… est avec toi ?

— Oui, et il y a aussi leurs amis Connor et Anastasia. Tranquillise-toi, elle n'est pas seule. Et, je te le répète, nous faisons tout le nécessaire pour ton père. Si tu ne peux pas quitter le travail tout de suite, ne culpabilise pas !

— Merci, Josh. Merci… pour tout.

— Mais de rien. À plus tard.

Dès qu'elle eut raccroché, Sean, qui dirigeait l'équipe de sauvetage, lui proposa de descendre de l'hélicoptère et de traverser le tarmac pour rejoindre les urgences.

— Ne t'inquiète pas pour le service, j'appellerai du renfort au besoin, lui assura-t-il. Laisse-moi tes clés de voiture, nous la ramènerons chez toi en soirée. Et ne t'en fais pas, surtout, on va gérer en attendant la relève. Allez, file.

Les larmes aux yeux, elle remercia le jeune médecin et quitta l'hélicoptère. Puis elle courut vers les bâtiments de l'hôpital, où la réceptionniste de faction l'arrêta pour lui dire que son père venait d'être transféré en cardiologie.

Elle se précipita vers l'escalier, en direction de la chambre 7 au premier étage. À son grand soulagement, elle trouva sa mère seule au chevet de son père. Connor et Anastasia avaient dû regagner la maison, et c'était tant mieux car il fallait éviter toute fatigue inutile au malade.

Après avoir embrassé sa mère, elle se pencha pour déposer un baiser sur le front de son père.

— Papa, tu m'as fait peur ! Raconte-moi ce qui t'est arrivé.

— Oh ! Trois fois rien ! répondit-il avec un geste désinvolte. Si je n'étais pas branché de partout, j'aurais déjà pris la poudre d'escampette, crois-moi ! On n'a pas idée de faire autant d'embarras pour une petite indigestion.

Dubitative, elle scruta les moniteurs. La saturation en oxygène, la tension et le rythme cardiaque étaient normaux. Pour autant, il devait y avoir un problème quelque part.

— Tu n'as pas de douleurs dans la poitrine ? Aucune gêne ?

— Mais non ! s'exclama son père. Je me sens très bien. Il n'y a rien d'autre à dire.

— Au contraire, il y a beaucoup de choses à dire, George ! s'exclama sa mère, réprobatrice. Après le déjeuner, nous sommes allés marcher sur l'esplanade avec Connor et Anastasia. Au bout d'un moment, ton père a eu mal à la poitrine. Il nous a assuré que c'était un problème digestif, sauf que, tout de suite après, il a été pris d'étourdissements. Comme nous étions près d'ici, j'ai insisté pour qu'il vienne se faire examiner. Il y avait eu des signes avant-coureurs et…

— … Et tu as eu parfaitement raison, maman. Les cardiologues vont pouvoir faire les examens qui s'imposent. Qu'ont-ils dit ?

— Pas grand-chose pour l'instant, répondit son père, évasif. D'après eux, les artères principales sont en bon état. Ils veulent approfondir les recherches pour en savoir plus.

Georgie s'apprêtait à poser une nouvelle question quand la porte s'ouvrit, livrant passage à Josh.

— Salut ! dit-il d'un ton tendre.

Quand leurs regards se rencontrèrent, il lui sourit et elle oublia un bref instant la raison de sa présence dans cet hôpital. Elle s'avança vers lui spontanément, comme si elle s'apprêtait à se blottir contre lui. Prenant soudain conscience de son geste, elle s'arrêta, mais au même moment, Josh, s'avançant à son tour, la serra dans ses bras.

— Qu'est-ce que tu fabriques ? murmura-t-elle.

Il se pencha pour l'embrasser sur la tempe.

— Je te réconforte, chuchota-t-il contre son oreille. Je suis ton petit ami, en principe. Tu as déjà oublié ?

Elle secoua légèrement la tête, puis se dégagea. Quand il l'étreignait ainsi, elle avait tendance à croire que leur comédie n'en était pas une. Dieu sait pourtant si elle était consciente qu'elle n'avait rien à espérer !

Cherchant à se ressaisir, elle s'écarta de son fiancé, et se positionna près du lit.

— Tu tombes à pic, Josh, dit-elle d'un ton résolu. Je n'arrive pas à comprendre ce qui se passe.

Il se rapprocha, l'air soudain très professionnel.

— Les examens que George a passés aujourd'hui donnent des résultats corrects. En revanche, l'électrocardiogramme laisse apparaître un problème de valve mitrale.

— Tu m'avais caché cela, papa ! protesta Georgie.

Ce dernier leva les mains au ciel.

— J'allais te le dire quand Josh est arrivé !

— Oui, bien sûr…

Josh secoua la tête en souriant.

— Mon collègue vous fera passer d'autres tests demain, George, dit-il. En fonction des résultats, vous devrez peut-être séjourner un peu plus longtemps parmi nous. Il est possible que vous ayez besoin d'une opération.

— Mais… pourquoi ? Si mes artères sont bonnes et qu'il ne s'agit pas d'une crise cardiaque, je ne vois pas pour quelle raison il faudrait m'opérer.

— Les valves du cœur servent à réguler le débit sanguin, expliqua Josh, en s'asseyant au bord du lit. Si elles s'ouvrent ou se ferment mal, la quantité de sang envoyée dans le corps sera insuffisante. Par conséquent, votre cœur devra travailler plus pour assurer le débit nécessaire. Il va fatiguer. Et pour le coup, vous risquerez l'infarctus.

Georgie lui fut reconnaissante de la manière claire et simple avec laquelle il s'exprimait. Ses parents, qui ne connaissaient rien à la médecine, comprendraient aisément de quoi il retournait. C'était le principal.

— Les essoufflements et les vertiges qui vous embêtent peuvent être symptomatiques d'une maladie cardiaque, enchaîna Josh. Nous saurons de quoi il retourne demain, quand tous les contrôles auront été effectués. Mais, en attendant, vous devez vous reposer. Georgie, Sofia, il faut le laisser au calme, conclut-il gentiment.

Georgie vit sa mère hésiter.

— Nous devons partir, bredouilla cette dernière. Il peut rester tout seul ?

— Il va prendre un dîner léger, et ensuite, au dodo ! répliqua Josh avec une gentillesse égale. Ne vous tracassez pas, il est entre de bonnes mains. Je vous raccompagne.

Dans le couloir, Georgie vit sa mère s'approcher de Josh.

— Merci beaucoup, dit-elle à celui-ci d'un ton plein de reconnaissance. Que serions-nous devenus sans vous ?

Il eut l'air un peu gêné.

— Mais de rien, voyons. Je ne fais que mon travail.

Sa mère secoua la tête en souriant. Il semblait clair dans son esprit que « son » George avait bénéficié d'un traitement de faveur.

— Anastasia va préparer le dîner ce soir, ajouta-t-elle. Serez-vous des nôtres ?

Georgie sentit le regard de Josh peser sur elle, comme s'il attendait son accord. Sachant qu'il pouvait lire en elle comme dans un livre ouvert, elle tenta de se composer un visage neutre, tout en faisant non de la tête de manière imperceptible.

Vu la tournure des événements, le séjour de ses parents à Cairns allait sans doute se prolonger. En conséquence, Josh devrait jouer le rôle de son petit ami plus longtemps. Ils seraient encore amenés à se voir en dehors du travail.

Si elle voulait tenir le coup sans devenir folle, il fallait que chacun reste un maximum à sa place. Ce qui impliquait de ne fréquenter Josh qu'en cas de nécessité absolue. Et un dîner chez elle n'entrait pas dans la catégorie des obligations.

— Non merci, Sofia, répondit-il doucement. C'est gentil, mais je vais terminer tard et je dois me reposer. Il faut que je sois en forme pour reprendre du service au SSAQ. Si quelque chose vous tracasse, appelez-moi sur mon portable, ajouta-t-il. Même si je ne suis pas à l'hôpital, je vais suivre le dossier de George. N'hésitez pas à me poser toutes les questions que vous voudrez.

Puis il pivota vers elle.

— Es-tu de garde demain, Georgie ?

Elle opina.

— Dans ce cas, je te verrai là-bas. Bonne soirée.

Après que sa mère eut, de nouveau, chaleureusement remercié Josh, celui-ci commença à descendre le corridor.

— Une minute, maman, s'il te plaît, murmura Georgie.

Puis elle courut derrière lui.

— Josh !

Il s'arrêta et se tourna vers elle, l'air interrogateur.

— Oui ?

— Je voulais juste… te dire merci. C'est gentil de ta part de t'être occupé de mes parents comme tu l'as fait.

— Mais je t'en prie, répondit-il d'une voix profonde. J'étais content d'être là pour eux.

— Papa et maman risquent de séjourner à Cairns plus longtemps que prévu. Comment allons-nous…

Elle hésita, troublée. Il la fixait avec intensité et son regard gris lui paraissait plus insondable que jamais.

— Ne t'inquiète pas, Georgie, poursuivit-il. Je me ferai passer pour ton petit ami tant que tu en auras besoin. Je ne te laisserai pas tomber.

Sur un signe de tête, il s'éloigna dans le couloir. Elle resta plantée là, avec la désagréable impression d'avoir été laissée en plan.

Josh ne l'avait pas embrassée pour lui dire au revoir. Il ne l'avait pas serrée dans ses bras comme il en avait pris l'habitude en public depuis quelque temps. Et, bizarrement, alors qu'elle aurait dû en être soulagée, elle se sentait perdue.

Voyant sa mère approcher, elle se ressaisit et la guida vers les ascenseurs. Elles descendirent ensemble au premier étage, d'où elles appelèrent un taxi.

— Comment te sens-tu, maman ? demanda-t-elle, quand elles furent montées dans la voiture. Ces émotions ont dû t'épuiser…

Sa mère lui tapota la cuisse.

— Ça va, ma chérie, ne t'inquiète pas. Ton père m'a fait peur, mais, heureusement, Josh était là et il s'est occupé de tout. Je le trouve formidable, tu sais.

— Oui.

Craignant de se trahir, elle détourna les yeux. Plus les jours passaient, plus elle était convaincue, elle aussi, d'avoir rencontré un homme exceptionnel. Cela n'en rendrait que plus difficile la « rupture ». Quant à la réaction de ses parents… elle n'osait même pas l'imaginer !

Mais à chaque jour suffisait sa peine, se chapitra-t-elle. Dans l'immédiat, seule comptait la santé de son père. Elle s'inquiéterait du reste plus tard.

Les jours suivants, Georgie eut l'impression d'avoir été happée par un tourbillon.

Comme elle s'y attendait, les cardiologues avaient diagnostiqué l'usure d'une valve mitrale chez son père. Ils avaient conseillé une opération immédiate, estimant qu'un retour à Melbourne lui ferait courir des risques inutiles. Son père avait donc subi une intervention dans la foulée, laquelle s'était passée au mieux.

Mais que d'agitation, que de stress pour Georgie ! Entre les impératifs du travail et la gestion du quotidien, elle avait cru devenir folle !

Heureusement, Josh lui avait témoigné un soutien sans faille. À sa grande surprise, il s'était proposé de faire ses courses et son plein d'essence. Mieux encore, il s'était rendu à l'aéroport pour faire changer les dates de retour des billets de ses parents. Il l'avait aussi accompagnée à l'hôpital, suivant le dossier de son père comme s'il s'agissait d'un membre de sa propre famille.

Dire qu'elle avait voulu limiter leurs contacts au strict minimum ! À présent, elle se rendait compte qu'elle n'aurait pu se passer de lui !

Cela faisait maintenant six jours que son père avait été opéré, et la fatigue, tant physique que morale, commençait à peser sur ses épaules. Il était à peine 9 heures du matin, et elle était déjà en route avec l'équipe, pour un sauvetage en mer près de Cooktown, à trois cents kilomètres au nord de Cairns. L'hélicoptère venait d'entrer dans une zone de turbulences, et elle émergea de ses réflexions en entendant la voix de Pat.

— Serrez bien vos ceintures, vous deux, ordonna le pilote. Ça va tanguer.

Elle vérifia machinalement les sangles qui l'attachaient à son siège, imitée par Josh. Depuis qu'ils avaient décollé, celui-ci respectait son silence, mais elle avait surpris de fréquents coups d'œil dans sa direction et s'était demandé si, cette fois encore, il avait pu lire en elle.

Devinait-il à quel point il lui était devenu indispensable, à tous égards ? Soupçonnait-il combien elle souffrirait au moment de mettre un terme à leur petit jeu ?

La météo de plus en plus mauvaise l'arracha pour de bon à sa rêverie. Ils volaient au-dessus de l'océan mais, de là où ils se trouvaient, elle ne distinguait pas grand-chose car le ciel était devenu presque noir.

Restait à espérer qu'ils localiseraient sans encombre le yacht d'où ils devaient hélitreuiller une femme âgée d'une soixantaine d'années, tombée après avoir glissé sur le pont. Son mari avait lancé une alerte radio, et, d'après leurs informations, il y avait fort à craindre que la malheureuse ne se soit cassé une jambe.

Inquiète, Georgie vit de gros nuages se rapprocher, poussés par le vent d'ouest. Pat reprit la parole.

— Arrivée sur site dans cinq minutes, annonça-t-il.

Quand le pilote commença à descendre, suivant les coordonnées fournies par la base, elle et Josh scrutèrent les eaux sombres, tentant de localiser l'embarcation qu'ils cherchaient. L'horizon s'était encore bouché ; néanmoins, à cette hauteur, ils auraient dû repérer un bateau sans problème. Or, ils ne voyaient toujours rien.

— Aucun yacht en vue ! articula Isaac dans la radio. Victor Tango Alpha appelle Cairns. Louise, tu m'entends ?

La voix de la réceptionniste surgit entre les grésillements.

— Ici Cairns. Je te reçois, Victor Tango Alpha.

— Nous sommes arrivés sur place mais il n'y a pas de bateau, expliqua Isaac. Peux-tu le localiser ? Je répète : peux-tu le localiser ?

— Reçu cinq sur cinq. Je m'en occupe.

Trois minutes plus tard, ainsi que Georgie le craignait, Louise leur annonça que Brian, le mari de la blessée, avait, sous le coup de la panique, mal lu ses écrans de contrôle. Le bateau se trouvait en fait à un quart d'heure de vol, au nord-ouest de leur position actuelle. En plein cœur de la tourmente.

— Demande-leur d'agiter leur drapeau de détresse, Louise, ordonna Pat. Nous risquons d'avoir du mal à les repérer. Par ailleurs, avec ce détour, nous aurons une autonomie en carburant plus faible. Si le sauvetage ne peut pas s'effectuer rapidement, je devrai laisser Georgie et Josh avec eux, aller faire le plein et revenir.

Cctte fois, les choses se compliquaient franchement. Le scénario qui se profilait était l'un des pires, et Georgie croisa les doigts pour qu'ils puissent intervenir vite et bien. L'essentiel était d'éviter une trop longue attente à la blessée.

— Il va falloir jouer serré, marmonna-t-elle. Chaque minute comptera lorsque nous serons en vol stationnaire.

Le plan d'évacuation prévoyait qu'ils descendent harnachés à un filin, en emportant leur équipement avec eux. Une manœuvre techniquement supervisée par Isaac, et que tous les membres de l'équipe détestaient pratiquer dans des conditions climatiques aussi hasardeuses.

— Attachons le kit d'urgence à la civière, suggéra Josh. Nous gagnerons du temps si tout arrive d'un coup.

À deux, ils rassemblèrent le matériel près de la porte de l'hélicoptère. Tout était prêt quand, cinq minutes plus tard, Pat s'écria :

— Objectif localisé ! Ils sont là !

Georgie et Josh se penchèrent en même temps vers le hublot. Ils distinguèrent tant bien que mal une forme blanche, assez longue, qui s'avérait être le yacht. Toutes les voiles avaient été rabattues à cause de la tempête, ce qui avait au moins le mérite d'offrir une vue plus claire du pont.

Georgie y repéra une femme allongée au sol, au pied de l'escalier menant aux cabines. Agenouillé près d'elle, un homme qui devait être son mari agitait frénétiquement un drapeau.

— Je vais descendre tout seul, annonça Josh. Si j'ai besoin de toi, je t'appellerai. Dans le cas contraire, nous irons plus vite puisque tu n'auras pas besoin de remonter.

— Oui, c'est sûr, admit Georgie. Mais... pourras-tu harnacher le brancard et le maintenir sans aide, le temps qu'Isaac équilibre son poids ? C'est plutôt délicat.

— Je sais, répondit Josh en soupirant. En cas de problème, le mari de cette dame devra me donner un coup de main. Et, bien sûr, tu interviendras si on n'y arrive pas.

— Entendu.

Isaac quitta la cabine de pilotage et vint les rejoindre. Il les équipa avec soin, puis revint annoncer à Pat que tout était en place.

— Il fait vraiment un temps de chien, maugréa le pilote. À toi de voir si tu veux courir le risque, Josh. En tout cas, on essaie une fois, pas plus. La météo annonce de violentes rafales pour la demi-heure à venir.

Josh n'hésita pas une seconde. Il paraissait calme, sûr de

lui, et Georgie ne lut rien d'autre que de la détermination dans son regard gris lorsqu'il répliqua :

— Allons-y. Il n'y a pas une seconde à perdre.

La gorge nouée, Georgie le vit glisser lentement dans le vide. Au-dessous d'eux, le yacht ballotté par une mer déchaînée semblait de plus en plus instable, et elle serra les poings comme pour communiquer sa propre énergie à Josh ainsi qu'à Isaac qui guidait le filin depuis l'habitacle.

Elle aurait mille fois préféré être suspendue à ce maudit treuil plutôt que de se trouver là, spectatrice impuissante et rongée d'inquiétude !

Au bout de quelques minutes qui lui parurent une éternité, Josh toucha au but. Mais, par deux fois, le plancher du bateau se déroba sous ses pieds en raison du roulis. Il se retrouva ballotté comme un pantin au-dessus des flots sombres et Georgie, oubliant qu'il était attaché, crut le voir disparaître dans l'eau.

Finalement, il réussit à s'agenouiller sur le pont. Il détacha d'abord le matériel, puis attendit qu'Isaac ait desserré un peu le filin pour ôter son propre harnais. Il se mit alors très vite en action : examen de la victime, injection d'antalgique, pose d'une attelle à la jambe furent réalisés en un temps record. La connexion radio avait été maintenue, mais il ne perdait pas de temps en explications. Tout au plus avait-il confirmé que la dame avait bien une jambe cassée.

Alors qu'il achevait de l'installer sur le brancard, Georgie eut l'impression que la houle gagnait en intensité. Le compagnon de la blessée se retenait maintenant à la paroi de la cabine pour garder son équilibre, et les vagues se creusaient toujours un peu plus.

S'aidant des coudes, Josh rampa vers la tête de la patiente et, non sans mal, réussit à lui mettre une coque protectrice sur le crâne. Il venait de serrer les fixations lorsqu'une vague plus forte que les autres s'écrasa violemment contre le bateau.

Horrifiée, Georgie eut alors l'impression de voir un film catastrophe défiler au ralenti sous ses yeux : le mari de la blessée bascula vers l'avant sans pouvoir se retenir. Son front heurta lourdement le plancher du pont et il resta immobile, tandis que le brancard glissait de manière inexorable vers le bord. Josh avait toujours la main posée sur l'arceau métallique et Georgie poussa un cri, anticipant ce qui allait se produire.

— Attention ! hurla-t-elle dans la radio.

Mais trop tard… Déjà, le brancard s'écrasait sur le garde-corps… et sur les doigts de Josh, le poids de la civière le clouant contre la rambarde.

9.

— Josh !

Georgie sursauta en entendant le son de sa propre voix. Crier était une réaction impulsive et… parfaitement inutile. Pour autant, elle n'avait pu s'en empêcher.

Horrifiée, elle vit Josh faire une tentative infructueuse pour écarter le brancard de sa main libre. Avec le poids de la patiente, la civière devait peser une centaine de kilos. Beaucoup trop lourd pour un homme seul qui se trouvait au sol, en équilibre instable, avec un bras immobilisé !

Mais au nom du ciel, que fabriquait donc le mari de la patiente ? Pourquoi ne bougeait-il pas ?

Georgie reporta son regard sur l'homme, maintenant assis sur le plancher à quelques mètres de là. Il était manifestement conscient, mais présentait une plaie au front qui saignait. Il ne manquait plus que ça !

Depuis le début, elle sentait qu'elle aurait dû accompagner Josh. Que n'avait-elle suivi son instinct !

— Je descends ! annonça-t-elle dans le micro relié à son casque. Accroche-toi. J'arrive.

En moins d'une minute, Isaac vérifia son équipement, puis guida le filin tandis qu'elle franchissait la porte pour se lancer dans le vide. Sitôt dehors, elle entendit le vent siffler à ses oreilles. Les rafales déstabilisaient le treuil et elle se retrouva plusieurs fois dangereusement ballottée dans les airs avant d'atteindre le bateau.

Par chance, elle réussit à s'équilibrer sur le pont dès la première tentative. Elle décrocha son harnais et courut vers Josh, au moment où il réussissait enfin à bouger la civière. Il avait profité du reflux qui faisait basculer l'embarcation de côté, pour peser sur sa charge avec l'épaule de tout son poids. Et, déjà, il vérifiait d'une main que l'arceau protecteur et les sangles n'avaient pas bougé.

— Josh ! Ça va ?

— Oui, répondit-il d'un ton bref. Peux-tu t'occuper de Brian, s'il te plaît ?

Le mari de la blessée était toujours assis au même endroit, l'air hagard. À l'examen, Georgie repéra une entaille peu profonde au-dessus de l'arcade sourcilière gauche : bien que choqué, Brian ne présentait aucun signe de commotion.

Avec prudence pour ne pas glisser, elle attrapa la trousse médicale échouée à quelques mètres de là, et en sortit compresses et désinfectant. Elle pourrait toujours poser des strips, voire un ou deux points, plus tard. Dans l'immédiat, l'essentiel était d'arrêter les saignements.

Elle avait presque terminé lorsque la voix de Pat s'éleva dans son casque.

— Je ne sais pas où vous en êtes, jeunes gens, mais il nous reste un quart d'heure en tout et pour tout. Passé ce délai, je serai obligé d'aller faire le plein. La météo vient de lancer un avis d'ouragan. Je ne sais pas à quel moment je pourrai venir vous récupérer. Je préférerais évacuer tout le monde maintenant plutôt que d'en laisser un ou deux au milieu de l'océan déchaîné !

Georgie étudia les options qui s'offraient à eux. Josh était blessé et souffrait sans doute beaucoup plus qu'il ne voulait bien le dire. Si quelqu'un devait rester en arrière avec Brian, ce serait elle. Une perspective qui était loin de l'enchanter.

Un rapide coup d'œil en direction de Josh lui suffit pour comprendre qu'il partageait son point de vue.

— Nous sommes d'accord avec toi, Pat, dit-elle dans le micro. Mais que va-t-on faire pour le yacht ? Le laisser dériver présente un danger pour les autres bateaux qui pourraient se trouver dans le secteur.

— J'ai déjà prévenu les gardes-côtes, répondit Pat. Ils vont venir le récupérer dès que possible.

— Parfait. Dans ce cas, on fonce.

Déjà, Isaac abaissait le treuil. Elle vit Josh tenter de l'attraper d'une main en gardant le bras gauche replié sur la poitrine. Une vague d'angoisse déferla sur elle, mais elle s'efforça de la contrôler. Il fallait quitter cet endroit infernal au plus vite. Pour le reste, elle l'emmènerait se faire soigner dès leur retour à Cairns.

Vu son état, c'était à elle de prendre le contrôle des opérations. Elle n'avait pas le choix.

— Josh, tu vas remonter avec Brian, dit-elle. Il n'a rien de grave. Sa blessure à l'arcade nécessitera peut-être un ou deux points, rien de plus. Moi, je prendrai la civière.

Il opina sans discuter, ce qui laissait supposer qu'il se sentait vraiment mal en point.

— Notre patiente s'appelle Meredith, expliqua-t-il. Fracture tibia-péroné. Pas de commotion ni d'autres dégâts.

Pendant qu'il parlait, elle avait attaché le harnais autour de Brian. Elle le sangla ensuite à celui de Josh, après quoi Isaac les souleva de quelques mètres par mesure de précaution. Tout étant en ordre, le voyage dans les airs put commencer.

Georgie s'efforça de ne pas regarder. Elle devait se focaliser sur sa propre mission pour oublier sa peur et rester efficace.

— Ne vous inquiétez pas, Meredith. Tout ceci ne sera bientôt plus qu'un mauvais souvenir, dit-elle.

— Je… l'espère.

Sous l'effet des calmants, la malheureuse semblait groggy et cela valait mieux. Elle ne manifesta aucun signe d'agitation quand Georgie s'attacha à elle pour l'hélitreuillage.

Avec son efficacité coutumière, Isaac lui renvoya le filin dès qu'il eut récupéré Josh et Brian. Elle procéda aux manipulations d'usage, et au bout de quelques minutes d'un sauvetage qui lui parut interminable, elle et sa patiente se retrouvaient bien au chaud et en sécurité dans l'hélicoptère.

Sitôt la porte refermée, Pat mit le cap sur la côte. Elle aurait voulu examiner la main de Josh sur-le-champ, mais elle savait bien qu'il n'était pas prioritaire dans l'« ordre » des blessés. Meredith devait être auscultée d'abord.

Méthodiquement, elle vérifia les constantes de la blessée. Sa tension et son rythme cardiaque étaient un peu élevés suite au choc de l'accident et à leur périple dans le vide, mais ils demeuraient dans les limites acceptables. De plus, la saturation en oxygène était bonne. Il n'y avait donc pas lieu de lui administrer de médicaments supplémentaires dans l'immédiat.

Soulagée, elle pivota vers Brian, qu'Isaac avait installé au centre de la cabine, sur un siège en position allongée. Lui aussi semblait se tirer plutôt bien de cette mésaventure, laquelle se solderait par un check-up de routine à l'hôpital.

Elle allait enfin pouvoir s'occuper de Josh.

— Montre-moi cette main, dit-elle doucement.

Il secoua la tête.

— Ça va. Il y a juste un peu de bobo aux doigts.

— « Un peu de bobo » ! Mais oui, bien sûr… Nous aurions vraiment dû intervenir à deux.

— Georgie, c'était un accident. Ta présence n'aurait rien changé ! répliqua-t-il en soupirant.

Une fois de plus, il avait lu dans ses pensées. Elle se sentait coupable de l'avoir laissé seul face au danger, et bien sûr, il l'avait compris !

Elle se surprit à sourire malgré les circonstances. Qu'il puisse la deviner à ce point la sidérait toujours. La fascinait, aussi…

Lentement, elle avança la main pour capturer son poignet gauche. Il se laissa faire en grimaçant, et elle comprit mieux pourquoi il ne pouvait plus se servir de sa main. Le majeur, l'annulaire et l'auriculaire étaient violets et gonflés.

— Peux-tu serrer le poing ? demanda-t-elle.

Il grimaça de nouveau.

— Non.

Avec une extrême douceur, elle palpa son majeur. Il gémit quand elle effleura la phalange du milieu. La palpation de l'annulaire produisit, sans surprise, le même résultat.

— Je pense que tu as deux fractures, murmura-t-elle. Veux-tu un antalgique ? Tu dois avoir très mal.

— Merci, je préfère m'en passer, répondit-il. Je tiens à garder mes capacités de jugement intactes, au cas où.

Elle faillit répliquer que la douleur risquait d'affecter son jugement autant que les analgésiques, mais s'en abstint. Il était blessé. Mieux valait le contrarier le moins possible.

— Comme tu veux, Josh. Je vais te poser un strapping serré, mais promets-moi d'aller à l'hôpital dès ce soir.

— Oui, chef. Entendu, chef.

En souriant, elle attrapa sa mallette, où elle prit le nécessaire pour immobiliser les doigts cassés. Elle venait de terminer quand Pat l'appela dans son casque.

— Georgie ? J'ai besoin d'aller faire le plein à Cooktown avant de rentrer à Cairns. Faut-il appeler une ambulance, ou nos blessés vont tenir le coup ?

— Tout va bien, répondit-elle. Ils sont stables.

— Ouf !

Au final, le trajet vers Cairns dura presque le double du temps habituel. Le service de l'équipage était donc terminé depuis longtemps lorsque Pat se posa sur le tarmac de l'hôpital. Mais, par chance, aucune intervention urgente n'avait nécessité l'appel de renforts. L'équipe de l'après-midi avait pris le relais, et Josh allait pouvoir suivre « tranquillement » ses deux patients aux urgences, où Georgie tenait par-dessus tout à ce qu'il se fasse examiner.

Elle connaissait la négligence des médecins lorsqu'il s'agissait de se soigner !

— Je vais aller voir mon père pendant que tu iras faire tes radios, lui dit-elle. Et il n'est pas question que tu rentres chez toi en conduisant d'une main. Je te raccompagnerai.

— Bien, madame, marmonna-t-il.

Le laissant aux bons soins de ses collègues, elle gagna le premier étage. Sa mère était, comme d'habitude, installée au chevet de son père. Elle leur trouva l'air plus gai que d'habitude et ne tarda pas à en apprendre la cause.

— Le cardiologue est content de moi ! annonça George. Si tout va bien, il me laissera sortir demain.

— Mais c'est formidable ! s'exclama-t-elle, oubliant sa fatigue et le stress de la journée.

Elle étudia les derniers résultats d'analyses compilés dans le dossier de son père. Effectivement, les choses semblaient rentrer dans l'ordre. Quel soulagement de savoir qu'il allait se tirer de ce mauvais pas sans séquelles !

Bien sûr, il devrait se montrer raisonnable une fois chez lui. Il ferait également l'objet d'un suivi rigoureux. Mais s'il mettait toutes les chances de son côté, il continuerait de mener une vie normale.

— Josh va être content ! observa sa mère. Il a été tellement gentil avec papa. Mais au fait, où est-il ?

En arrivant, Georgie avait donné une version édulcorée de leur intervention difficile au-dessus de l'océan. Elle avait omis de dire que Josh était blessé, mais là, elle ne pouvait pas faire autrement.

Avec un maximum de précautions pour ne pas les alarmer, elle leur expliqua où il se trouvait. Sa mère poussa de hauts cris et voulut se rendre aux urgences, mais elle l'en dissuada.

— C'est un peu chaotique là-bas, expliqua-t-elle. Reste donc ici avec papa. Moi, je vais aller voir si Josh est prêt à partir.

— Je t'accompagne à l'ascenseur.

Georgie devina que sa mère voulait lui parler seule à seule. Intuition qui se confirma lorsque, au bout de quelques mètres, celle-ci se planta devant elle dans le couloir.

— Papa voudrait rentrer à Melbourne le plus tôt possible, dit-elle d'un ton un peu incertain.

— Pourquoi ? Rien ne presse.

— Non, bien sûr, mais… avec ce problème de santé, nous avons passé plus de temps que prévu à Cairns. Nous sommes conscients que tu as fourni beaucoup d'efforts et nous ne voulons pas te fatiguer davantage.

— Mais enfin, maman, tu n'y penses pas ! se récria-t-elle.

— Georgie, nous avons beaucoup de chance d'avoir une

fille comme toi. Tu es aux petits soins, tu te mets en quatre pour nous… Mais papa doit reprendre ses repères habituels, tu sais. Les médecins ont dit que c'était important.

Là, sa mère marquait un point. Pour le bon rétablissement de son père, le cadre de vie jouerait un rôle primordial. Il serait sans doute mieux chez lui, dans son univers familier, à condition toutefois de respecter les consignes des médecins.

— Ne t'inquiète pas, il se tiendra tranquille ! assura Sofia, comme en écho à ses réflexions. Et je me disais que, peut-être…

— Oui, maman ?

— Peut-être que tu ne tarderas plus à revenir ? Ton contrat se termine bientôt. Bien sûr, il y a Josh, mais tant que vous n'avez rien envisagé ensemble, cela ne t'empêche pas de…

— Non, bien sûr, coupa-t-elle.

S'attarder sur le sujet était la dernière chose qu'elle désirait. Qu'aurait-elle pu dire ? Elle n'allait pas révéler la vérité à sa mère là, dans un couloir d'hôpital !

De plus, elle avait promis à ses parents de rejoindre Melbourne après cette expérience à Cairns. L'échéance approchait donc, inexorable. Mais avant, il lui restait quelque chose d'essentiel à accomplir. Un dernier pas de géant… dans le vide.

Si elle ne se lançait pas, elle le regretterait jusqu'à la fin de ses jours.

— Je te laisse, Josh doit être prêt, murmura-t-elle en serrant sa mère dans ses bras. Ne m'attends pas, nous avons prévu de dîner au Sandbar avec les collègues. Je risque de rentrer tard.

— Entendu, mon cœur. Bonne soirée.

Georgie descendit aux urgences, où elle trouva Josh occupé à bavarder avec Mark, un collègue. Quand il la vit, il agita sa main gauche fraîchement plâtrée en arborant un sourire presque triomphal.

— Excellent diagnostic, docteur Carides ! s'exclama-t-il. Les deux doigts sont cassés.

— Ravie que cela te mette en joie…

— Franchement, cela aurait pu être pire. Je m'en sors bien.

— Oh ! Que oui ! Tu n'as pas mal ?

— Pas trop. J'ai fini par prendre des antalgiques, répondit-il avec un clin d'œil.

Mark les quitta pour aller traiter un patient et ils se retrouvèrent seuls dans le hall des urgences. Pendant un instant, elle le dévisagea sans un mot. Imaginait-il combien elle avait eu peur pour lui ? Quand elle avait vu la civière l'écraser contre la rambarde, elle avait craint qu'il ne tombe à l'eau et ne disparaisse dans l'océan déchaîné. Elle avait vécu un cauchemar, terrifiée qu'elle était à l'idée de le perdre.

Inutile de se voiler la face : cet épisode lui avait prouvé, s'il en était besoin, à quel point elle tenait à lui. Sa simple présence faisait battre son cœur plus vite et elle le désirait comme elle n'avait jamais désiré un homme avant lui. D'ailleurs, ses sentiments allaient bien au-delà d'une simple attirance physique. C'était une émotion étrange, indéfinissable, et sur laquelle, de toute façon, elle ne tenait pas à mettre de nom.

Elle savait maintenant qu'elle devait franchir un cap avant qu'il ne soit trop tard. Ce serait ce soir, ou jamais, d'autant que les jours leur étaient comptés, à présent…

— Si… tu ne souffres pas, tu pourrais peut-être venir dîner au Sandbar ? proposa-t-elle presque timidement.

— J'en ai bien l'intention ! Je n'ai pas vraiment d'appétit ce soir, mais il faut quand même que je reprenne des forces !

— Super… Dans ce cas, nous irons avec ma voiture.

— Adjugé, vendu !

Après avoir déposé Josh à son appartement pour qu'il puisse se doucher et se changer, elle retourna chez elle et se détendit dans un bain tiède. Puis elle se prépara rapidement car ils étaient convenus qu'elle reviendrait le chercher à 18 h 45, et qu'ils se rendraient au restaurant à pied.

Le reste de la troupe s'était donné rendez-vous à 19 heures au Sandbar. Quand ils arrivèrent, ils découvrirent que Pat et Isaac avaient déjà réservé une table. Dès qu'ils furent tous installés, le « débriefing » de leur matinée mouvementée commença, suivant la « tradition » bien établie dans l'équipe.

D'abord, on évacuait le stress et la tension de la journée si le besoin s'en faisait sentir. Ensuite, on passait à autre chose et on essayait de se détendre.

Cette fois encore, l'ambiance devint rapidement conviviale et joyeuse. Les problèmes de travail mis de côté, ils bavardèrent de tout et de rien pendant le repas, riant et se taquinant les uns les autres comme ils en avaient l'habitude.

Isaac fut le premier à partir vers 22 heures car il devait aller chercher son épouse au travail. Pat s'attarda encore un moment, puis prit congé. Il commençait tôt le lendemain et voulait être en forme.

Restés seuls à la table, Georgie et Josh se regardèrent en silence. Au bout d'un moment, Josh lui montra son verre vide en souriant.

— Tu n'as plus rien à boire. Puis-je t'offrir quelque chose ?

Elle sentit son cœur s'affoler d'un coup. C'était le moment ou jamais d'oublier sa timidité. Peut-être l'occasion ne se présenterait-elle jamais plus.

Elle inspira à fond, puis se lança :

— J'aimerais mieux… qu'on aille prendre le café chez toi.

Josh se figea. Aucun doute possible : il avait compris le sens de ses propos.

— Pourquoi ce soir ? demanda-t-il d'une voix rauque.

— Parce que… j'en ai assez de combattre mon attirance pour toi. J'ai essayé de toutes mes forces, mais cela ne marche pas. Et après ce qui nous est arrivé aujourd'hui, je me suis rendu compte que je n'avais plus envie de lutter. Ce n'est pas mon genre d'accepter une relation éphémère, et pourtant… Si nous devions nous séparer demain, je regretterais toute ma vie de ne pas avoir…

Elle ne put terminer sa phrase.

— Tu… es sûre ? Je ne voudrais pas que tu regrettes…

Elle lui sourit.

— Sûre et certaine. Ce que je veux, c'est passer une nuit avec toi, sans engagement ni promesse.

— Mais…

— Je sais que notre histoire est un leurre, l'interrompit-elle.

Notre relation n'existe pas et n'existera jamais. Mais s'il y a une chose que j'ai apprise avec toi, c'est la signification du mot « oser ». Oser prendre des risques, regarder sa personnalité en face, accepter ses désirs. Et ce soir… je te désire, toi.

Sidérée par sa propre audace, elle ajouta d'une voix moins assurée :

— Mais si tu as changé d'avis… ou si tu ne te sens pas en forme, je comprendrai très bien.

Josh la considéra avec, au fond des yeux, la petite lueur familière qui avait le don d'affoler son cœur.

— Moi, pas en forme ? répliqua-t-il d'un ton taquin. Tu plaisantes ? Ce ne sont pas deux petits doigts cassés de rien du tout qui vont m'arrêter !

Il finit son verre d'un trait, puis la dévisagea intensément.

— Quand tu veux, Georgie. Je suis prêt.

— Retrouvons-nous dehors… dans cinq minutes. Si Pat ou Isaac se sont attardés sur le quai, je ne voudrais pas qu'ils nous voient partir ensemble.

Une fois Josh sorti, elle descendit aux toilettes pour se rafraîchir. Elle venait de se sécher les mains lorsque ses yeux tombèrent sur un distributeur de préservatifs, sur le mur opposé au lavabo.

Comme si une autre agissait à sa place, elle s'avança vers la machine. Allait-elle vraiment faire cela ? Elle ne se reconnaissait plus, ses codes avaient changé. Pour Josh, pour une nuit, elle était prête à sacrifier ses grands principes…

Mais justement, ce n'était qu'une nuit, se dit-elle de nouveau. Et une nuit ne changerait rien !

D'une main tremblante, elle explora son porte-monnaie, trouva des pièces, qu'elle inséra dans le distributeur. Tournant la poignée, elle se hâta de récupérer le petit paquet convoité. Elle le fourra dans son sac et, après un dernier coup d'œil à son reflet dans le miroir, remonta prestement l'escalier.

Josh l'attendait dehors une vingtaine de mètres plus loin, adossé à un palmier. Il paraissait calme, serein, alors qu'elle-même était très nerveuse. Cela faisait des lustres qu'elle n'avait pas eu de relations avec un homme. Il y avait de quoi angoisser et en même temps, elle frémissait d'anticipation…

— Georgie…

— Chut…

Avec douceur, elle pressa ses doigts sur sa bouche. Puis elle captura sa main valide et l'entraîna sur le quai. L'air était doux, tiède, et ils marchèrent en silence pendant les quelques centaines de mètres qui les séparaient de l'appartement.

Arrivés à l'immeuble, ils empruntèrent l'ascenseur, en direction du septième étage. Sitôt les portes de la cabine refermées, Georgie attira Josh à elle, éperdue de désir. Cette nuit était la leur. Elle en rêvait depuis si longtemps…

Passant les bras autour de sa nuque, elle guida son visage vers le sien. Elle l'embrassait à présent, et il lui rendit son baiser avec fougue. Il l'avait prise par la taille et ils se serraient l'un contre l'autre comme s'ils ne devaient plus jamais se séparer. On eût dit que leurs corps se reconnaissaient, qu'ils étaient destinés l'un à l'autre, et qu'ils venaient enfin de se trouver…

Elle planait déjà loin, très loin, lorsqu'elle entendit les portes de l'ascenseur s'ouvrir. C'est à peine si elle eut conscience que Josh la guidait dans le couloir, déverrouillait sa porte, et la poussait doucement à l'intérieur de l'appartement.

Sans allumer la lumière, il tourna à gauche dans l'entrée, la conduisant directement dans une pièce qui devait être sa chambre. La gorge nouée, elle laissa tomber son sac sur le lit, et vint se blottir dans ses bras.

Un instant elle demeura ainsi, le souffle court, fascinée de sentir sous sa joue les battements accélérés de son cœur. Puis, s'enhardissant, cllc laissa courir ses doigts le long du torse viril, jusqu'à son ventre plat. Il gémit sous la caresse et se contorsionna pour l'aider quand, après avoir détaché sa chemise, elle tenta de la lui ôter.

Nu jusqu'à la taille, il était beau à couper le souffle. Une vague de chaleur se répandit dans tout son corps lorsqu'il commença à défaire sa ceinture. Elle l'en empêcha.

— Non, laisse-moi faire…, chuchota-t-elle.

Le fait qu'il soit blessé lui permettait toutes les audaces.

Avec une lenteur délibérée, elle lui déboucla sa ceinture. Détachant ensuite la pression de son jean, elle fit glisser d'une main ferme la fermeture Éclair. Déjà, il s'arc-boutait vers elle et elle frissonna en découvrant la force de son désir masculin.

Sans prendre la peine de les délacer, Josh se débarrassa de ses chaussures et ses chaussettes connurent très vite le même sort, tandis que son pantalon descendait jusqu'au sol.

Alors que, simplement vêtu de son boxer de coton blanc, il s'avançait vers elle, Georgie retint son souffle. Cet homme splendide, exceptionnel, merveilleux, était à elle cette nuit.

Et la nuit leur appartenait.

10.

Josh se pencha vers elle, et Georgie frissonna sous le regard à la fois profond et malicieux. Répondant à la provocation muette, elle posa la main sur son torse et le fit reculer vers le lit jusqu'à ce qu'il se retrouve assis sur la couette.

Même si elle brûlait d'être à lui, elle allait prendre son temps. Elle tenait à savourer chaque minute de leur unique nuit ensemble.

Tirant discrètement de son sac la petite boîte de préservatifs qu'elle avait achetée, elle la posa sur la table de chevet, consciente que Josh suivait des yeux le moindre de ses mouvements. Puis elle recula de quelques mètres comme si elle voulait lui interdire de la toucher.

Ce qu'elle voulait surtout c'était l'ensorceler. Le rendre fou de désir.

Se rejetant un peu en arrière, elle abaissa la fermeture de sa robe d'été. Elle en avait choisi une sans manches et décolletée pour mettre ses courbes en valeur. Une idée lumineuse car Josh semblait maintenant prêt à bondir sur elle tel un fauve sur sa proie.

Avec un petit clin d'œil complice, elle fit glisser une bretelle, puis l'autre, sur ses épaules. Le vêtement tomba dans un bruissement de soie et elle l'enjamba, les yeux fixés sur Josh dont le regard s'était assombri.

En silence, il la regarda enlever son soutien-gorge de dentelle beige, mais l'arrêta d'un geste quand elle voulut ôter la pince qui retenait ses cheveux.

— Non…, implora-t-il d'une voix rauque. Laisse-moi finir.

Elle laissa retomber sa main et, d'un mouvement souple,

acheva de se déshabiller. Puis, entièrement nue, elle marcha vers lui. Malgré sa timidité naturelle, elle n'éprouvait aucune gêne. Au contraire, elle se sentait en confiance et sûre d'elle-même comme elle ne l'avait jamais été.

Lorsqu'elle se fut assise à côté de Josh sur le lit, il tendit la main droite vers elle et promena ses doigts le long de son bras. Immobile, elle le laissa faire tandis qu'il remontait jusqu'à sa nuque et lui effleurait le cou doucement avant de défaire sa barrette et d'enfouir le visage dans sa chevelure libérée.

Elle sentait son pouce sur sa joue, tiède et caressant. Elle leva la main pour le saisir, mais déjà Josh lui emprisonnait le visage et embrassait le coin de sa bouche, avant de descendre vers le petit creux à la base du cou, traçant un sillon de feu sur sa peau. Elle gémit. Encouragé, il se mit à la caresser. Sa main se referma sur un sein dont il taquina le mamelon durci. Puis il le captura entre ses lèvres et ce fut comme si une onde de feu la parcourait tout entière.

Josh la fit basculer sur le lit et s'allongea contre elle. D'une main fébrile, il reprit ses caresses, de plus en plus précises et impudiques, tandis qu'il s'aventurait plus bas, toujours plus bas, vers les recoins intimes de sa féminité...

Les yeux clos, cambrée sous la caresse, elle s'abandonna totalement, bouleversée par les sensations divines qu'il faisait naître en elle. Pourtant, elle voulait plus encore. Elle voulait se fondre en lui.

S'arrachant avec difficulté à son étreinte, elle prit le préservatif sur la table, l'ouvrit et s'assit sur les hanches de Josh. Alors, avec douceur, elle fit glisser la protection entre eux. Comme s'il n'attendait que ce signal, il vint en elle avec un gémissement.

Les bras autour de ses hanches, il la guida vers lui, de plus en plus fort, de plus en plus vite. Il respirait par saccades, les lèvres entrouvertes et tandis qu'il l'emmenait vers l'extase, elle contempla son visage enfiévré.

La passion qui l'habitait était visible et décupla son plaisir. Elle s'entendit gémir sous l'effet d'une tension de plus en plus insoutenable.

— Maintenant, Josh… S'il te plaît…

Ouvrant les paupières, il riva son regard au sien et ils jouirent ensemble, les yeux dans les yeux. Puis, lentement, elle s'allongea sur lui et, enfin apaisés, ils demeurèrent immobiles, soudés l'un à l'autre, le temps que leurs respirations s'apaisent.

Au bout d'un moment, Josh la fit rouler sur le côté, en la gardant serrée contre son cœur qui battait la chamade.

— Waouh, murmura-t-il, en déposant un baiser sur son épaule. C'était merveilleux… parfait. C'était si beau que cela me donne envie de recommencer…

Elle eut un rire bas.

— Déjà ?

— Disons, dans deux ou trois minutes. Peut-être cinq. Après tout, la nuit nous appartient !

Cette remarque la fit retomber brutalement sur terre.

— J'ai bien peur que non, répondit-elle d'un ton navré. J'ai averti ma mère que je rentrerais tard, mais je dois rentrer quand même. Elle va guetter le bruit de la porte et s'inquiéter si je ne reviens pas.

— Oh… Et si tu lui téléphonais ? suggéra Josh, en laissant courir une main caressante le long de son dos.

— Non, il est trop tard. Si elle s'est assoupie, je risque de l'effrayer pour rien. Et puis, je m'imagine mal lui expliquer…

Elle n'eut pas besoin d'achever. Josh lui sourit tendrement.

— Je comprends, Georgie. Je comprends très bien, dit-il, d'une voix où perçait le regret.

Elle laissa échapper un soupir. Au fond, ce n'était pas un mal qu'elle ait une excuse pour partir, songea-t-elle. Si elle était restée toute la nuit, elle aurait encore eu plus de mal à quitter Josh au petit matin. Elle aurait eu envie de commencer la journée près de lui, en bavardant de tout et de rien, comme…

Comme rien du tout ! Ils n'étaient pas un couple et n'en seraient jamais un. Ils avaient fait l'amour ensemble et elle garderait ce souvenir précieusement enfoui dans sa mémoire.

C'était tout ce qui lui resterait de Josh quand elle se retrouverait seule à Melbourne.

Suite à son accident de la veille, Josh avait « écopé » d'une journée de repos forcé. Malgré ses protestations, son collègue des urgences s'était montré intraitable et il avait dû faire contre mauvaise fortune, bon cœur.

Il avait donc pris son mal en patience et tenté de s'occuper, mais en vain. Il n'avait pensé qu'à Georgie depuis qu'elle avait quitté son appartement. Le souvenir de leur nuit magique le hantait, au point qu'il n'était parvenu à se concentrer sur rien.

Après son rendez-vous avec le kinésithérapeute, à 18 heures, il décida de rendre une petite visite à George en cardiologie. Il avait pris l'habitude d'y passer presque tous les jours, dès qu'il avait un moment de libre, et ce soir-là, il était d'autant plus motivé qu'il espérait croiser Georgie. Elle ne lui avait donné aucun signe de vie et il en avait conclu qu'elle était débordée au travail. Mais, à présent, elle devait avoir fini et peut-être…

Il songea que la Providence exauçait ses vœux quand il la vit sortir de la chambre de son père au moment où il arrivait.

Fou de joie, il lui sourit. Puis il captura sa main et en embrassa la paume.

— Bonjour. Je n'ai pas osé t'appeler, mais j'espérais bien tomber sur toi à l'hôpital. Dure journée, je suppose ?

— Plutôt, oui.

Elle avait l'air perturbée, mais l'endroit était peu propice aux conversations intimes. Il lui faudrait trouver un lieu plus tranquille pour lui parler. D'autant qu'il brûlait de se retrouver en tête à tête avec elle…

— Pourras-tu t'échapper un moment ce soir ? demanda-t-il à voix basse, même si personne ne les écoutait.

— Je… Oui.

— Chez moi, vers 20 h 30 ?

— D'accord, ça marche.

Oubliant le lieu où ils se trouvaient, il se pencha et l'embrassa doucement sur les lèvres. Il mourait d'envie de l'étreindre là, sur-le-champ, mais il devrait patienter…

Il souriait encore lorsque, après avoir frappé, il pénétra dans la chambre de George. Le malade était assis dans son fauteuil, tout habillé, l'air radieux. Josh nota cependant un amaigrissement par rapport aux jours précédents. Les livres, cartes et autres bouquets de fleurs qui conféraient une touche personnelle à la pièce avaient disparu.

— Bonsoir, dit-il, étonné. Que se passe-t-il ici ?

— Je sors demain ! annonça George d'un ton triomphal.

— Mais c'est merveilleux !

— Oui, en effet. Je vous assure que je serai content de revoir ma maison ! J'apprécie votre compagnie, mais je n'imaginais pas terminer mes vacances de cette manière.

Josh sourit.

— Heureusement, tout est bien qui finit bien !

— À qui le dites-vous… Merci encore pour votre gentillesse.

— Il n'y a pas de quoi, voyons. C'était un réel plaisir.

— Dans ce cas…

George se leva, puis se dirigea vers la table de chevet pour y prendre une valisette de bois qui contenait des jeux de société.

— Avez-vous le temps de faire une dernière partie ? s'enquit-il d'un ton plein d'espoir qui amusa Josh.

Depuis l'hospitalisation de George, il venait régulièrement jouer avec lui au backgammon. Il prit soudain conscience, avec un pincement au cœur, que ce petit rituel allait lui manquer.

— Pour vous, j'ai toujours le temps, répondit-il, sincère. Mais je vous préviens : cette fois-ci, je vais vous battre.

— Rêvez, jeune homme ! Vous n'avez jamais réussi, même quand j'étais sous calmants.

Le père de Georgie venait de s'installer contre les oreillers et le regardait d'un air taquin. Josh s'assit face à lui sur la couverture.

— Allons-y ! C'est parti pour une dernière défaite, dit-il, l'air faussement résigné.

Il plaça ses dés dans le gobelet, puis les lança sur le tablier.

— Mes collègues vous ont donné le feu vert pour prendre l'avion ? interrogea-t-il.

— Oui, après la dernière série d'examens. L'électrocardiogramme et le test à l'effort de ce matin étaient très bons. Dès que j'ai obtenu l'autorisation de partir, Sofia a de nouveau changé nos billets. J'appréhendais un peu ce voyage, mais puisque Georgie vient avec nous, je suis rassuré.

Josh se figea.

— Elle vous accompagne ?

— Oui. Nous partons après-demain. Elle ne vous a rien dit ?

— Non.

Comme un automate, Josh retira ses pions. George lança le dé à son tour.

— Elle a posé des congés, expliqua-t-il.

L'air embarrassé du vieil homme mit la puce à l'oreille de Josh. La gorge nouée, il demeura un instant muet, avant de poser la question qui s'était mise à hurler dans sa tête.

— Quand reviendra-t-elle ?

— Je l'ignore. Vous devriez le savoir mieux que moi, marmonna George sans le regarder.

Josh détourna les yeux. Que répondre ? La situation était si confuse qu'il ne savait plus où il en était.

— Vous-même, vous n'aviez pas prévu de rester ici *ad vitam æternam*, je suppose ! reprit George. Votre contrat à Cairns se termine bientôt. Quels sont vos projets ?

Josh comprit que son interlocuteur avait volontairement détourné la conversation. Dans quel but ? Lui cachait-il quelque chose à propos de Georgie ? Il avait du mal à imaginer un homme aussi franc et intègre faire des cachotteries, mais il s'agissait de sa fille…

— J'attends ma nomination à l'Hôpital Général de Brisbane, expliqua-t-il, s'efforçant de masquer son trouble. On m'a proposé la direction du service des urgences.

— Waouh ! Ce serait une belle promotion ! s'exclama George d'un ton admiratif.

— Absolument. J'ai travaillé dur pendant des années pour en arriver là. Une telle occasion ne se présente pas dix fois dans une carrière, vous l'imaginez bien. L'actuel chef des urgences souhaitait d'abord que je vienne ici pour approfondir mon expérience du terrain. C'est chose faite. En toute logique, je devrais prendre sa place lorsqu'il partira en retraite, d'ici à quelques semaines.

George l'étudia un moment en fronçant les sourcils.

— Donc, vous n'envisagez pas de vous installer à Melbourne ?

— Non. Je n'y ai jamais pensé.

— Ma fille est-elle au courant ?

— Bien sûr. Je l'ai toujours tenue informée.

Lui, au moins, s'était montré honnête. Il aurait souhaité que la réciproque soit vraie, mais hélas, c'était loin d'être le cas.

Georgie ne lui avait même pas annoncé son départ ! Reviendrait-elle seulement ? Il n'en était pas convaincu.

Quand George retira son dernier pion du plateau — emportant la victoire comme d'habitude —, il n'en manifesta aucune joie. Au contraire, il affichait une gravité inhabituelle.

— Quel que soit votre avenir, j'espère que vous passerez par Melbourne de temps en temps, Josh. Et si vous venez... n'oubliez pas de faire un détour par la maison. Vous serez toujours le bienvenu chez nous.

— Merci... infiniment. Cela me touche beaucoup.

Quelques heures plus tard, alors qu'il tenait Georgie serrée contre son cœur dans son lit, Josh se dit qu'il ne lui restait plus beaucoup de temps à passer avec elle.

Toute la soirée, il avait attendu qu'elle lui annonce son départ, mais en vain. Ils avaient dîné aux chandelles, puis avaient fait l'amour passionnément. Ces moments de bonheur lui avaient fait oublier les craintes qui l'assaillaient, et qui revenaient le hanter maintenant, alors qu'ils commençaient à somnoler dans les bras l'un de l'autre.

Les paupières closes, il inspira à fond, s'enivrant du parfum subtil de Georgie. Il était en train de devenir accro. Et pourtant, il allait devoir se passer d'elle...

Après le départ de la jeune femme, la vie continuerait. Il avait des projets, des ambitions. Il ne pouvait pas se laisser distraire par des regrets stériles.

— Ton père m'a appris qu'il sortait de l'hôpital demain, dit-il d'un ton neutre. C'est une excellente nouvelle.

Elle opina. Comme elle ne faisait aucun commentaire, il ajouta :

— J'ai cru comprendre que tu vas accompagner tes parents à Melbourne ?

— Oui. Ils ont besoin d'être rassurés.

— Et… quand reviendras-tu ?

— Je ne reviendrai pas.

Ainsi, il avait touché juste ! George lui avait caché une partie de la vérité !

— Mais… ton contrat n'est pas fini, objecta-t-il d'une voix rauque. Il te reste un mois à faire.

— Avec tous mes jours de vacances et de récupération, j'arrive au terme de mon contrat. Nous partons après-demain.

Il le savait déjà, mais l'entendre de sa bouche lui fit mal. Pourtant, il ne pouvait nier que la séparation était inévitable. Simplement, il aurait voulu que les choses soient moins brutales. Il aurait aimé avoir plus de temps pour…

Allons, il devenait ridicule ! Des adieux brefs, sans remords ni regrets : n'était-ce pas son vœu le plus cher ? Et maintenant que son souhait allait être exaucé, voilà qu'il larmoyait ! Il ne tournait pas rond ces jours-ci !

Allongée dans les bras de Josh, bercée par les battements réguliers de son cœur, Georgie aurait voulu pouvoir arrêter le temps. Jamais elle ne connaîtrait de nouveau cette impression de plénitude et de bonheur parfait, dût-elle vivre centenaire. Elle en avait la certitude.

Mais hélas, son rêve allait bientôt prendre fin. Encore quelques heures, une journée, puis elle s'en irait. Elle n'avait pas su comment le dire à Josh et, finalement, c'était lui qui avait abordé le sujet. Il était déjà au courant !

Et au fond, cela n'avait guère d'importance. C'était même

préférable puisque l'échéance se rapprochait. Elle n'aurait pas pu différer cette conversation très longtemps.

Nous partons après-demain.

Sa propre voix résonna dans sa tête en un douloureux écho. Mais, pour avoir mûrement pesé sa décision, elle savait qu'il n'existait aucune alternative. À quoi bon s'attarder à Cairns puisque rien n'était possible avec Josh ?

Pour son propre équilibre, mieux valait au contraire qu'elle mette de la distance entre eux. Si elle avait passé quelques semaines de plus avec lui, la séparation aurait été encore plus intolérable. Elle aurait trop souffert.

Cette histoire d'avion était tombée à pic. Elle avait tout mis en œuvre pour pouvoir partir avec ses parents et ne le regrettait pas.

— Alors, voilà, tu t'en vas. Comme ça, du jour au lendemain…

Josh s'était exprimé d'une voix moins assurée que d'habitude. Néanmoins, il n'avait pas prononcé les mots qu'elle attendait.

— C'est un peu précipité, je l'avoue, répondit-elle, luttant pour ravaler ses larmes. Mais quelques jours de plus ou de moins ne changeront pas grand-chose.

Cela, elle aurait bien aimé pouvoir s'en convaincre, même si elle pensait tout le contraire. Elle aurait tant aimé que Josh proteste ! Qu'il lui demande de rester, qu'il la supplie de réfléchir ! Mais bien sûr, il n'en ferait rien. Il n'avait pas besoin d'elle.

— Tu vas pouvoir reprendre une vie normale, ajouta-t-elle d'un ton faussement enjoué. Plus de comédie, plus de mensonges. Ce sera beaucoup plus agréable pour toi !

— Je pensais que…

— Oui ?

Josh secoua la tête. Elle sentit jouer les muscles de son torse et frémit. Qu'il allait être dur de se passer de son contact !

— Non, rien, murmura-t-il. Explique-moi juste pourquoi tu es venue ce soir. Et pourquoi tu étais là, l'autre soir…

Elle haussa les épaules.

— Parce que j'en avais envie, comme toi. Parce que j'ai fini par me rallier à ta façon de voir les choses. Tu m'as transmis ton goût de l'aventure, ta philosophie de l'instant présent. Finalement, l'idée de sortir avec toi quelque temps m'a séduite. C'est ce que tu voulais, non ?

— Hm.

Josh n'épilogua pas et elle comprit qu'ils en resteraient là. Mais à quoi aurait-elle pu s'attendre ? Croyait-elle vraiment qu'il allait lui dire : « Je t'aime » ? Il n'y avait aucune chance qu'il soit tombé amoureux d'elle, comme elle était tombée amoureuse de lui…

Car elle l'aimait. Follement, éperdument, irrévocablement ! Elle avait beau lui mentir — et se mentir à elle-même —, la vérité s'imposait à elle avec une clarté aveuglante. Elle l'aimait !

Elle était venue à Cairns pour s'affranchir de sa famille et découvrir sa véritable personnalité. Grâce à Josh, elle y était parvenue au-delà de ses espérances. Mais elle avait joué avec le feu et s'était brûlée. Elle avait laissé son cœur dans la bataille.

À quoi lui servirait sa métamorphose une fois qu'elle se retrouverait seule loin de Josh ? Réussirait-elle à vivre selon ses souhaits, ses désirs ? Il y avait fort à craindre qu'elle n'ait plus goût à grand-chose !

Elle devrait juste tourner la page, tant bien que mal. Aller de l'avant en essayant de l'oublier.

C'était mission impossible, elle le savait, mais avait-elle le choix ?

11.

Ce matin-là, le soleil brillait haut dans un ciel sans nuages. C'était enfin le printemps à Melbourne, mais dans le cœur de Georgie régnait un froid polaire. Depuis deux mois qu'elle était revenue, les jours lui paraissaient interminables, gris et moroses.

La veille de son départ, tous les membres de l'équipe s'étaient retrouvés au Sandbar pour une dernière soirée. Tous, sauf Josh, retenu par une urgence à l'hôpital. Il lui avait envoyé un SMS, promettant de venir la saluer le lendemain avant qu'elle n'embarque. Mais, en arrivant à l'aéroport, elle avait assisté au décollage de l'hélicoptère du SSAQ et avait compris qu'elle ne le reverrait pas. Il était parti en mission, sans même lui dire au revoir. Tout était donc fini…

À son retour, elle avait repris son ancien poste et s'était plongée dans le travail. Elle avait accepté très peu d'invitations, évité les sorties. Elle ne se sentait pas le courage d'entretenir une vie sociale.

De guerre lasse, elle avait accepté de dîner une ou deux fois avec Michael, le fils aîné de Connor et d'Anastasia. Le jeune homme s'intéressait visiblement à elle, mais ses attentions ne lui faisaient ni chaud ni froid. Il commençait d'ailleurs à l'appeler un peu trop souvent à son goût. Il faudrait qu'elle y mette le holà, avant que leurs parents respectifs ne se fassent des idées !

— Pourquoi n'inviterais-tu pas Michael ce soir ? demanda sa mère, l'arrachant à ses réflexions.

Et voilà, c'était parti ! Le scénario qu'elle redoutait n'avait pas mis longtemps à se produire.

Ce soir-là, ses parents fêtaient leurs quarante ans de mariage. Vu la santé encore fragile de son père, ils avaient choisi de différer leur grande réception de deux semaines et de célébrer le jour J en comité familial restreint. Mais cela n'empêchait pas sa mère de vouloir y associer Michael !

Georgie pivota légèrement sur son siège, en prenant garde de ne pas bouger la tête car elle se trouvait sous un casque chauffant. En acceptant une escapade chez le coiffeur, elle n'avait pas prévu que la conversation prendrait cette tournure ! Inviter Michael ? Hors de question !

— Non merci, maman, répliqua-t-elle, s'efforçant au calme.

— Dans ce cas, j'espère que tu l'as convié à notre soirée, dans quinze jours.

— Je… n'y ai pas pensé.

— Ma chérie, je ne comprends pas ! À ce train-là, tu risques de ne jamais atteindre ton quarantième anniversaire de mariage.

— Peu importe. Ce n'est pas mon objectif.

Avant son départ pour Cairns, jamais elle n'aurait osé répondre de la sorte. Mais depuis, elle avait changé. Elle n'était plus la même petite Georgie et il était temps que sa famille en prenne conscience.

— C'est à cause de Josh ! Je me trompe ?

Estomaquée, elle dévisagea sa mère. Celle-ci la fixait intensément, comme si elle cherchait à sonder son âme.

— Pourquoi… cette question ? bredouilla-t-elle.

— Parce que, depuis vingt-sept ans que j'ai la joie et le privilège d'être ta mère, jamais je ne t'avais vue aussi heureuse qu'avec Josh. Quand il est là, tu es radieuse. Tu t'illumines, tu rayonnes, comme si… tu avais trouvé ton âme sœur. N'es-tu pas amoureuse de lui ?

Georgie déglutit péniblement.

— Que je sois amoureuse ou non ne fait aucune différence. Il ne veut pas d'une relation suivie.

Sa mère lui tapota le genou.

— Mon cœur, je suis certaine que tu te trompes. Pourquoi t'es-tu mis cette idée en tête ?

— Parce qu'il me l'a dit ! Nous n'avons aucun avenir commun. Tout ce qui l'intéresse, c'est sa carrière et le poste de chef des urgences qu'il convoite à Brisbane.

— T'a-t-il donné des nouvelles ?

— Non. Pas une seule fois, répondit-elle en soupirant.

Elle sentit les larmes lui monter aux yeux en croisant le regard compatissant de sa mère.

— Georgie, je suis désolée, murmura celle-ci. Je sentais qu'il y avait un problème, mais je ne me doutais pas que c'était si sérieux. Je promets de ne plus t'ennuyer avec Michael, ni avec qui que ce soit d'autre.

— Ce n'est pas grave, maman. Je vais m'en remettre, mentit-elle.

Elle n'allait pas gâcher la journée d'anniversaire de ses parents. Elle devait prendre sur elle, coûte que coûte !

— Je finirai par vous demander de me trouver un mari, à papa et toi, enchaîna-t-elle sur le ton de la plaisanterie. Le principe du mariage arrangé a bien marché pour vous deux !

Sa mère s'esclaffa.

— Que tu crois, trésor !

— Comment cela ?

— Nous t'avons expliqué que nos familles venaient du même village en Grèce. Ce que tout le monde ignore, en revanche, c'est que ton père et moi sommes tombés amoureux l'un de l'autre sur les bancs de l'école, ajouta Sofia avec un clin d'œil malicieux.

— Quoi ?

— Eh oui ! Pour être sûrs de pouvoir nous fiancer, nous avons laissé croire à nos parents respectifs qu'ils allaient arranger notre mariage. Nous avons fait profil bas, cachant nos sentiments de peur de les contrarier. Ils ont eu l'impression de gérer la situation de A à Z, et, au final, tout le monde était content.

Georgie secoua la tête, incrédule.

— Je n'en reviens pas…

— C'est pourtant la stricte vérité, mon ange. Tu imagines donc bien que ton père et moi ne voudrions jamais que tu épouses un garçon qui ne te conviendrait pas. Nous souhaitons que tu te maries avec quelqu'un que tu aimeras, et qui t'aimera comme tu le mérites. Ce quelqu'un existe, j'en suis persuadée.

Georgie sourit tristement. Oui, ce quelqu'un existait. Pour son malheur, elle l'avait déjà rencontré. Le problème, c'est qu'il ne voulait pas — et ne voudrait jamais — d'elle.

Josh éteignit la cafetière en poussant un soupir, puis se versa une tasse et but quelques gorgées.

Le liquide brûlant lui parut sans saveur, mais cela ne l'étonna guère. Ces temps-ci, tout ce qu'il avalait lui semblait fade et inodore. Il se nourrissait par nécessité et n'avait de goût à rien.

À l'idée du samedi solitaire qui l'attendait, il soupira de nouveau. C'était sa première journée de repos en trois semaines. Il avait repoussé ce moment fatidique depuis son arrivée à Brisbane, mais là, rien ne justifiait qu'il passe un second week-end aux urgences. Il avait déjà sacrifié le précédent, en prenant pour excuse le besoin de se familiariser avec le service !

Que le chef passe plus de temps à l'hôpital que son équipe était plausible. En revanche, s'il s'épuisait au travail à peine arrivé, il perdrait toute crédibilité.

Dire qu'il avait cru que son départ de Cairns remettrait sa vie sur les bons rails ! Il s'était lourdement trompé. Il avait commis une telle erreur en s'accrochant à l'idée que sa relation avec Georgie ne comptait pas !…

Lui qui prônait la liberté absolue aurait payé cher pour s'enchaîner à elle jusqu'à la fin des temps… si seulement il avait pu la revoir. Mais hélas, il était peu probable qu'il en ait l'occasion.

La sonnerie du téléphone le tira brusquement de ses pensées

moroses. C'était Louise, qui l'appelait depuis le bureau du SSAQ où, apparemment, elle assurait le standard du week-end.

— Salut, quoi de neuf ? dit-elle d'un ton enjoué. Ça se passe bien à Brisbane ? Ton nouveau job te plaît ?

Fidèle à son habitude, Louise enchaînait les questions à toute allure. Il attendit que le débit se calme, pour répondre :

— Tout va bien, merci. C'est gentil de m'appeler. Quel bon vent t'amène ?

— J'ai reçu un mail pour toi. Je vais le transférer sur ta boîte.

— Ah, d'accord.

De plus en plus perplexe, il n'ajouta rien. D'habitude, Louise ne lui téléphonait pas chaque fois qu'elle lui faisait suivre un courrier électronique !

— Les parents de Georgie t'ont écrit pour t'inviter à leur quarantième anniversaire de mariage, poursuivit la secrétaire. J'y serai aussi, avec Pat et Isaac.

— O.K., merci beaucoup. Et… quand a lieu la fête ?

— Samedi dans quinze jours. Je me demande pourquoi ils ne t'ont pas écrit à ta nouvelle adresse mail. Tu l'as donnée à Georgie, non ? Elle sait quand même que tu es à Brisbane ?

Voilà, on y était ! Ce qu'il redoutait depuis le début de la conversation arrivait…

— Non, je ne pense pas, répliqua-t-il d'un ton neutre.

À l'autre bout du fil, Louise marqua une pause.

— Comme tu partais, j'ai supposé… que tu lui avais annoncé la nouvelle de ta nomination, finit-elle par dire, manifestement embarrassée. Elle serait contente de le savoir.

— Ah bon ? Tu crois ? As-tu eu de ses nouvelles récemment ?

Comment va-t-elle ? A-t-elle rencontré quelqu'un ? A-t-elle un petit ami ? Tant de questions lui venaient qu'il brûlait de poser. Mais ce n'était pas à Louise de l'informer sur la vie de Georgie !

— S'est-elle bien réhabituée à Melbourne ? demanda-t-il au lieu de cela.

— Elle a repris le travail tout de suite. Elle ne voulait pas de coupure, apparemment. Mais… si tu veux des nouvelles, téléphone-lui donc. Dis-lui que tu iras à la fête de ses parents.

— Je n'en ai pas l'intention.

— Quoi ? Je ne comprends pas ! Cela te donnerait l'occasion de la revoir. Tu n'aurais jamais dû la laisser partir.

Il soupira. La curiosité de Louise était légendaire. Il en faisait les frais à son tour.

— Je ne suis pas l'homme qu'elle recherche, expliqua-t-il d'un ton las. Elle a besoin d'une relation sérieuse, et moi, je suis incapable de m'engager.

— N'importe quoi ! Jusqu'à présent, tu n'avais peut-être pas trouvé la bonne personne, mais avec Georgie…

— Je ne crois pas qu'elle veuille…

— Elle veut une histoire d'amour, une vraie, coupa Louise, péremptoire. Et si c'était toi, l'amour de sa vie ? Y as-tu pensé ? Mais peut-être qu'au fond, tu es heureux comme tu es…

Il fournit une vague réponse puis, après avoir promis de réfléchir à ce qu'elle venait de dire, prit congé de Louise. Non, il n'était pas heureux. Il était même malheureux comme les pierres depuis le départ de Georgie. Cette conversation venait de mettre en lumière une réalité qu'il occultait depuis des semaines : il n'avait plus goût à rien.

Georgie lui manquait. Elle se trouvait à des centaines de kilomètres, sans espoir de retour. Il allait passer le reste de son existence loin d'elle et cette réalité lui brisait le cœur.

Car il l'aimait. Il était tombé amoureux d'elle, et il l'avait laissée partir. Quel idiot il faisait !

La première fois qu'il avait eu une relation sérieuse, Tricia et son propre frère avaient tout gâché. Là, il ne pouvait s'en prendre qu'à lui-même. En s'obstinant dans ses vieilles convictions, il avait perdu la femme qu'il chérissait plus que tout au monde !

Mais peut-être n'était-il pas trop tard. Si Georgie l'aimait également, ainsi que Louise l'avait laissé entendre, peut-être avait-il encore une chance d'inverser le cours des choses ?

Il voulait y croire de toutes ses forces pour ne pas devenir fou. Et le meilleur moyen d'en avoir le cœur net était tout simplement d'aller poser la question à l'intéressée. Là, maintenant, dès qu'il trouverait une place dans un avion. Il n'avait jamais reculé devant un défi et ce n'était pas le moment de se montrer lâche.

Si le bonheur était à portée de main, il n'avait que trop attendu.

Depuis cinq minutes, Josh faisait les cent pas dans le salon de la famille Carides.

Pendant tout le vol de Brisbane à Melbourne, il avait échafaudé un scénario, répété le petit discours qu'il allait tenir à Georgie. Néanmoins, en arrivant, il ne l'avait pas trouvée chez elle : il tombait le jour même de l'anniversaire de mariage de ses parents et elle avait accompagné sa mère chez le coiffeur.

C'était George qui l'avait accueilli, et s'était montré particulièrement heureux de le voir. Il n'avait d'ailleurs pas eu l'air surpris outre mesure. On eût dit qu'il s'attendait à sa visite. Il lui avait même demandé pourquoi il n'était pas venu plus tôt !

Josh lui avait expliqué ses intentions en toute franchise, d'homme à homme. George avait souri et l'avait serré dans ses bras comme un fils. Puis ils avaient entendu la porte du garage s'ouvrir et, avec des mines de conspirateur, son hôte lui avait chuchoté avant de s'éclipser :

— Je vous envoie ma fille. Je vais lui dire que j'ai oublié mes lunettes. Autant lui faire la surprise ! avait-il ajouté avec un clin d'œil.

Josh espérait que ladite surprise serait au goût de la jeune femme. Il voulait le croire, et cependant…

En entendant la porte s'ouvrir, il se figea. Des effluves d'un parfum familier lui montèrent aux narines et son cœur s'affola.

De l'endroit où il se tenait, Georgie ne pouvait le voir.

Quand elle s'avança dans la pièce, il l'observa intensément. Elle lui parut amaigrie et les traits un peu tirés, mais elle était aussi belle que dans son souvenir.

Il quitta le recoin de la cheminée, et s'avança vers elle.

Georgie se dirigeait vers la table de salon, à la recherche des lunettes égarées de son père, quand un léger bruit attira son attention.

Il y avait quelqu'un sur sa gauche. Quelqu'un qui ressemblait à…

— Josh ?

Pendant quelques secondes, elle se demanda si son imagination ne lui jouait pas des tours. Josh hantait ses pensées depuis son retour à Melbourne. Elle le voyait partout et maintenant, il lui semblait qu'il était là, devant elle…

Mais oui, c'était bien lui ! Cette haute silhouette, ces épaules larges, ces cheveux blonds en bataille… Josh !

Quand il lui sourit, elle eut l'impression que ses jambes la portaient vers lui, mues par une volonté propre. Elle était sur le point de se jeter dans ses bras quand, soudain, elle s'arrêta net.

Pourquoi se comporter comme une collégienne ? Il ne voulait pas d'elle !

— Qu'est-ce que tu fabriques ici ? demanda-t-elle d'une voix rauque d'émotion.

En deux enjambées, il abolit la distance qui les séparait.

— Je suis venu te voir.

Quand il l'attira dans ses bras, elle s'accrocha à lui de toutes ses forces, oubliant ses réticences. Il posa sa bouche sur la sienne et l'embrassa fougueusement, comme s'il voulait rattraper le temps perdu et oublier tout le manque et la frustration qu'il avait pu ressentir.

Lorsque finalement, ils se séparèrent, elle tremblait de la tête aux pieds. Josh lui prit la main puis l'entraîna vers le canapé. Il la fit s'asseoir et, sans la lâcher, s'installa près d'elle.

— Pourquoi… es-tu venu ? murmura-t-elle.

— Parce que je n'ai pas eu le temps de te dire au revoir.

Elle le fixa, bouleversée.

— Tu as fait tout ce chemin depuis Melbourne pour me dire au revoir ?

Il eut un sourire tendre qui provoqua en elle une nuée de petits frissons.

— Non, Georgie. J'ai parcouru tout ce chemin parce que je suis incapable de te dire au revoir. Je ne peux pas tirer un trait sur notre histoire… sur nous deux.

Muette de surprise, elle le dévisagea. Jamais, même dans ses rêves les plus fous, elle n'avait imaginé pareil scénario !

— J'ai besoin de savoir si je t'ai manqué autant que tu m'as manqué, chuchota-t-il contre son oreille.

Se penchant, Josh nicha son visage dans son cou. Elle poussa un soupir de bonheur et s'abandonna contre lui.

— Moi, je t'ai manqué ? murmura-t-elle.

— Oui, mon ange. Je n'ai pensé qu'à toi, à chaque heure, chaque minute, chaque seconde. J'ai besoin de toi.

Ces mots la stupéfièrent tellement que, pendant quelques secondes, elle demeura sans réaction.

— Tu… es sûr ? murmura-t-elle. Je croyais que tu n'avais besoin de rien ni de personne, que seul ton métier comptait…

— Et je me trompais ! À l'hôpital, je suis comblé, mais cela ne suffit pas à mon bonheur. Si je me démène pour rester le plus tard possible au travail, c'est parce que j'ai trop peur de retrouver mon appartement vide le soir. J'ai enfin compris qu'il y avait autre chose dans la vie que la réussite professionnelle. Et cette autre chose, c'est toi.

Elle le fixa, le cœur battant. Allait-il enfin prononcer les mots qu'elle espérait tant ?

— Josh… Tu es un homme de challenges. Quand tu t'es fixé un but, tu mets tout en œuvre pour l'atteindre, et ensuite tu passes à autre chose. Alors, j'aimerais être certaine… que je ne suis pas le prochain défi sur ta liste.

Il fronça les sourcils.

— Que veux-tu dire ?

— Pendant des années, tu as travaillé dur pour obtenir le poste que tu souhaitais. Dans le même temps, à cause de Tricia, tu as mis un trait sur ta vie personnelle. Et maintenant que ta carrière est lancée, tu reviens me voir, en affirmant avoir besoin de moi. Mais ce genre de choses ne se décide pas à la légère…

Il resserra son étreinte.

— Rassure-toi, cela n'a rien à voir avec Tricia. Le jour où elle est morte, deux histoires ont pris fin dans ma vie. Celle que j'avais avec elle, et le lien qui m'unissait à mon frère. À ce moment-là, j'ai choisi de me consacrer uniquement à mes études. Mais la blessure est maintenant bien refermée, ne t'inquiète pas. Simplement, je n'avais jamais rencontré quelqu'un… qui me donne envie de construire quelque chose. Jusqu'à ce que nos routes se croisent, mon ange.

Tendrement, il l'embrassa sur le front, puis sur les lèvres.

— La veille de ton départ, j'aurais pu venir à ta soirée d'adieu, mais je n'en ai pas eu le courage. Je craignais de ne pas avoir la force de te dire au revoir. J'avais peur… de tomber amoureux. Je n'avais pas compris que je t'aimais déjà, irrémédiablement.

— Tu veux dire…

— Je t'aime, Georgie. Je me suis menti pendant des semaines, mais cela n'a servi à rien. Je t'aime et je veux passer le reste de mes jours avec toi. Tu fais partie de moi, de mon corps, de mon cœur et de mon âme. Veux-tu m'épouser ?

Emue aux larmes, elle le fixa.

— Oh ! Josh ! Si tu savais à quel point je t'aime… Tu es celui que j'attendais depuis toujours. Il n'y a que toi, toi et encore toi…

— Mon amour ! J'ai hâte que tu deviennes ma femme ! Et ton père aussi, d'ailleurs.

— Quoi ? s'exclama-t-elle, interloquée. Il est déjà au courant ?

Josh s'esclaffa.

— Tu penses bien que, quand il m'a vu débarquer, il a tout de suite compris mes intentions. Je ne pouvais pas les lui cacher, d'ailleurs. Et, crois-moi, il est aux anges.

— Je m'en doute…

— Sérieusement, Georgie, ce sera un honneur pour moi d'entrer dans une famille aussi chaleureuse et unie. Tu ne mesures pas ta chance.

Elle rit doucement.

— Oh que si, mon amour. J'ai bien conscience d'être gâtée, incroyablement gâtée par la vie. Je crois même que je suis la plus heureuse des femmes.

Épilogue

Josh lança un regard admiratif sur son épouse qui traversait le jardin pour venir à sa rencontre.

Georgie était belle à couper le souffle dans sa robe à fleurs, avec ses longs cheveux flottant librement sur ses épaules. Jamais, en deux ans de mariage, il ne s'était lassé de la contempler. Au contraire, elle lui paraissait plus séduisante de jour en jour.

S'avançant, il lui prit les deux mains pour les embrasser.

— Notre puce dort ? s'enquit-il.

— Oui, ça y est, répondit-elle avec un sourire complice.

— Je n'arrive pas à croire qu'elle a déjà un an.

— Eh oui ! Bientôt, elle voudra suivre ses cousins et faire toutes les bêtises possibles avec eux.

Il jeta un coup d'œil en direction de la piscine, où les neveux et nièces de Georgie s'ébrouaient sous la surveillance de leurs parents et grands-parents. Toute la famille s'était réunie à Brisbane pour le premier anniversaire de leur fille Alexandra. Malgré la distance, les liens étaient demeurés solides et tout ce petit monde se retrouvait régulièrement pour des week-ends chaleureux et animés.

— Ils ne te manquent pas trop ? demanda-t-il doucement.

Georgie se blottit dans ses bras et nicha la tête contre son épaule.

— Toi et Alexandra êtes tout ce que je pouvais désirer dans la vie, chuchota-t-elle.

— Moi aussi, mon amour. Mais, à certains moments, je culpabilise un peu. Je me dis que, si nous vivions près de Melbourne, elle verrait ses cousins plus souvent.

— Elle les retrouvera pour les vacances. Et puis, avec ses frères et sœurs, elle n'aura pas le loisir de s'ennuyer…

Josh s'écarta légèrement, un sourire taquin aux lèvres.

— Des frères et sœurs… Excellente idée ! Nous devrions y réfléchir.

Elle eut un immense sourire.

— C'est tout réfléchi, répondit-elle, arrondissant ses mains sur sa taille.

Josh la fixa, un sourire incrédule aux lèvres.

— Oh ! Georgie… Tu es… ?

— Oui, de trois semaines. J'ai fait un test ce matin. Je voulais attendre que tout le monde soit parti pour te l'annoncer, mais…

— C'est pour ça que je te trouvais un peu bizarre ces jours-ci ?

Elle le regarda, émue. La capacité de Josh à percevoir les moindres de ses émotions et pensées, n'avait pas diminué avec le mariage, au contraire. Un fil invisible paraissait les relier l'un à l'autre.

— Cela ne t'ennuie pas au moins ? murmura-t-elle, un peu inquiète. Nous aurons des enfants d'âge rapproché, mais…

— M'ennuyer ? protesta-t-il. Tu plaisantes, j'espère ?

Il la regardait avec tendresse, son regard gris plus brillant que jamais. Et quand il lui sourit, elle sut qu'elle n'avait aucune inquiétude à avoir.

— Notre mariage, puis le fait d'être devenu papa, sont les meilleures choses qui me soient arrivées, dit-il d'un ton solennel. Rien ne pourrait me rendre plus heureux que de voir notre famille s'agrandir.

Elle leva les yeux vers lui.

— Je t'aime, Josh. Merci de partager ta vie avec moi.

Se penchant, il l'embrassa sur les lèvres avec tendresse.

— Ce n'est qu'un début, mon amour. Je t'aime aussi, Georgie, et l'avenir nous appartient.

BLANCHE

HARLEQUIN

Retrouvez prochainement, dans votre collection

BLANCHE

Les jumeaux du silence, de Shelley Rivers - N°1591

Il a suffi d'une nuit de passion pour que Thurza se retrouve enceinte… de jumeaux ! Longtemps, elle a espéré que le Dr Logan Fox assume ses responsabilités vis-à-vis de leurs garçons. Hélas, le beau médecin s'est évaporé aussi vite que l'attirance qui les a unis. Aujourd'hui pourtant, Thurza est résolue à rompre le silence entre eux, pour le bien de sa petite famille…

Croisière avec une infirmière, d'Amy Ruttan

Thatcher apprécie son travail de médecin sur ce bateau qui vogue vers l'Alaska. Ici, tout le monde ignore qu'il est duc. Ici, tout est sous contrôle. Du moins jusqu'à ce que la nouvelle infirmière qu'il a recrutée monte à bord… en robe de mariée ! Bien que sidéré par l'entrée fracassante de la belle Lacey qui vient de fuir son mariage, il décide de lui laisser une chance…

Le docteur du Costa Rica, de Traci Douglass - N°1592

Si Sara s'est portée volontaire pour une mission humanitaire au Costa Rica, c'est pour redonner du sens à son métier d'infirmière… et certainement pas pour tomber amoureuse ! Pourtant, au milieu de la forêt vierge, l'attirance qu'elle éprouve pour le très secret Dr Gabe Novak est puissante, irrésistible – et elle finit par y céder. Hélas, alors qu'elle rêve d'amour, elle se rend compte que Gabe n'est pas prêt à lui ouvrir son cœur…

L'enfant d'une secouriste, d'Emily Forbes

Mei est ravie d'intégrer le centre ambulancier de Bondi Beach, la célèbre plage de Sydney. Mais son enthousiasme est soufflé quand elle y retrouve Jet Carlson. Huit ans plus tôt, tous deux ont eu une aventure, après laquelle il a disparu de sa vie sans un au revoir. Leurs retrouvailles sont-elles le jeu du destin, l'occasion qu'elle espérait de lui révéler qu'ils ont eu une fille ?

Leur mission : sauver des vies.
Leur destin : trouver l'amour.

HARLEQUIN
www.harlequin.fr

BLANCHE

HARLEQUIN

Médecins à Morrow Island, de Louisa Heaton - N°1593

Tout juste arrivée sur Morrow Island où elle doit remplacer le Dr Owen Ledger, Lucy tombe sous le charme de son confrère. Quelle chance de pouvoir travailler à son côté durant les quelques semaines que durera leur passation ! Alors qu'elle éprouve des sentiments de plus en plus intenses à son égard, Lucy hésite pourtant à construire avec Owen une relation durable. En effet, celui-ci lui a confié vouloir une famille qu'elle ne pourra jamais lui offrir…

Une nouvelle chance pour Shona, de Karin Baine

De retour dans sa ville natale, sur l'île de Braelin au large de l'Écosse, Shona redoute ses retrouvailles avec Alasdair Murray. Or voilà qu'elle tombe nez à nez avec lui dès sa première garde à l'hôpital où elle travaille comme infirmière ! Le mauvais garçon d'autrefois s'est mué en un splendide médecin – et il lui fait toujours autant d'effet. Celui qui lui a brisé le cœur lorsqu'elle était adolescente serait-il capable de le soigner aujourd'hui ?

Un défi à relever, de Wendy S. Marcus - N°1594

SÉRIE : LE DESTIN DES SŒURS PENIGLATT - 1/2

Le Dr Derrick Limone est désemparé. Lui qui vient de parcourir des kilomètres jusqu'à New York dans le seul but de réprimander Kira Peniglatt, l'infirmière chargée du suivi administratif de sa mère souffrante, voilà qu'il est… tombé sous son charme ! Cependant, que Kira lui plaise ou pas, il devra réprimer le trouble qu'elle fait naître en lui et parvenir à lui tenir tête…

Une bouleversante promesse, de Wendy S. Marcus

SÉRIE : LE DESTIN DES SŒURS PENIGLATT - 2/2

Qu'imaginait Jarrod, son défunt fiancé, en promettant à son ami Spencer qu'il serait le parrain de leur enfant ? Krissy fulmine. Adolescents, Spencer, Jarrod et elle étaient toujours ensemble. Jusqu'à ce que Spencer gâche tout et que Krissy ne veuille plus jamais le revoir. Aujourd'hui, par respect pour les dernières volontés de Jarrod, la voilà de nouveau à supporter les incroyables yeux bleus et le sourire suffisant de Spencer…

Leur mission : sauver des vies.
Leur destin : trouver l'amour.

HARLEQUIN
www.harlequin.fr

BLANCHE

HARLEQUIN

Les conséquences d'une nuit, de Charlotte Hawkes - N°1595

La priorité de Max Van Berg ? Sa carrière de chirurgien ! Aussi, lorsque Evie Parker, une psychiatre avec laquelle il a eu une brève aventure, réapparaît dans sa vie pour lui annoncer qu'il est père, sent-il d'abord la panique l'envahir. Il ne connaît rien aux enfants ! Pourtant, impossible de perdre à nouveau Evie, maintenant qu'ils forment, avec elle et leur petite fille, une famille…

Pour réapprendre à aimer, d'Annie Claydon

Le Dr Alexandra Jackson… En apprenant qu'il devra coopérer, le temps d'une campagne caritative, avec celle qui lui a brisé le cœur dix ans plus tôt, Leo est désemparé. Certes, son histoire avec Alexandra appartient au passé mais, il doit bien se l'avouer, elle l'attire toujours autant. Leurs retrouvailles seraient-elles pour eux une chance de poursuivre leur relation inachevée ?

Leur mission : sauver des vies.
Leur destin : trouver l'amour.

HARLEQUIN
www.harlequin.fr